"Işıklar Sana Evinin Yolunu Gösterecek."

- BEYZA ALKOÇ -

SIFIR KİLOMETRE

"Işıklar Sana Evinin Yolunu Gösterecek."

İ N D İ G O   K İ T A P

Sıfır Kilometre
Beyza Alkoç

Baskı: Mayıs 2021
ISBN: 978-605-7611-15-4
Yayınevi Sertifika No: 31594

Editör: Ayşe Nur Buğalı
Kapak Tasarımı: Yasin Öksüz

Baskı
Egem Basım Yayın Sanayi ve Ticaret LTD. ŞTİ.
Maltepe Mah. Gümüşsuyu Cad. Odin İş Merkezi
Kat: 2 No: 436 Zeytinburnu / İstanbul
Sertifika No: 43624

indigo
yay

İNDİGO YAY. DAĞ. PAZ. REK. LTD. ŞTİ.
Üniversite Mah. Civan Sok. Allure Tower No: 1 Kat: 23 / 330 Avcılar / İstanbul
Tel: 0 (212) 438 17 83 • Fax: 0 (212) 438 17 84
www.indigokitap.com • info@indigokitap.com

İNDİGO YAY Bir İndigo Kitap Yayın Dağ. Paz. Rek. Ltd. Şti. markasıdır.

Bu kitap rengârenk ışıkları

hiç sönmeyecek __________ *aittir.*

Bu Kitap

ARTIK IŞIKLARI YANMAYAN

O EVDE OTURUP

KENDİ İÇİNDEKİ IŞIKLARIN

YANMASINI

Bekleyenlere,

Yol haritasını
kaybetmiş ve
bu satırlardan
bir yön arayan
herkese,

Karanlıktan korkan fakat bunu kendine itiraf etmekten korkmayanlara,

Perdeleri kapalı bir cama bakıp
yıldızları izleyebilenlere...

Bize ait bu gezegende

kendi içindeki hapishanede

tutsak kalmışlara,

Ve tüm evini arayanlara gelsin...

Bomboş bir odaya geçelim.
Işıkları kısalım
Ve bu kitabı öyle okuyalım.

ÖNSÖZ

Sevgili sevgililerim,

Tekrar merhaba...

Bu kitap benim bu zamana kadar basılan sekizinci kitabım. Sizlerle daha önce 3391 Kilometre'de buluştuysak ve siz eğer Sıfır Kilometre'yi de alıp bu satırları kitaptan okuyorsanız benden daha mutlu bir insan olamaz... Bu demektir ki doğru yoldayım; bu demektir ki elimden geleni yaptığımı gerçekten size de hissettirebiliyorum. Bu demektir ki siz benden bir yardım eli uzatmamı bekliyorsunuz ve ben bunu yapmak için gerçekten çabalıyorum...

Sıfır Kilometre İzmir karakterimizin kendini fazlasıyla kaybolmuş hissettiği bir kitap... Yönünü, yolunu bulamadığı, hayatını nereye çekeceğini bilemediği bir kitap.

Kitabı yazarken ben de aynen İzmir gibi kendimi kaybolmuş gibi hissediyordum... Yönümü, yolumu bulamıyordum. Haritamı kaybetmiştim sanki. Nereye gideceğimi, nasıl gideceğimi bilemiyordum. Belki sizde de vardır böyle bir his? Sanki kim olduğumu hatırlayamıyordum, hep geçmişi düşünüyordum... Ne hissetmem gerektiğini, ne düşünmem gerektiğini bilmiyordum. Sanki İzmir gibi ben de yol haritamı kaybetmiştim ve nasıl devam edeceğimi bilmiyordum. Eğer siz de böyle hissediyorsanız, kitabı okumadan önce veya okuduğumuz her akşam İzmir gibi oturup geçmişi mi düşünsek? Biraz sorgulasak mı biz kimdik, neler hissederdik, neler yapardık diye? İlk kelimemiz neymiş, ismimiz neden böyle konmuş, çocukken en sevdiğimiz yemek neydi, çocukken en sevdiğimiz oyun neydi? Bunları mı düşünsek biraz?

Yani kısacası bu kitabı okurken biraz kendimize vakit ayırsak nasıl olur? Çünkü ben fark ettim ki biz hep ama hep başkalarını düşünüyoruz... O ne yaptı, neden yaptı, bana neden böyle söyledi, bana neden böyle davrandı, niye böyle konuştu benimle, ben ona nasıl davransam, ben ona ne desem şimdi...

Artık bunlardan yorulmadık mı? Ben hayatımın en yorgun hissettiğim dönemindeydim bu kitabı yazarken. Eski fotoğraflarıma bakıyordum; bloğuma girip yıllar önce yazdığım yazılarımı hatta günlüğümü okuyordum mesela ve eskiden neden daha mutluydum, neden daha enerjiktim de neden şu an yorgun hissediyorum bunu anlamaya çalışıyordum. Ve anladım da...

Fark ettim ki yukarıda saydığım sorulardan dolayı böyleydim... Hep başkaları ne dedi, ne diyecek, ne düşündü, ne düşünecek, ne hissedecek... Bu gibi sorularla geçiyor ömrümüz... Bir dakika da durup kendimizi düşünsek? Ben ne hissediyorum desek? Ben ne düşünüyorum desek? Ben neden bunu yaptım, ben ne yapacağım, ne yapmalıyım, beni ne mutlu eder desek? Eğer siz de benim gibi kaybolmuş ve yorulmuş hissediyorsanız bunun tek sebebi şu, başkalarını o kadar çok düşündük ki kendimizi duymamaya başladık... İçimizdeki ses bizimle bağıra bağıra konuştu, bize anlatmaya çalıştı. Bazen dedi ki BEN KÖTÜ HİSSEDİYORUM, bazen dedi ki BEN YORULDUM, ama biz onu duymadık. Hatta komik gelecek ama bazen içimiz bize BENİM CANIM PASTA ÇEKİYOR dedi ama biz diyet yapmaya devam ettik. Herkes için kurallarımızı yıktık, herkes için kanunlarımızı çiğnedik, herkes için kendimize zarar verdik, herkes için sözümüzü ezdik geçtik ama bir kez olsun kendimiz için hiç kimsenin, hiçbir şeyin üzerine basıp geçemedik. Bir kez olsun o içimizdeki küçük çocuğa o yasak pastadan bir dilim yedirmedik... Biz hep başkalarını duyduk, hep başkalarını düşündük... Oysa konuşmamız gereken dinlememiz gereken en önemli kişi kendimiziz... Çünkü bizim için en önemli duygular ve hisler kendi duygularımız ve hislerimiz... Başkalarının duyguları ve hisleri değil...

Başkalarını düşünürken kendimizi ne kadar yorduk farkında değil miyiz? Kitabı yazarken bir ara çok ama çok uzun süredir yazamadığım bir dönemden geçtim, yazmaya çalışıyor ama yazamıyordum. Bırakın kitabı oturup kendi duygularımı anlatan bir yazı yazmak istiyordum ama onu da yapamıyordum. Sanki içimdeki ses susmuştu, tek bir cümle bile çıkmıyordu. Fark ettim ki o içimdeki ses bana küsmüş... Çünkü ben onu hiç dinlememişim...

İşte bu yüzden mutsuzuz, işte bu yüzden yorgunuz, bu yüzden üzgünüz... İçimiz bize küs çünkü. Eğer böyle hissediyorsanız bilin ki sizi en kolay affedecek kişi yine sizsiniz... O yüzden kendinizden bir özür dileyin ve bu akşam oturup uzun uzun düşünün. Neler hissettiğinizi sorgulayın, neler hayal ettiğinizi, neler düşündüğünüzü, neler istediğinizi düşünün. Bazen bana mesaj atıyorsunuz, diyorsunuz ki kimse beni umursamıyor, kimse benim hayallerimi düşüncelerimi hislerimi önemsemiyor... O zaman oturup kendi kendimizi umursamaya başlayalım canımın içleri. Kendi içimize anlatacağız hayallerimizi, kendimize açıklayacağız hislerimizi. Kendi kendimizin arkadaşı olacağız. Kendi elimizden kendimiz tutacağız, kimsenin tutup tutmaması bizi üzmeyecek. Tamam mı? Hadi, bir kalem alıp buraya, tam bu satırın altında tırnak işaretlerinin arasına büyük harflerle bir tamam yazın.

“ ”

Sıfir Kilometre'yi yazarken çok ama çok yorgun bir dönemden geçiyordum. Üstelik beni bu kadar yoracak hiçbir şey yapmıyordum ama yine de yorgundum. O sırada her gün mesajlara girip bakıyordum, "Satırlarına ihtiyacım var, kendimi çok kötü hissediyorum lütfen bölüm yaz," gibi mesajlar görüyordum, yazamadıkça daha kötü hissediyordum kendimi. Ama bir gün kalktım ve kendi kendime dedim ki, "Benim onlara, onların da bana ihtiyacı var..." Bu böyle nereye kadar devam edecek dedim ve kalktım geldim. Zaten benim yolum hep size çıkıyor ve bu hep böyle olacak...

Kendini kötü hissedenlerin olduğunu, hem de çok fazla olduğunu biliyorum; fakat tek çözüm kendi içimizde. Kendi kendimizi kaldıracağız, kendi kendimizi teselli edeceğiz... Kendi elinizi tutun, "Ben yanındayım, her şeyi hallederiz!" deyin. İçimizde hala çocukluğumuzu taşıyoruz ve o çocuğun annesi biziz... Ona iyi bakmalıyız, onun üzülmesine izin vermemeliyiz...

Sizi seviyorum...

İyi ki varsınız, iyi ki hep benimleydiniz.

Ve umarım hep de benimle olursunuz...

Kilometrelerce öteden birbirini tanımak,
sevmek hatta âşık olmak kolaydı...
Peki, tüm bunlar yan yanayken de
kolay olacak mıydı?

Beni hatırladın mı?
Rengârenk ışıklarımı...
Hüzünlü tebessümümü...
Mutlu gözyaşlarımı...
Titrek ellerimi...
Ve sana benzeyen kalbimi.

Ben İzmir, aylar önce kendimden kilometrelerce ötede yaşayan biri girdi hayatıma. Onu tanıdığımda hayatım loş bir ışık altındaydı. O geldi, ışıklarımı yaktı, beni karanlığımdan aldı, aydınlığa çıkardı... Fakat hayat onu bana verip ışıklarımı yakarken diğer parçalarımı benden alarak ışıklarımı bir bir kapattı...

Önce annem gitti benden, bana öyle söylediler, babamdan bir dakika önce ruhunu teslim etmiş.

Sonra babam gitti, annemden bir dakika sonra...

Artık ne o rengârenk ışıklar vardı, ne de o eski loş aydınlığım...

Tamamen karanlıkta kalmıştım.

Ruhum acıyı tanıyıp acıya alışmaya başladığında tek istediğim bu karanlıkta yapayalnız kalmaktı...

Oysa o beni bu karanlıkta bile yalnız bırakmadı.

Hayatım o günlerde artık hiçbir ışığın aydınlatamayacağı kadar karanlıktı.

O ne yaptı, biliyor musunuz?

"Madem karanlığını aydınlatamıyorum," dedi, "O zaman gelir seninle birlikte o karanlıkta otururum..."

Geldi, karanlığımın altında yanıma diz çöktü, oturdu.

Sonra hayatımın ışıkları tekrar yanmaya başladı bir bir...

Önce küçücük kırmızı bir ışık, sonra daha büyük turuncu bir ışık, sonra bir tane mavi, bir tane yeşil.

Ege benim rengârenk ışıklarım oldu, karanlığımı bir kez daha aydınlattı.

Sonra tuttu beni, yanımda ol dedi.

Kalktım, 3391 Kilometre'yi aştım, yanına gittim...

Şimdi yan yana bir koltukta oturmuş birlikte geçirdiğimiz kırk yedinci günün akşamında camdan dışarıyı izliyoruz, sokaklar Noel ışıklarıyla süslenmiş. Odamızın ışıklarını kapatmış, dışarıdaki ışıklara bakıyoruz yalnızca. İkimizin de içinde bir burukluk, ikimizin de içinde bir korku...

Birbirimizi uzaktan uzağa sevmek bir göldü, biz de o göle atlayan iki balıktık.

O ufacık gölün içerisinde birbirimizi bulduk ve hiç kaybetmeyiz sandık.

Oysa hiçbir şey sandığımız kadar kolay olmadı. Yan yana olmak koskoca bir denizdi ve biz bu denizde birbirimizi kaybettik.

Binlerce kilometreyi aştık, birbirimize geldik. Şimdi bir koltukta oturuyoruz, aramızda sıfır kilometre...

Oysa çok daha uzak hissediyorum her zamankinden.

Sonra kulaklığımı takıyorum, telefonumu atıyorum cebime, kendi kendime fısıldamaya başlıyorum içimden...

"Işıklar sana evinin yolunu gösterecek..." Sonra bir kez daha tekrar ediyorum:

"Işıklar sana evinin yolunu gösterecek..." Bir kez daha...

"Işıklar sana evinin yolunu gösterecek..."

Ben İzmir

Ve bu benim evimi bulma hikâyem.

“

Bir zamanlar puslu dağların ardında bir şövalye yaşardı... Bir gün bir yıldızın peşine düştü, dönmemek üzere bir yolculuğa çıktı. Gecelerce gündüzlerce dağ tepe demeden yürüdü. Gözü hep gökyüzündeki yıldızındaydı. Bazen sis çöktü, yıldızı görünmez oldu. Bazen yağmur yağdı, şimşek çaktı, fırtına sardı dört bir yanını. Atı bile pes etti, kendisi pes etmedi. Durmadı, durmayı düşünmedi, aklından bile geçirmedi. Çünkü bu yıldız onun mucizesiydi. Penceresinden her çıktığında orada gökyüzünün aynı yerinde durur onu beklerdi sanki. Şimdi zaman onun yıldızına gitmesinin zamanıydı. Kime anlatsa güldüler, kime anlatsa inanmadılar, kime anlatsa anlamadılar. Şövalyeye mucize gelen bu şey, onun mucizem dediği bu şey başkalarına göre su içmekten farksızdı. Gökyüzünde bir yıldız varmış, bunda ne varmış dediler, yıldızın değerini anlamadılar... İnsanlar hiçbir zaman hiçbir şeyi anlamazdı zaten, bu yüzdendi o yıldıza ulaşmaya dair duyduğu bu derin tutku. Yıldızına kavuşacak, onun karşısına geçecek ve ona gelmek için ne yolları aştığını anlatacaktı yıldızına. 'Bir ışık uğruna,' diyecekti, 'Bin ateşten vazgeçtim.' tüm o yolları yürüdü, düştü, kalktı daha da yürüdü şövalye. Gölleri geçti, dağları aştı.... Yolda karşısına çıkan her insana anlattı nerelerden geldiğini, nereleri aştığını... İnsanlar ona 'Bu kadarcık mı?' dediler. Onun içindeki yıldızı görmediler. Şövalyenin aslında gökyüzündeki yıldızı bulmaya ihtiyacı yoktu, şövalyenin zaten bir yıldızı vardı. O yıldız onun içindeydi... Her birimizin içinde olduğu gibi. Şövalyenin sadece o yıldızı parlatmaya ihtiyacı vardı ve şimdi geçtiği tüm bu yolların ona bahşettiği küçücük yardıma muhtaç bir kızı vardı şövalyenin. Artık gökyüzünden ona bakan o yıldızı aramasına gerek yoktu. Dünya onu kimsesiz bir kızın babası yaparak ödüllendirmişti, işte şimdi içindeki yıldız parlayabileceğinden çok daha fazla parlıyordu. Çünkü gerçek yıldızlar sadece gerçekten savaşanların içinde parlar. Gökyüzü, yalnızca bir yanılsamadır, gerçek gökyüzü bizim içimizdir...

”

Seninle perdeleri kapalı bir cama bakıp
yıldızları izlemedik mi?

1.Bölüm:
Yarından Sonra

"Seninle perdeleri kapalı bir cama bakıp yıldızları izlemedik mi?"

Herkesin hikâyesi iki bölümden oluşur aslında... Bir tiyatro sahnesi gibi düşünün. Birinci bölüm perdeler açıkken tüm seyirciler sizi izlerken yaşadıklarınızdır, fakat bir de bunun sonrası vardır. O tiyatro biter, o perde kapanır, seyirciler sizi alkışlar ve tüm ışıklar söner. Sonra perdenin arkasında apayrı bir hikâye başlar. Hayatın gerçeklerinin ayağımıza takıldığı, kendi ışığımızı kendimizin bulmak zorunda kalacağımız o bölüm başlar... Ege ve ben sizlerin gözü önünde sizlerin alkışlarıyla büyüleyici bir aşk yaşadık perdeler açıkken, ışıklar yanıyorken. Aramızda binlerce kilometre vardı, biz bunları aştık. Artık aramızda sıfır kilometre var ve şimdi sıra perdeler kapalıyken de bu aşkı yaşamanın sırası. Birinci bölüm bitti, şimdi sıra ikinci bölümde...

(20 Aralık 2018 – Paris)

"Günaydın..."

Arkamdan gelen sesle hafifçe irkilerek başımı çevirdim, elimdeki kahve kupasını yere bırakıp Ege'ye gülümsedim. Uykulu gözlerle bana ilgiyle baktıktan sonra eliyle dışarıyı gösterdi,

"Gerçi pek de gün aymış gibi görünmüyor ama... Saat gecenin 4'ü ve hava 2 derece, farkında mısın?" Üzerimdeki hırkaya iyice sarınarak başımı salladım. Gecenin 4'ünde buz kesen bu havanın içinde balkonumuzda oturmuş Fransız sokaklarını izliyordum.

"Uyku tutmadı..." diye mırıldandığımda Ege birkaç saniye bana üzülerek baktı. Sonra içeriye uzanıp koltuğun üzerinde unuttuğum battaniyemi aldı ve balkona adımını attı. Yanıma gelerek battaniyeyi ikimizin üzerine doğru sardı ve yere oturdu. Kahvemden bir yudum alıp soluklandı.

"Birkaç gündür her gece bu saatlerde uyanık oluyorsun," dedi tereddütlü sesiyle. Sonra başını kaldırdı ve cevabımdan korka korka bir soru sordu.

"Bir sorun mu var İzmir?" Anında dolan gözlerimi ondan kaçırdığım sırada kaşlarını çattığını gördüm. Ben ise onun yüzünü çoktan görüş alanımdan çıkarmış ve sokağa bakmaya başlamıştım. Burnumu çekerek gözlerimi kapattım ve sakinleşmeye çalıştım.

"İzmir..." Ege'nin sesi telaş dolu çıkıyordu, "Ne oldu? Neyin var?"

"Bir şeyim yok," diye mırıldanarak omzumu silktiğim sırada cevabım Ege'yi ikna etmemişti.

"Bir şeyin var." Sesi öfke dolu çıkıyordu. Oysa bana öfke dolu değildi, bir şeyimin olmasına karşı öfkelenmişti. Hayatın beni üzmesine kızmıştı. Bana değil... Elleriyle yanaklarımı tuttu, yüzümü kendi yüzüne çevirdi.

"Güzelim hadi... Hadi anlat bana... Ne oldu?"

"Ege lütfen..." dediğimde gözyaşlarıma hâkim olamıyordum.

"İzmir beni de üzdüğünün farkında mısın? Karşımda bu halde duruyorsun ve ne sebebini öğrenebiliyorum ne de sana yardım edebiliyorum. Lütfen?" Çaresiz çıkan sesi bana o kadar suçlu hissettirmişti ki burnumu çekerek başımı salladım.

"Yardım edebileceğin bir şey olsaydı söylerdim, sen üzme kendini. İyi olacağım..." Başımı göğsüne yaslayıp sakinleşmeye çalıştığım sırada Ege bunu kabullenmedi. Göğsünü başımdan çekip beni kollarımdan tuttu ve gözlerime bakmaya çalıştı.

"Anlatmanı istiyorum," dedi, "Benimle paylaşmanı, konuşmanı istiyorum İzmir." Titreyen dudaklarımdan tek kelime çıkmazken Ege yalvarırcasına bir cümle daha kurdu:

"Konuş benimle." Ağlamamak için alt dudağımı ısırmaya başladığım an, önce gözlerim karşı binanın balkonunun karanlığına kaydı. Sonra başımı kaldırıp bizim balkonumuza baktım, ışıklarla süslediğimiz bu aydınlık balkona... Evet, bunun için şükür doluydum. Ama içimin ışıkları böyle parlak yanmıyordu işte...

"Saat gecenin 4'ü..." diye başladım konuşmaya, "Hava 2 derece... Paris'in daha adını bile söyleyemediğim bir sokağında sevdiğim adamla aynı evdeyim. Aklımda olmasını çok istediğim bir soru var, ama o soru benim aklımda yok." Ege kaşlarını çattı ve anlam vermeye çalışır gibi baktı yüzüme.

"Ne sorusu?"

"Burada seninle böyle güzel bir hayat yaşarken şey diye düşünmek isterdim mesela... Annemler uyumuş mudur? Babam bu geceki maçı izlemiş midir? Annem bu akşam yemekte ne yapmıştır? Annem ve babam iyiler midir?" Titreyen sesime gözyaşlarım karışırken Ege'nin gözlerinde gördüğüm acı benim kendi acımdı. Kendi acımın yansımasını onun gözlerinde görüyordum.

"İzmir..."

"Bugün onların evlilik yıldönümüydü biliyor musun..." dedim gözyaşları içinde, sonra kontrolümü kaybetmeme izin vermeden konuşmaya devam etmeye çalıştım: "Kimseye anlatacak renkli bir hikâyem yok, hiçbir zaman da olamayacak. Evet, sana aşığım Ege. Âşık olduğum adamla çok güzel bir şehirde yaşıyorum. İstediğim zaman Eyfel Kulesi'ni görebiliyorum. Ama ben isterdim ki bunları anneme ve babama da anlatabileyim... Buraya ilk geldiğim zamanlarda onların ölümünü atlattığımı sanıyordum biliyor musun? Acımın geçmesine çok kızıyordum. Hâlbuki seninle olan ayrılığımmış benim kafamı meşgul eden. Sonra seninle kavuştuk, sürekli beraberiz, her şeyi beraber yapıyoruz. Artık seninle olan aşkıma üzülmüyorum. Kafamı meşgul etmiyor ve işte şimdi yeni yeni gerçekler kafamı meşgul etmeye başladı... Beynim tam bir acı arayıcısı gibi, ben unutmaya çalıştıkça karşıma getiriyor acılarımı. Bilmiyorum beni ne kadar anlarsın ama sırtıma bir sürü yük bindi... Birini kaybetsem bile belki kaldırabilirdim ama benim dünyamda sadece üç kişi vardı ve ben bir anda ikisini kaybettim, diğeriyle kalakaldım. Yaşadığım ülke değişti, etrafımdaki insanların dilleri değişti, sadece sen kaldın... Ve ışıklarımız..."

"Yaşadıklarının ne kadar zor olduğunun farkındayım... Bu kadar güçlü olmasaydın ayakta kalamazdın. Ama sen ayakta kaldın İzmir... Şimdi mi yıkılacaksın? Sen bunları aştın, sen hepsini sırtına aldın, taşıdın, hepsini atlattın. Biliyorum... Buraya alışman da çok zor. Onların dilini tamamen öğrenmen birkaç ayda olacak kadar kolay bir iş de değil. Ama her şeyi birlikte atlatabiliriz. Buna inanmıyor musun?" Gözyaşlarım havanın soğuğuyla yanağımda kururken derin bir nefes bıraktım. Nefesim öyle çok buhar yaptı ki bir an havanın soğukluğuna şaşıp kaldım.

"İnsanlardan nefret ediyorum," dedim küfür eder gibi.

"Neden böyle bir cümle kurdun şimdi?" diye sordu Ege şaşırarak, "Biri bir şey mi dedi? Kursta filan mı bir şey dediler? Biri canını mı sıktı?" Ege'nin ön öfkesi gözlerinden okunuyordu. Sanki biri bana bir şey dedi desem gidip boğazına yapışacaktı. Konuyu değiştirmek için gözlerimi tekrar sokağa çevirdim,

"Ege..." diye mırıldandım.

"İzmir?"

"Sence ben güçlü müyüm?" Ege bana bir kez daha şaşkınlıkla baktığı sırada gözlerim onda değil sokağı süsleyen Noel ışıklarındaydı.

"Sen benim gördüğüm en güçlü insansın. Ama bunu neden soruyorsun? İzmir... Biri sana ciddi ciddi bir şey dedi, değil mi?" Bu sorduğu soruya cevap vermek istemiyordum. Başımı havaya kaldırıp yere düşen ufak kar tanelerini işaret ettim.

"Sence yerler ne zaman kar tutar?" Ege'nin nefes verişinde önce ufak bir serzeniş hissettim, sonra küçük oyunumu sürdürmeye karar verip dışarıya baktı.

"Böyle devam ederse yerlerin kar tutması bir mucize olur... Tutacağını sanmıyorum." Cümlesine anlamlı bir şekilde güldüm.

"Ne oldu?" diye sordu gülümsememe gülerek.

"Çok garip değil mi... Kuzeyde yaşayan birine yerlerin kar tutmasını mucize olarak nitelendirdiğini söylesek baya gülerdi. Ama bize göre mucize. Mesela... Hani sordun ya biri sana bir şey mi dedi diye. Aslında evet... Tam olarak bana bir şey denmedi ama birinin internette şöyle bir cümlesini gördüm. Şöyle yazmış: 'Her bunalım atlatan ben güçlüyüm diyerek küllerinden doğma edalarına bürünüyor. Bunalım sizi güçlü yapmaz, güçlü olan bunalıma girmez.' Bu cümleyi birinin bloğunda gördüm geçen hafta. Baya bir baktım ekrana. Güçlü olup olmadığımı sorgulamaya başladım."

"İzmir yapma ama!" Ege okuduğum bu cümleye öfkeyle karşılık verirken beni bölmesine izin vermeden devam ettim.

"Büyük bir acı yaşıyorsun. Ne olursa olsun, başına ne gelirse gelsin, küçük ya da büyük bir şey olmuş fark etmez... Yahu ben acı yaşamışım, ben bunalıma girmişim, düşmüşüm, dibe batmışım ve bunu atlatmışım. Gecelerce kendime neler dediğimi hatırlıyorum. Atlatamam dedim, atlatmam imkânsız dedim, bu acı benim sonum olacak dedim ama bu acı geldi üstümden geçti beni yıktı gitti ve ben ayağa kalktım. Kendimi hayatımda ilk defa güçlü hissetmeye başlamıştım... Ayağa kalkmam benim için bir mucizeydi. Kendimi çok ama çok büyük bir şey başarmış gibi hissediyordum. Oysa insanlar için bunun mucizeyle uzaktan yakından alakası yoktu. Bana mucize gibi gelen şey, benim mucizem dediğim bir şey başkaları için su içmekten farksızdı... Acı çekmek nasıl bir şey biliyor musun? Bunalıma girmek, düşmek ve dibe batmak nasıl hissettiriyor biliyor musun? Tam bir bataklık gibi. Çırpındıkça daha çok içine çekiliyorsun; çünkü çırpınmak sakin kalmadan yapılan bir eylemdir. Sakin kalmazsan bataklık seni en dibe çekiyor. Ama en dibe çekilmen bile seni bitirmeye yetmiyor. Çünkü aslında sadece en dibe ulaştığında anlıyorsun oradan çıkabileceğini. Bataklığın en dibinde ayağın yere basıyor ve ayaklarınla yere basıp oradan güç alıp çıkıyorsun bataklıktan... Ama o an yeni bir gerçekle yüzleşiyorsun. Bataklıktan çıktığın an hiçbir şey bitmiyor, biliyor musun? Şehrin içinde bataklık olmaz ki... Öyle bir yerde batmışsın ki içine çıktıktan sonra evine dönmek için kilometrelerce yürümen, düşmen, kalkman, göllerden geçip yıkanman, dağları aşman gerekiyor... Belki bunların hepsini odanın karanlık bir köşesinde yapıyorsun... Evet. İnsanlar bunu böyle görüyor. Oysa sen o odanın köşesinde ne engebeli yollardan geçiyorsun kimse ama kimse bunu bilmiyor. Odanın içinde tek başına oturmuş tek başına kafayı yiyorsun, kelimenin tam anlamıyla kafayı yiyorsun yahu. Çünkü kafanın içi bambaşka yerlerde, kafanın içi bir bataklıkta çırpınıyor. Sonra başarıyorsun, atlatıyorsun... Tüm o yolları, dağları, gölleri düşe kalka geçiyorsun ve insanlar 'Eee ne var bunda?' diyor, 'Bu kadarcık mı yani?' diyor..."

Öfkeli ses tonumu biraz daha sakinleştirmeye çalıştıktan sonra kaşlarımı rahatlatarak konuşmaya devam ettim:

"Buraya geldiğimden beri kime ailemin ölümünden bahsetsem yüzlerinde hüzün göremedim... Anlamıyorum... Bu bir tek bana mı derin bir üzüntü sebebi gibi geliyor, herkese neden normal geliyor? İnsanlar neden karşılarındaki insanların acılarını anlayamıyor, bu kadar mı ölüler? Ben g-" derken Ege elini kaldırıp gülümseyerek beni susturdu.

"Sakin, sakin..." dediğinde yüzünde âşık bir gülümseme vardı.

"Şu an bütün insanlığa tekme tokat girişmek istiyorsun. Biliyorum. Söz veriyorum bunu yaparız da, ama şimdi biraz sakin mi olsak güzelim? Öfkemizi arttırmayıp kendimize bu kadar zarar vermesek mi? Ne dersin?"

"Elimde değil..." diye mırıldandım öfkeyle, "Saçma sapan da bir dil üretmişler zaten öğrenemedim gitti. Kelimeler var hiçbir şey anlamıyorum. İçinde yaşadığım sokağın adını söyleyemiyorum daha. Rue de l'Abreuvoir isme bak! Ne biçim isim bu."

Ege büyük bir kahkaha attığı sırada sinirle dışarıya çevirdim gözlerimi.

"Şu an Paris'teki bir sokak ismine mi öfkelendin, yoksa bana mı öyle geldi?"

"Bir tanesine değil hepsine öfkelendim."

"Aşağı inip sokak tabelasını parçalayacaksın diye korkmaya başladım." Ege'ye gözlerimi devirdiğim sırada beni kollarıyla sarıp kendine çekti. Saçlarıma bir öpücük kondurduktan sonra konuşmaya başladı:

"Acının ne kadar büyük olduğunu anlıyorum. Gün geçtikçe onları ne kadar özlediğini de anlıyorum. Ama kendini güçsüzmüş gibi görmeni anlamıyorum İzmir. Sen benim gördüğüm en güçlü insansın. Başkaları ne düşünürse düşünsün, başkaları ne derse desin. Hayat tarafından düşürülmüş ve ayağa kalkmış herkes güçlüdür. Tek güçsüzler kendilerinden başka herkesi güçsüz görenlerdir. Anladın, değil mi?"

Gözlerim sokaktaki Noel ışıklarını takip ederken soğuktan yüzümü hissetmemeye başlamıştım. Boş boş bakan gözlerle başımı salladığım sırada Ege'yi anlamış olmama rağmen içimdeki bu eksiklik ve uyum sağlayamama duygusu kendisini görünmez kılmıyordu. Giderek kendini bana hatırlatan bu eksiklik ve yabancılık duygusuna Ege'nin sözleri bile etki edemiyordu.

"Çok yorgunum biliyor musun?" diye mırıldandığımda başım Ege'nin kucağındaydı.

"Biliyorum..." Duymak istediğim cevap da buydu aslında. Birinin benim ne kadar yorgun olduğumu bilmesini duymaya ihtiyacım vardı.

"Söylesene," dedim saçma bir çaresizlikle.

"Neyi söyleyeyim?"

"Yorgun olduğumu... Bunu birinden duymaya ihtiyacım var. Hissettiklerimin gerçek olduğunu bilmeye ihtiyacım var." Ege derin bir nefes alıp kucağında yatan kafama bakarak saçlarımı kulağımın arkasına doğru itti ve konuşmaya başladı,

"İzmir... Sen çok büyük bir acı atlattın ve hayatın tümüyle değişti. Üzgünsün, her şey üst üste bindi, hala acı içindesin ve çok ama çok yorgunsun. Bunlar yanılsama değil, sen gerçekten çok üzgün ve çok yorgunsun. Ve bunların hiçbiri sebepsiz değil, tamam mı? Hepsinin birer sebebi var... Ve sana söz veriyorum, hepsi geçecek... Ege sözü..."

Bu duyduklarım benim duymak istediğimden fazlasıydı. Gözlerimden birer damla yaş akarken biraz olsun rahatladığımı hissettim. Bu hayatta sizin açıklamalarınızı en çok hak eden insan sizsiniz. Üzgün müsünüz, kırgın mısınız ya da yorgun? Acı içinde misiniz? Korkuyor musunuz? Bunları kendinizden saklamayın. "Hayır ya ben iyiyim!" demeyin. Oturun bir köşeye. Işıklarınızı kapatın. Önce kendi sessizliğinizi dinleyin, o sessizlikte tüm acılarınızı, korkularınızı ve yorgunluklarınızı duyacaksınız. Kendinize yalan söylemeyi bırakın. Çünkü yalan söylemeye devam ederseniz kendinize yardım edemezsiniz. Başınızı kaldırın, içinizden kendinize durumunuzu açıklayın. Deyin ki, "Bak kendim... Ben kırgınım, üzgünüm, korkuyorum ve çok yorgunum." Ne hissediyorsanız kendinize bunları söyleyin, kendinize artık yalan söylemeyi ve rol yapmayı bırakın. Ruhunuzun gerçekleri bilmeye ihtiyacı var. Çünkü siz iyiyim diyerek geçiştirdikçe o daha çok acı çekiyor. Anlamaya çalışıyor, eğer iyiysek neden bu haldeyiz diye soruyor size... Duymuyorsunuz. Şimdi kendi kendinize tüm gerçekleri açıklayın, kendinize tüm durumunuzu sebepleriyle anlatın ve sonra kendi tesellinizi kendinize kendiniz verin. Çünkü hayatta kimsenin bize yardım edemeyeceği birçok şey yaşayabiliriz ama kendimizin kendimize yardım edemeyeceği hiçbir şey yok. Kendimiz kendimize her zaman yardım edebiliriz, her şeyin nihai çözümü biziz, her şeyin ilacı bizde... Kendimizde...

Sonra kaldırın başınızı, elinizi kalbinize koyun ve şöyle deyin kendinize, "Geçecek... Hepsini birlikte geçireceğiz. Söz... Ege sözü..."

Ruhumuz bir çocuktur, biz de onun annesi. Ruhumuzu teselli etmek bizim görevimizdir, ama her şeyden öte onu iyileştirmektir esas görevimiz. Kendinizi bir başına bırakmayın, karanlığa terk etmeyin, kimsesiz bırakmayın. Yanında olun ve onu iyileştirin. Hayatta hiçbir şeyimiz kalmasa bile ruhumuz vardır. Şunu unutmayın, ruhumuz bizim tutunacak dalımızdır...

"Şimdi kalkıyorsun, yatağına gidip yatıyorsun ve sabah ben seni uyandırmadan uyanmıyorsun. Tamam mı? Anlaşıldı mı?" Ege'ye başımı sallayarak doğruldum. Beni elimden tutup oturduğum yerden kaldırdığı sırada içimdeki umutla elini öptüm.

"Seni seviyorum... İyi olacaksın, tamam mı?" Başımı sallayarak ona sarıldığım sırada yağan karın altında gecenin 4'ünde öylece balkonumuzda durmuş birbirimizi ısıtıyorduk. Yavaş yavaş içeri girdiğimizde dışarının ne kadar soğuk olduğunu içerinin soğuğuyla daha iyi anladım.

"Ben odama koşuyorum. İyi geceler dünyanın en güzel Ege'si..."

"İyi geceler sevgilim..." Ege'ye gülümseyerek odama girip kapımı kapattığımda içime çöken ikinci bir hüzünle odamın karanlığını aydınlatan pirinç ışıklarıma baktım. Evet, Ege'yle aynı evde yaşayıp ayrı odalarda kalıyorduk. İlişkimizin heyecanının kaybolmaması için böyle bir karar almıştık. Evli bir çift gibi değil de ev arkadaşı olan iki sevgili gibi olmak istemiştik. Ağır ağır yatağıma doğru ilerleyip yorganımın altına girdiğimde gözlerim masamdaki annemle babamın fotoğrafındaydı. Bir anda hızla doğrulup fotoğrafı aldım ve parmaklarımı yüzlerinde gezdirmeye başladım. Sonra annemin gözlerine bakarak konuşmaya başladım:

"Yapamıyorum..." diye fısıldadım titreyen sesimle annemin yüzüne doğru, onunla konuşmayı o kadar özlemiştim ki...

"Sizi unutamıyorum ve burada bu yaşama tutunamıyorum... Ne olur yardım edin bana..." dedim sessizce. Gözlerine uzun uzun baktım, gözyaşlarım fotoğraftaki yüzlerini ıslatırken. Parmaklarımla tek tek yüzlerini sildim ve konuşmaya devam ettim:

"Size ihtiyacım var... Beni gördüğünüzü, duyduğunuzu, hissettiğinizi bilmeye ihtiyacım var... Sizin acınızı atlatmak için size ihtiyacım var..." Gözyaşlarım kontrolümün dışına çıktığı an fotoğraflarına sarılıp yorganımın altına girdim. Sessizce ağlamamın durmasını beklediğim sırada belki yirmi dakika belki yarım saat sonra anca sakinleşebildim. Burnumu çeke çeke fotoğraflarına baktım yorganımın turuncu gölgesinde.

"Evlilik yıldönümünüz kutlu olsun anne, baba... Sizi seviyorum. Hep olduğu gibi, hep olacağı gibi... İyi ki vardınız..."

Gözyaşlarım yüzümde kurumaya yüz tutarken kollarımın arasında onların fotoğrafına sıkı sıkı sarılarak uyuyakaldım o gece. Tarih 20 Aralık'tı, hava 2 dereceden 1 dereceye düşmüştü, saat ise 5'i bulmuştu. Kar taneleri sert rüzgâr darbeleriyle camımı tıklatırken içim acının sıcağıyla kavruluyordu. Evet, Ege inanmak istemese de dibe öyle bir batmıştım ki nasıl çıkacağımı tam olarak çözemiyordum. Bana uzanan hiçbir el beni buradan çıkarmaya yetecek gibi değildi. Dilini bilmediğim, sokaklarını tanımadığım, insanlarına aşina olmadığım bu güzel şehir bana daha çok ailesiz hissettiriyordu. Ege yanımdaydı, şükürler olsun. Fakat bu derin depresyon beni onun varlığını bile unutturacak kadar büyük bir karanlığa sürüklemişti. Bunu çözebilecek tek insan bendim sanırım. Ve ben bu depresyonun haritasını bilmiyordum, çıkışını nasıl bulacağıma dair hiçbir fikrim yoktu. Ama ben İzmir'dim, kim ne derse desin bunu yapabilirdim... Değil mi? Hepiniz gibi...

“

Küçük kız günlerden bir gün şövalyenin evinde uyandığında heyecanla şövalyenin yanına koştu. Şövalyesinin uyuduğunu görüp gülerek onu izlemeye başladı. Her gece olduğu gibi uykusunda biriyle kavga ediyor, söylenip duruyordu şövalye. Küçük kız da başında durmuş onu izleyip gülüyordu... Sonra kahkahalarını tutamadı, küçük kızın sesine uyandı şövalye. "Ne gülüyorsun?" diye sordu şaşkınlıkla, "Hiç..." dedi küçük kız. Üstelemedi şövalye. Nasıl olsa anlatacaktı, biliyordu. Uyandılar, yemeklerini yediler, bahçeye çıktılar birlikte. Şövalye odun keserken küçük kız hiçbir şey yapmadan öylece onu izler dururdu. "Hadi git gölde arkadaşlarınla oyna," dedi şövalye. Küçük kız isteksizce başını salladı. Sanki bir an bile şövalyesinin yanından ayrılırsa onu kaybedecekti... Korkuyordu. Bir adım attı, sonra arkasını döndü baktı şövalyesi orada mı diye. Oradaydı. Bir adım daha attı, bir daha dönüp baktı. Sonra bir daha, sonra bir daha... Bir an geldi ki artık hiç önüne bakmadan arkasına baka baka öne doğru yürümeye başladı küçük kız... "Önüne baksana," dedi şövalye küçük kızın bu haline gülerek, "Arkana bakma. Gittiğin yön arkan değil, önün..." Şövalye kendi gençliğini hatırladı o an. Hep geçmişindeydi aklı, hep arkasında kalanlardaydı. Hiç önüne bakmazdı, hep arkasına bakardı. Oysa önü belki de onu bekleyen güzelliklerle doluydu, arkası ise geçmişiyle... Oysa biliyordu, küçük kızın tek derdi onu kaybetmemekti; çünkü zaten annesini de babasını da kaybetmişti. Tüm ailesi her zaman arkasında kalan bu şövalyeydi küçük kızın ve ailesini bir kez daha kaybedemezdi... O küçücük aklıyla kendi kendine söz vermişti birkaç gece önce. Ne olursa olsun şövalyesini de kaybetmeyecekti. Çünkü küçük kızın kendi kendine dediği gibi, "Şövalyeler olmasaydı krallıklar nasıl ayakta kalırdı..."

”

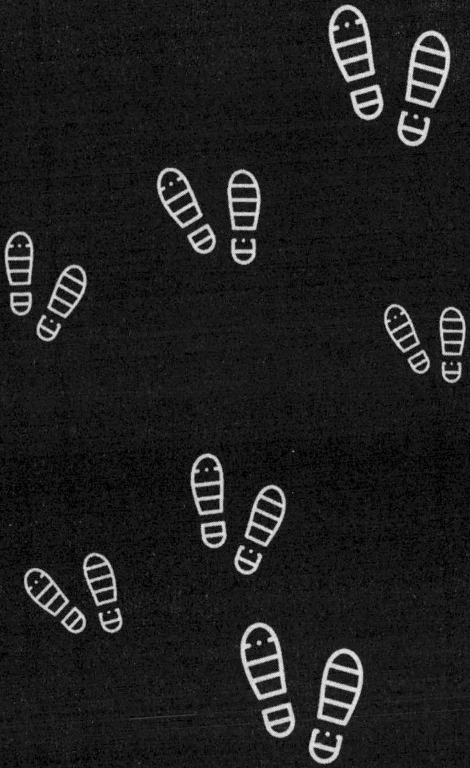

Arkana bakmayı bırak...
O yöne gitmiyorsun.
Önüne bakmalısın, çünkü gittiğimiz tek yön önümüz...

2. Bölüm:
Sen Benim Şansımsın.

*"Arkana bakmayı bırak...
O yöne gitmiyorsun."*

Gözlerimi karlı bir pencereye açtığımda içeriden gelen seslerden Ege'nin mutfakta olduğunu anlayabiliyordum. Muhtemelen bana kahvaltı hazırlıyordu. Son birkaç gündür o kadar düşmüş bir haldeydim ki her sabah uyandığımda saat öğleni geçmiş oluyordu ve her uyandığımda Ege beni kaldırmasa uyumaya devam edip akşama kadar uyuyacağımı da biliyordum. Bu sefer bir değişiklik yapmak istedim, Ege'yi beklemeden yorganımı üstümden attım ve yavaş yavaş yataktan kalktım. Her yerim ağrıyordu. Ağır ağır cama doğru ilerleyip dışarıya baktım, yollar yavaş yavaş kar tutmaya başlamıştı, bu güzel bir haberdi... Buruk bir gülümsemeyle dışarı baktıktan sonra üzerime hırkamı geçirip odamdan çıktım.

"İzmir?" İçeriden gelen sesle birlikte buruk gülümsemem burukluğunu kaybetti. Ege'ye kocaman bir gülümsemeyle baktığımda gerçekten de bana kahvaltı hazırlıyordu.

"Günaydın."

"Günaydın güzelim. Sana kahvaltı hazırlıyorum, hazır olmak üzere. Bugün itibariyle seni toparlıyoruz, hadi bakalım." Gülümsemem büyüdüğünde ona minnettar bir ifadeyle bakıp derin bir iç çektim.

"Yüzümü yıkayıp geliyorum."

"Hadi, çabuk!"

Arkamı dönüp koridoru geçip banyoya girdim. Aynaya bir kez bile bakmadan başımı eğdim ve musluğu açtım. Avuçlarımı suyla doldurdum, önce avuçlarımdaki suya birkaç saniye baktım. Sanki sudan şifa bekler gibiydim, sanki suyla anlaşma yapar gibiydim.

"Beni kendime getir... Lütfen..." diye fısıldadım suya doğru. Sonra suyu yavaş yavaş yüzüme götürdüm ve yüzümü yıkadım. Sonra bir kez daha yıkadım, bir kez daha. Hiçbir şeyim kalmamıştı evet, ama Ege'ye sahiptim ve onu da kaybedemezdim. Kendime gelmek zorundaydım. Kendimi toparlamak zorundaydım. Başımı kaldırdım, aynaya baktım. Gözlerimin içine baktım.

"Geçmişi düşünüp durmayı bırak artık. Arkana bakmayı bırak... O yöne gitmiyorsun. Önüne bakmalısın, çünkü gittiğimiz tek yön önümüz İzmir. Kendine gel," dedi iç sesim ben aynadaki gözlerime bakarken.

"İzmir hadi. Kreplerin soğuyacak." Ege'nin mutfaktan gelen sesi bana annemin seslenişini hatırlattı. Kendi kendime bir söz verdim o an, düşmeyecektim. Yerin beni çekmesine izin vermeyecektim. Kimsesiz de kalabilirdim, hiç kimsem de olmayabilirdi ama ben tek başıma değildim. Ege'ye sımsıkı tutunacaktım, ona haksızlık etmeyecektim. O benim her şeyimdi...

"Geldim..." Banyodan çıkarken modumu düzeltmeye çalıştım. Gülümser bir ifadeyle mutfağa ulaştığımda Ege öyle bir masa hazırlamıştı ki sevdiğim her şey vardı.

"Kahve mi içersin çay mı?" diye sordu ama ben cevap veremeden kendi kendine cevap verdi, "Tabii ki kahve içersin. Sen İzmir'sin... Nasıl unuttum." Gülüşüm büyüdüğünde Ege kahvemi hazırlayıp önüme koymuştu bile. Karşıma oturup tabağıma krepten ve kokteyl domateslerinden koyarken o kadar tatlı görünüyordu ki sağ gözümden bir damla yaş aktığını fark ettim. Yüzüme hiç bakmadan tabağıma biraz da fındık ezmesi koydu, sonra da kendi kendine "Bu çok oldu ya," deyip fındık ezmesinin bir kısmını alıp kavanoza geri koydu! Gülmemek için kendimi zor tutuyordum. Öylece onu izliyordum. Tabağıma kuru incirler koyarken kendimi tutamadım, bu hali beni o kadar duygulandırmıştı ki ve o kadar tatlıydı ki gözlerimden yaşlar akarken kahkahalarla gülmeye başladım. Başını kaldırıp bana şaşkınlıkla baktığında neden güldüğümü ve aynı zamanda neden ağladığımı anlamaya çalışıyordu.

"İzmir?" dedi şaşkınlıkla, "Neden gülüyorsun... ve neden ağlıyorsun?"

"Soruya bak!" dedim ve daha çok gülmeye başladım. Ege de karşımda kahkahalarla gülen halime gülmeye başladığında gülmemi durduramıyor ve karnımı tutuyordum. Sakinleşmeye çalışarak konuşmayı denedim:

"Tam bir anne gibi davranmaya başladığının farkında mısın!" dedim kahkahalarımın arasında, "Fındık ezmesini koyup kendi kendine bu çok oldu ya deyip birazını geri alman..." Gülmekten ölecektim.

"Ben onu dışımdan mı söyledim?"

"Maalesef!" Karşılıklı olarak gülüştüğümüz sırada çoktan kahvaltımıza başlamıştık. Birkaç gündür ilk kez bu kadar güldüğüm bir sabah yaşıyordum, belki de birkaç aydır.

"Aaa," dedi Ege bir anda kahvaltının ortasında, "Ben kahvaltı yaparken izleyelim diye dizi açacaktım. Kahvaltı boşa gitti."

"Kahvaltı boşa mı gitti?" Kendimi tutamayıp bir kez daha gülmeye başladığım an bana alınarak baktı ve gözlerini devirdi.

"Tamam, tamam, e hadi. Şimdi aç."

"Olmaz. Dışarı çıkacağız, dizi izlemeye şimdi başlarsak bütün gün bırakamayız." Kaşlarımı çattım.

"Dışarı mı çıkacağız?" derken titreyen telefonumla başımı masaya çevirdim. Merve'den bir mesaj vardı. Mesajı yana kaydırıp başımı kaldırıp Ege'ye baktım.

"Mesaj mı geldi?" diye sordu merakla. Başımı salladım.

"Evet. Sen ne diyordun? Dışarı mı çıkacağız?"

"Kimden mesaj geldi?" Yüzü bir anda gerilmişti.

"Kimden gelebilir?" diye mırıldandım saçma bir gülümsemeyle.

"Umarım Merve'dendir." Ben cevap vermeden gülerek başımı eğip telefonuma baktığımda Merve'nin mesajının, "Günaydın İzmoş!" olduğunu gördüm. Evet, maalesef bana İzmoş diyordu... İsmime hiçbir şey uyduramadığı için anca böyle bir şey demeyi başarabilmişti...

"Kimden olduğunu söylemeyecek misin?" Ege'nin hala kimden mesaj geldiğini öğrenmeye çalıştığına inanamıyordum.

"Hayır, söylemeyeceğim!" dedim inatla. Ege birkaç saniye donarak yüzüme baktıktan sonra derin bir nefes aldı ve ayağa kalktı. Hiçbir şey demeden masayı toplamaya başlayınca gülmemek için kendimi zor tuttum. Ayağa kalkıp ben de ona yardım etmeye başladım. Hiçbir şey demeden mutfağı birlikte topladığımız sırada Ege'nin ciddi yüzüne baktıkça gülesim geliyordu Allah affetsin.

"O zaman ben gidip hazırlanıyorum... Nereye gideceğimizi de söylemedin ama..." dedim tereddütle.

"Tamam." Verdiği tek cevap buydu. Bana o kadar kızmıştı ki ve o kadar komik bir ciddiyeti vardı ki yüzüne bakmamaya çalışıyordum.

"Tamam o zaman. Görüşürüz," diyerek odama doğru ilerledim. Görüşürüz mü? Ben de baya saçmalamıştım şu an.

Görüşürüz ne ya sanki çıkıp beş kilometre öteye filan gideceğim. Aynı evin içinde odama giderken görüşürüz demem rezaletime söylenerek odama girdiğimde günler sonra ilk kez yatağımı topladım. Sanırım hayat enerjim geri geliyordu. Yatağımı topladıktan sonra dolabımı açıp üzerime kırmızı boğazlı kazağımı ve yırtık siyah pantolonumu geçirip aynanın karşısına geçtim. Kendimle pek göz göze gelmemeye çalışarak saçlarımı tepeden topladım. Dudaklarıma hafif mürdüm rengi bir ruj sürdükten sonra başıma siyah şapkamı geçirip dolabıma döndüm. Siyah montumu üzerime geçirdiğim gibi çantamı taktım ve odadan çıktım.

"Ege..." diyerek odasına doğru seslendim, "Ben hazırım."

"Tamam." Odasından gelen tekdüze sesle gülümsedim. Hala kızgındı. Oturma odasındaki koltuğa oturup onu beklerken telefonumu cebimden çıkarıp Merve'ye cevap yazdım:

"Günaydın Mervoş." Benden böyle bir şey yazmamı beklemezdiniz değil mi? Ama yazıyorum işte.

"Burası baya karlı bugün," diyerek devam ettim yazmaya: "Orası nasıl?"

Merve'den anında cevap geldi:

"Burası da karlı! Ne kadar çok ortak yönümüz var, bak görüyorsun değil mi?" Tam Merve'ye cevap yazacağım sırada Ege odaya girdi. Telaşla telefonumu bir anda kapatıp koltuğa bıraktığımda biriyle basılmış gibi davrandığımı fark ettim! Ama size yemin ederim Ege de bana öyle bir bakıyordu ki sanki beni biriyle basmıştı! Yüz ifadesi o kadar üzgün ve kızgındı ki!

"İşin bittiyse çıkabiliriz," diye mırıldandı.

"Ne işi?"

"Telefonundaki işin." Hay Allah'ım! Çocuk beni kim bilir kimlerle konuşuyorum sanıyor.

"Bitti bitti." Ben de baya öyle davranıyorum yani. Ege haklı.

"Tamam, çıkıyorum ben."

"Tamam, geliyorum." Harika bir gerginlik var aramızda. Tüm Fransa'ya aramızdaki gerginlikten elektrik dağıtılabilir şu an. Telaşla Ege'nin peşinden gittiğim sırada Ege çoktan asansöre binmiş beni bekliyordu. Hızla asansöre bindiğim sırada hiç konuşmadan iki yabancı gibi asansörün aşağı inmesini bekledik. Giriş katına ulaştığımızda ise yine hiç konuşmadan binadan çıktık ve ben binadan harika bir çıkış yaptım! Binadan çıktığım an yerdeki kardan kayıp düştüm!

"İzmir!" Ege telaşla bana doğru eğilirken elimi kaldırdım.

"Bir şeyim yok, iyiyim merak etme! Alışığım ben düşmeye." Ege hiçbir şey demeden beni kolumdan tutup kaldırdığında yerler o kadar kaygandı ki Ege'nin koluna tutunarak yürüyordum. Sokak boyunca sessizce yürüdüğümüz sırada telefonum art arda titremeye başladı. Ama bir arama yoktu, büyük ihtimalle Merve okulda olan bir olayı art arda mesajlarla bana anlatıyordu. Başımı kaldırıp Ege'ye baktım.

"Bak istersen telefonuna. Arkadaş baya ısrarla yazıyor," diye mırıldandı.

"Yok, gerek yok..." Neden ona Merve'yle konuştuğumu söylemediğimi de bilmiyordum açıkçası. Sanırım ona şu an Merve yazıyor deseydim iki saattir neden söylemediğimi, onunla dalga mı geçtiğimi soracaktı. Ama şimdi de onu aldattığımı düşünüyordu. Olsun, bu daha iyiydi. Gerçekten harika bir düşünme biçimim var.

"Biz nereye gidiyoruz şu an?" diye sorduğumda sokaktan caddeye çıkmıştım. Caddede Noel baba kostümlü insanlar broşür dağıtıyor, bazı mağazalardan Noel müzikleri yayılıyordu.

"Yılbaşı ağacı almaya..." Heyecanla başımı kaldırıp Ege'ye baktığımda yılbaşı ağacı alacağımız gerçeği onu artık pek de mutlu etmiyor gibiydi. Bu hayatta tanıdığım, tepkileri en gerçek insan Ege'ydi. Bu halleri bana o kadar tatlı geliyordu ki hiçbir şeyi beni ondan itmiyordu. Her şeyi ama her şeyi beni ona daha çok çekiyordu.

"Teşekkür ederim," diye mırıldandım, "Benim aklıma bile gelmemişken böyle bir şey düşündüğün için..."

"Mesajlaşmaktan aklına gelmemiştir." Gülerek şaşkınlıkla ona baktığımda istifini bozmadan öfkeyle yılbaşı ağacı almaya doğru gidiyordu.

"Bu kadar öfkeli bir şekilde yılbaşı ağacı almaya giden tek insansın, biliyorsun değil mi?"

"Olabilir..." Verdiği tekdüze cevap beni yine eylemsiz bırakırken sanırım artık ona gerçeği söyleme vaktim gelmişti. Ama biraz daha eğlenmek istiyordum. Mesela onu öfkeyle yılbaşı ağacı ve ağaç süsleri seçerken görmek istiyordum.

"Burası," diye mırıldandı. Beni bir mağazaya sokarken mağazanın ışıl ışıl oluşu bir anda içimi açmıştı. Bugün benim için gerçekten güzel bir gündü. Birkaç gündür süren bunalımım bir anda kendini görünmez kılmıştı, hayatın akışı beni kendisine takmış sürüklüyordu. Sanki sabah yüzümü yıkarken anlaşma yaptığım su bana iyi gelmişti... Ya da bu yanımdaki. Evet, sanırım o bana iyi gelmişti...

"Şu süslere bak Ege..." dedim hayranlıkla, "Işıklara bak! Hepsi harika!"

"Evet, çok güzeller." Ege asık bir suratla eline bir kutu ışık alıp dikkatlice baktı.

"Çok güzel bu! Baksana ışıkların her birinde ayrı bir figür var!"

"Evet... Güzel yapmışlar..." Bu tepkisiz hali o kadar eğlenceliydi ki anlatamazdım.

"Bu ışığı alalım, bence süs olarak da şu kutulu süslerden alalım. Ne dersin?"

"Sen bilirsin..." dedi umursamazca, ama maalesef umursuyordu ve kendini tutamayarak devam etti, "Bence şu çilek şekilli süsler de baya iyi." Sonra bana küs olduğunu hatırlayıp tekrar ekledi:

"Ama yine de sen bilirsin..." Gülerek çilek şekilli süsleri elime aldım.

"İkisini de alalım o zaman. Ne boy ağaç alacağız ki?"

"Bilmem..." dedi ama biliyordu. Kendini tutamayıp devam etti, "1.80 olabilir..."

"Tamam o zaman. Sen ağacı getir. Ben de şu süsler için bir sepet bulayım." Ege birkaç saniye yüzüme baktıktan sonra derin bir nefes alıp ağaçların olduğu yere doğru ilerledi. Arkasından onu izlediğim sırada ona olan sevgimin en tepesindeydim bugün. Etraftaki insanlar gülerek ve heyecanla bir şeyler alırken Ege sinirle yılbaşı ağacını kaptığı gibi yanıma doğru yürümeye başladı. Kahkahalarla gülünecek kadar komik görünüyordu. Ama ciddiyetimi bozmadım. Bir sepet alıp elimdeki süsleri onun içine bıraktığımda Ege ağaçla yanıma ulaşmıştı.

"Sence kar spreyi alalım mı?" diye sordum.

"Sen bilirsin."

"Aaa Ege! Tamam ama, yeter bu kadar!" dedim sabırsızlıkla gülerek, "Merve'yi kıskandığına inanamıyorum. Benim onlar dışında kimseyle konuşmadığımı biliyorsun ve hala her mesaj aldığımda beni kıskanıyorsun!" Bir anlığına duraksayıp kaşlarını çattı.

"O zaman neden iki saattir başkasıyla konuşuyor gibi davranıyorsun?" Harika. Şey mi desem, "Başkasıyla konuşuyorum zaten. Seni aldatıyorum ben Ege!"? Sanki bunu desem olayın içinden daha kolay sıyrılacağım gibi hissediyorum.

"Senin... Senin bu tatlı hallerini görmek için..."

"Kızgın olmam sana tatlı mı geliyor?" Eyvah, şimdi gerçekten kızmıştı işte.

"Özür dilerim," dedim, "Biliyorum çok uzattım." Ege birkaç saniye yüzüme baktıktan sonra konuşmaya başladı.

"Birkaç gündür benden uzaklaştığın ve pek odandan çıkmadığın için... Geceleri seni balkonda tek başına otururken bulduğum için... O yüzden belki de başkasıyla mesajlaşıyor olabilirsin diye düşündüm. Korktum... Sana artık yetemiyor olduğumdan korktum." Ege gerçekten ciddi ciddi bunu düşünmüştü ve ciddi ciddi üzgündü şu an. Onun bu kadar ciddi ve üzgün olduğunu görmek kalbimi kırarken kendime kızdım o an. Kendimi salak bir bunalıma sürüklerken onu hiç düşünmemiştim.

"Özür dilerim..." dedim tekrar, "Ama bunu nasıl düşünürsün? Sen bana nasıl yetemezsin Ege, sen bana fazlasın bile! Ya ben ne kadar salağım, sana ciddi ciddi birkaç gündür bunları mı hissettirdim?"

"Hayır... Sen bir şey yapmadın... Benim aptal kaybetme korkum işte..." Sonra durdu, sıkıntılı bir nefes verip devam etti:

"İnsan hayatında bir kez böyle bir şans yakalayınca kaybetmekten deli gibi korkuyor..."

"Şans?" diye sordum anlamayarak.

"Sen..." dedi, "Sen benim şansımsın..." Gözlerim gözlerine bakarken birinin benim için bunları düşünüyor ve hissediyor olması, beni kaybetmekten bu kadar üstüme titrercesine korkuyor olması da benim şansımdı. Tam dudaklarımı araladığım sırada cebimde çalmaya başlayan telefonumla söylenerek elimi cebime attım.

"Of Merve!" diyerek ekrana baktığım sırada arayanın başka biri olduğunu gördüm. Başka bir numara. Bende kayıtlı olmayan bir Türkiye numarası... Kaşlarımı çatarak ekrana baktığım sırada Ege de beni izliyordu.

"Kim? Merve değil mi?"

"Hayır..." dedim anlam vermeye çalışarak, "Tanımadığım bir numara. Üstelik Fransız hattımı değil, Türk hattımı arıyor."

"Bakayım?" Ege telefonu elimden alırken ekranın başına eğilmiş çatık kaşlarla numaraya bakıyorduk.

"Ben açayım mı?" diye sordu Ege telefon ısrarla çalmaya devam ederken. O sırada telefonun çalması durdu fakat bir saniye sonra tekrar çalmaya başladı.

"Hayır, ben açarım. Belki eski arkadaşlarımdan biridir..." Telefonu Ege'nin elinden alıp gergince açarak kulağıma götürdüm.

"Alo, buyurun?" diye mırıldandım beklentiyle. Önce hiç ses gelmedi.

"Alo?" dedim tekrar kaşlarımı çatarak. Sonra telefondan cızırtılı, belki başkasına bir anlam ifade etmeyen ama bana çok büyük anlamlar ifade eden bir ses geldi.

"Alo!" dedi o ses. Sadece bu... Alo.

Ama bu öyle bir "Alo!"ydu ki elimdeki süs dolu sepet yere düştü bir anda. Bacaklarım gücünü kaybederken raflardan birine tutunmaya çalıştım. Titreyen bedenim Ege tarafından tutulurken her şeyi unutmuştum. Kalbim atmıyordu sanki, ellerim buz tutmuştu.

"Anne!" dedim şok içinde, kendi sesimi bile duyamıyordum.

"İzmir!"

Bu annemin sesiydi. Bu onun sesiydi. Onun sesini beş milyon kilometre uzaktan da duysam tanırdım, dünyanın tüm gürültüleri arasından da tanırdım, sağır olsam da tanırdım. Bu oydu. Bu annemdi!

Küçük kız artık her gün dereye gider, yaşıtlarıyla oynarmış. Şövalyenin ise gözü kestiği odunda değil, kaybolmasından korktuğu küçük kızındaymış. Kaç kez yaralamış kendini küçük kızı izlerken odunlarını kesen baltayla. Ama yaralanması umurunda değilmiş... Günlerden bir gün köye yağan kar tüm çocukları mutluluktan deliye çevirdiğinde şövalye bahçesine bir ateş yakıp oturur, çocukların oyunlarını izlermiş. Sonra köyün alimi denen bir bilge yaklaşmış şövalyeye, “Buyur!” demiş şövalye, “Otur, ekmeğimden ye...” Alim oturmuş. Ekmek yemişler, sıcacık şarabından içmişler yudum yudum... Sonra konuşmaya başlamış alim, “Yan köyde bir adam var...” demiş, “Köy köy gezip bir çocuk arıyor şövalye. Adam çobanmış, bir gün hastalanmış dağın tepesinde bayılmış kalmış. Bir köylü almış adamı evine. Günlerce gecelerce bakmış çobana. Çoban yeni uyanmış... Bir kızım vardı benim demiş, deli gibi ararmış her yeri... Bana sordular, bilmiyorum dedim.” Sonra alimin gözleri şövalyeye bakmış. “Sen benim eski dostumsun... Senin için yalan söyledim... Ama kendini hazırla, çobanın kuzusunu bulması yakındır... Zamanı durduramazsın.” Şövalyenin içine öyle bir ok saplanmış ki oturduğu yerde kalakalmış. Gözleri küçük kızda, kalbi ise kapkaranlık bir bulutun içindeymiş. Bir yandan çok mutlu olmuş... Çünkü bu küçük kız artık babasız değilmiş. Oysa bir yanı acı içindeymiş, çünkü kendisi kaybedecekmiş canından çok sevdiği bu küçük kızı... Oysa bir an bile düşünmemiş, küçük kızı yanına çağırmış. “Gidiyoruz.” demiş, “Nereye?” demiş alim şaşırarak, “Kızı babasıyla kavuşturmaya...” Çobanın kendisini bulmasını bile beklemeyecekmiş. Çünkü şövalye için kızın mutluluğunun yanında kendi mutluluğu beş kuruş etmezmiş...

Senin saatinin pili yok diye zaman da durmuyor ki...

3. Bölüm:
Yol Haritam.

> *Ama senin saatinin pili yok diye zaman da durmuyor...*

"İzmir!"

"Anne!"

Bir şarkı var kulaklarımda, çocukluğumdan beri unutamadığım, kulaklarımdan gitmeyen bir şarkı... Annemin ve babamın ben çocukken açıp açıp ben etraflarında koştururken salonun ortasında dans ettikleri bir şarkı. "Yıllar girse de aramıza, teselli olmaz yaramıza..." diyor bu şarkı, sonra devam ediyor, "Bu dertle ölsem, ömrüme yanmam..." İşte o an tüm bu yılbaşı süslerinin ortasında yere dizlerimin üstüne oturduğumda bütün o yılbaşı melo dileri silindi kulağımdan. Hepsi gitti, her şey sustu, tüm bu olanlar silikleşti. Kapkaranlık bir odada buldum kendimi sanki, bir ben bir annem bir babam, bir de Ege... Karanlığın içinden tek duyduğum şey annemin sesiydi. Ağzından daha fazla kelime çıkması için yalvarabilirdim, o haldeydim. Ama annemin sesi sadece benim ismimi haykırıyordu, bir de ağlıyordu... Bu kadar.

"Anne!" dedi titreyen sesim bir kez daha, omzuma dokunan şok içindeki Ege'nin sesi sardı kulaklarımı:

"İzmir! Ne annesi!" Titreyen başımı ona doğru çevirdim, yaş dolu gözlerimle ona baktım, ona evet der gibi başımı salladım... Ege şaşkınlıkla telefonu kulağımdan çekip kendi kulağına koyduğunda ise yalvarır gibi elimi uzatıp telefonu almaya çalıştım. Annemin sesini kaybedemezdim! Ege beni eliyle yerde tutup telefonu kulağına dayadığında kaşlarını çattı.

"Alo?" diye fısıldadı, "Kimsiniz?"

"Alo?" dedi bir kez daha,

"Alo? Lütfen konuşun?"

"Oydu!" dedim gözyaşlarımın arasında, "Yemin ederim bu annemdi!"

"Ses gelmiyor telefondan..." Ege hayal kırıklığıyla ekrandaki numaraya bakarken arama karşı taraftan sonlandırıldı ve biz öylece bir yılbaşı mağazasının süs reyonlarından birinde yerde kalakaldık... Önce birkaç saniye boyunca ne ben konuşabildim ne Ege. Ben raftaki kırmızı ağaç süslerinden birindeki kendi yansımama bakıyordum, Ege ise bana. Başımı kaldırdım, Ege'nin gözlerinin içine baktım, gözyaşlarım dökülürken gülmeye başladım.

"Yaşıyor! Tekrar aramalıyız!" dedim heyecanla, "Ege onlar yaşıyor!" Ege'ye gözyaşları içinde gülerek sarıldığımda onun hali ise bambaşka bir şeyi düşündüğünü belli ediyordu.

"İzmir... Son günlerde pek iyi değildin... Doğru sesi duyduğuna emin misin?" Gözlerine hayal kırıklığı dolu bir bakış attıktan sonra hüzünle ayağa kalktım ve beni durdurmaya çalışan Ege'ye pes etmeyerek öfkeyle mağazanın kapısına doğru ilerledim.

"Güzelim durur musun?" diyor ve peşimden geliyordu. Mağazadan çıkıp dışarının karlarla kaplı olduğunu unuttuğum anda mağazanın kapısında küt diye düşüp karların üstüne yığıldım.

"Aptal beyinsiz geri zekâlı kar taneleri!"

Söylene söylene kalkmaya çalıştığım sırada Ege yanı başımda bitmiş beni elimden tutmuş kalkmama yardım ediyordu. Beni en sonunda ayakta sabit tutabildiği ilk an kollarımı sıkıca tutup yüzümü yüzüne çevirdi. Gözlerimin içine bakmaya çalışıyordu fakat ben neden olduğunu bile bilmediğim gözyaşları içindeydim o an... Umut mu, korku mu, öfke mi, şaşkınlık mı bilmiyordum. Şok içindeydim, beynimin alamayacağı kadar inanması güç bir şey yaşamıştım az önce. Kafamın içi bir yandan bas bas bağırıyordu "YA DELİRDİYSEK İZMİR?" diye. Ve karşımdaki Ege de bana inanmadığı an bu ihtimal o kadar güçlenmişti ki sanırım öfkeden ve korkudan ağlıyordum...

"Sana inanmıyor değilim... Yemin ederim. Ama böyle bir konuda ümitlenip hayal kırıklığı yaşamandan korkuyorum... Ne olursa olsun bana söz ver... Kendini kaptırmayacaksın, tamam mı? Bu yaşadığın şey bir halüsinasyon olabilir, bu yaşadığın şey iğrenç bir eşek şakası bile olabilir. Benim tek derdim seni korumak. Şimdi sakin olacağız, bana güveneceğiz ve numarayı tekrar arayacağız. Tamam mı?" Gözyaşları içinde başımı salladığım sırada Ege derin bir nefes aldı ve telefonumun ekranını açıp aynı numarayı bir kez daha aradı. Telefonun hoparlörünü açıp ikimizin ortasına tuttu. Nefesimi tutarak beklemeye başladım... Onun da nefesini tuttuğuna emindim... Hadi anne, hadi baba, lütfen...

Telefon çaldı, çaldı, çaldı...

Ve kimse cevap vermedi...

"Birkan Amca'yı arayacağım..." diyerek Ege'nin elinden telefonu aldığımda Ege'nin korkusu yüzünden belli oluyordu. Beni üzüleceğim korkusuyla izlerken ona aldırmadan telefonun tuşlarına hızlıca girip Birkan Amca'nın numarasını buldum ve telefonu kulağıma dayadım. Öfkeyle bir bacağımı yere vuruyor ve soğuktan donan gözyaşlarımın beni hasta edeceğini bile bile ağlamaya devam ediyordum. Telefon üçüncü çalışında açıldığında Birkan Amca'nın sesinin kulağıma gelişiyle o gün geldi aklıma... Annemin ve babamın ölüm haberini aldığım gün...

"Buyurun?"

"Birkan Amca merhaba... Ben İzmir... Bu numaramı sana verememiştim, üzgünüm. Bir süredir yurtdışındayım... Bir dil kursuna gidiyorum."

"İzmir! Kızım, ne iyi yaptın da aradın... İnanır mısın bu sabah aklıma geldin, seni arayacaktım ben de!" Şaşkınlıkla kaşlarımı çattım.

"Neden? Bir şey mi oldu?" Birkan Amca'nın gülüşünü duydum.

"Hayır, hayır... Sorun yok, merak etme. Sadece neler yaptığını merak ettiğim için arayıp bir yoklayayım bakalım şu kızı diyordum. Kalp kalbe karşıymış bak! Böyle tesadüfleri severim!" Aceleyle derin bir nefes aldım ve burnumu çekerek konuşmaya girdim.

"Birkan Amca... Aslında bu bir tesadüf değil. Sen benim aklıma birdenbire gelmedin."

"Öyle mi? Bir sorun mu var kızım?"

"Az önce bir telefon aldım..."

"Evet?"

"Telefonda... Telefonu açtığımda... Annemin sesini duydum..."

"Ne?"

"Bana İzmir dedi... Ağlıyor gibiydi ve sadece ismimi haykırıyordu. O olduğuna adım gibi eminim. Delirmedim, kafamdan sesler duymuyorum, rüya görmüyorum, annem beni aradı Birkan Amca! Sana yemin ederim ki o hayatta! Hatta belki babam da... Belki o da..."

Kısa bir süre öyle bir sessizlik oldu ki hayat durdu sanki. Sokaktan araba geçmez oldu, yağan karın sessizliğiyle telefondaki sessizlik birleşince farkında olmadan şaşırdığımı hissettim. Beklediğim bu değildi. Şaşırmayacak mıydı, tepki vermeyecek miydi, hemen araştırmaya başlamayacak mıydı? Neden susuyordu?

"İzmir..." dedi, "Ben sana birkaç saat içinde döneceğim. Tamam mı kızım?" Sesinde en ufak bir şaşırma yoktu. En ufak bir duygu yoktu. En ufak bir umut yoktu.

"Ne?" diye mırıldandım şaşkınlıkla. Telefon yüzüme kapanırken Ege'nin yüzüne bakakaldım.

"Ne oldu?"

"Telefonu yüzüme kapattı." Ege şok içinde yüzüme bakarken öfkeyle tekrar Birkan Amca'yı aramaya kalktım.

"Aradığınız numaraya şu an ulaşılamıyor. Lütfen daha sonra tekrar deneyiniz." Kulaklarımın duyduğu bant kaydı sesiyle yaşadığım en büyük şoklardan birini yaşıyordum. Ağzım açık kalarak önce telefonuma sonra Ege'ye baktım.

"Kapatmış... Telefonunu kapatmış..." Ege de kaşları çatık bir şekilde tüm olanlara anlam vermeye çalışıyordu. Oysa ben o an ciddi anlamda bacaklarımı bile hissetmiyordum.

"Bu adam babanın en yakın arkadaşı değil miydi?"

"Evet!" dedim anlam vermeye çalışarak, "Öyleydi! Bu adam annem ve babamın ölüm haberini bana veren adam, bu adam benimle ilgilenen adam, bu adam beni okula yerleştiren yurduma yerleştiren adam!"

"Sana hiçbir şey demedi mi? Hiçbir cevap vermedi mi?"

"Ben seni birkaç saat sonra arayacağım dedi... Sonra da yüzüme kapattı." Gözlerim kaldırımda biriken karların üzerinde gezerken ikimiz de karın ortasında öylece durmuş tüm bu olan bitene anlam vermeye çalışıyorduk.

"Ne yapacağız?" diye sordu Ege gözlerini gözlerime çevirerek, "Planımız ne?"

Başımı ona çevirdim ve dolu gözlerimle gülümsedim... Öyle ya, artık biz vardık. Ne yapacağım diye düşünmeyecektim, ne yapacağız diye düşünecektim. Bir planım olmayacaktı, bir planımız olacaktı... Oysa kafamdaki plan onun dâhil olamayacağı bir plandı.

"Sanırım bir kereliğine planın dışında kalman gerekiyor Ege..." Başını kaldırıp kıstığı gözleriyle bana baktı.

"Aklında ne var?" diye sordu.

"Türkiye'ye döneceğim... Buradan hiçbir şeyi halledemem..." Ege gözlerini gözlerimden ayırmadan sertçe tek bir cümle kurdu,

"O zaman biletlerimizi hemen alsak iyi olur. Değil mi?" Bu cevap ben seninle geliyorum demekti. Bu ses tonu ben seninle geliyorum ve bu fikrimi asla değiştiremezsin demekti. Oysa üstüne atılan suçtan kaçıp buraya gelmiş bir Ege vardı karşımda... Orası onun için asla güvenli olmayacaktı. Onu peşimden sürükleyemezdim. Ne yapmalıydım bilmiyordum, ama onu oraya götüremezdim... Tek kelime daha etmedik. Sessizce yola doğru döndük ve yürümeye başladık. Şehir o kadar sessizdi ki bugünün sessizliği beni inanılmaz korkutuyordu. Kulaklarımı dolduran tek ses ayakkabılarımızın karları ezme sesiydi. Dışımız ne kadar sessizse kafamın içi o kadar gürültülüydü. Ne oluyordu, ne olacaktı, ne yapmalıydı, ne olmalıydı, tüm bu sorular kafamın içinde bir oraya bir buraya uçuşup duruyordu. Ama aşağı yukarı bir plan oluşmuştu kafamda... Ve bu planda Ege'ye yer yoktu...

Eve ulaştığımız an Ege binanın kapısını anahtarıyla açarken ellerimi montumun cebinden çıkardım ve telefonumun ekranına baktım. Hiçbir arama yoktu, hiçbir mesaj yoktu. Hayal kırıklığıyla ve sabırsızlıkla içeri girip asansöre bindiğimde Ege'nin de bu kadar sessiz oluşu beni korkutuyordu. Sessizliği hapşırığımla bozduğumda Ege başını kaldırdı.

"Çok yaşa..." diye mırıldandı,

"Beraber yaşayalım..." dedim.

Asansörden inip eve girdiğimizde karnıma korku dolu sancılar giriyordu. Ege ayakkabılarını çıkarırken ben çoktan montumu bile çıkarmış tuvalete yönelmiştim. Tam tuvalete girecekken Ege'nin sesini duydum,

"Telefonla mı giriyorsun tuvalete?" Yutkunup elimdeki telefona baktım.

"Belki biri arar diye..." Ege derin bir nefes alıp başını sallarken tuvaletin kapısını kapatıp sakinleşmeye çalıştım. Musluğu açıp Ege'nin hiçbir şey anlamasını sağlamaya çalışırken telefonumdan hemen bir uçak bileti satın alma sitesine girdim. Titreyen ellerimle Paris'ten İzmir'e olan tüm uçuşları sıraladım. En yakın zamanlı uçuş bu gece saat 5'teydi. Hiç düşünmedim, bir an bile tereddüt etmeden uçak biletini seçip satın alma sayfasına girdim. Ezbere bildiğim banka kartımın numarasını girip hızla bilgilerimi doldurdum. Telefonuma gelen güvenlik şifresini de girdiğim anda ekranda korkunç bir yazı belirdi...

"Bilet satın alma işleminiz tamamlanmıştır! İyi yolculuklar dileriz!"

Sanki bir savaşın içine girmeye gidiyordum. Sanki kendimi kaynar sularla dolu bir havuza atıyordum. Sanki yüzme bilmiyor ve okyanusun orta yerine atlıyordum... Titrek bir nefes verdikten sonra gözlerimden akan bir iki damla yaşı telaşla sildim ve telefonumu cebime koyup yüzümü yıkadım. Sonra başımı kaldırıp aynaya baktım, karşımdaki harabeyle göz göze geldim... Ne hale gelmiştim? Sadece bir saat içinde ne hale gelmiştim... Bembeyaz olmuş bir yüz, darmadağın olmuş saçlar, ısırılmış bir dudak... Karşımdaki harabeyi selamladım, ona merhaba dedim, ona hoş geldin dedim. Hoş bulduk dedi...

"Kahve yapıyorum. Kahve yaparken babamı arayıp durumu anlatacağım. Sen geç otur, iyice bir konuşalım."

Ege'nin mutfaktan gelen sesiyle salona yöneldim. Camın önündeki koltuğa oturup üstündeki battaniyeyi omuzlarıma sardım. Tir tir titriyordum. Ama bunun sebebi soğuk değildi... Gözlerim duvardaki saate kaydı. Saat 14.35'ti... Gece 5'teki uçuş için evden 3'te çıkmam gerekecekti. Ege'yle geçireceğim son 12 saatim kalmıştı neredeyse. Ama bunları düşünmemeliydim. Su akacaktı, yolunu bulacaktı, her şey bir gün düzelecekti... Her şeyden öte kimse bana inanmasa bile annemin yaşadığına inanıyordum, inanacaktım... Gözlerim dışarıdaki kar yağışına takılı kalırken aklımdan binlerce ihtimal geçiyordu. Ege'nin mutfakta babasıyla yaptığı telefon konuşmasını duyuyor ama tam olarak ne konuştuklarını duyamıyordum. Sesi kesildiğinde önce kaynayan suyun bardaklara dökülme sesi ilişti kulaklarıma. Sonra kaşığın suyu kahveyle karıştırma sesini duydum ve burnuma gelen kahve kokusuyla başımı koltuğa yasladım. Ege iki bardak kahveyle odaya girip mutfağın kapısını ayağıyla kapattığında anlatmaya başladı.

"Babam araştıracak. Şimdi ona seni arayan numarayı mesaj atacağım. Babamın eli kolu uzundur... Askeriyede, adliyede her yerde arkadaşları var. Bir şey bulacağına eminim."

Kahveleri masaya bırakıp kucağımda duran telefonumu aldı. Babasına beni arayan numarayı gönderirken ben kahvemi elime alıp arkama yaslanmıştım bile. O sırada Ege'nin yüzünün değiştiğini fark ettim. Sanki bir anlığına kendini kötü hissetti, ekrana uzun uzun bakakaldı. Sonra tuşlara basıp numarayı babasına yolladı ve telefonumu masaya bıraktı.

"İyisin, değil mi?" diye sordum. Başını sallayarak arkasına yaslandı.

"İyiyim..." Sonra başını bana çevirdi.

"Peki planımız ne?" diye sordu ısrarla, "Burada oturup bekleyecek miyiz?" Gözlerimi kaçırarak karşımızda duran televizyona baktım. Kendi yansımamıza bakarak cevap verdim.

"En azından yarına kadar beklemek istiyorum. Belki biri arar, belki bir haber gelir..." diye mırıldandım. Ona yalan söylemek istemiyordum, bundan nefret ediyordum ama onu korumak için bunu yapmak zorundaydım.

"Bekleyelim bakalım..." diye mırıldandı. Sessizce duvardaki saatin klik seslerini dinledik. Tık, tık, tık, tık, tık... Saat akıyordu... Belki de geçip giden zamanlar annemin ve babamın yaşıyor olma ihtimalini de alıp götürecekti elimden. Oysa şu an elimden gelen hiçbir şey yoktu.

"Keşke saati durdurabilsem..." diye mırıldandım.

"Çok kolay," dedi Ege, "Kalkıp pillerini sökersen saati durdurabilirsin." Sonra gözlerini duvardaki saate çevirerek konuşmaya devam etti,

"Ama senin saatinin pili yok diye zaman da durmuyor..."

Başımı hüzünle eğdim. Kahvemden bir yudum daha aldığımda aldığım kahve yudumunun gözümden akan bir damla yaşla birleştiğini fark ettim. Gözyaşı aromalı kahvemi içerken hayatta hiç hissetmediğim kadar çaresiz hissettiğimi fark ettim. Zaman akıyordu, zaman aktıkça kendimi daha çaresiz hissediyordum. Bir şey olsun istiyordum, bir şey olsun ve zaman dursun istiyordum...

"Fransa'ya ilk geldiğim zamanlar o kadar yalnızdım ki bir başıma odada oturuyor ve sürekli telefonumun saatini kontrol ediyordum," diye anlatmaya başladı Ege,

"Ve bunu neden yaptığımı bilmiyordum. Beklediğim bir şey varmış gibi sürekli ama sürekli saatime bakıyordum. Sanki bir şey olacaktı, sanki biri gelecekti, sanki birini bekliyordum. Saate bakıyordum, kapatıyordum, bir daha bakıyordum, sonra bir daha... Sonra bir gün saatime neden bakıp durduğumu anladım."

"Neden?" dedim kaşlarımı çatarak.

"Çünkü ben birini bekliyormuşum... Bu yüzden saatime bakıp duruyormuşum..."

"Kimi?"

"Seni."

Ege'nin sesi evin sessizliğinde yankılanırken Ege yüzüme bile bakmıyordu. Birbirimizi televizyondaki yansımamızdan izliyorduk. Cevabı kalbimin en derinine işlerken tek istediğim ona sarılıp hüngür hüngür ağlamaktı. Ama yapmamalıydım, beni bu kadar güçsüz görürse ben gittikten sonra ne yapar ne eder peşimden gelirdi, buna adım gibi emindim.

"Senin bloğunu ve yazılarını keşfettiğimde ilk defa saatime hiç bakmadan saatlerce bir şey yaptım. Oturdum yazılarını okudum ve artık saate bakmama gerek yoktu. Çünkü zaten beklediğim gelmişti... Sonraki günler yine her anım saate bakarak geçmeye başladı. Çünkü bloğunun algoritmasını çözmüştüm, belki sen farkında değildin ama hep aynı saatlerde paylaşım yapıyordun..."

"Ne? Öyle mi?" İlgiyle ona baktığımda ağlamamak için kendimi o kadar zor tutuyordum ki burnum akmaya başlamıştı. Burnumu masada duran bir peçeteyle silip Ege'yi dinlemeye başladım.

"Evet... Bunu sana daha önce anlatmış olmam lazım. Anlatmadım mı?"

"Hayır, hatırlamıyorum."

"Sabah 6'da ilk paylaşımını yapardın. Büyük ihtimalle okula giderken. Sonra saat 12 gibi yeniden birkaç şey gelirdi, muhtemelen öğle arandı... Sonra saat 16'dan sonra bir başlardın geceye kadar hiç durmadan yazardın, paylaşırdın..."

"Peki hafta sonları? O zamanlar ne yapıyordum?" O an çok garip bir şey oldu... Geçmişime dair hiçbir şey hatırlamıyor olduğumu fark ettim o an. Bunu fark etmem kalbime bir darbe gibi inerken yaşadığım büyük acıyla Ege'ye açtım kulaklarımı.

"10 gibi uyanıyordun..." diye mırıldandığında gözümde canlanan anlarla gözyaşlarımı tutamadım. Annemin kapıyı açıp beni uyandırması, içeriden gelen sıcak ekmek kokusu, babamın televizyondaki magazin programlarına söylenme sesleri...

"Sonra?" diye sordum. O anlattıkça bir şeyleri hatırlamaya başlıyordum, kim olduğumu bile unutmuştum sanki.

"Kahvaltın uzun sürüyordu galiba. Çünkü 10'da bir paylaşım yapıyor ama 12'ye kadar bir daha siteye girmiyordun."

"Biz kahvaltı yaparken hep televizyon izlerdik... Televizyon izler bol bol konuşurduk... Yani ben annemle babamın konuşmalarını dinlerdim. Dedikodu yaparlardı... Öyle hatırlıyorum..." Gözyaşlarımla birlikte gülmeye başladığım sırada tüm bu anılarla ellerimin titremeye başladığını hissediyordum.

"Evet, bazen saat 12'de gelir akrabalarınla ilgili bir şeyler yazardın bloğuna."

"Ne yazardım?" dedim bir an kendimi kaybederek. Ege kaşlarını çatarak bana döndü.

"Hatırlıyor musun Ege, ne yazardım?"

"Sen hatırlamıyor musun?" diye sordu şaşkınlıkla.

"Yaşadığım bu acıyla mı oldu bilmiyorum ama sanki son zamanlarda çok değişmişim gibi hissediyorum. Sanki ben İzmir'im ama İzmir değilim gibi... Hareketlerim, düşüncelerim, söylediklerim, yaptıklarım beni yansıtmıyor gibi hissediyorum... Hatta nasıl bir his biliyor musun? Sanki 19 yaşında doğmuşum sanki dünyaya 19 yaşında gelmişim gibi hissediyorum. Kendimi unuttum sanki... Kendimi hatırlamıyorum... İnsanın geçmişi geleceğine giden yol haritasıdır. Ben o haritayı kaybettim ve artık yolu da ezbere bilmiyorum... İzmir ne yapardı, ne ederdi, ne düşünürdü, ne hissederdi bilmiyorum..."

Ege kolunu açıp beni kolunun altına alırken başımı göğsüne yasladım ve bana sıkıca sarılmasına izin verdim.

"Ben sana dair her şeyi hatırlıyorum... Bırak bu sefer ben senin yol haritan olayım... Olmaz mı?" Gözyaşlarım bir bir dökülürken çaresizce kollarında ağlıyordum.

"Karşı komşunuz Tuncay Bey'in karısıyla her kavga ettiğinde sinirini atmak için cama çıkıp beş litrelik suyu beşinci kattan aşağı yavaş yavaş boşaltmasını hatırlıyorum mesela... Soranlara sokağı yıkıyorum diyormuş, öyle yazmıştın bloğuna..." Gözyaşlarım arasında gülmeye çalışırken Ege saçlarıma bir öpücük bıraktı.

"Anneannenin Amerika'ya yerleştikten bir ay sonra Türkçeyi unutmuş gibi Amerikan aksanıyla Türkçe konuşmaya başlamış olmasını da hatırlıyorum, bunu da bir Cumartesi günü yazmıştın bloğuna..."

O anlattıkça yeni yeni kapılar açılıyordu sanki kafamın içinde, o konuştukça kendimi hatırlıyordum, o konuştukça kim olduğumu anlıyordum. İzmir'dim ben... Ege'nin incisi...

"Uğurlu sayının 7 olduğunu, en sevdiğin dizinin *Friends* olduğunu, hep bir köpeğinin olmasını istediğini..." O sırada karşı camın altındaki kaloriferin önünde yatan Uçak başını kaldırıp anlamış gibi Ege'ye hırlarken ikimiz de sessizce güldük.

"En sevdiğin içeceğin su olduğunu da unutmuşsundur sen şimdi... Uzun uzun yazmıştın bunu. Hayatımızda karşılaştığımız en saf en temiz şey su ve biz onu bile içmiyoruz yazmıştın... Temizlenmek için tek şansımız su ve biz onu bile içmiyoruz diye devam etmiştin. Ruhumuzu bile dinginleştireceğini bile bile o suyu içmiyoruz, çünkü biz birer aptalız yazmıştın. Çok merak etmiştim o gün, neye bu kadar sinirlenmiştin? Bir insan su ile ilgili nasıl bu kadar sinirlenebilir diye düşünüp durmuştum bütün gün..."

"Sınıftaki bir çocuğa sinirlenmiştim... Hasta olmuştu, antibiyotik kullanıyordu. Antibiyotiği suyla değil kolayla içmişti. Aptal... İnsanların hayatlarına bu kadar değer vermemeleri beni deli ediyordu."

"Seni deli ediyor. Seni deli ediyordu değil. Hala ediyor, sen hala aynı İzmir'sin. Değişmedin, değişmeyeceksin. Sadece bir yanılsama yaşıyorsun. Değişen tek şey bu." Derin bir nefes aldım. Ağlamam yavaş yavaş dururken Ege saçlarımı okşuyordu.

"Biraz daha anlatır mısın Ege?" diye mırıldandım, "Başka neler yazardım..."

"Seve seve..."

Ege'yle orada o koltukta oturduk ve saatlerce konuştuk. O anlattı, ben hatırladım. O anlattı, ben iyileştim. Saatler geçtikçe onu bırakıp gideceğim zamanın yaklaşıyor olması beni içten içe öldürse de buradan tek başıma gitmeyecektim. Çünkü artık eski İzmir de benimleydi... Hatıralarım, geçmişim, haritam içimdeydi. Üstelik haritam olmasına rağmen artık bir haritaya da ihtiyacım yoktu, çünkü artık yolu biliyordum... Ege bana nasıl biri olduğumu hatırlattıkça bir sokak daha açılıyordu bana. Hangi rengi sevdiğimi, neler hissettiğimi hatırlattıkça oluşumum tamamlanıyordu...

"Sonra bir gün bloğuna aynen şunları yazmıştın... Geçmiş değişmez, değiştirilemez, geçmişin üzerine hiçbir şey eklenemez, geçmişin üzerinden hiçbir şey eksiltilemez. Savaşın geçmişle olmasın, çünkü geçmiş yeniden yazılamaz. Yeniden yazabileceğimiz tek şey şimdidir... Bunu hatırlıyor musun?" Benden ses gelmeyince Ege yüzüme baktı. Gözlerim kapalıydı...

"İzmir? Uyudun mu?"

Oysa uyumuyordum... Saat çok geç olmuştu ve Ege'nin de uyumasını ancak kendim uyuyormuş gibi yaparak sağlayabilirdim. İçimde o kadar kötü hissediyordum ki, oysa ona yalan söylemekten başka bir çarem olmadığını kendime yüzüncü defa tekrarlamaktan başka hiçbir çarem yoktu.

"İyi geceler güzelim..." diye mırıldandı saçlarımı öperek. Beni kucağına aldı. Yavaş yavaş yürüyerek odama girdi. Beni dikkatlice yatağıma yatırdı ve üzerimi örttü. O an içimden beni bir kez daha öpmesi için yalvarıyordum. Çünkü belki de bu onun beni son öpüşü olacaktı. Ama lanet olsun ki beni bir kez daha öpmedi. Sanırım uyandırmamak için üzerimi iyice örtüp kapıya doğru yöneldi.

"Ege..." diye mırıldandım gözlerimi açmadan sanki uykumun arasında konuşuyormuşum gibi.

"Uyandın mı?"

"Hayır." Uyanmadın, rüyanda konuşuyorsun, aynen İzmir harika bir cevap bu...

"Uyanmadın mı?" Uyku konusunu tamamen kapatarak direkt isteğimi ilettim ona.

"Öp beni..." diye mırıldandım.

Derin bir nefes verdiğini duydum. Yavaş yavaş yanıma geldi, dudaklarını dudaklarıma yavaşça değdirdi. Beni öyle bir öptü ki sanki hayatımda hiç unutamayacağım bir öpücük verdi bana. Uzun uzun, yavaş yavaş, derin derin... İçimden veda ettim ona, hoşça kal sevgilim dedim adeta... Odamın ışığını kapatıp odamdan çıktığı an gözlerim açıldı. Tavanla buluşan gözlerim derin bir iç çekmesiyle beklemeye başladı. Düşündüm durdum zamanım gelene kadar, ne yapacaktım? Gidip askeriyeyi mi basacaktım bana bir bilgi vermeleri için? Kime gidecektim, ne yapacaktım? Bilmiyordum... Ama annem ve babamın yaşadığından şüpheleniyorken, hatta bundan eminken onların olmadığı bir ülkede durup onların kendi kendilerine ortaya çıkmalarını bekleyemezdim. Bu işin sonu benim hayal kırıklığım ile bitse bile burada ellerim kollarım bağlı bir şekilde oturmayacaktım.

Bir süre boyunca Ege'nin içeride neler yaptığını dinledim. Bir ara televizyonu açtı, beş dakika sonra sıkılıp kapattı. Bir ara camı açtı, sanırım biraz dışarı bakıp onu da kapattı. Bir ara bir müzik açtı... Dinledi ve onu da kapattı. Sonra iç sıkıntısına daha fazla dayanamadı sanırım ki benim beklediğim gibi yapıp oturma odasının ışıklarını kapatıp odasına geçti. Birkaç ufak dolap açıp kapatma sesinden sonra odasının da ışıklarını kapattı... İşte bu kadar, Ege'yle vedalaşmam bu kadardı... Yarım saat daha yatakta Ege'nin uykuya iyice dalmasını bekledikten sonra sessizce ayağa kalktım. Sırt çantamı ses çıkarmaya çalışarak alıp yatağımın üzerine koydum ve dolabımdan ufak birkaç parça eşyayı içine tıkıştırdım. Cüzdanımı, şarj aletimi, kulaklıklarımı... Sonra üzerimi giyinip eldivenlerimi, montumu ve atkımı da taktıktan sonra telefonumun nerede olduğunu düşündüm. Oturma odasında unutmuş olmalıydım. Kendi kendime söylenirken çantamı sırtıma taktım. Kapıyı sessizce açtım. Minik ama hızlı adımlarla oturma odasına girdim. Gözüm önce yastığında uyuması gereken kedimiz Uçak'ı aradı. Ama yerinde yoktu. Ege'nin odasında olmalıydı... İşin kötü yanı telefonum da orada yoktu. Koltukta da yoktu... Odanın her yerine göz attım fakat telefonum asla burada değildi. Sinirle mutfağın da her yerini inceledikten sonra belki Ege telefonumu odama bırakmıştır diye odama girdim. Belki on beş belki yirmi dakika boyunca odamı aradım, ama telefonum yoktu! Lanet olası aptal telefonum hiçbir yerde yoktu! Bakmadığım tek bir yer vardı... Ege'nin odası. Büyük ihtimalle Ege telefonumu kendi telefonuyla birlikte oraya almıştı... Allah kahretsin! Oraya girersem onun uyanma ihtimali o kadar yüksekti ki... Yine de her şeyi göze alarak kapısının önüne kadar gittim, tam kapısını açacaktım ki o an beni şoka sokan bir şeyle karşılaştım...

Evin kapısı aralıktı! Gecenin 3'ünde, evin kapısı neden aralıktı! Korkuyla Ege'nin kapısını bırakıp evin kapısına doğru ilerledim, kapıyı açtığımda ise çok daha büyük bir şok yaşadım...

"Hazırlanman biraz daha uzun sürseydi geç kalacaktık... Hatta hala geç kalacağımızı düşünüyorum."

Kapının önündeki koridorda montuyla çantasıyla duvara yaslanmış diğer elindeki kedi çantasıyla duran ve kol saatine bakarak konuşan Ege'ye şok içinde baktığımda aklım tüm bu olanları almayacak kadar karışmıştı.

"Ne?" diye mırıldanabildim sadece.

"Bu arada bunu arıyordun sanırım." Ege bana telefonumu uzatırken ağzım açık bir şekilde ona bakıyordum sadece.

"Geç kalacağımızın farkında mısın?"

"Ege... sen?"

"Ben ne İzmir? Anlamadığımı mı sandın?" Gözlerime uzun uzun baktıktan sonra benden cevap alamayınca ekledi,

"Ya da seni bırakacağımı mı sandın?" O sırada kedi çantasından gelen "MRRRR!" sesiyle derin bir nefes alıp ne yapacağımı bilemeyerek bir Ege'ye bir Uçak'a baktım...

İşlemediği bir suçtan kaçıp ülkesini terk etmiş Ege, oldukça sinirli kedim Uçak ve kaçırıldığını düşündüğü ailesini aramaya giden ben birlikte çıkacaktık bu yola... Sanırım bunun dönüşü yoktu. Biz artık üç kişiydik...

"

Şövalye ve küçük kız günlerce süren bir yolculuğa çıkmışlar. Hava öyle soğuk öyle sisliymiş ki küçük kız hem yorulur hem üşür hem de korkarmış... Sık sık durmak zorunda kalmışlar. Sık sık köylülerin evlerinde konaklamışlar... Küçük kız önceleri hiç sormamış biz nereye gideriz neden yoldayız diye... Sonra bir gün yolda yürürlerken başını kaldırmış, "Şövalye..." demiş, "Biz nereye gidiyoruz?" Şövalye içi acıya acıya cevap vermiş, "Seni evine götürüyoruz..." Küçük kız hiçbir şeyin farkında değilmiş, "Ama orada kimse yok ki..." demiş, "Orası çok soğuk..." demiş. Şövalye elleriyle önlerindeki köyü göstermiş, gerçek olmayan bir mutlulukla cevap vermiş, "Artık o ev boş olmayacak. Çünkü babanı buldum..." Küçük kız şaşkınmış, duydukları karşısında ne diyeceğini bilememiş. O kadar sevinmiş, o kadar şaşırmış, o kadar heyecanlanmış ki nutku tutulmuş. "Bu gerçek mi!" demiş şaşkınlıkla. Şövalye başını sallamış. "Yaşasın!" demiş küçük kız, "Artık ikinizle birlikte yaşayabileceğim! Artık iki babam var!" Kız şövalyenin boynuna sarılmış... Mutluluktan şövalyenin etrafında dönmeye, dans etmeye başlamış. Fakat küçük kızın bilmediği bir şey varmış. Bu onun şövalyeyi son görüşü olabilirmiş... Kimsenin iki evi, iki ailesi olamazmış... Kimse iki farklı dünyaya ait olamazmış. Kimse aynı anda iki evde olamaz, aynı anda iki farklı yerdeki iki kişinin boynuna sarılamazmış. Bu mutluluk kızdan şövalyeyi, şövalyeden kızı alacakmış. Olsun, şövalye buna razıymış. Kendisine bir aile veren, bir hayat veren bu kızı evine götürmek onun tek isteğiymiş...

"

Biz seninle ikimiz bir dünya kurduk Ege,
ve bu dünyayı bir mesajla kurduk.
Bir mesajla da yıkamayız. Değil mi?

Çevrimiçi.

Yazıyor...

Dünya başımıza yıkılsa bile kalkar üstümüzü silkeler yeniden kurarız,sana sözüm olsun... Ege sözü.

4. Bölüm:
Artık Uyu.

> *Artık o ışıklar yanıyordu, artık bu ev de ruhum da karanlıkta kalmayacaktı...*

O kadar yorgundum ki Paris'ten İzmir'e giden tüm uçak boyunca uyudum... Ege ise sanki beni bir şeylerden ve birilerinden korumak ister gibi sürekli uyanık ve tetik halindeydi. Saatler sonra nihayet İzmir'e ulaştığımızda ikimiz de o kadar gergindik ki konuşamıyorduk. Sadece uçağın camından dışarıyı izliyor ve hayatın bu sefer bizi nereye sürüklediğini ve nereye sürükleyeceğini anlamaya çalışıyorduk. Buz gibi karlı bir Paris havasından daha sakin daha durgun yağmurlu bir İzmir havasına gelmiştik... Bir elimde çantasında uyuyan kedimiz Uçak, bir elimde Ege'nin eli öylece ağır ağır çıktık havalimanından. Havalimanının önünde durduk ve aynı anda derin bir nefes aldık.

"Peki, şimdi ne yapacağız?" diye sordu Ege sabahın durgun gökyüzünü izlerken.

"Evimize gideceğiz..."

Benim evim onun eviydi. Benim sokaklarım onun sokakları, benim şehrim onun şehriydi. Onu evimize götürüyordum. Ve inanıyordum ki bir gün annemi ve babamı da tekrar o eve götürecektim...

"Peki, sonra ne yapacağız?" diye sordu Ege yürümeye başladığımızda.

"Sonra da annem ve babamı evimize getireceğiz."

"Sonra?"

Ege sonrasını merak ediyordu. Sonra ne olacaktı, annem ve babamı eve getirdiğimde bunun sonrası ne olacaktı? Bizim geleceğimiz ne olacaktı? Bunları merak ediyordu, biliyordum... Ama ona verebileceğim hiçbir cevabım yoktu. Ne diyebileceğime dair tek bir fikrim bile yoktu.

"O kadar uzak bir geleceği göremiyorum Ege. Şimdilik şu anı yaşasak olmaz mı?"

"Seninle olduğum sürece gelecek umurumda değil..."

Birlikte metroya bindik, durakları geçtik, evleri izledik, mis gibi deniz kokusunu içimize çektik. Eve yaklaştıkça umudum artıyordu, eve yaklaştıkça kendimi tamamlanmaya yakın hissediyordum. Eve en yakın durakta iner inmez Ege'yi bir pastaneye soktum.

"Dört tane boyoz alabilir miyim? İki de gevrek..." O sırada Ege gülerek kulağıma doğru eğildi,

"Simit deyince anlamıyorlar mı?" Başımı salladım.

"Bizim ayrı bir dilimiz var. Alış buna." Ege gülerek başını kaldırırken çoktan boyozları ve gevrekleri alıp oradan çıkmıştık. Kafamda hala bir plan hala bir harita yoktu. Şu an için tek bildiğim aç hissettiğimdi.

"Kordon'da oturalım mı? Bunları öyle yiyelim... Deniz görmeyi özlemişsindir."

"Oturalım güzelim... Şuradan çay da alalım hatta."

"Aaa evet! Sen geç, ben alıp geliyorum. Sen buranın yabancısısın!"

Ege gülerek deniz kenarına oturduğunda ben de el arabasıyla çay satan yaşlı amcadan iki tane çay aldım ve Ege'nin yanına doğru ilerledim. Aralık ayında olmamıza rağmen hava inanılmaz güzeldi. Yağmur durmuş güneş açmıştı. Türkiye'de olduğumuz için ikimiz de mutluyduk... Çünkü sevdiklerimize yakındık, bunu biliyorduk. Yemeğimizi yedik, çayımızı içtik ve sadece o an neler yaşadığımızı umursadık... Başka hiçbir şey umurumuzda değildi.

"Burada ne kadar çok kuş olduğunu unutmuşum," dedi Ege denizi göstererek,

"Hani sana diyordum ya, keşke kuş olsam uçar sana gelirdim diye... İşte odamın camından bu kuşları izleyerek onlara özenerek yazmıştım onu..." Ege gülümsedi.

"Uçtun ve bana geldin... Sonra da uçtun ve geri döndün... Kuşlar senin kadar yolculuk yapmıyordur."

"Eh, tabii. Şeyma Subaşı bir, ben iki, kuşlar üç."

Ege cümleme gülerken yağmur atıştırmaya başladı, birbirimize hiçbir şey söylemeden gitme vaktimizin geldiğini anlamışız gibi ayağa kalktık. Rüzgâr denizi dalgalandırırken arkamızı denize döndük ve yürümeye başladık. Yağmurun altında deniz kokusu her bir yanımız sararken Ege telefonunu çıkarıp bir şarkı açtı.

"Başka bir şehri istemem artık," diyordu şarkı,

"Gönlümün güneşi sensin İzmir'im..." diyordu ve devam ediyordu.

"Gözümün bebeği canım İzmir'im."

İsmim gibi kaderim de bu şehirdi benim. Neler yaşanmıştı, neler olmuştu ama dönmüş dolaşmış buraya çıkmıştı yolum. Ne olursa olsun herkes bir gün evine dönerdi demek ki, bu benim eve dönüş hikâyemdi... Ege'yle birlikte eve girdiğimizde artık bu kapıdan geçmek bana acı vermiyordu. Çünkü bir umudum vardı bir yerlerde beni bekleyen, çünkü ben annemin sesini duymuştu, daha ne olsun... Artık bu kapıdan içeri girmek bana acıdan çok umut veriyordu, hayal veriyordu. Artık bu koridorda annemi ve babamı hayal edebiliyordum, çünkü gerçek olacağına inanıyordum...

"Belki de bu eve artık temelli dönüyorsundur, ne dersin?" diye sordu Ege, yüzünde hem mutluluk hem hüzün kırıntıları vardı. Cevap vermek yerine sadece gülümsedim. Sonra Ege bana doğru döndü, yüzümü ellerinin arasına aldı ve konuşmaya başladı,

"Emin ol ne kadar ayrı kalacak olsak da bu eve dönmeni çok istiyorum... Ailenin yaşıyor olmasını, buraya dönmeni her şeyden çok istiyorum... Bu dünyadaki en büyük korkum sensiz kalmak, ama ben buna rağmen senin buraya dönmeni istiyorum. Anladın, değil mi?" Dolu gözlerimle başımı salladım.

"Anladım Ege... Sana bu yüzden aşığım..."

Ege yanağıma derin bir nefesle birlikte bir öpücük kondururken başım göğsünde dinlendim biraz... Sonra birlikte oturma odasına girdik. Telefonumu cebimden çıkarıp şarja taktım ve açılmasını bekledim.

"Babanın arkadaşını mı arayacaksın?"

"Evet... Burada olduğumu söyleyeceğim... Belki ne kadar ciddi olduğumu anlar."

"İstersen ben konuşayım?" diye araya girdi Ege korumacı bir tavırla. Gülümsedim.

"Neden?"

"Canını sıkan bir şeyler söyler filan..."

"Kimseyle konuşmaktan korkmuyorum Ege," diye mırıldandım gülerek,

"Ama ben senin birileri tarafından incitilmenden korkuyorum..."

"Merak etme, incitilmenin en üst boyutlarını yaşamış biri olarak artık bundan korkmuyorum."

Telefonumun ekranına odaklanıp Birkan Amca'nın numarasını girdim ve telefonu kulağıma koydum. Telefon üçüncü çalışında açıldı.

"İzmir?" Birkan Amca'nın sesi garip bir şekilde titriyordu, sanki çok yorgun ve perişan bir halde gibi konuşuyordu.

"Benim..." diye mırıldandım.

"Kızım... Özür dilerim. Seni arayamadım çünkü senin telefonun beni o kadar sarstı ki konuşmamızdan beri uyumuyorum. Sadece telefon konuşmanın doğru olup olmadığını sorguluyorum. Eve bile gitmedim, hepimiz burada gerçeği öğrenmek için uğraşıyoruz. Seni boşa umutlandırmak ya da boşa karamsarlığa sürüklemek istemedim..."

Duyduğum cevap o kadar içimi rahatlatmıştı ki Birkan Amca'nın bana yalan söylediği, benden bir şeyler sakladığını bilmek beni sarsmıştı. Şimdi bunun böyle olmadığını, onun da arkamda olduğunu bilmek bana derin bir nefes aldırtmıştı.

"Ben İzmir'deyim," dedim tekdüze bir sesle, "Onların yaşadığına eminim. En azından annemin..."

"Buraya mı geldin? Ne zaman!"

"Bu sabah geldim. Eğer istersen askeriyeye gelebilirim Birkan Amca... Eğer bir yardımım olacaksa..." Önce kısa bir sessizlik oldu, sonra telaşlı bir cevap geldi,

"Seni hemen aldırtacağım İzmir, birazdan arabayla orada olurlar. Bekliyorum, tamam mı?"

"Tamam, görüşürüz!" Sesindeki heyecan benim sesime de yansımıştı. İnanıyordum ki artık o da umutluydu, inanıyordum ki tüm bu yaşananlar bir hayalden ibaret değildi.

"Ne oldu?" diye sordu Ege merakla,

"Beni almaya gelecekler!" Benim heyecanıma rağmen Ege'nin içi şüpheyle dolmuş bakışları gerginleşmişti.

"Oraya mı gideceksin?"

"Evet Ege! Birkan Amca telefon konuşmamızdan beri uyumuyormuş, sadece annemi ve babamı arıyorlarmış!" Ege bir kez daha kaşlarını çattı.

"Emin misin... gitmek istediğine..."

"Evet, sen burada kalıp beni beklesen sorun olmaz, değil mi? Birkan Amca biraz fazla korumacıdır... Bir de seni görüp sorguya çekmesin..." Ege yüzüme tereddütle baktı.

"Orada güvende olacağından eminsin, değil mi?" Gözlerimi devirdim,

"Askeriyeye gidiyorum Ege. Ülkenin en güvenli bölgesi!"

Ege'nin içine hiçbir şekilde sinmese de bana izin vermek zorunda olduğunu biliyordu ki güvensiz olmasının da saçma olduğunun gayet farkındaydı. Yaklaşık yarım saat sonra kapı çaldığında Ege'yle televizyon izliyorduk. Telaşla ayağa kalkıp televizyonu kapattım, Ege'ye doğru eğilip kulağına fısıldamaya başladım,

"Ben gittikten beş dakika sonra televizyonu açabilirsin... Evde birinin daha olduğunu anlamasınlar. Görüşürüz!"

"Tamam. Mesajlarıma ve aramalarıma cevap vermemezlik yapma, yoksa beni askeriyenin kapısında bulursun. Anlaştık mı?"

"Anlaştık!"

Ege'nin dudaklarına ufak bir öpücük kondurduktan sonra doğrulup sırt çantamı sırtıma taktım ve kapıya doğru ilerledim. Kapıdaki genç askerlerle selamlaştıktan sonra birlikte aşağı indik, bu anı bir kez daha yaşamıştım ve o hatıra beni ailemin ölüm haberine götürmüştü. Şimdi umuyordum ki bu araba beni bu kez bir acıya değil mutluluğa götürecekti... Araba bindikten iki dakika sonra telefonum titredi. O an ekranda gördüğüm bildirim gözlerimi doldururken ekrana bakakaldım...

"Gelmemeye Giden Adam Ege kişisinden bir yeni mesaj..."

Bu bildirimi almayalı o kadar uzun zaman olmuştu ki. Gülümseyerek mesaja girdim.

"Selam :)" Yazmıştı.

"Selam!" yazdım ve bir mesaj daha attım,

"Sanırım hayat bizi her seferinde bir şekilde bu mesaj sayfasına getirecek, değil mi?"

Çevrimiçi...

Yazıyor...

"Her şey başladığı noktaya mı dönüyor sence? Tamamıyla..."

Çevrimiçi... Çevrimiçi... Çevrimiçi...

Ekrana uzun uzun baktım, ne diyeceğimi bilemiyordum. Ama görünen oydu ki hayat bizi gerçekten de bir kez daha bu mesaj sayfasına sürüklemek üzereydi. Bu kötü müydü, bu bizi üzer miydi, bu her şeyi bitirir miydi? Hayır... Her şey böyle başlamıştı. Hiçbir şey de böyle bitmeyecekti.

"Belki de..." yazdım ve bir mesaj daha attım,

"Biz seninle ikimiz bir dünya kurduk Ege. Ve bu dünyayı bir mesajla kurduk. Bir mesajla da yıkamayız. Değil mi?"

Çevrimiçi...

Yazıyor...

"Dünya başımıza yıkılsa bile kalkar üstümüzü sirkeler yeniden kurarız, sana sözüm olsun... Ege sözü."

Ekrana gülümseyerek baktım. Telefonun ekranını kapatıp telefonu sıkıca tuttum sanki Ege'nin elini tutuyormuşum gibi. Ege aylarca bu telefonun içindeydi, ben aylarca Ege'nin elini bu telefonun içinden tutmuştum. Şimdi annemin sesini bana aylar sonra duyuran da bu telefondu. Bu telefon benim tüm ailemi tüm sevdiklerimi taşıyordu sanki içinde... Telefonumu sıkıca tuttukça hepsinin elleriyle buluşuyordu ellerim sanki... Hava yağmurlu, kalbim ise güneşliydi...

Sonraki saatlerin ne kadar hızlı geçtiğini size anlatamam bile. Birkan Amca'nın ofisine girişim Birkan Amca'nın beni uykusuz, yorgun, bitik bir halde karşılaması ve bana tek tek her şeyi anlatması. O masanın önünde, o koltukta yaklaşık iki saat boyunca oturdum. Birçok kişi geldi ve gitti, birçok kez sözümüz kesildi, birçok kez başkaları da girdi konuşmamıza. Ama her şeyden öte aslında beni ilgilendiren sadece birkaç cümle vardı bu iki saatlik konuşmanın içinde.

"Yaşıyorlar..." demişti en son, "İşin özeti bu. Onlar hayatta."

Titreyen ellerim ağzımı kapattığında gözyaşlarım ellerimi ıslatıyordu.

"Mezardaki cesetler tanınmaz haldeydi. Neredeyse kül olacaklarmış... Fakat yanlarında bulunan kıyafetlerinde annenin ve babanın DNA'ları vardı ve zaten onların kıyafetleriydi. Yanlarında bulunan tüm eşyalar, her şey onlara aitti..."

Birkan Amca konuştukça ellerimi ayaklarımı hissetmiyordum.

"Onlar olduğunu düşünmemizi istediler, onlar olduğuna inanmamızı istediler... Onları almak için uğraşmayalım istediler..."

Kalbim deli gibi atıyor, ellerimin titremesini durduramıyordum.

"Dünden beri yaşadıklarımızı sana anlatamam... Operasyon gizliliği diye bir şey var. Ama şunu bil, onlar hayatta İzmir. Ve onları çok yakın zamanda geri alacağız. Belki bugün, belki yarın. Çünkü onları rehin tutanlar bunun karşılığını nasıl ödeyeceklerini çok iyi biliyorlar."

Hiçbir şey söyleyemiyordum, tek yaptığım kontrolsüzce ağlamak ve aptal bir sırıtışla gözyaşlarımı silmeye çalışmaktı.

"Baban çok şey biliyordu..." diye mırıldandı Birkan Amca, "O kadar çok bilgiye sahipti ki bu ihtimal bizim de aklımızdan geçmişti... Fakat arabalarının içinden çıkan o cesetler, o kıyafetler, o eşyalar..."

Kendimi toparlamaya çalıştığım sırada Birkan Amca bana bir bardak su uzattı.

"İç kızım, sana kahve de söyleyeyim mi?"

"Hayır! Hayır, iyiyim..." dedim titreyen sesimle. O sırada odaya giren bir asker Birkan Amca'ya bir asker selamı verdikten sonra konuşmaya başladı,

"Komutanım, beni Ekrem Komutan yolladı... Anlaşma sağlandı, bunu size bildirmem istendi," diye mırıldandı, "İstanbul'a getiriliyorlar."

Birkan Amca da ben de şok içinde dinlediğimizde nutkum tutulmuş bir haldeydik,

"İkisi de mi!" diye sordu Birkan Amca dili tutulmuş gibi, "İkisi de sağ mı!"

İkimiz de bir cevap için askerin yüzüne bakarken asker önce bana sonra Birkan Amca'ya baktı, yutkundu ve kan ter içinde cevap verdi.

"İkisi de sağ..."

Hayatımda hiçbir cümle beni bu kadar mutlu etmemiş, hiçbir cümle beni bu hale getirmemişti. Bir anda kendimi Birkan Amca'ya sarılı bir halde kahkahalarla ağlarken buldum. Hiçbir zaman ama hiçbir zaman mucizelere inanmaktan vazgeçmemiş olan ben bile şok içindeydim şu an. Onlar gittiğinden beri içimde bir yerlerde sanki geri gelecekleri günü bekliyordum... Sanki onlara veda etmemiştim, sanki onları zaten geri alacağımı biliyordum... Ve o gün gelmişti, o gün bugündü!

"İzmir, sen burada bekle. Ben tüm detayları öğrenip geleceğim kızım... Tamam mı?"

Birkan Amca odadan çıkar çıkmaz bir yudum su içtim ve gözyaşlarım arasında gülümseyerek mesajlaşma sayfasına girdim. Ege'ye titreyen ellerimle bir mesaj attım.

"Yaşıyorlar!" yazdı titreyen parmaklarım ve bu mesaj benim bu zamana kadar yazdığım en güzel mesajdı.

"Yaşıyorlar!" yazdım bir kez daha, sonra bir kez daha,

"Yaşıyorlar!"

"Yaşıyorlar!"

"Yaşıyorlar Ege!"

"ANNEM VE BABAM HAYATTA!"

"İKİSİ DE YAŞIYOR EGE!"

Çevrimiçi...

Yazıyor...

"Ciddi misin? Kesin mi bu? Her şeyi anlat! Oraya geleyim mi? Hemen çıkıp geleyim mi?"

Ege'nin heyecanı mesajından o kadar belli oluyordu ki gözyaşlarımla dolu bir kahkaha attım odanın içinde.

"Hayır, gelme tabii ki! Ben sana geleceğim, merak etme. Şimdi Birkan Amca tüm detayları öğrenmeye gitti. Sana her şeyi anlatacağım, sadece yaşadıklarını bil yeter."

Odanın kapısı açılırken telaşla mesajdan çıktım, Birkan Amca ter içinde kıpkırmızı yüzüyle içeri girdiğinde yüzünde gurur dolu bir gülümseme vardı. Direkt olarak masasının arkasına geçti ve çantasına birkaç şey doldurmaya başladı.

"İzmir, annen ve baban yarın İstanbul'da olacaklar. Bize teslim edilecekler. Daha sonra direkt olarak hastaneye götürülecekler, bir süre tüm kontrolleri yapılmadan onlarla hiçbirimiz tam olarak görüşemeyeceğiz... Hastaneden çıktıkları ilk an askeri uçakla onları İzmir'e getireceğiz. Üstler senin bizimle gelmenizi maalesef kabul etmiyorlar kızım, bunun senin için tehlikeli olduğunu düşünüyorlar. Ve hatta seni kapının önünde askerler bekleyecek şekilde bir koruma altına alıp eve göndermek istiyorlar."

"Ne?"

"Ama sana söz veriyorum seninle her şeyi telefon aracılığıyla paylaşacağım! Birkaç gün içinde de annen ve babanı buraya getireceğiz, hiç merak etme!"

Birkan Amca hızla çantasını hazırlayıp kapıya yönelirken telaşla peşine düştüm.

"Ama onlar benim annem ve babam! Bu haksızlık değil mi!"

"Emin ol baban bu kararı veriyor olsa senin İzmir'de kalmanı ve koruma altında olmanı isterdi, o yüzden burada kalmalısın. Bana güven. Asker arkadaşlar seni eve bırakıp kapında bekleyecekler! Benim telefonumu bekle..."

Birkan Amca resmen hızlı asker adımlarıyla binadan çıkıp diğerleriyle birlikte zırhlı bir arabaya binerken arkasında kalakaldım. Çaresizce onların gidişini izlerken genç askerlerden biri bana seslendi,

"Sizi eve bırakayım... Buyurun..."

İşte saatler süren fakat bana beş dakika geçmişçesine kısa gelen görüşmemiz böyleydi. Arabaya binip dönüş yolunu tuttuğumuzda camdan dışarı bakakalmıştı. Titreyen telefonumu duymuyordum bile. İçim mutluluk, heyecan ve yerinde duramamazlık arasında gidip geliyordu. İçim içime sığmıyordu. Ne yapacağımı bilmiyordum fakat o evde durup bekleyemeyeceğimi adım gibi biliyordum.

"İzmir Hanım, biz sizi kapıda bekleyeceğiz, herhangi bir isteğiniz olduğunda bize söylemeniz yeterli. Güvende olacaksınız, endişelenmeyin."

"Teşekkür ederim," diye mırıldandım arabadan inerken. Başım önümde komşular camlardan bizi izlerken eve girdim. Hızla merdivenleri çıktığımda evin kapısı ben daha çalmadan açıldı. Ege heyecanla yüzüme bakıyordu. Hızla ayakkabılarımı bile çıkarmadan içeri daldım.

"İzmir, iyi misin!"

"Hiç olmadığım kadar!" Ege'ye gözyaşları içinde sarıldığım sırada yerimde duramıyordum. Kolları arasından ayrılıp yüzüne baktım.

"Ama senin yardımına ihtiyacım var..." diye mırıldandım. Ege'nin çatılan kaşları, ayaklarımıza dolanan kedimiz Uçak'ın miyavlamalarıyla birlikte titrek bir nefes verdim ve konuşmaya başladım,

"Kapıda askerler bekliyor..."

"Neden?"

"Beni korumak için... Annem ve babam İstanbul'a getirilecekmiş. Orada önce bir hastaneye yatırılacaklar... Buraya ne zaman getirilecekleri ise belli değil. Beni güvende tutmak için eve getirdiler ve kapıya da güvenlik için birkaç asker koydular..." Sonra Ege'nin çatık kaşlarının altındaki parlak gözlerine baktım. Tereddütle konuşmaya başladım,

"Ben burada öylece bekleyemem..." diye mırıldandım. Ege ise her şeyi anlamış gibi başını kaldırdı ve konuşmaya başladı,

"Kaçmak istiyorsun..."

Başımı salladım. Kaçmak istiyordum, onlara ulaşmak istiyordum...

"Fakat bu sefer buna ben de izin vermeyeceğim İzmir. Senin güvenliğin söz konusuysa hiçbir güç senin bu evden çıkmana izin vermeme yetmez..."

Böyle diyeceğini biliyordum, bunu diyeceğine adım gibi emindim. Ona yalvaran gözlerle baktım.

"Sana yalvarıyorum Ege, onları görmek zorundayım. Eğer burada beklemeyi kabul edersem belki haftalarca burada onları bekleyeceğim..."

"Onların iyi olduğunu, yaşadıklarını biliyor olacaksın İzmir. Değmez mi?"

"Biliyor olacağım ama onları kendi gözlerimle görmediğim sürece buna asla inanmayacağım!"

"Tamam," diye mırıldandı Ege... Etrafına bakındıktan sonra tekdüze bir sesle konuştu,

"Sen burada kalıyorsun, ben gidiyorum. Anneni ve babanı ben göreceğim. Sen ise burada güven içinde oturup benden bir haber bekleyeceksin. Olur mu?" Bir saniye bile düşünmeden başımı salladım hayır der gibi.

"Asla. Ege..." dedim ve dolu gözlerimle konuşmaya devam ettim, "Ben senin için yaşadığım ülkeyi bile değiştirdim. Belki oraya senin yanına gelmem bile kendimi bir savaşın içine atmaktı ama ben bunu yaptım. Çünkü senin mutluluğun benim için her şeyden önemliydi... Şimdi sen de benim için bana izin vermek zorundasın. Ve şunu da bil, eğer bana izin vermezsen gecenin bir vakti bunu senden gizli bir şekilde yapacağım. Sen bile yanımda olmadan, tek başıma..."

Ege sıkıntılı bir nefes aldı. Elini alnına koyup evin içinde stres içinde gezinmeye başladı. Ona doğru bir adım attım ve kollarımı sırtından dolayıp ona arkasından sarıldım.

"Seni seviyorum..." diye mırıldandım.

Ege başını geriye doğru attı ve gözlerini kapattı.

"Bunu bana yapma..." dedi, "Seni göz göre göre tehlikeye atmamı isteme benden... Bunu yapamam..."

Hiçbir şey söylemedim, sadece ona sarılı bir şekilde dakikalarca bekledim... Yumuşayacağını biliyordum, fakat Ege'den hiçbir ses çıkmayınca son bir cümle kurdum.

"Seni tehlikeye atmamak için Türkiye'ye tek başıma gelmiştim, senden gizlice gelecektim. Ama sen buna izin vermedin, kendini atacağın tehlikeyi umursamadan benimle birlikte geldin. Şimdi benim de gitmeme izin vermek zorundasın... Lütfen Ege..."

Ege derin bir nefes alıp ellerimi tuttu, bana doğru dönüp istemeye istemeye başını salladı,

"Tamam," dedi, "Gidiyoruz. Sen, ben ve o..." Kaşlarımı çattım.

"O mu?"

"Kedimiz..."

Yüzüne dolmuş gözlerle gülümseyerek baktım, avucunun içini öptüm ve başımı göğsüne yasladım. Bu sefer gerçekten de kendimizi nereye gideceğini bilmediğimiz bir maceraya atıyorduk. Ben, Ege ve kedimiz...

Sonraki saatleri plan yaparak ve çanta hazırlayarak geçirdik. Binadan nasıl kaçacağımızı, İstanbul'a nasıl ulaşacağımızı planladık. Koray ve Merve de görüntülü aramamızın karşısında bizimlelerdi.

"Binanın arkasındaki yangın merdivenlerinden çıkacağız!" diye ısrar ediyordum,

"Yangın merdivenleri caddeye bakıyor, çok dikkat çekeriz!"

"Merdivenin ışıklarını kapatırsak bir de siyah giyinirsek kimse bizi görmez bile..."

Önümüzde bir harita, masamızda büyük bir karışık pizza, kucağımızda dolanan Uçak ve televizyonun gürültüsüyle sonunda sanırım bir plan yapabilmiştik.

"Bir araba kiralayacağız. Önce Eskişehir'e geçeceğiz. Sabaha karşı Eskişehir'de olacağız," diye açıkladı Ege Koray'a bakarak.

"Neden Eskişehir? Bursa tarafından gelseniz ya?"

"Aynı arabayla oraya kadar gelmek istemiyoruz... Bir yerle konuştum, arabayı buradan kiralıyoruz fakat Eskişehir'deki şubelerine bırakabiliyoruz. Onu oraya bırakıp sonra bir de İstanbul için bir araba kiralayacağız. Ondan sonra kampüsün orada sizinle buluşuyoruz. Tamam mıdır?"

"TAMAMDIR KAPTAN!" diye bağırdı Merve telefonun diğer ucundan heyecanla.

Merve ve Koray annemle babamın yaşadıklarını duyduklarında o kadar sevinmişlerdi ki onlarla tanışmış olduğuma bir kez daha sevindim... Hatta Koray şimdiden anne ve babamla ilgili haber araştırması işine girmişti, birilerinden laf almaya çalışıyordu. Ege ise her zamanki gibi babasından bu durumla ilgili bir haber bekliyor, sık sık babasıyla konuşuyordu. Babası araştırsa da hiçbir şey bulamamıştı, fakat şimdi elimizde onların bir hastaneye getirilecekleri bilgisi vardı. Bu şekilde tüm hastanelere haber salmış ve geri dönüş aldığı an bize dönecekti...

Fakat Ege'nin ailesinin bizi Fransa'da sanıyor olması bizim için büyük bir problemdi. Şimdi gizlenmemiz gereken birileri daha vardı... Ege sırf ailesi burada olduğumuzu anlamasın diye onlarla mesaj uygulamasından konuşuyordu. Benim için tüm bu oyunun içine girmiş olması ve hala tüm bu oyunun içinde kendisi için değil benim için endişeleniyor olması beni ona bir kez daha âşık etmişti...

"Yola çıkmamıza daha yedi saat var."

Ege koltukta uzandığım sırada saçımı okşarken gözlerim kapanıyordu. Kulağıma doğru eğilip fısıldadı:

"Artık uyu..."

Bu cümle Ege'nin bana attığı ilk mesajda yazan cümleydi. Bu bizim için her şeyi başlatan cümleydi... Gözlerim huzur içinde kapanırken Ege'nin arkama yattığını, beni kollarıyla sardığını hissettim. Güven içinde uykunun kollarına kendimi bıraktığımda nasıl bir günün bizi beklediğini hayal bile edemiyordum...

Annem ve babam gittiğinde Ege'yle de uzun bir süre konuşamamış ve tamamıyla karanlıkta kaldığımı hissetmiştim. Sonra Ege geldi, içimin ışıkları bir bir yandı, ama hiçbir zaman tamamen aydınlanmadı... Şimdi annem ve babamın da geldiğini hissettiğim andan beri içimin tüm ışıklarının yandığını hissediyordum. Artık o ışıklar yanıyordu, artık bu ev de ruhum da karanlıkta kalmayacaktı...

Şövalye ve küçük kız günlerce yürümüş, bazen çadır kurup uyumuş, bazen köylülerin evlerine misafir olmuşlar... Her gittikleri evde neşeyle karşılanmışlar. Küçük kız tüm bu yaşadıklarından dolayı şaşkınmış. "Şövalye..." diye söze girmiş bir gün, "Herkes ne kadar iyi, değil mi?" Şövalye başını kaldırmış, "Herkes iyi değil..." demiş, "Hayat bizi iyileriyle karşılaştırıyor, çünkü iyi olan bizleriz." Küçük kız anlamamış gibi bakmış durmuş... Sonra yorulduğunu hissetmiş, "Peki neden eve gidemiyoruz? Benim evim bu kadar uzak değildi ki..." Şövalye küçük kızın yorulduğunu anlayıp onu bir gölün kenarına oturtmuş. Eline bir elma tutuşturmuş ve kız yerken konuşmaya başlamış. "İşte tam da sorduğun soru yüzünden evini bulamıyoruz Küçük Kız... Yolun amacı bazı insanların hikâyelerine kulak misafiri olmaktır... Yeteri kadar insanın hikâyesini paylaşmazsak yolu bitiremeyiz, evinin iki sokak ötede olduğunu bilsek bile yolun hakkını vermezsek yol bizi evine çıkarmaz. Ev adreslerimiz bizi evlerimize götürmeye yetmez hiçbir zaman... Güneşte terleyeceksin, rüzgârda üşüyecek, yağmurda ıslanacak, yabancıların hikâyelerini dinleyeceksin ki yol seni evine çıkaracak..." Küçük kız şövalyeyi dinlemiş, uyku mahmuru gözlerle yüzüne baktıktan sonra elmasını yere bırakıp kafasını şövalyenin koluna yaslamış ve uyuyakalmış... Ama şövalye biliyormuş ki küçük kız evine ulaşmak üzereymiş. Küçük kızın evine ulaşma vakti, ayrılık vaktiymiş...

"Daha ne kadar yolumuz var?"

Derin bir iç çekti Ege.

"Sonsuza kadar..."

Sonra ekledi,

"Seninle benim sonsuza kadar yolumuz var İzmir."

5. Bölüm:
Yabancı...

> *"Ev adreslerimiz bizi evlerimize götürmeye yetmiyordu..."*

Saatler sonra kendimi Ege'nin yanında bir arabanın içinde bulduğumda her şeyin nasıl bu kadar hızlı gelişmiş olabileceğini anlamaya çalışıyordum. Her şey nasıl bu kadar yolunda gitmişti hala şaşkınlık içindeydim... Uçak arka koltukta uyuyor benim ise gözlerim kapanmamak için zor duruyordu. Arabaya bindiğimden beri içimi yiyen "Ege'yi de mi riske atıyorum?" korkusunu açıklığa kavuşturmak için kendi içimde tartışıyordum. Ege'nin benimle İstanbul'a gelmemesi gibi bir ihtimal yoktu... Bunun için ona yalvarsaydım da benimle gelecekti, ondan gizli gitseydim de gelecekti... Elbette ki asla sere serpe dışarı çıkmasına izin vermeyecektim. Ama onun yanımda olmasını engelleyemezdim, bunun benimle hiçbir ilgisi yoktu, bu engellenebilir bir şey değildi. Başımı çevirdim, karanlığın altında şehir ışıkları yüzüne vuran güzel Ege'me baktım. Yüzündeki her bir kusur onu kusursuz yapıyordu... Kararlı bakışları, o güzel kalbinin güzel gözlerine yansıması, kolundaki saatten saati kontrol eden bakışları, kendi kendine çatılan kaşları...

"Ne düşünüyorsun?" diye mırıldandım bir anda uyku mahmuru sesimle. Kaşları bir anda gevşedi.

"Geleceği..." dedi.

"İkimizin geleceğini mi?"

"Hayatımıza dair her şeyin geleceğini... Bizi, seni, beni, aileni, ailemi... Birkaç yıl sonra her şey nasıl olacak diye düşünüyordum. Bu çok büyüleyici değil mi? Her şeyin değişmesi için tek gereken şey küçücük bir saniye. Şu an buradayız, bir şeyler oluyor ama belki bir yıl sonra her şey çok farklı bir noktada olacak. Belki beş yıl sonra bugünü hatırlamayacağız bile. Oysa şu an yaşadığımız şey bugün, şu an en önemli şey bugün, bu an, burada birlikte olmamız. Ama belki bu durum haftaya böyle olmayacak."

Başımı kaldırdım. Arabanın camından yola bakarken çok uzaklarda görünen denize çevirdim gözlerimi. Denizler bize hep uzaktı. Deniz, içinde olduğunuzda bile çok uzakta görünüyordu aslında. Bir kıyısında yüzerken gözlerimiz hep o uzak olan diğer kıyıdaydı. Dudaklarımı aralayıp konuşmaya başladım:

"Belki bir saniye belki bir dakika sonra bile hiçbir şey aynı olmayacak, hayat bu. Biri bir an yanındayken bir saniye sonra yanında olmayabiliyor... Her şey bir mesaja bakabiliyor Ege. Hatırlasana, seninle ne çok yaşadık bunu. Bir dakika önce benim bloğumu okuyup beni özlerken bir dakika sonra senin odanda olduğumu fark etmiştin... Ben annemin ve babamın eve dönüşünü beklerken bir saniye içinde onların öldükleri haberini almıştım. Onları aylarca öldü diye bilirken sadece bir saniyede yaşadıkları umuduyla dolmuştum. Her şey değişken, hiçbir şeyin güvencesi yok..."

Ege sıkıntıyla derin bir nefes aldığında sanki kendi içinde bir savaş yaşıyordu. Kaşlarımı çatarak sordum:

"Sen iyisin, değil mi? Bir sorun mu var?" Birkaç saniye cevap vermeden öylece yolu izledi.

"Hayır..." dedi sonra, "Sadece..."

"Sadece ne, Ege? "

"Bilmem... Garip bir his var içimde..."

"Anlat, nasıl bir his?" Başını çaresizce salladı.

"Kafamda düşünüyorum, oradan alıyor oraya koyuyorum, tartıyorum, ölçüyorum, biçiyorum... Ve hangi yolla ikimizi bir arada tutabileceğimi bulamıyorum. Seni nasıl yanımdan ayırmayacağımı bulamıyorum..." Başımı kaldırdım, anlıyordum... Derin bir nefes alıp yüzüne baktım.

"Yani... Aileme döneceğim için..." derken Ege sözümü kesti:

"Yanlış anladın... Ailene dönmene senden çok ben mutlu olacağım İzmir. Sakın böyle bir şey söyleme."

Telaşla konuşmaya çalıştım:

"Hayır, hayır. Tabii ki mutlusun. Ama bir yandan da bu senin yanından ayrılacağım anlamına geliyor..."

"Evet, öyle. Ama burada kötü olan senin benim yanımdan ayrılıp ailenle yaşayacağın gerçeği değil. Burada kötü olanın ne olduğunu söyleyeyim ben sana, o siktiğimin freninin çalışmaması ve benim o gece o adama çarpmış olmam. Bir korkak gibi Türkiye'de kalıp masumiyetimi kanıtlamaya çalışmak yerine ailemin sözünü dinleyip kaçmış olmam. Kötü olan bunlar, İzmir. Sana dair kötü olan tek bir şey yok."

Ege o kadar dolmuş o kadar taşıyordu ki arabaya bindiğimizden beri sürdürdüğü ruh halinin sebebini ancak anlayabilmiştim. Hüzünle gözlerim dolarken elimi direksiyondaki eline koydum. Sinirle bir saniyeliğine ellerini direksiyondan çekti fakat hemen sonra geri koydu.

"Yine yanında olamayacak olmak, yine seni istediğim her zaman göremeyecek olmak bana çok koyuyor."

Kurduğu cümle içimi öyle acıttı ki nefes alabilmek için arabanın camını araladım. Kendimi toparlamaya çalışıp ona doğru döndüm.

"Söz veriyorum, ben sık sık oraya geleceğim..."

Cevap vermedi, cevap veremeyecek kadar perişan bir haldeydi. Üzüntüden çok öfke doluydu. Birkaç dakika sonra kendi kendine konuşmaya başladı.

"Peki, bu nereye kadar böyle devam edecek? Kaç ay, kaç yıl? Sen..." dedi ve durdu. Birkaç saniye tereddüt ettikten sonra sordu:

"Sen bunu gerçekten istiyor musun?"

"Ege lütfen konuyu kapatalım. Gerçekten can sıkıcı bir hal almaya başladı," diyerek bir kez daha cama döndüm, ciğerlerimi temiz havayla doldurmaya ve sakinleşmeye çalışıyordum. O sırada gözüm ormanlık alanda ağaçların birinin tepesinde kalmış çaresizce etrafa bakan küçücük bir yavru köpeğe takıldı.

"Bunu konuşmak zorundayız İzmir, senin hayatını bu şekilde mahvetmek istemiyorum..." Ege hala perişan bir halde söylenirken benim gözlerim yavru köpekteydi.

"Ege durdur arabayı!" dedim bir anda telaşlı bir sesle, Ege şok içinde cevap verdi:

"Ne? İnecek misin? Ne saçmalıyorsun sen İzmir?"

"Ege, lütfen soru sorma durdur arabayı!" Ege hiçbir şeye anlam veremezken benim gözlerim gözden kaybetmekten korktuğum köpekteydi.

"Durdurmuyorum," dedi öfkeyle ve devam etti.

"Bu kadar çabuk mu vazgeçiyorsun yani bizden?" diye sorduğunda bayılmak üzereydim.

"Yahu gerçekten arabadan inip seni terk edeceğimi ve yolun

devamını yürüyeceğimi filan mı düşünüyorsun? Şu ağaçta yavru bir köpek kalmış, onun için arabayı durdur diyorum!"

Ege ani bir frenle arabayı durdurduğunda bir bana bir dışarıya baktı anlam vermeye çalışır gibi. Telaşla arabanın kapısını açıp arabadan indiğimde peşimden geliyordu.

"Aynen öyle, hiç sağına soluna bakmadan atla yola, süper hareket." Ege söylene söylene yanıma gelip kolumdan tutup beni yol kenarına çekerken yoldan hızla geçen arabaya baktım.

"Özür dilerim... Köpeği öyle görünce kendimi kaybettim..."

Ege'nin zaten bozuk olan sinirleri iyice kötüye gidiyordu. Elini kolumdan çekmeyerek beni dikkatlice yolun karşısına geçirdi. Zavallı köpek üşümüş ve korkmuştu, bu gözlerinden o kadar belliydi ki...

"Biz geldik, korkma! Kurtaracağız seni!" diye mırıldandım telaşla,

"Hav hav!" Köpek bize havlarken Ege istemsizce güldü,

"Benden daha mantıklı şeyler söylüyor sana..." diye mırıldandığında gözlerimi devirdim.

"Kendine laf sokan bir insanla ilk kez karşılaşıyorum. Hadi bir şey yap, ağaca filan çık!" dediğimde Ege çatık kaşlarla ağaçtaki köpeğe baktı.

"Sen nasıl çıktın oraya?" diye sordu köpeğe.

"Hav hav!" Köpek o kadar ince ve yüksek bir sesle havladı ki gülmeye başladık.

"Senden daha çirkef çıktı. Öfkeli civciv dehşet saçıyor..." Ege bir laf sokmayla daha ağacın dallarından birine tutundu.

"Yapabileceğine emin misin?" diye sordum korkuyla, "İstersen ben yapayım?" Ege anlam veremez bir ifadeyle dönüp bana baktı.

"Tamam," dedi, dalı bıraktı ve eliyle ağacı gösterdi.

"Yap bakalım." Öfkeyle bir nefes verdikten sonra omuz silktim. "Tamam," dedim, "Saçma bir öneriydi. Köpeğin orada beklemesinden zevk mi alıyorsun?"

"Hav hav hav!"

"Bak o da bağırıyor oradan! Ve sen hala çıkmıyorsun."

Ege gülmekten ölecekti.

"Şu an iki çirkefin arasında kaldım ve ne yapacağımı bilemiyorum, biri yukarıdan bağırıyor biri aşağıdan bağırıyor iki dakika susarsanız zaten çıkıp köpeği alacağım!"

"Hav hav!"

"Küfür etti galiba bu sefer... Tamam, kabalaşma, geliyorum."

Ege son cümlesini kurup gülerek ağacın dallarına tırmanırken köpek çıldırmak üzereydi. Havlarken olduğu yerde zıplıyordu. Dallar o kadar birbiri içine girmişti ki sanırım köpek aşağı inmeye korkuyordu. Yoksa inemeyeceği kadar yüksek bir yerde değildi.

"Tamam, sakin ol, geliyorum! Şşşş, şşş, sakin ol! İzmir ablan gibi iki saniye susmayı bilmiyorsun sen de..."

"Dikkatli tut Ege!"

"Gel bakalım buraya, şşş, tamam... Sakin oluyoruz..." Ege sonunda köpeği tek eliyle alıp hızla aşağı indiğinde köpek sevinçle benim kucağıma atladı!

"Ahaha!" Sevinçten bir benim kucağıma bir yere bir Ege'nin bacaklarına atlarken görmeniz lazımdı!

"Kurtuldun, yaşasın!" dedim yavru köpeğe coşkuyla.

"Neden ben de övgü alamıyorum?" Ege'nin cümlesine güldüğüm sırada kucağıma atlayan köpeğin alnına bir öpücük kondurdum. Her tarafı toz kir içindeydi, ama gri-kahve tüyleri hala parlıyordu... Her şeyden öte bu canlıların ruhu temizdi.

"Artık gitmemiz lazım..." diye mırıldandı Ege, "Araba yolun ortasında dikkat çekecek..." Başımı salladım.

"Ama burası çok tenha bir yer. Ne bir insan, ne başka bir hayvan, ne bir su, ne bir yiyecek bulabilir burada... Onu burada bırakıp gidecek miyiz?" Ege endişeyle başını kaldırıp etrafa baktı.

"Bırakamayız..." diye mırıldandı.

"Onu da alıp gidelim..." dediğinde Ege'ye dolmuş gözlerle baktım, işte onu bu yüzden seviyordum.

"En azından bir köyden geçerken filan... Oraya bırakırız..." Bunu ben de istemezdim ama mecburduk. Onu da yollarda kendimizle heba edemezdim, zaten bir kedimiz vardı. Bir de köpeğe nasıl bakardık? Ama en azından aç, yalnız ve susuz kalmayacağı bir köye kadar onu götürebilirdik.

"Gel bakalım, seni güzel bir yere kadar götürelim..." diye mırıldandığımda köpek o kadar mutluydu ki inanılmaz duygulandım. Neredeyse ağlayacaktım. Ege'yle arabaya döndüğümüzde köpek benim kucağımdaydı.

"Çok üşümüş galiba, baksana hırkamın altına girmeye çalışıyor..." Ege arka koltuğa doğru uzanıp kendi hırkasını aldı ve bana doğru uzattı.

"Al, üstünü ört."

Köpek kucağımda yatarken Ege'nin hırkasıyla üstünü örttüm, kafasını okşadığım sırada biz yeniden yola çıktığımızda köpek uyuyakalmak üzereydi. Ama gözleriyle aralıksız bir şekilde beni izlemişti bir süre. Sanki onu bırakıp gitmemden korkuyordu...

"Uyanıp uyanıp benim burada olup olmadığıma bakıp geri uyuyor..." diye mırıldandım Ege'ye.

"Onu ağaçtan ben kurtardım ama tüm ilgi yine senin üzerinde, ne diyebilirim ki... Belki o yüzden bakmıyordur sana." Gülerek başımı çevirdim:

"Neden bakacak başka?"

"O kadar güzelsin ki insan uyurken bile uykusuna ara verip sana bakmak istiyor..."

Gülerek gözlerimi devirip başımı koltuğa doğru yasladım. Elimle köpeğin başını okşadığım sırada bana da uyku bastırmaya başladı. Gözlerim yavaş yavaş kapanırken Ege'ye belli belirsiz bir şeyler mırıldandığımı hatırlıyorum.

"Keşke o da bizim köpeğimiz olabilse... İsmini şey koyardık... şey..." Uyku beni içine çekerken Ege'nin cümlesini duydum:

"Ne koyardık?"

"Tren..." Ege'nin kahkahası uyumadan önce duyduğum son şeydi. Uyku beni içine çekmiş ve kendimi huzurlu bir uykunun içinde bulmuştum. Sanırım hayatımın en güzel yolculuğunu yapıyordum. Kucağımda minik bir köpek, arka koltukta uyuyan kedim, yanımda Ege'm ve anne babama çıkacak bir şehre doğru gidiyoruz. Daha güzel ne olabilir? Arabanın sallantısıyla sanki annemin beni ayağında salladığı o günlerdeki gibi hissediyordum. Bebekken annemizin ayağında sallanırız, uykuya dalarız. Sonra bir beşikte sallanır, yine uykuya dalarız. Büyüdüğümüzde yolların bizi salladığı gibi...

Yola çıkan herkes bir bebektir aslında, çünkü her şeye yabancıdır, her şeyi öğrenmeye hazırdır ve uyuduğumuz tek an sallandığımız her andır... Farkında değiliz belki ama hayatımızın çoğu anında uyuyoruz aslında, ayaktayken, otobüsteyken, yürürken, yemeğimizi yerken suyumuzu içerken bile... Hayat bir beşikten farksızdır. Bizi sallar ve uyutur... Her birimiz bunu hisseder fakat birbirimize gösteremeyiz. Beşikten farksız olmasından da öte hayat bizzat bir beşiktir, içinde her an uyuduğumuz... Oysa bu uyku ardında koskoca bir enkaz bırakır. O zaman şöyle mi desek? Hayat beşik sanıp uyuduğumuz koskoca bir depremdir belki de... Bebekken beşik sandığımız her şey büyüdüğümüzde depremimiz olur. Enkaz ise içimizdir.

"Ege..." diye mırıldandığımı hatırlıyorum uykumun arasında, "Daha ne kadar yolumuz var?"

Ege derin bir iç çekti.

"Sonsuza kadar..." Sonra ekledi: "Seninle benim sonsuza kadar yolumuz var İzmir."

Ben uykulu gözlerle ona gülümserken gözlerim kapanmak için ısrar ediyordu. İkinci bir uykuya dalmaya hazırlandığım sırada Ege'nin fısıltısını duydum:

"Yarım saat sonra Eskişehir'deyiz... Vardığımızda seni uyandırırım, tamam mı?"

"Hı hı..."

Eskişehir'e yaklaştıkça hava soğuyordu, arabanın içi sıcak olmasına rağmen gözlerimi ara ara açıp dışarıya baktıkça içim titriyordu. Yollarda kar görmeye başladığımız ilk an gözlerimi tamamen açtım.

"Kar yağmış..." diye mırıldandım heyecanla, ama garip bir şekilde karın yağdığını görmek bana ürkme hissini iliklerime kadar hissettirdi. Arabayla geçtiğimiz her yolda donmaya yüz tutmuş Porsuk Çayını görüyordum. Şehre geldiğimizden beri onlarca küçük köprü görmüştük çayın üzerinden geçen. Her yer kar içindeydi, sabah çok erken saatte geldiğimiz için tüm şehre bir sessizlik ve kasvet hâkimdi. Sanki bizim enerjimizin sıcaklığı gitmiş, yerini korkunç bir kasvet almıştı. Sanki burası bir başkasının hikâyesinin şehriydi... Gözlerim yollar arasında gidip gelirken iki köprünün orta yerinde Porsuk Çayının karşısında bir bankta tek başına oturmuş bir kıza takıldı. Bu tenha caddede bu saatte bu soğukta tek başına oturmuş kahverengi saçlı bu kız o kadar hüzünlü görünüyordu ki içimde bir hüzün hissettim... Çaresizce tek bir noktaya bakıyor parmağını avucunun içine sürtüyordu. Sonra gözlerim istemsizce kızın belirgin karnına kaydı. Şok içinde bakakaldığımda nutkumun tutulduğunu hissettim. Kız hamileydi. Böyle bir vücutta böyle bir göbek olamayacağına göre kesinlikle hamile olmalıydı.

"Ege..." diye mırıldandım,

"Efendim?"

"Dursana..."

"Ne? Bir şeye mi ihtiyacın var?"

"Hayır, hayır... Şu kıza baksana. Çok çaresiz ve üzgün duruyor. İçime oturdu şu an bakışı... Sadece bir beş dakika dursan olur mu? Yanına gidip iyi olup olmadığını sormak istiyorum. Yoksa aklımda kalacak..."

Ege başını yolun karşısına çevirir çevirmez arabayı yavaşlattı ve yolun kenarına park edip durdurdu.

"Ben de geleyim mi?"

"Hayır, ben gidip iyi olup olmadığını öğrenip gelirim."

"Montunu giymeden inme." Ege'nin uyarısıyla montumu üzerime geçirip eldivenlerimi de cebime koyup kapıyı açtım. Dışarısı bir buzhaneden farksızdı. İnsanı donduracak kadar soğuktu... Hızla yolun karşısına geçtim. Yaklaştıkça kızın yüzündeki hüznü daha net görebiliyordum. Onun ise kafası o kadar doluydu ki benim ona doğru yaklaştığımı bile fark etmemişti...

"Merhaba..." diye mırıldandığımda korkuyla yerinde sıçradı.

"Korkuttum mu!" dedim endişeyle, "Korkmayın!"

"Kusura bakmayın... Dalmışım da," diye mırıldandığında sesi titriyordu. Tedirgince yanına oturdum. Bank karla dolmuştu, oturmak insanı daha da üşütüyordu.

"Arabayla buradan geçerken sizi gördüm. İyi misiniz diye merak ettim..." Kahverengi saçları ve kahverengi gözleriyle tüm bu beyazlığın içinde yaşadığı hayata tamamen zıt hissettiği o kadar belliydi ki...

"Ben mi?" dedi dalgın ve bitkin bir sesle.

"Evet... İyi misiniz?"

"İyiyim..." diye mırıldandı, "Biraz bunaldığım için hava almaya çıktım... İlgilendiğiniz için teşekkür ederim." Yüzüne tereddütle baktım. Bu halde bu havada gerçekten de dışarı hava almak için çıkmış olabilir miydi?

"Yanlış anlamayın..." diye mırıldandım, "Hava çok soğuk, siz de hamilesiniz galiba... Çok da bitkin görünüyorsunuz. Eğer yardıma ihtiyacınız varsa yardım edebiliriz. Sizi evinize götürebiliriz? Eviniz burada mı?" Dolmuş gözleriyle gözlerime baktı. Bana hüzünle gülümsedi. Burnunu çekerek derin bir nefes aldı,

"Evim neresi bilmiyorum," diye mırıldandı, "Ama ben birinin eviyim... Onu biliyorum..." Elini belirginleşmiş karnına koyup bir kez daha burnunu çekti. Cümlesi içime öyle bir oturdu ki kendi kendime hayatımı sorgulamaya giriştim o an. Ben evimin neresi olduğunu biliyor muydum da gelmiş bir yabancıya bu soruyu soruyordum? Peki ya siz? Siz evinizin neresi olduğunu biliyor musunuz?

"İlgilendiğiniz için teşekkür ederim..." dedi tekrar, "Benim artık gitmem lazım..." Karnını montuyla iyice kapatarak zar zor ayağa kalkarken ona elimi uzattım. Elimi tutup ayağa kalktı ve penguen gibi bir iki adım atıp önüme geçti. Gözlerindeki hüzün beni o kadar etkilemişti ki gözlerimin dolduğunu hissediyordum.

"Eğer yardıma ihtiyacınız olan herhangi bir şey varsa elimden geleni yaparım... Gözlerinizdeki çaresizlik benim de gözlerimdeydi bir zamanlar. O duyguyu aylarca yaşadım. Eğer size yardım edebileceğim en ufak bir şey varsa yaparım..." dedim bir kez daha. O an bir anda yürümeyi bırakıp olduğu yerde durdu. Sonra bana doğru çaresizce döndü. Dudakları titriyordu.

"Aslında..." diye mırıldandı titreyen sesiyle, "Bana yardım edebilirsiniz..." Heyecanla başımı salladığım sırada penguen adımlarıyla bana yaklaştı.

"Bir kaleminiz bir de kâğıdınız var mı... Ufak bir kâğıt parçası da olabilir..." dediğinde kaşlarımı çattım.

"Hemen arabadan alıp gelebilirim! Bekleyin!" Koşarak yolun karşısına geçtiğimde Ege kaşları çatılı bir şekilde arabanın camını açtı.

"Ne oldu!" diye sordu merakla.

"Bana bir kalem bir de kâğıt lazım, hemen!"

"Neden?"

"Lazım çünkü!" Ege telaşla arabanın içinde kâğıt kalem ararken bana önce bir kalem uzattı. Sonra da bir kâğıt parçası. Ege'ye cevap bile vermeden koşarak karşı kaldırıma geri döndüm...

"Getirdim..." diye mırıldanarak kâğıdı ve kalemi ona uzattım. Başını salladığında bembeyaz olmuş titreyen elleriyle elimdeki kalemi ve kâğıdı aldı. Kâğıdı avucunun içine yerleştirip birkaç cümle yazdı. Sonra katlayıp bana uzattı...

"Bu kâğıdın içinde benim doğacak bebeğimin ismi yazıyor... Annesinin ve babasının ismi de yazıyor... Sizden tek istediğim bu kâğıdı saklamanız. Hayat beni öyle bir noktaya sürükledi ki gelecekte bebeğimin yanında olamayabilirim, hayat onu yapayalnız bir geleceğe sürükleyebilir... Ve benim en büyük korkum onun bana dair sevgisiz ve özlemsiz büyümesi... Yıllar sonra bir gün onu bulup bu kâğıdı ona gönderirseniz benim için dünyada yapabileceğiniz en büyük iyiliği yapmış olursunuz. İşte o zaman evimi bulmuş içinde yaşamaya başlamış olurum. Anladınız, değil mi?"

Dolu gözlerle bu yabancıya bakakaldığımda kâğıt ellerimin arasındaydı... Ona başımı sallarken içim titriyordu...

"Merak etmeyin, bir gün bu kâğıt bebeğinize ulaşacak. Size söz veriyorum... Ve umuyorum ki o kâğıt bebeğinize ulaştığında siz de babası da yanında olacaksınız..." Dolu gözleriyle bana umutsuzca gülümsedi.

"Çok güzel bir kalbiniz var," diye mırıldandı bana bakarak, "Umarım kalbiniz gibi bir hayatınız olur... Benim artık gitmem lazım. Hoşçakalın..."

"Hoşçakalın... Umarım ışıklarla dolu bir hayatınız olur..." Bana doğru döndü, son kez gülümsedi ve bir ara sokağa girip gözden kayboldu. Dağılmış bir şekilde bir süre arkasından baktıktan sonra burnumu çektim. Gözümden akan bir damla yaşı sildim ve arabaya doğru yürüdüm. Koltuğuma oturduktan sonra bir süre kâğıdı açıp bakamadım. Belki de bakmamalıydım.

"Ne oldu? Neyi varmış?" diye sordu Ege merakla.

"Bilmiyorum... Hiçbir şey anlatmadı... Ama kötü bir şeyleri olduğu kesin..."

"O kâğıda ne yazdınız? Telefon numarasını filan mı aldın?" Ege'nin gözlerine baktım. Bana bir sır verilmişti ve bu sırrı en yakınımla bile paylaşmayacaktım. Başımı salladım.

"Evet..." diye mırıldandım kâğıdı açarken, "Bana numarasını verdi... Ben istedim..." Derin bir nefes alıp başımı kâğıda doğru çevirdim. Dolu gözlerimle kâğıdı okumaya başladım.

"Gece Boysan. Annesi Zeynep Akay, babası Onur Boysan" diye yazıyordu kâğıtta. Altta da küçük bir not, "Sevgili bebeğim... Daha cinsiyetini bile bilmiyorum ama isminin ne olacağını sen kalbime düştüğün ilk andan beri biliyorum. Baban bir gün, "Eğer bir gün âşık olursam geceyi ikimize bölüştürmek isterdim," demişti kulaklarımın tam dibinde. Sen bizim geceyi birlikte bölüşmemizin sonucusun. Sen bizim gecemizsin, üzerinden ay hiç eksik olmasın. Seni hep sevdik, hep seveceğiz. Sevgilerle, annen."

Alt üst olmuştum. Dağılmıştım. Yolun ortasında görüp yanına yaklaştığım bir yabancının hikâyesine bir gram bile dâhil olmak mahvetmişti beni. Bu yolculuk bize iki yabancı getirmişti. Birini arabamıza alıp yola devam etmiştik, birinden ise geleceğe dair bir not almış onu orada bırakıp yine yolumuza devam etmiştik. Soğuk şehirlerde soğuk hikâyeler saklıdır, bilirim... Ama bu kadar soğuk bir hikâyeyle hayatım boyunca karşılaşmamıştım. Söylediği her cümle aklıma kazınmıştı. Evim neresi bilmiyorum demişti bana... O an fark etmiştim ki aslında kimse evinin neresi olduğunu bilmiyordu. Hepimizin evimize dair bildiği tek şey bir sokak, bina, ilçe ve şehir isminden ibaretti. Bizler buna adres diyorduk, oysa bu adrese gidiyor fakat evimizi bulamıyorduk. Ev adreslerimiz bizi evlerimize götürmeye yetmiyordu... Bizi evimize götürecek tek şey sevgiydi. Saf, katıksız, tartışmasız sevgi... Derin bir nefes daha aldım. Kâğıdı katlayabildiğim kadar katladım. T-shirtümün küçük cebinin içine sıkıştırdım ve düğmemi kapattım. Yol böyleydi işte, bize hikâyeler getirir bizden hikâyeler götürürdü... Hiç kimse bir yabancıyla öylesine karşılaşmazdı. Karşılaştığımız her yabancının hayatımızda bir parmak izi kalırdı ve neyle silersek silelim o iz hayatımızdan hiçbir zaman çıkmazdı. Sanırım hepimizin hayat hikâyesi evimizi arayışımızı anlatıyordu. Öyle değil mi? İşte burası benim evim dediğimiz her an yeni bir macera başlıyordu... Dediğim gibi, hayat beşik sandığımız bir depremdi. Sallanıyor, uyutuyor ve uykuya daldığımız ilk anda etrafımızdaki her şeyi yıkıyordu. Üstümüze doğru değil, içimize doğru...

Not: Bölüm içerisinde geçen yabancıyla karşılaşma sahnesi yazarın Karantina adlı serisindeki Zeynep karakteriyle yaşanmış ve Karantina Son Perde kitabıyla eş zamanlı olarak her iki kitapta da yer almıştır.

“

Küçük kızın birinin kollarından alınıp bir başkasının kollarına bırakıldığında açtı gözlerini... Uyuyordu gecenin karanlığında. Güneş çoktan batmış, yol çoktan bitmiş, evine çoktan gelmişti... Gözlerini açtığında önce şok içinde bakakaldı. Babasının gözleriyle buluşan gözleri heyecanla dolarken babasının kollarına sarıldı hıçkıra hıçkıra. İşte burası onun eviydi, babasının kolları... Dakikalarca babasına sarılıp ağladı mutluluktan. Sorular sordu, babasını öptü öptü, kokladı... Belki yarım saati buldu kendine gelmesi. Başını kaldırdı, "Baba, şövalye nerede yatacak?" diye sordu, sonra gözleri şövalyeyi aradı. Oysa şövalye çoktan evi terk etmiş, kendi köyünün yolunu tutmuştu. Babası küçük kıza acı haberi verdiğinde küçük kızın gözyaşları bu sefer de şövalye için akmaya başladı. Kendisini babasının kucağından yere attı, kapıya koştu. Ama ne babası ne halaları kapıyı açmasına izin vermediler. Küçük kız tam o an hayatın acı gerçeğiyle tanıştı; insan bazen aynı anda hem hayatının en mutlu hem de en mutsuz anını yaşayabilirdi... İnsan bazen acıyla karışık bir mutluluk hissedebilirdi. Küçücük bedeni bu duygu karmaşasının yükünü kaldıramadığında kendisini dizlerinin üzerinde ağlarken buldu. Şövalye de farksız değildi. Köyün uzaklarında bir ağacın dibine çökmüş devasa bedenine aldırmadan ağlıyordu. Hava öyle kararmıştı ki yıldızlardan başka hiçbir şey görünmüyordu. Sonra gözleri ağaca asılan kırık bir aynaya takılı kaldı. Ayna karşıdaki köy evinde yanan bir mumun ışığını yansıtıyordu. "Olsun," diye düşündü, "Güneş isterse batsın... Bizim ışığımızı söndürmeye gecenin bile gücü yetmez..."

”

"Güneş batmış olabilirdi,
bizim rengarenk ışıklarımız vardı..."

6. Bölüm:
Karanlık.

"Güneş batmış olabilirdi, bizim rengârenk ışıklarımız vardı..."

"Sen iyi misin?" Ege'nin sorusuyla başımı ona doğru çevirdim. O an anladım ki uzun süredir dalmış dışarıyı izliyordum. Eskişehir'de durmuş, arabamızı değiştirmiş ve çoktan İstanbul'a doğru yola çıkmıştık... Aklım bunca zamandır yaşananlarda ve bundan sonra yaşanabileceklerdeydi...

"İyiyim," diye mırıldandım, "Dalmışım..." Sonra başımı bir kez daha dışarı çevirdim. Tren ve Uçak arka koltukta uyuyorlardı. Ege ise yorgunluktan gözlerini ovuşturup duruyordu. Belki sessizlikten rahatsız olduğu için belki de uykusunu açmak için radyonun açma tuşuna tıkladı. Arabanın içi kısık sesli bir müzikle dolarken ilk defa duyduğum bu şarkının sözleri bana öyle hisler yaşattı ki sanki bir anlığına geleceği gördüm.

"Bu sana son mektubum," diyordu şarkı,

"Ayrılmaya mecburum.

Ne olur anla beni.

Bu aşktan korkuyorum."

Tüylerim diken diken olurken gelecekten ne kadar korktuğumu fark ettim. Yaşadığımız her şey ama her şey gözümün önünden geçti. Yola çıktığımızdan beri ne çok şey düşünmüştüm, ne çok his yaşamıştım, ne çok farkındalık sahibi olmuştum.

"Sende buldum sevgiyi.

Aşkı seninle yaşadım.

Bilseydim ayrılık var,

Sana hiç bağlanmazdım..."

Mutluluk ve üzüntü arasında çok büyük bir gelgit yaşıyordum. Aileme kavuşacak olmamın mutluluğu ve Ege'yle ayrı düşecek olmak olmamın üzüntüsü kafamın içinde savaşıyor fakat hiçbir taraf kazanamıyordu. Kendimi her şeye rağmen mesajlaşabiliriz, telefonda konuşabilir diye teselli ediyordum. Her şey böyle başlamıştı, değil mi? Biz buna dayanmıştık... Biz buna yine ve yeniden dayanabilirdik, değil mi?

"Ege..." diye mırıldandım bir anda.

"Efendim?"

"Anneme ve babama söylesem, seni evlatlık olarak alsak? Olmaz mı?" Ege gülümseyerek yüzüme baktı.

"Ben sizin aileye damat kontenjanından girmek istiyordum ya... Olmaz mı?" Gülerek başımı arkaya yasladım.

"Buldum!" dedim heyecanla, "Sana komple bir estetik ameliyat yaptırıyoruz. Polat Alemdar gibi bambaşka bir yüzle ameliyattan çıkıyorsun. İsmini de değiştiriyoruz. Ve seni kimse tanıyamıyor. Nasıl plan?"

"Sonra ne oluyor, evleniyor muyuz?"

"Evet! Süper plan değil mi?" Ege bir anda yüzünü buruşturdu.

"Değil..." dedi sinirlenmiş gibi. Kaşlarımı çatarak şaşkınlıkla yüzüne baktım.

"Neden?"

"Seni başka bir adamla düşünmek içimi titretti şu an..." Kaşlarımı daha fazla çattım. Anlam verme yetimi kaybetmiş gibiydim.

"Başka bir adam derken? Seninle evlenme planı yaptım şu an, farkında değil misin?"

"Evet ama ameliyatla tüm yüzümü değiştiriyoruz ve öyle evleniyoruz... Aynada seninle kendimi her gördüğümde kıskançlıktan kafayı yerim."

"Ne?" dedim şaşkınlıkla, "Beni kendinden mi kıskanacaksın?"

"Kendimden değil... Aynadaki o şerefsizden..." Bir anda büyük bir kahkaha attım.

"İyi de o sen olacaksın! Sadece görüntün değişecek!"

"İzmir lütfen kapatır mısın şu konuyu!" dedi sinirle, "Düşündükçe sinirleniyorum..." Bense gülmekten ölmek üzereydim.

"Sen aynaya kafa filan da atarsın öyle bir durumda..."

"Sen de ne meraklıymışsın başka biriyle olmaya." Ege'nin alınmış sesiyle kurduğu cümleyi duyunca gülmekten yüzümün kızardığını hissettim. Elimi karnıma götürüp başımı sallayarak Ege'ye baktım.

"Farkında mısın bilmiyorum ama sana ara ara böyle bir delirme geliyor, bir bilinç kaybı geliyor... Farkında mısın?" Ege sinir bozukluğuyla cümleme hafifçe gülüp omuz silkti.

"Aynen, ameliyatla yüzümü değiştirme fikrini ortaya atan sensin ama bilinç kaybı yaşayan benim. Çok haklısın..."

"Hav hav!" Arkadan gelen sesle bir anlığına irkilip yerimde sıçradım. Sonra yavaşça arkaya döndüm.

"Ne oldu?" diye sordum Tren'e bakarak.

"Hav hav."

"Öyle mi? Tamam ama daha az önce Eskişehir'deyken yemiştin. Biraz sabretmen lazım."

"Hav hav hav!"

"Tamam, aferin. Biraz daha uyu bakalım." Ege bana bir kez daha gözlerini devirerek baktı.

"Ne diyor?" diye sordu. Kıkırdayarak ona döndüm.

"Acıkmış, ama biraz daha sabredebilirmiş. Uykuya devam edecek şimdi. Bir de babama söyle iletişim konusunda biraz beni örnek alsın diyor... Gerekirse sana ders verebilirmiş." Ege gülümseyerek kendi yanındaki camı araladı. Arabanın içi temiz havayla dolarken radyonun sesini açtım. Çalan klasik müziğin sesiyle yolları izlemeye daldığım sırada Ege'nin elinin elimin üzerine dokunduğunu hissettim. Elimi kaldırıp dudaklarına götürdü, elimi öptü ve kucağıma geri bıraktı.

"Ne garip..." diye mırıldandım bir anda.

"Neymiş o garip olan?"

"Seninle büyümüş gibi hissediyorum. Biliyor musun Ege? Hayat seni bana verdi, hani bir çiçeğe su döker büyütürsün ya işte beni de seninle büyüttü. Sen benim suyumdun. Seninle büyüdüm, seninle serpildim, acıyı seninle tattım, aşkı da sen öğrettin bana... Bir gün ayrılırsak tekrar küçülür müyüm acaba? Çiçeklere su dökmeyi bırakırsan solarlar, bilirsin... Ya bir gün sen gidersen ve ben de onlar gibi solarsam? İşte bu yüzden yaşadığımız şey bir yandan çok acı verici geliyor bana. Bazen sen yanımdayken bile acı çekiyorum. Keşke seninle normal bir şekilde tanışsaydık... Lisede ön sıramda oturan sıradan bir çocuk olsaydın, sıranın altına kalemimi düşürseydim ve almak için aynı anda eğilip kafalarımız birbirine çarpsaydı. Sonra tanışsaydık, konuşsaydık... Âşık olsaydık. Her gün okulda birbirimizi görseydik."

Ege çocukça bir gülümsemeyle baktı yüzüme. Burnunu çekti ve sıkıntılı bir nefes verip konuşmaya başladı. O sırada üşüdüğümü fark edip camı kapattı.

"Biz zaten böyle tanıştık..." dediğinde kaşlarımı çattım,

"Ne?"

"Kafalarımız çarpıştı..."

"Nasıl yani?" diye sordum bir kez daha anlamayarak.

"Bunun için yanında olmama gerek yoktu... Senin bloğunu internette gördüğüm an, cümlelerini okuduğum an hissettiğim tek şey kafalarımızın çarpışmasıydı." Gülümsedim. Onun bu naif ruhu hayatım boyunca bir daha karşıma çıkmayacak bir ruhtu... Bunu bilmek çok acı vericiydi.

"Eh, acıdı mı bari?" diye mırıldandım gülerek.

"Ne acıdı mı?"

"Kafan! Kafalarımız çarpışmış ya hani!"

"Haa!" dedi gülerek, "Beyin travması geçirdim. Senden önceki her şey silindi. Sadece o andan sonrasını hatırlıyorum..." Önce birkaç saniye yüzüne bakakaldım, sonra gözlerimi kırpıştırıp gülmeye başladım.

"Tamam, bu kadar romantizm yeter. Günlük dozumu aldım. Şimdi biraz Instagram'a girip Şeyma Subaşı'nın hesabına bakmam lazım..." Ege büyük bir kahkaha atarken telefonumu elime aldım dinlediğimiz şarkıların eşliğinde internette gezinmeye başladım... Bir yandan Kenan Amca'dan bir telefon bekliyordum, bir yandan da onu arayıp yolda olduğumu anlamasından korkuyordum. Onu sadece İstanbul'a ulaştığımda aramalıydım. Kim bilir annem ve babam şimdi nerede, ne haldeydi?

"Bazen hayata çok kızıyorum..." diye mırıldandım telefondan başımı kaldırıp.

"Sadece bazen mi?" diye sordu. Başımı salladım.

"Evet, bazen kızıyorum... Bazen de kızmıyorum. Çünkü bazen sen elimi tutuyorsun dudaklarına götürüp öpüyorsun. Ben böyle bir hayata nasıl kızabilirim?" Dolu gözlerle ona baktığımda gözlerinin parıltısının hayatımın tılsımı olduğunu gördüm.

"Ama bazen de işte çok kızıyorum... Kendimi hep tutuyorum ama bazen kollarım kendimi tutamayacağım kadar güçsüzleşiyor. Yahu on dokuz yıllık üç kişilik bir aileyi bir anda kaybettiler. Bir anda dağıttılar. Gerek var mıydı böyle bir şeye? Annem, babam ve ben kaybolduk bir anda. Tarih sahnesinden bir anda o üç kişilik görüntü siliniverdi! Ama şükürler olsun ki kaybolan her şey bir gün eve geri dönüyor... Hatta bir keresinde bloğuma bir söz yazmıştım, hatırlar mısın?" dediğim sırada Ege sözümü kesti:

"Kaybolmak güzeldir, yolun sonu eve çıkar..."

Gülümseyerek yüzüne baktım. Başımı sallayarak derin bir iç çektim.

"Bu yolun da sonu eve çıkacak... İnanıyorum." Ege bir kez daha elini elimin üzerine çıktı.

"İnanmaya devam et... Birkaç saat sonra anne ve babanla tekrar o tarih sahnesinde üç kişi olacaksınız. Bu sahnede tek başına geçirdiğin son birkaç saatin..." Hüzünle yüzüne baktım.

"Ama ben tek başıma değildim ki... Sen vardın. Sen hala varsın. Hep de olacaksın..." Başını salladı. Ama sanki yüzünde öyle bir ifade vardı ki o da bir şeyler hissediyor ve bunlardan korkuyordu. Başımı tekrar camdan dışarıya doğru çevirdim. Yanından geçtiğimiz ağaçlı yolları izledim, içimdeki hayatımın Ege'yle ilgili olan kısmına ayırdığım sıkıntı giderek büyüyordu. Gözlerimi biraz daha kapatıp kendimi en azından bir yarım saatliğine de olsa uyumaya zorladıktan saatler sonra geri açtığımda yanından geçtiğimiz binalar sebebiyle İstanbul'a gelmiş olduğumuzu anladım.

"Geldik mi?" diye sordum telaşla.

"Geldik, sevgilim..."

"O zaman ben Kenan Amca'yı artık arayayım mı?"

"Ara bakalım..."

Telefonun ekranını açıp son aramalarımda Kenan Amca'yı buldum ve arayıp telefonu kulağıma koydum. Telefon dördüncü çalışında açıldığı an Kenan Amca'nın telaşlı sesini duydum.

"İzmir! Neredesin sen! Askerler kapına gelmiş, çalmış, açmamışsın! Eve girmişler! Neredesin?" Sakinleşmesini beklerken sadece sustum. Sonra sakince konuşmaya başladım:

"Annem ve babam iyi mi?"

"Neredesin sen!"

"Ben iyiyim, annem ve babam iyi mi Kenan Amca?" Sesim sert ve tekdüzeydi. Kenan Amca sonunda pes edip sıkıntılı bir nefes verdi ve konuşmaya başladı.

"Hastanedeler. İyi olacaklar... Neredesin İzmir?" Aklım sadece ve sadece onların hastanede oldukları ve iyi olacaklarını ifade eden iki kelimeye takılı kalmıştı... Elimi kalbime götürüp içimde şükrederken artık kendimi hiç olmadığım kadar güvende ve hiç olmadığım kadar kalabalık hissediyordum...

"İstanbul'dayım..."

"Ne? Nasıl geldin buraya!"

"Lütfen hiçbir şey sorma bana Kenan Amca. Olmam gereken yerdeyim, annemle babamı herkesten sonra ben görmeyeceğim. Onlar her neredelerse tam şu an oraya gelmek istiyorum..."

"Bunun tehlikeli olduğunu sana söyledim İzmir, seni korumak zorunda olduğumu söyledim!"

"Tamam, beni hastanede korursunuz! Şimdi lütfen bana hastanenin nerede olduğunu söyle, yoksa ben tüm hastaneleri tek tek gezeceğim..."

"İzmir!"

"Kenan Amca! Lütfen!"

Kısa bir sessizlik ve hemen sonra sessiz bir kabulleniş...

"Sana hastanenin adresini mesaj olarak atacağım... Ön kapıdan değil arka kapıdan gir. Dördüncü kata gel. Kimseye nereye gittiğini söyleme. Tamam mı?"

"Tamam, teşekkür ederim Kenan Amca... Birazdan oradayım..."

"Dikkatli ol." Telefonu kapatır kapatmaz Ege'ye döndüm.

"Hastanedelermiş!" dedim gözyaşları içinde, "İyilermiş!" Ege bana zafer içinde gülümserken ellerim titriyordu.

"Hangi hastane!" diye sordu heyecanla. O sırada telefonuma gelen mesajı Ege'ye gösterdim.

"Burası." Başını salladı.

"Tamam, biliyorum. Benimkiler de hep buraya giderdi..." Telefonunun haritasını açıp hastanenin adını girdiğinde oraya sadece on dakikalık bir mesafe uzaklıkta olduğumuzu gördüm. Heyecandan yerimde duramıyordum. Ege olabildiğince hızlı olmaya çalışıyordu ve yollar da şansımıza oldukça açıktı... Hastane ileride göründüğünde heyecanla söze girdim:

"Arka kapısından girecekmişiz..."

"Tamam..."

Ege hastanenin etrafında dönüp arka kapının önüne ulaştığında arabanın kapısını açtım.

"Gelmemi istiyor musun?" diye sordu çaresizce,

"Hayır..." dedim, "Yanımda olmanı isterdim. Ama seni tehlikeye atamam Ege... Sen arabayla buradan uzaklaşıp beni dışarıda bekle. Olur mu? Ben sana haber vereceğim." Hiçbir şey söylemedi, sanırım bir şey söylemesine de izin vermeden kapıyı açıp dışarı atlayıp koşarak hastaneye girdim. Ege'yi ardımda bırakırken annemle babamı önüme alıyordum. Ege'den uzaklaşıyor, annemle babama yaklaşıyordum. İki tarafta da ailem vardı, iki tarafta da canımdan çok sevdiğim insanlar... Tek dileğim iki taraftan birini tercih etmek zorunda kalmamaktı. Tek dileğim üçüyle de bir arada olmaktı... Koşarak merdivenleri çıktım. Asansöre binemeyecek kadar büyük bir enerji patlaması yaşıyordum. Koşa koşa dördüncü kata çıktığımda bir odanın önünde toplanan askerleri gördüğüm sırada kalbimin durmak üzere olduğunu hissettim. Adımlarım yavaşladı, orada koridorun ortasında donakaldım...

"Kenan Amca..." diye mırıldandım titreyen sesimle. Tüm sesler sustu, hepsi bana döndü. Kenan Amca gözyaşları içinde gülerek bana kollarını açtı. Koştum, ona sarıldım... Beni sıkıca sardı ve zafer gözyaşlarıyla gözlerime baktı.

"Onları görmeye hazır mısın?" Titreyen başımı bir aşağı bir yukarı salladım. Odanın kapısı benim için açılırken önce babam girdi göz hizama, sonra annem... Yan yana iki yatakta yatıyorlardı. İkisinin de boyunlarında birer boyunluk. Babamın sol eli sarılmış, annemin sağ bileği sargı beziyle kaplanmış.

"İzmir!"

"Kızım!"

İkisi de kendilerini parçalamak ister gibi ayağa kalkmaya çalıştıklarında seslerinden eser kalmamıştı. Belki ağlamaktan, belki bağırmaktan belki de susmak zorunda kalmaktan sesleri kısılmıştı. İnsan sadece çok bağırdığında değil, çok sustuğunda da sesi kısılabilirdi. Susmak insanı bağırmaktan daha çok yıpratırdı. Ben de aynı şeyleri yaşamıştım... Ayakta durmakta güçlük çekiyordum. Başımın döndüğünü hissediyordum. Hemşireler annemle babamı yatakta tutmaya çalışırken tüm güçlüklere rağmen koşarak yanlarında buldum kendimi. Bir kolumla anneme bir kolumla babama sarılırken tüm sakatlıklarına rağmen oturmaya çalışıyorlardı. Ömrümde hiç böyle bir his yer almamıştı kalbimde. Beynim, kulaklarım, burnum, kalbim her şeyiyle EVDEYİZ diye bağırıyordu. Ev buydu işte... Her şeyiyle hissettiğim bu sevgiydi.

"Biz çıkalım çocuklar, onlar ailece konuşsunlar..." Kenan Amca tüm askerleri ve hemşireleri odadan çıkarırken sadece üçümüz kalmıştık. Evimizde hep olduğu gibi...

"Yavrum... Kızım..."

"Bebeğim..."

Hiçbir cümle çıkmıyordu aramızdan, sadece ağlama seslerimiz ve sadece birbirimize söylemeyi özlediğimiz kelimeler. Hayatımın en mutlu ve en hüzünlü anını yaşıyordum. İçimde dolup taşan bu duygu duvarları aşıyor gökyüzüne çıkıyordu. Üçümüz de iyi değildik, üçümüz de kendimizde değildik.

"Geçti bebeğim, geçti!" Annem bu cümleyi kurduğu an hıçkıra hıçkıra gözyaşları içinde başımı salladım.

"Geçti anne, geçti..." Bir yaramız vardı, aylardır üstünü yara bantlarıyla kapattığımız, iyileştiremediğimiz ama gizlediğimiz... İşte o yara tam şu an iyileşmişti. Bir anda, sihir gibi... Onların başının ucunda oturup ellerim ellerinde, gözlerim gözlerinde belki bir belki iki saat konuştuk. Bana neler olduğunu tam olarak anlatmayı reddediyorlardı. Bir kaza olduğu doğruydu, ama ondan sonrasına dair duyduğumuz bildiğimiz hiçbir şey doğru değildi... Yaklaşık iki saat sonra hemşireler serum takmak için odaya girdiklerinde annemle babamı daha fazla yormamak için beni odadan çıkarmak istediler. Başımı salladım.

"Peki onları ne zaman hastaneden çıkarabileceğiz?" diye sorduğumda babam konuşmaya başladı,

"Yarın evimize döneceğiz güzel kızım..." Babama sevgi dolu bir gülümsemeyle bakıp odadan çıktım. Gözyaşları içinde Kenan Amca'nın yanında buldum kendimi.

"Her şey için teşekkür ederim Kenan Amca... Binlerce kez teşekkür ederim..." Ona sarıldığımda ikimiz de ağlıyorduk.

"Asıl ben özür dilerim yeğenim... Sana bunca zamandır bu acıyı yaşattığımız için... Bu kadar salak olduğumuz, buna inandığımız için... Şimdi seni bir otele götüreceğiz, bizimle birlikte yarına kadar orada kalacaksın. Yarın da birlikte yola çıkacağız. Tamam mı?" Omuz silktim.

"Onları burada bırakıp hiçbir yere gitmem... Siz gidin, dinlenin... Ben sabaha kadar hastanede kalacağım."

"Baban buna asla izin vermez... Biliyorsun."

"Ben babamdan daha inatçıyım, otelden kaçıp buraya gelmemi istemiyorsanız beni burada bırakırsınız..." Kenan Amca çaresizce etrafına bakındıktan sonra isteksizce başını salladı.

"Odanın kapısında da hastanenin etrafında da askerlerimiz bekliyor. Ama sen yine de dikkatli ol, tamam mı? Hastaneden asla çıkma... Zaten çıkmana izin vermeyecekler." Başımı salladım. Kenan Amca'yla vedalaşıp koridordaki koltuklardan birine oturduğum an direkt telefonumu çıkardım. Ege'yi aradım. Garip bir şekilde Ege'nin telefonunun zil sesini çok kısık bir şekilde duyabiliyordum. Hastaneye girmiş olabilir miydi? Kaşlarımı çatarak ayağa kalktım. Ege telefonumu açmazken ufak bir bağırış sesi duydum. Telaşla alt kata indiğim sırada şok içinde kaldığımı hatırlıyorum... Ege'yi, abisini, annesini ve yengesini hastanenin koridorunda gördüğüm an donakalmış bir şekilde onlara baktım. "YOĞUN BAKIM" yazısının tam önünde durmuş Ege'yi sakinleştirmeye çalışıyorlardı.

"Abi bırak! Ne yapmam gerektiğini biliyorsun!" diye bağırıyordu. Telaşla merdivenlerden aşağı inip Ege'yi kolundan tuttuğumda Ege benim olduğumu anlamayıp kolunu sertçe çekti.

Bana döndüğünde gözyaşları içinde öfkeli ve sarsılmış görünüyordu.

"Ege!" dedim şaşkınlıkla, "Ne oldu!" Benimle karşı karşıya kaldığı o an o saniye sanki tüm yelkenlerini suya indirdi. Önce birkaç saniyeliğine bana hüzünle bakakaldı. Sonra başını omzuma yaslayıp ağlamaya başladı. Soran gözlerle abisine baktığımda hepsinin yüzündeki hüzünden birine bir şey olduğunu anladım.

"Ne oldu?" diye sordum korkuyla,

"Babam..." diye mırıldandı Ege'nin abisi. Kalbimin içi çok büyük bir korkuyla kaplanırken Ege'ye sıkıca sarıldım. Ege başını kaldırıp sakinleşmeye çalıştı. Gözlerini duvardaki bir noktaya dikti.

"Gidip teslim olacağım..." diye fısıldadığında korkuyla ona baktım, abisi ise öfkeden delirmek üzereydi.

"Ne oldu!" dedim bir kez daha korkuyla.

"O olayda ölen adamın oğullarından biri... Arabasıyla babama çarptı..." Abisi bana durumu açıkladığında şok içinde elimle ağzımı kapatıp dehşet içinde Ege'ye baktım. Ege ise bana bakmak yerine duvarı izliyordu. Tüm vücudum korkudan titrerken şu an tek dileğim Ege'nin tam buradan yok olup gitmesi ve zarar görmemesiydi!

"Cezamı çekmek zorundayım..."

"Senin bir suçun yok! Bunu sen de gayet iyi biliyorsun! Salaklık yapmak yerine beni dinle!" Abisi Ege'yi kolundan tutup sarsarken tüm aile gözyaşları içindeydi.

"Ege lütfen! Abini dinleyeceksin!" Annesi arkadan gözyaşları içinde yalvarırken koridoru inceledim. Katta tek bir yoğun bakım olduğu için etrafta kimse yoktu. Acı içinde Ege'ye baktığımda gözleri benim gözlerimdeydi.

"Abin ne diyorsa onu dinle..." dedim titreyen sesimle, "Lütfen Ege..."

"Fransa'ya geri döneceksin. Paris'e değil. İlk yaşadığın eve... Annem ve yengen de seninle gelecek... Lena da sizinle olacak. Kimseyle konuşmayacaksın. Kimseyle mesajlaşmayacaksın bile. Sesin ne telefonda ne bilgisayarda hiçbir yerde duyulmayacak. Biz buradaki durumu çözene kadar senin Türkiye'yle hiçbir bağın olmayacak Ege. Şimdi seninle buradan çıkacağız ve sizi Fransa'ya yollayacağız. Tamam mı?"

İçimde kopan fırtınalar ve Ege'nin içinde kopan fırtınalar birleşmiş ve bir dünyanın sonunu getirmişti sanki. Durulmayan kaotik hayatımızın bir onu bir beni içine çektiği bu bataklıkta şimdi hayatın bize sunduğu şey tamamen ayrı kalmaktı... Ses yok, görüntü yok, hiçbir şey yok... Hayatın bize sunduğu bu kaos hiçlikten ibaretti.

"Sonra ne olacak?" diye sordu Ege titreyen sesiyle.

"Sonra babam ve ben de yanınıza geleceğiz... Babamı hastaneden çıkardığım ilk an oraya taşınacağız... Merak etme, babamın durumuyla ilgili bilgi alacaksınız. Aklın burada kalmasın. Tamam mı?" Ege hiç sesini çıkarmıyor sadece gözyaşlarının akıp gitmesine izin veriyordu.

"Vedalaşın," dedi abisi gaddar bir sesle. Gaddar bir insan değildi, sadece tüm ailesini düşünmek zorundaydı. Ve maalesef ben bu aileye dâhil değildim. Ama güçlü olmak zorundaydım, Ege'nin iyi olması için ayakta durmak zorundaydım. Ege bana doğru dönüp harabe bir şekilde yüzüme baktığında ona gülümsemeye çalıştım. Oysa içimde öyle fırtınalar kopuyordu ki kendimi bırakıp yere yığılmamak için tek bir tutanağım dahi kalmamıştı. Bitik bir haldeydim, ama bunu gösteremeyecek kadar korkuyordum onun zarar görmesinden.

"Annem ve babam çok iyi..." dedim titreyen dudaklarımla.

"Ben de çok iyi olacağım... Sen de çok iyi olacaksın..." Gözyaşları içinde birbirimize sarıldığımızda kulağına doğru fısıldadım.

"Söz ver bana Ege... Söz ver... İyi olacaksın..."

"İzmir... yalvarıyorum sen de gel..." dedi bir anda tüm hislerine yenilip. Gözyaşları içinde çaresizce alnımı alnına dayadım ve yüzüne baktım.

"Gelemeyeceğimi biliyorsun... Ne olur yapma bunu bana..." Hıçkıra hıçkıra ağlıyor ve tek kelime edemiyorduk. Dakikalarca o şekilde kaldıktan sonra konuşmaya başladı,

"Bu seni son görüşüm değil, değil mi? Bana böyle olmadığını söylemene ihtiyacım var..." dedi titrek bir sesle. Başımı salladım,

"İzmir Ege'dedir... Ben nasıl sende olmam... Söz veriyorum, İzmir bir gün Ege'ye dönecek..."

"Allah kahretsin!" dedi bir anda acı içinde, birbirimize öyle sıkı sarılıyorduk ki sanki yıllarca yetecek kadar sarılma depoluyordu ruhlarımız. Abisi Ege'nin koluna dokunduğu sırada Ege'nin kollarım arasından alınıp gidiyor olması yerin ayaklarımın altından yok olduğunu hissetmeme sebep oldu. Ama düşmemeliydim, dayanmalıydım, dayanmak zorundaydım...

"Uçak bahçede seni bekliyor... Tren'i ben alıyorum..." diye fısıldadı kulağıma son kez.

"Hoşça kal İzmir..." Hiçbir şey söylemedim. Hiçbir cevap veremedim. Ölümden farksızdı bu yaşadığım, ama eminim ki ölüm daha acısızdır...

Bedenim ayakta kalmaya devam ederken ruhum çoktan yere yığılmıştı. Ruhum yerde yatarken ben ayaklarımla ruhumun üzerine basıyordum ve Ege'min gidişini izliyordum. Ne acı ki bir an önce buradan gitmesini istiyordum, çünkü ne kadar çabuk bir şekilde buradan giderse tehlikeden o kadar uzaklaşacaktı. Ardından bakakaldığımda önce yengesi sonra annesi destek olmak istercesine koluma dokundular. Bugüne dair birçok hayalim vardı, birçok senaryo vardı kafamda. Ama böyle bir senaryo hiçbir şekilde yoktu. Titrek bakışlarla Ege'nin gidişini izledim. Merdivenlerden inerken bana son bir bakış attığında gözyaşları içinde tekrar gülümsemeye çalıştım. Ege'nin bana "hoşça kal" diyeceği hiçbir senaryo aklımda yokken şu an bu anı yaşıyor olmak beni öyle güçsüzleştirmişti ki yere dizlerimin üstüne oturduğumu ve duvara yaslandığımı hatırlıyorum. Bilincimi kaybetmiş gibiydim, ne olmuştu şimdi? Ne oluyordu? Gerçeklik duygumu yitirdim. Bunun bir rüya olabileceği ihtimali bile bana o kadar inandırıcı geliyordu ki bunun gerçek olma ihtimaline inanamıyordum. Acı içindeydim... Her şeyiyle bir bütün halinde katıksız saf bir acı içindeydim. Aileme kavuşmuş ve diğer ailemi kaybetmiştim. Koşmak istiyordum, koşup Ege'yi tutup kolundan çevirmek ve annemle babamın olduğu odaya dördümüzü birlikte kilitlemek ve sonsuza kadar orada yaşamak istiyordum. Ama içimdeki ses beni susturuyordu, durduruyordu... Hayır İzmir diyordu, bırak yaşasın... Senden ve tehlikeden uzakta, bırak ailesiyle yaşasın... Bırak evine dönsün... Çünkü orası da onun eviydi...

Her şeye rağmen içimde hala bir umut ışığı vardı. İçimde hala bir şeylerin düzelebileceğine dair ufacık bir umut ışığı taşıyordum. Güneş batmış olabilirdi, bizim rengârenk ışıklarımız vardı... Karanlıkta kalamazdık. Biliyordum, İzmir bir gün Ege'de tekrar yerini alacaktı... Sonra iç sesim bana içeriden acımasızca fısıldadı: "Peki ya alamazsa?"

7 AY SONRA

Şövalye evine döneli aylar olmuş... Ama hala her yerde küçük kızın koşuşturduğunu, oyunlar oynadığını, şarkıları söylediğini görürmüş hayal meyal. Küçük kız ise hala her gün düşünüp üzülür, bir gün şövalyesiyle yeniden karşılaşacağına inanıp ona vermek için resimler çizermiş. Aralarında bir sürü köy, bir sürü göl varmış ama ikisi de hala her gece camdan dışarı bakar aynı gökyüzünü izlermiş... Şövalye tek başına yaşadığı, istediği zaman kapısından çıkıp gidebileceği evinde hapiste gibiymiş. Ne kadar özgürse bir o kadar tutsakmış. Çünkü özgür olmak demek kapıdan çıkıp gidebilmek değil, o kapının ardında tüm sevdiklerinle birlikte olabilmekmiş...

Sevgili geçmişim, unuttun mu,
biz seninle neler neler inşa ettik
sadece hayatta kalabilmek için?
Ne engelleri aştık, nelere direndik,
kaç yoldan sürüne sürüne geçtik...
Birbirimize ışık olduk.
Sen benim ışığımdın, ben senin.
Kaç karanlığı deldik ışıklarımızla,
ama merak etme, biz her zaman bir yolunu bulur
ve o ışıkları tekrar yakarız.
Değil mi?

7. Bölüm:
Sevgili Geçmişim...

"*İsmim ne kadar özgürse ben o kadar tutsaktım...*"

(7 Ay Sonra)
(Temmuz, İzmir)

"İzmir, kahvaltı hazır kızım! Hadi!" İsteksizce gözlerimi açıp duvardaki saate baktığımda saatin 11.35 olduğunu gördüm. Telefonumun nerede olduğunu bile bilmiyordum. Gözüm masamdaki takvime kaydığında 29 Temmuz tarihini görüp birkaç saniye takvime bakıp öylece durdum.

"Yedi ay..." diye mırıldandım kendi kendime, "Yedi ay..."

O gideli yedi ay olmuştu. Sesini duymayalı, ondan hiçbir şey okumayalı koskoca bir yedi ay geçmişti. Neredeydi, nasıldı, iyi miydi bilmiyordum. Ona dair hatırladığım tek şey bana kurduğu son cümleydi. "Uçak bahçede seni bekliyor, Tren'i ben alıyorum." Bu cümle yedi ay boyunca aklımda dönüp durmuştu. Sadece saatler önce ağacın üzerinde bir köpek bulmuştuk, şehre götürüp bırakmayı planlamıştık ama onun öyle güzel bir kalbi vardı ki Fransa'ya dönerken o köpeği bile yanına almak istemişti. Çünkü biliyordum, benden ona bir şey kalsın istemişti... Ben Uçak'a her baktığımda, her miyavlama sesini duyduğumda onun sesini duyuyor gibi oluyordum. Gözlerinde hep onu görüyordum. Sanki her şey Ege'yle tanışmadan önceki zamanlara dönmüştü. Ege'nin varlığı kendini imha etmişti adeta... Bir anda kendimi burada, evimde, odamda bulmuştum. Annem yine bana mutfaktan sesleniyor, kahvaltıya çağırıyordu. Arkadan gelen Müge Anlı sesi, babamın gazetesini çevirirken çıkarttığı gazete hışırtısı, saatin tik tak sesleri... Hayat beni kafayı yemekle gerçekliğe tutunmak arasındaki gelgitler arasında sürüklerken gerçekliğe tutunmak pek mümkün olmuyordu. Ege ne Koray'la ne de Merve'yle iletişime geçmişti. Sanki yok olmuştu...

"İzmir! Hadi ama kızım... Çay soğuyor..."

"Tamam anne..." Yataktan isteksizce kalkıp mantar panomla yüzleştiğimde Ege'yle olan fotoğrafıma birkaç saniye bakakaldım. Zaman zaman Ege'nin benim ürettiğim hayali bir karakter olup olmadığını sorguluyordum. Çünkü bu kadar güzel bir ruh ancak hayal edilerek var edilebilirdi. Sırf bundan emin olmak için Merve'ye sürekli "EGE GERÇEKTEN VARDI DEĞİL Mİ?" diye soruyor, ara ara Koray'ı arayıp "EGE'Yİ SEN DE GERÇEKTEN GÖRDÜN, DEĞİL Mİ?" diye darlıyordum. Ege'nin sosyal medya hesaplarını inceliyor ve aklımı kaybetmemi önlemek için onun gerçekten var olduğuna kanaat getiriyordum. Geçen gün Merve'ye Ege'yle olan bir fotoğrafımı atıp "Bu fotoğrafta kaç kişi görüyorsun?" diye sorduğumda bana şöyle cevap verdi, "Bir psikoloğa mı gitsen artık?" İyi değildim, biliyordum. Ama bana iyi gelecek şey bir psikolog değil, Ege'ydi...

"Günaydın..." diye mırıldandım kahvaltı masasına oturduğum sırada. Babam gazetesini indirip bana gülümsediğinde ben de ona gülümsedim. Her gün onların var oluşuyla ayakta kalıyordum. Her gün onların güzel yüzleri hatrına şükrediyor ve gülümsüyordum. Annem karşı komşunun dedikodusunu yapmaya başlarken gözüm televizyona kaydı.

"Esra Hanım 15 Yıldır Kayıp Kız Kardeşini Aramak İçin Stüdyomuzda!" yazısını görünce akli dengemi o kadar yitirdim ki bir an ekranda şöyle bir yazı canlandı gözümün önünde, "İzmir Hanım 7 Aydır Kayıp Sevgilisini Aramak İçin Stüdyomuzda!" Bir anlığına bu ihtimali sorgularken annemin sesiyle hayalimden uzaklaştım.

"Bu karşı komşu var ya... Karısıyla kavga ettikçe cama çıkıp aşağıya su döken komşu hani..."

"Evet?"

"Şimdi de kadınla kavga ettikçe çıkıp çıkıp camdaki saksılara meyve suyu döküyor. Manyak adam!"

"Anne..." diye mırıldandım dalgın bir sesle, "Müge Anlı'ya nasıl çıkılıyor?"

"Ne?"

"Ne?" Annem ve babam aynı anda şok içinde yüzüme bakarlarken boğazımı temizleyip kendime gelmeye çalıştım. Saçmalamaya başlamıştım.

"Öylesine sordum... Meraktan..." diye düzelttiğimde annem gülmeye başladı.

"Kızımızın merak ettiği şeye bak! Telefon numaralarını arayınca seni sıraya alıyorlar. 0212 354 44 25 numaraları." Annem gülerek konuşurken babam araya girdi,

"Kızım sen ne yapacaksın Müge Anlı'yı Allah aşkına?" Gözlerimi devirerek güldüm,

"Baba benim merak edip bunu sormam mı daha garip annemin programın başvuru numarasını ezbere biliyor olması mı garip? Bence sen önce bir annemi sorgula..."

Kahkahalarla güldükleri sırada kendime telkin vermekle meşguldüm. Akli dengemi yitiyordum, tamam ama en azından bunu kimseye belli etmeseydim. Çok dikkat çekiyordum... Onlar gülüşürken hafif bir tebessümle kahvaltıma devam ettim. Çayımdan bir yudum aldığımda bile aklım hala Ege'deydi. Ama belki de yavaş yavaş kabullenmeliydim... Yapabileceğim hiçbir şey yoktu. Tek bir şey bile...

Ege gittiğinden beri hayatım İzmir'deki eski hayatıma adapte olmaya çalışarak geçmişti. Tabii ki bir yanım çok ama çok mutluydu, çünkü annemle babamın yanındaydım. Bana hala yaşanan hiçbir şeyi anlatmasalar da yedi aydır evimizin kapısının önünde korumalar beklemekteydi... Dışarıya bile korumasız çıkamıyorduk ve tüm bunlar bana içimde bir hapis hayatı yaşıyormuşum hissi veriyordu. İstanbul'daki okuluma bile dönmeme izin vermemişlerdi. Sınavlara hazırlanıp İzmir'de bir üniversite kazanmamı istiyorlardı... Sanırım hayatımın bundan sonraki büyük bir kısmı böyle geçecekti. Bir hapishane mahkûmu gibi, ***ismim ne kadar özgürse ben o kadar tutsaktım...***

"A ah, kim geldi ki?" Annem çalan kapının sesiyle birlikte ayağa kalkarken yüzündeki korku ifadesi içime bir ok gibi saplanmıştı. Tam yedi aydır annem her kapı veya telefon çaldığında korkudan deliriyordu. Böyle olmakta haklıydı... Ama bunun daha ne kadar böyle devam edeceğini bilmiyorduk. Babam korumacı bir tavırla ayağa kalktığında annem kendini babamın önüne attı.

"Açmayalım..." dedi, "Korumalar neden bizi aramadı! Neden birini kapıya kadar soktular!"

"Yahu hanım sakin ol! Faturadır, kargodur, bir sakin ol!" Babam yine de her şeye rağmen odasından silahını alıp kapıya o şekilde ilerledi. Annem babamın peşinde, ben de annemin peşindeydim... Babam kapının deliğinden baktığında kaşlarını çatarak bize doğru döndü.

"Bir kız... İzmir yaşlarında... Mavi saçlı..."

"Ne?" dedim tereddütle, "Baba ben de bakayım, dur!" Babamın önüne geçip kapının deliğinden baktığımda şok içinde gülümsedim.

"Bu Merve!" dedim heyecanla, "Okuldan arkadaşım!" Aslında Tumblr'dan arkadaşımdı... Ama tabii bunu annem ve babam bilmek zorunda değildi...

"Oh!" diyerek kendini rahatlattı annem. Babam ise telaşla odalarına dalıp silahı saklama derdindeydi. Kapıyı gülerek açtığımda Merve kapıda büyük bir kahkaha atıp bana sıkıca sarıldı.

"İnanmıyorum!" dedim heyecanla, "Daha dün konuştuk! Neden sürpriz yapacağını söylemedin?"

"Ne deseydim, İzmir yarın size gelip sana sürpriz yapacağım mı deseydim!" Kahkahalarla birbirimize sarıldıktan sonra Merve'yi anne ve babamla tanıştırdım. İçeri girip resmi bir şekilde anne ve babamla çay içerken o "Mavi Saçlı Özgür Kız"dan eser kalmamış hanım hanımcık bir Merve çıkmıştı ortaya.

"Eee kaç gün kalacaksın, valizin nerede?" diye sorduğumda gülerek bana döndü,

"Ben sizde kalmayacağım kuzum! Kuzenimin evi var burada. Onda kalacağım. Sen günlerdir biraz bunaldığın için seni dışarı çıkarmaya geldim!" Annem tedirgince babama bakarken bunun bana ne kadar iyi geleceğini bildiğim için babama döndüm.

"Gidebilir miyim?" diye sordum, "Çok fazla durmam..." Neyse ki Merve ailemizin içinde yaşanan bu hapis hayatı durumunu biliyordu ki çekinmeden babamdan izin isteyebiliyordum.

"Git kızım..." dedi babam endişeli görünse de, "Korumalar arkanızdan sizi izler. Endişelenmeyin..." Başımı sallayarak gülümsedim ve ayağa kalktım.

"O zaman ben iki dakikada giyinip geleyim. Sen burada bekle."

"Tamam!" dedi Merve gülerek, "Ben de anne ve babana İstanbul'daki çok kısa süren okul anılarımızı anlatayım!" Gülerek yanlarından ayrıldığımda hızla odama girdim. Üzerimdeki pijamalarımı çıkarıp üzerime hızla kırmızı bir elbise geçirdim. Saçlarımı tarayıp arkadan topladım ve kol çantamı da yanıma alıp odamın kapısına yöneldim. Son anda aklıma telefonumu almadığım geldi. Telefonumu isteksizce masadan alıp çantamın içine attım.

"Miyav!" Uçak gideceğimi anlamış gibi ayağımın dibinde miyavlarken eğildim ve onu kafasından öpüp odamdan çıktım.

"Hadi!" diye mırıldandım, "Ben hazırım..." Merve annemle babamı baya güldürmüş olacaktı ki ikisi de kahkahalarını durdurmaya çalışırken ayağa kalktılar.

"Çok memnun oldum efendim!" diyerek annemle babama sarıldı Merve... Efendim mi? Peki...

"İzmir, korumaları arayacağım. İki tanesi sizi arkanızdan takip edecek... Tamam mı?"

"Tamam baba. Görüşürüz!"

Merve'yle birlikte evden çıktığımızda gülüşerek merdivenlerden aşağı inmeye başladık. Aslında her gün mesajlaşıyor olmamıza rağmen en son iki ay önce görüşmüştük ve onu inanılmaz bir boyutta özlemiştim. Bana Ege'yi hatırlattığı için onunla vakit geçirmek çok daha güzel geliyordu... Kapıya inip korumaların arasından geçtiğimizde iki tanesinin bizden yüz metre geriden peşimizden geldiğini fark ettik.

"Tüh ya!" diye mırıldandı Merve, "Keşke diğer koruma gelseydi... O daha yakışıklıydı!" Gülmeye başladım.

"Ciddi misin sen!" dedim kıkırdayarak.

"Maalesef... Bak görüyorsun değil mi, o kadar zamandır tanışıyoruz ama hiç değişmedim."

"Ben de pek değişmiş sayılmam. Akli dengemi kaybettim sadece, o kadar." Merve cevabıma gülerken kolumu tuttu.

"Merak etme hiçbirimizin akli dengesi pek yerinde değil. Bir an önce bir yere oturalım da dertleşelim... Nereye oturalım?"

"Ya deniz kenarında mı otursak? Şimdi hiç kapalı bir yere giresim yok... Deniz kenarında da çay satıyorlar."

"İşte bu yüzden seni bu kadar seviyorum! Hadi..."

Merve'yle konuşa konuşa Kordon'a kadar yürüdük... Kordon sıcaktan kavruluyor ama yine de insanlar deniz kenarında oturmuş sohbet ediyorlardı. Midyeciler, çekirdek satan amcalar, çay satan teyzeler... Deniz kenarına oturup karton bardakta iki çay aldıktan sonra derin bir nefes aldım.

"İzmir'de yaşamama rağmen denizi o kadar az görüyorum ki..."

"Ne kadar sürecek sizin bu hapishanede yaşama durumu?"

"Anneme kalsa ölene kadar..."

"Kızım böyle yaşanmaz ki, nereye kadar gider bu böyle! Sen nasıl âşık olacaksın, nasıl evleneceksin?" Merve'nin kurduğu cümle moralimi bozarken iç çekerek denize doğru döndüm. Merve söylediği şeyin saçmalığını fark edip kendi ağzına vurdu.

"Hay benim salak kafam! Özür dilerim ya... Ege'den hala haber yok mu? Mesajda sürekli bunu sorup sana hatırlatmak istemiyorum... Yüz yüze konuşuruz diye düşündüm..."

"Yok..." diye mırıldandım.

"Yalnız senden de pek haber var diyemeyiz..." Merve'nin cümlesi kafamı karıştırırken kaşlarımı çatarak yüzüne baktım.

"Nasıl yani?"

"Kızım çocuk gittiğinden beri bir kez bile Tumblr'a girip paylaşım yapmadın. Sana yazamıyor, seni arayamıyor, sana gelemiyor... Ama belki de sürekli senden bir haber almayı bekliyor... Belki de sürekli bloğuna girip bakıyor ve bir şeyler yazmanı umuyor..."

İçime çöken hüzün bulutuyla yutkundum. Tam yedi aydır bloğuma tek bir cümle dahi yazmamıştım. Orası Ege'nin daha önce benden haber alabildiği tek yerdi... Konuşamazdı, yazamazdı ama belki de okuyabilirdi... Orası bizim evimizdi...

"Sence yazmalı mıyım?" diye sordum dolmuş gözlerimi Merve'den kaçırmaya çalışarak.

"Bence yazmalısın! Senden haber almak için dört gözle beklediğine eminim... Bir de şu dolmuş gözlerini benden saklamayı kesmelisin. Ağlamak istiyorsan ağla güzel bebeğim benim... İnan bana ağlamak en çok senin hakkın. O kadar çok şey yaşadın ki... Ama tabii sonradan güleceksin! Söz ver..."

Merve bana kollarını açtığı an hüzünle kollarının arasına yaslandım. Beni kollarıyla sardı... Bir arkadaş sarılmasına ne çok ihtiyacımın olduğunu anladım o an. Kollarına sarılmış gözyaşlarımın akıp gitmesine izin verdiğim sırada Merve konuşmaya devam etti,

"Ya ben bir şey daha hissediyorum ama doğru mu bilmiyorum..." Burnumu çekerek başımı kaldırdım.

"Ne hissediyorsun?" diye sordum gözyaşlarımı silerken.

"Sen biraz kızgın mısın? Yani Ege'ye..." Söylediği cümle o an beni bir anlığına şaşırttı. Söylediği şeye değil de cümleyi duyduğumda içimde oluşan onaylama hissine şaşırdım. Bu doğru olabilir miydi? Ben ciddi ciddi Ege'ye kızgın hissediyor olabilir miydim?

"Bilmiyorum..." diye mırıldandım kafa karışıklığıyla.

"Biliyorsun..." dedi, "Ve eğer kızgınsan bence haklısın..." Bakışlarım uzağa dalarken parmağımla avucumun içine doğru bastırıyordum.

"Ege'yi ne kadar sevdiğimi biliyorsun..." dedi Merve ve devam etti, "Ama yedi ay..." Söylemek istediklerini söylemeye çekiniyordu sanki. Ama ne demek istediğini gayet biliyordum. Yedi ay... Koskoca yedi ay boyunca tek kelime konuşmamıştık...

"Kızgınım," dedim sessizce, "Giderken böyle hayal etmemiştim..."

"Ben de böyle hayal etmemiştim!" diyerek söze girdi Merve, "Sen bana Ege'nin durumunu ve gittiğini anlattığında yemin ederim en fazla bir ay filan ayrı kalırsınız diye düşünmüştüm! Hatta sana da üzülme demiştim. Koskoca yedi ay... Ne bileyim... İnsan bir mektup yollar ya..."

Sıkıntılı bir nefes verip denizi izlemeye başladığımda arkada birilerinin telefonundan Deniz Tekin'in "İzmir'de Bir Gün Batımı" şarkısının melodisini duymaya başladım. Ege ve benim şarkılarımızdan biriydi bu... Yazın sıcağında üşüyordum o an. Ege'ye kızgın olmak tanıştığımızdan beri ilk kez tattığım bir duyguydu. Ama biliyordum ki bana tek bir adım atsa yelkenlerim bana sormadan suya inerlerdi... Yelkenlerimin âşık olduğu deniz Ege Denizi'ydi... Ne de olsa İzmir'dik biz... Ege'nin incisi...

"Belki o da bana kızgındır," diye söylendim, "Belki o da benden bir adım beklemiştir..." Merve kaşlarını çattı.

"Bu durumda ona adım atman bencillik olurdu, biliyorsun bunu değil mi? Onu tehlikeye atmamak için ondan uzak kaldın. Ama sana bir şekilde ulaşmalıydı. Seni koskoca bir yedi ay bırakmamalıydı... Ha, yanlış anlama. Ege'yi çok seviyorum. Ama seni daha çok seviyorum. İşte bu yüzden üzülmene dayanamıyorum!" Elimi uzatıp Merve'nin elini tuttum. Anlayışla başımı salladım.

"Biliyorum," dedim, "Beni düşünüyorsun... Teşekkür ederim... Ama Ege'den bahsetmesek. Olur mu?"

"Olur tabii ki... Sen nasıl iyi olacaksan öyle konuşalım... Mesela sana hemen şeyi anlatayım, buraya gelirken otobüste bir adam sabaha kadar kustu. Ama çok garip bir adamdı. Kustukça kahkahalar atıyordu. Psikolojim bozuldu..."

Buruk bir kıkırdamayla Merve'yi dinlemeye başladığımda içim rahat değildi. Bunu aylardır kendime itiraf edemesem de Ege'ye gerçekten ama gerçekten çok kızgındım. O giderken kendi kendime en fazla bir ay ondan haber alamam diyordum. Bu iki ay oldu, üç ay oldu, dört ay oldu, beş ay oldu. Sonra altıncı ay geldi, yedinci ay geldi... Oysa öğrendiğime göre babası Ege gittikten on iki gün sonra hastaneden taburcu olmuştu. Ama Ege'ye ya da ailesine dair tek bir haber almamıştım... Bana tek bir haberleri gelmemişti. Bu kadar mı umurunda değildim artık? Bu kadar mı değersizdim artık gözünde? Belki de hayatına bir başkası girmişti...

"Saçmalama İzmir!" Merve'nin cümlesiyle kaşlarımı çattım.

"Ne?" diye sordum.

"Hayatına başkasının filan girdiği yok... Asla inanmam!"

"Ne?" dedim bir kez daha, "Ben onu dışımdan mı söyledim!"

"Evet... Durup dururken 'Bu kadar mı umurunda değilim? Bu kadar mı değersizim gözünde? Belki de hayatına bir başkası girmiştir...' dedin. Farkında değil misin?" Hüzünle iç çektim. İyice deliriyordum.

"Hayır... İçimden konuşuyorum sanıyordum... Farkında değilim ama sanırım üç haftadır bu ihtimali düşünüyorum."

"Onun gözünde değersiz olma ihtimalini mi?"

"Hayatına başka birinin girmiş olması ihtimalini..."

"Sen ciddi olamazsın! Bak ben de Ege'ye kızgınım ama asla böyle bir şey düşünmem... Bu çocuk senin için neler neler yaptı... Seni unutmak bir yana dursun onun acı çektiğine eminim. Acı içinde senden uzak kalmaya çalıştığına eminim. Belki de seni korumak için senden vazgeçti..." Öfkeyle başımı kaldırdım.

"Kim dedi ona beni koru diye ya! Korumasın beni!" Öfkeyle bir çıkış yaptığımda sadece bir saniye sonra kendime gelmeye çalıştım,

"Özür dilerim..." diye mırıldandım, "Bu durum artık o kadar dayanılmaz bir hal alıyor ki... Sesini duymayı özledim ya. Başka hiçbir şey istemiyorum inan bana. Nefes alışının nefes verişinin sesini bile duymayı çok ama çok özledim... Bu beni o kadar sinirlendiriyor ki. Eskiden ayrı olduğumuzda bile en azından kelimelerini görebiliyordum, sesini duyabiliyordum, ne yaptığından haberdar olabiliyordum. Şimdi aklım almıyor. Onun sesini duymak benim hakkım değil mi?"

"Hakkın..." dedi Merve üzgün bir sesle, "Ama kendini yıpratma, belki de bir bildiği vardır. Belki de bir beklediği vardır... Biraz daha sabret, olmaz mı? A-ah, bir dakika! Kuzey..." Merve arkamızdan geçen birine gülerek seslenince kaşlarımı çatarak arkamı döndüm.

"Merve! İnsan ev sahibine haber vermeden evden çıkar mı!" Yoldan geçen siyah t-shirtlü güneş gözlüklü bir çocuk bize doğru gülerek yönelince anlam vermeye çalışır gibi ikisine baktım. Kim olduğuna dair hiçbir fikrim yoktu. Merve ise gülerek ayağa kalkıp çocuğa sarıldı.

"Valla ev sahibi akşama kadar uyuyacak gibi olunca haber vermeden çıkmak zorunda kaldım kusura bakma..."

"Abartma, 12'ye kadar uyumak suç mu?"

"Peki bir şey soracağım, nasıl bu kadar çok uyuyabiliyorsun Kuzey Allah aşkına söyle..."

"Şu soruya hastayım ya..." diye mırıldandı çocuk, "Sen gece 12'de uyudun, sabah 10'da kalktın. Ben ise gece 5'te uyuyup 12'de kalktım. Sen 10 saat uyumuşsun, ben 7 saat. Ama sırf sen erken kalktığın için bana 'Nasıl bu kadar uyuyabiliyorsun ya!' diyorsun..." Merve'nin de benim de ağzımız açık kalmıştı. Bu kadar uzun bir açıklama beklemiyorduk.

"Kuzen sakin ol ya... Cidden üşenmeden bu kadar uzun bir açıklama yapacak kadar seviyor musun bu hayatı?" Kendimi tutamayıp hafifçe güldüm. Çocuğun bakışları o sırada bana yöneldi.

"Merhaba... Siz İzmir olmalısınız..." diye mırıldandı elini bana uzatıp. Başımı salladım.

"Merhaba," dedim, "Siz de Merve'nin kuzenisiniz sanırım..."

"Evet. Kuzey ben. Hukuk okuyorum."

"Şunu bir yerde de söyleme ya, bir yerde de söyleme!"

Merve'yle Kuzey gülüşürlerken Kuzey'in elini sıkıp tebessüm ettim.

"İzmir, bu çocuk var ya gününü şöyle geçiriyor bak... Günaydın ben hukuk okuyorum... İyi geceler ben hukuk okuyorum... Anne ya hukuk okuduğum için çok acıktım akşam yemeğinde ne var? Doktor Bey merhaba bu aralar boynum çok ağrıyor sanırım hukuk okuduğum için sık sık ders çalıştığımdan olabilir..."

Merve'nin taklidine güldüğüm sırada Kuzey bana dönerek, "Sen ne okuyorsun İzmir?" diye sordu. Birkaç saniye düşündükten sonra, "Hiçbir şey..." diye yanıt verdim. Gelecek hayallerim arasında bu soruya böyle bir cevap vermek yoktu ama hayat beni bu noktaya getirmişti işte.

"Onun üniversite işi baya karışık ya. Psikoloji okuyor aslında, ama okulunu dondurdu. Ben sana anlatırım..." Merve Kuzey'e göz kırparken Kuzey anlayışla başını salladı.

"Ya bu arada, ben sinemaya gidiyorum. Benimle sinemaya gelecek kimseyi bulamadım. Siz gelmez misiniz?" Kaşlarımı çattım. Sinemaya gitmek diye bir etkinlik olduğunu dahi unutmuştum. Sinemaya gitme eyleminin benim için öyle derin bir mazisi vardı ki... Hayatımda hiç kimse yokken, tek başımayken binlerce kilometre ötemden sormuştu bana o soruyu Ege... "Sinemaya gidelim mi İzmir?" demişti bana, çünkü bir birbirimizin en kimsesiz anlarında her şeyi olmuştuk...

"Bilemedim ya..." diye mırıldandı Merve bana bakarak, "Ben isterim de... İzmir ister mi..." Birkaç saniye boyunca onlarla sinemaya gitmediğim takdirde yaşayacağım senaryoyu düşündüm. Eve dönecek, kendimi odama kapatacak ve odamda kafayı yiyecektim.

"Bilmiyorum, siz gitseniz daha iyi olur sanırım... Ben de eve giderim..."

"Evde ne yapacaksın ki?" diye sordu Merve ısrarla. Bilemiyorum, odamda oturup biraz daha kafayı yiyeceğim... Ama içimden geçenleri söylemek yerine yedi ay sonra ilk kez kendime bir şans verdim.

"Aslında yapacak bir şeyim yok. Yani... gidebiliriz..."

"Oh be, sen gelmeyeceksin de bu geveze Kuzey'le baş başa kalacağım diye çok korktum!" Gülerek birlikte yürümeye başladığımızda yol boyunca Merve ve Kuzey'in birbirlerine laf sokuşlarını dinledim. Bir yerden sonra her cümleleri beni güldürmeye, sanırım kelimenin tam anlamıyla kafamı dağıtmaya başlamıştı. Odamın içerisinde oturup kendi kendime kafayı yemektense burada olup bir şeyleri düşünmemek bana iyi gelmişti. Ama içimdeki garip bir his bana saçma sapan cümleler fısıldıyordu, "Onu aldatıyor muyuz?" diyordu iç sesim. Saçmalıyordum... O an kendime dair radikal bir karar aldım. İç sesimi birkaç günlüğüne de olsa dinlemeyecek, kendimi dinlendirecektim... Kalbim bana doğru yolu gösterirdi...

Akşam saat sekizde annemin elli beşinci aramasının sonucunda daha fazla dayanamayıp eve döndüğümde akşam yemeği için beni beklediklerini gördüm. Annem masaya tedirgince oturup bana günümle ilgili sorular sormaya başladığında bütün gün panik atak geçirdiğini anladım.

"Anne," diyerek sözünü kestim, "Endişelenmeni anlıyorum. Ama sadece iki arkadaşımla sinemaya gittik ve yemek yedik... Bu kadar."

"Ama sadece bir arkadaşın vardı ne zaman iki oldu!" Gözlerimi devirdim.

"Merve'nin kuzeni de bize katıldı..."

"Yahu hanım, rahat bırak kızı Allah aşkına... Güzelce yemeğimizi yiyelim. Sağ salim eve geldi işte. Daha ne olsun..." Babama teşekkür eder gibi gülümsediğimde bana gülerek göz kırptığını gördüm. Birlikte yemeğimizi yedikten sonra onlarla biraz televizyon izleyip odama geçtim. Üzerimi değiştirdiğim sırada telefonumdan gelen KLİK sesiyle kaşlarımı çatarak telefonumu elime aldım. Mesaj bilmediğim bir numaradan geliyordu. Önce garip bir heyecanla yatağıma oturdum, sonra mesajı açtım...

*Kimden: 053568******

"Seninle tanışmak güzeldi... Umarım bugün geçirdiğimiz saatler birlikte geçirdiğimiz son saatler değildir :) Ben Kuzey bu arada. Hukuk okuyan Kuzey..."

Mesaja yaklaşık üç dakika boyunca bakakaldım. Ne hissedeceğimi ve ne yazacağımı bilemiyordum. Tam o sırada aptal iç sesim bir kez daha konuşmaya başladı, *"ONU ALDATIYOR MUYUZ İZMİR?"* **Hayır aptal, hayır!**

Önce Kuzey'in telefon numarasını telefonuma kaydettim. Sonra mesafeli bir mesaj yazmaya başladım.

"Ben de çok memnun oldum Kuzey... Merve gidene kadar birkaç kez daha görüşürüz belki."

Çevrimiçi... Yazıyor...

"Umarım daha fazlası da olur :)"

Mesajdan telaşla çıktım. Sanki biri beni zorla öpmüş ben de tokat atmışım gibi hissediyordum. Biriyle böyle bir konuşma yapmaya hazır değildim, hazır olacağımı da sanmıyordum. Telefonun ekranını yasak bir şeye dokunuyormuşum gibi parmak ucumla kapatıp ayağa kalktım. Üzerimi değiştirip pijamalarımı üzerime geçirdim ve bilgisayarımı açtım. Bilgisayarım açılırken kahve yapmak için mutfağa doğru ilerledim.

"Kahve ister misiniz?" diye sordum kafamı oturma odasına doğru uzatarak.

"Ben içerim valla güzel kızımın ellerinden bir kahve..."

"Bana yapma kızım, tansiyonum çıkıyor..."

"Tamam!"

Mutfağa geri dönüp kahveleri ve suyu cezveye koyup camdan dışarıyı izlemeye başladım. Havada mis gibi bir yaz kokusu vardı. Sokakta koşuşturan çocuklar, gülüşen çiftler... Herkes balkonlarına çıkmış hava alıyordu. Belki de ben de kendimi odama kapatmak yerine balkonda oturmalıydım? Güzel fikirdi... Kahveleri yapıp birini babama götürdükten sonra birini balkondaki masaya koydum. Sonra hızla odama girdim ve bilgisayarımı alıp balkona doğru ilerledim.

"A ah nereye götürüyorsun bilgisayarını?" Annem şaşkınlıkla sorunca güldüm,

"Aşağı atacağım..."

"NE!" Bu kadın her şeye inanmak zorunda mıydı ya?

"Şaka şaka!" dedim gülerek, "Balkonda oturacağım anne. Hem size daha yakın oluyorum böyle... Hem de hava alırım..."

"En iyisini yapıyorsun valla İzmir, dur şu dizi bitsin biz de geliriz yanına..."

"Tamam baba!"

Balkonun kapısını aralık bırakıp loş ışığını açtım ve cırcır böceklerinin sesiyle güzel yaz kokusuyla kahvemden bir yudum aldım. Sonra uzun zaman sonra ilk kez Tumblr'a girdim... Burası benim mezarlığım gibiydi, kendimi ve Ege'yi oraya gömmüştüm aylar önce ve aylardır bir kez bile ziyaret etmemiştim bu mezarlığı... Şimdi ziyaret vaktiydi, şimdi o mezarlığı sulama vaktiydi... Şimdi konuşma vaktiydi. İçimizi dökmemiz gerekiyordu. Parmaklarım harflerin üzerinde öylece durmuş bekliyorlardı. Uzun zamandır yazmıyordum ve bu benim için çok zor olacaktı, biliyordum... Ama içim öyle dolmuştu ki artık dünyanın taşıyamayacağı kadar ağırlaşmıştım. İçimi dökmek beni hafifletecekti... Ben tuşlara bastıkça içim dökülmeye başladı... İçimi o kadar döktüm ki her yer ama her yer içimle doldu...

"Sevgili geçmişim..." diye başladım satırlarıma bir mektup yazar gibi.

"Sana gelecekten yazıyorum... Başardın mı, başaramadın mı bilmiyorum. Girdiğin, ortasında titreye titreye yürüdüğün, belki de karşıda denizi gördüğün, çiçek kokularıyla ilerlediğin o *uzak yolda mısın hala, denize yaklaştın mı bilmiyorum. Yoksa bir ara sokağa mı daldın, kayıp mı oldun, hiçbir fikrim yok. Şimdi neredesin, kimlerlesin, çok daha önemlisi sen şimdi kiminlesin bilmiyorum. Bir şehrin tren garından bindirdim seni çok uzağa git diye, bir sonraki durakta inip her şeyi terk mi ettin, inan bana tahmin edemiyorum. Ne yaptın, nerelerdeydin, kimle, kimlerleydin*

bilmiyorum. Tek bildiğim bilmediğim bir yerlerde, bilmediğim birileriyle olduğun, bilmediğim bir şeyler yaptığın. Ben ise hala şehrimizde hala evimizdeyim... Hala sadece senin anlayabileceğin bir dili konuşuyorum. Hani bir evimiz vardı, kafamızda inşa ettiğimiz... Bir şehrimiz, binalarını tek tek kafamızda diktiğimiz. Bir ülkemiz vardı, konuşabilmek için yepyeni bir dil ürettiğimiz... Sevgili geçmişim, unuttun mu, biz seninle neler neler inşa ettik sadece hayatta kalabilmek için? Ne engelleri aştık, nelere direndik, kaç yoldan sürüne sürüne geçtik... Birbirimize ışık olduk. Sen benim ışığımdın, ben senin. Kaç karanlığı deldik ışıklarımızla, ama merak etme, biz her zaman bir yolunu bulur ve o ışıkları tekrar yakarız. Değil mi? Çün*kü biz karanlıktan korkanlarız ve bunu söylemeye çekinmeyecek kadar cesuruz. Karanlıktan korktuk ve birbirimizi bulduk. Işık olduk... Yıldız olduk, güneş olduk, ateş olduk... Ben her daim buradayım, karanlığını aydınlatmaya hazırım...*

Geçmişinin, geleceğinin ve şimdinin seni doğru yolda tutması dileğiyle...

Sevgilerle."

Ona verebileceğim binlerce cümlem vardı. Ama şu an yazabileceğim tek mektup buydu... Okur muydu, okumaz mıydı bilmiyordum, yine de hissettiğim bir şey vardı... Satırlarım bir gün bir şekilde onu bulacaktı. Buna emindim... Büyük bir cesaretle aylar sonra ilk kez onun bloğuna girdim... Gelmemeye Giden Adam... Ekrana dakikalarca baktım.

"Ah benim güzel Ege'm..." diye fısıldadım ekrana parmaklarımla dokunarak.

Sol gözümden bir damla yaş akarken öyle çok hissediyordum ki bana ihtiyacı olduğunu. Ona kızmakta haksızdım. Beni korumak istediğine emindim... Bana hiçbir şey için söz vermemişti, birbirimizi binlerce kilometre uzaktan tanımıştık, yan yana olmamız bir mucizeydi zaten... Mucize gerçekleşir gibi olmuştu, ama gerçekleşmemişti işte... Yapacak hiçbir şey yoktu, hem de hiçbir şey. Kabullenmek zorundaydım. Ben onu uzaktayken sevmiştim, uzaktayken sevmeye devam edecektim.

"Benim güzeller güzeli Ege'm..." dedim bir kez daha. Bu dünyada başına ne gelirse gelsin ruhu kirletilemeyen bazı insanlar vardı. Ege de onlardan biriydi işte. Ona dair duyduğum özlem temiz bir suda yıkanmaya duyduğum özlemle aynıydı. Ama tam şu an emin olmuştum, o da bir yerlerde benim özlemimle yanıp tutuşuyordu...

Küçük kız gecenin bir vakti uyandığında yatağının başucundaki mumun söndüğünü görmüş. Korkuyla karanlığın içine baktığında önce sessizce ağlamaya başlamış, sonra kendi kendine sakinleşmiş. Yatağının köşesinde duvara yaslanıp sessizce bir şarkı mırıldanmaya başlamış, "Işık perisi, ışık perisi... Aydınlat beni ışık perisi... Sen varken önemli değil gerisi..." Babası küçük kızın odasına girdiğinde mumun söndüğünü görünce telaşla kızın yanına koşmuş. Önce bir kibritle mumu yakmış yeniden, sonra kızına bakmış. "Yavrum," demiş, "Korkmadın mı sen?" Küçük kız omuz silkmiş. "Önce korktum ama sonra geçti..." diye anlatmış babasına ve devam etmiş, "Çünkü ışık perisini çağırdım babacığım..." Babası kaşlarını çatarak önce odanın içine bakmış, sonra kızına doğru dönerek kaşlarını çatmış. "Işık perisi nedir?" diye sormuş merakla. Küçük kız eliyle odanın içini göstermiş ve havaya hayali bir yıldız çizmiş. "Şövalyem hep anlatırdı baba... Hepimizin içinde bir ışık perisi varmış aslında, ne kadar karanlıkta kalırsak kalalım gözlerimizi kapatıp ışık perisini çağırdığımızda artık korkmamıza gerek yokmuş..." Babası gülümsemiş, kızını yatağına geri yatırıp o uyuyana kadar beklemiş. Sonra kalkmış, camdan dışarıya bakmış. Bu şövalye her kimse ona çok büyük bir vefa borcu varmış. O an bir karar vermiş, şövalyenin kızının babası olmasına asla izin vermezmiş, ama kızının bir amcası olsa kötü mü olurmuş? Bunca aydır şövalyeye duyduğu kin yavaş yavaş azalmış ve artık sona ermiş. O an bir karar daha vermiş, gün doğar doğmaz küçük kızı alacak ve şövalyenin yanına götürecekmiş... Kızını karanlıkta bırakmayan bu adama bir ışık da onun borcu varmış...

"Bir varmış bir yokmuş...
Bir zamanlar bir Işık Perisi varmış.
En büyük dileği uçmakmış.
Bunu o kadar çok dilemiş ki
bir gün ona uçma yeteneği bahşedilmiş.
Uça uça dağların birinin
en yüksek yerine bir saray yapmış...
Ama o sarayda yapayalnız kalmış.
Çünkü saray o kadar
yüksekteymiş ki uçmadan ulaşmak imkansızmış.
En büyük dileği gerçek olmuş,
ama bu dilek onu tek başına bırakmış.
Hayalini yaşayacağı o evde yapayalnız kalmış..."

8. Bölüm:
Işık Perisi

> *Işıklarım sönmek üzereydi...*

Yaklaşık üç saattir annem ve babam ile balkonda oturuyor ve sohbet ediyorduk. Ailemle seviyeli bir sohbet yapıyor olmayı çok isterdim. Hâlbuki biz iki saattir dedikodu yapıyorduk. Daha doğrusu annem dedikodu yapıyor biz de onu dinliyorduk... Ama bunu bile o kadar özlemiştim ki.

"Bak, bak! Yine çıktı cama!" dedi annem beni koluyla dürterek.

O sırada karşı komşumuzun cama elinde bir bardak meyve suyuyla çıktığını gördük. Üçümüz de dikkatle izlerken adam elindeki meyve suyunu saksıdaki çiçeklere hızla döküp etrafına bakındı. Babamla göz göze gelince babam araya girdi,

"Hayırlı akşamlar... Ne o, çiçek mi suluyorsunuz?"

"Evet komutanım..." Komşularımız babama hep komutanım derdi. Gülmemek için kendimi o kadar zor tutuyordum ki elimle ağzımı kapattım.

"İyi bakalım, hayırlı geceler..." dedi babam gülerek.

"Karısı kafayı yedirtti bu adama!" dedi annem fısıltılı dedikodu sesiyle. Dedikodu sesi tam olarak şöyle oluyordu, sesinizi sadece yanınızdakiler duyabiliyordu, başkaları değil... Gülerek masadaki çekirdekten bir tane aldım.

"Ne yapıyor ki?" diye sordum, bu da dedikodu adaptasyonuydu işte: elinize çekirdek alıp çekirdek yerken "NE YAPIYOR Kİ?" diye sormak.

"Ne yapmıyor ki... Sabah akşam kavga sabah akşam kavga... Adamı tek başına bakkala markete bile yollamıyormuş kıskançlıktan. Aman... Sanki hepimiz birbirimizi parçalıyoruz onun kocası için." Büyük bir kahkaha attığım sırada babam gülerek gözlerini devirdi.

"Şşş, tamam hanım ya..." dedi, "Biri duyacak."

"Duymaz duymaz, ben sesimi ona göre ayarlıyorum..." "

"Anne," dedim kahkahalarımın arasında, "Sen yedi aydır evde otura otura dedikodu uzmanı oldun yemin ederim... Şu hapishane hayatı bitse de sen de dernek günlerine dönebilsen..."

"Keşke..." Babam da bana katılırcasına iç çekince annem ikimize de bozulmuş gibi gözlerini devirdi.

İki saattir kendimi daha rahatlamış daha huzurlu hissediyordum. İçimi dökmek ve Ege'nin okuma ihtimali olan satırları bloğuma yazmış olmak beni rahatlamıştı, sanki içimde yer açılmıştı... Annem mutfaktan balkona girip elindeki kâseyi gülerek önüme koydu.

"Sürpriz!" dedi, anlam vermeye çalışarak kâseye baktığımda erik dolu olduğunu gördüm. Gülmeye başladım.

"Bu mu sürpriz!" dedim kıkırdayarak.

"Eh, kaç gündür canın erik çekmiyor muydu? Baban iki saat önce sen balkona çıktığında bir koşu gidip aldı geldi..." Gülerek babama doğru uzanıp onu yanağından öptüm. Sohbet ve erik dolu uzun bir saatin sonunda uykumun geldiğini hissedip odama geçtim. Onlar balkonda oturup konuşmaya devam ederlerken odamın kapısını kapattım ve esneyerek odamın camını açtım. Telefonumu saatlerce odada bırakmıştım. Açıkçası bu pek umurumda da olmamıştı... Saatler sonra telefonumu ilk kez elime alıp baktığımda ise sadece Merve'den mesaj geldiğini görmüştüm.

"Kız o yazı ne öyle!" yazmıştı önce, sonra bir mesaj daha atmıştı,

"Okurken ağladım... Eminim ki Ege de okuduğunda aynı şeyleri hissedecektir... İzmir sen iyi ki varsın ya! İyi ki bizim hayatımıza da girdin. Seni seviyorum Işık Perisi :)"

Gülerek cevap yazmaya başladım,

"Işık perisi mi? Hahaha! Teşekkür ederim Mavi Saçlı Kız... Ben de seni seviyorum. İyi ki geldin, bana o kadar moral oldun ki..."

Çevrimiçi... Yazıyor...

"Ben daha iki gün buradayım, şey mi yapsak... Yarın birlikte Çeşme'ye gitsek? Denize filan girsek. Olmaz mı?"

"İkimiz mi?"

Çevrimiçi... Yazıyor...

"Eh, hayır. Kuzey de gelmek istiyor..."

Çevrimiçi... Çevrimiçi... Çevrimiçi...

Derin bir iç çekerek kafamı kaldırdım ve odamın aynasındaki yansımamla göz göze geldim. Ne yapacaktım şimdi? Ne demeliydim? Kabul etmeli miydim, etmemeli miydim? Denize girmeyi çok özlemiştim... Bugün onlarla sadece birkaç saat geçirmek bile bana iyi gelmişti. O sırada Merve bir mesaj daha yazmaya başladı,

"Ya benim sana bir sürprizim olacaktı ama sen pek gelmeyi kabul edecek gibi değilsin. O yüzden söylemek zorundayım. Yarın Koray da geliyor! O yüzden gelmek zorundasın!"

Hadi bakalım! Çık şimdi işin içinden... Tereddütle ekrana baktıktan sonra pes ettim. Koray buraya gelmişken onunla görüşmemek çok ama çok ayıp olurdu. Üstelik onlar benim arkadaşımdı. Onlarla görüşmek bana da iyi gelecekti. Tek sıkıntı Kuzey yönünden esen rüzgârdaydı...

"*Tamam!*" yazdım teslim olarak ve ikinci bir mesaj yazmaya başladım.

"*Saat kaçta buluşuyoruz?*"

Çevrimiçi... Yazıyor....

"*Sabah tam 9'da seni almaya geliriz. Kuzey'in arabasıyla gideceğiz zaten...*"

"*Tamam, görüşürüz...*"

Telefonun ekranını kapatıp çantama yarın için birkaç parça eşya attıktan sonra kendimi annem ve babamın yanında buldum. İzin vermeyeceklerine emin olsam da pes edeceklerine de emindim...

"Hayır! Asla olmaz!" dedi önce annem.

"Tamam, onlar o çocuğun arabasıyla gitsin sen korumaların arabasıyla git," dedi sonra.

"Tamam, sen de onların arabasında git ama korumalar da arkanızdan arabaya gelecekler..."

İşte yirmi dakikanın sonunda bu konuyla ilgili annemler bu şekilde evrilmişti. Sonunda onlardan izin almış bir şekilde onları birer kez daha öpüp buruk bir mutlulukla odama döndüm. Bloğuma gelen bir mesaj olup olmadığını kontrol ettikten sonra ekranını kapattım ve yatağıma girdim. Cırcır böceklerinin sesiyle gözlerimi kapatıp uykuya daldığımda ne ara sabah olduğunu anlamamıştım bile...

"Heh geldi!" Merve kapının önünde heyecanla kollarını açmış bir şekilde beni beklerken gülümseyerek ona sarıldım. Koray bir anda arabadan çıkıp gülerek bana kollarını açınca özlemle Merve'den ayrılıp ona sarıldım.

"Cimcime!" diye mırıldandı bana sarılırken, "Seni çok özledim!"

"Ben de çok özledim!"

"Hoş geldin İzmir..." diye mırıldandı sürücü koltuğundan kafasını uzatan Kuzey. Gülümseyerek başımı salladım,

"Hoş buldum..."

"Hadi, atlayın da yola çıkalım. Çok geçe kalmayalım."

Merve öne, Koray ve ben arkaya oturduktan sonra yola çıkmaya hazırdık. Korumaların da arkadan bizi takip ettiğini gördükten sonra Koray'a döndüm. Bana özlem dolu gülümseyen bir bakışla bakıyordu.

"Nasıl gidiyor?" diye sordu,

"Gitmiyor..." diye mırıldandım.

"Valla benim de gitmiyor..." Karşılıklı gülüştüğümüz sırada Merve bize doğru döndü:

"Yahu bırakın şu kasvetli konuşmaları. Biraz neşe, biraz enerji! Hadi ama!"

Yol boyunca Merve'nin açtığı hareketli şarkıları dinlemeye zorlandığım için çok zor bir yolculuk geçirdim. Merve'nin enerjisine asla yetişiyordum. Tabii Koray da yetişemiyordu... Nihayet Çeşme'ye ulaştığımızda önce bir şeyler yedik, sonra doğrudan plaja geçtik. Tüm plaj güneş kremi kokusuyla doluydu... Ne çok isterdim Ege'yle buraya gelmiş olmayı...

"Hadi bir poz verin!" dedi Merve neşeyle, "Fotoğraf paylaşmak istiyorum!" Aslında fotoğrafa dâhil olmak istemiyordum. Ama Merve bir anda dördümüzü de aynı anda kameraya bakarken yakalayınca ortaya dörtlü bir "DENİZ KENARINDA ÇOK EĞLENİYORUZ!" pozu çıkıverdi. Acaba bu pozu Ege görür müydü? Böyle bir ihtimal olabilir miydi?

"Merve..." diye mırıldandım saçlarımı karıştırarak, "Onu paylaşmasan..."

"Neden ama? Gayet güzel çıktın kuzum!"

"Ondan değil..."

"O zaman hiçbir şey söylemeni istemiyorum! Sen bana bırak..." Merve fotoğrafı paylaştıktan sonra hep birlikte denize girdik. Bütün gün denizle iç içe bir gün geçirdik. Denizin insanı iyileştiren kokusu bana o kadar iyi gelmişti ki... Sanki bu aralar evren bana iyi gelmeye çalışıyordu. Saatlerce denizde kaldık. Arada yemek yemek için çıktığımızda bile denizin suyu o kadar ılık ve güzeldi ki yemeğimizi hızlıca yiyip denize dönmek istedik. Ama her ne kadar güzel olursa olsun yanımda Ege'nin olmasını o kadar çok istiyordum ki... İnsan birini sevince yaptığı her güzel şeyde o da yanında olsun istiyordu...

"Dün biraz moralin bozuk gibiydi..." Kuzey'in sesiyle başımı ona doğru çevirdim. Koray ve Merve denizin derinliklerine giderlerken ben kıyıda oturmuş sadece ayaklarımı suya sokuyor ve Ege'yi düşünüyordum. O sırada Kuzey'i yanı başımda bulunca korkarak yerimden sıçradım.

"Korkuttum mu? Özür dilerim..."

"Dalmışım da... Ne diyordun?"

"Dün biraz moralin bozuk gibiydi. Bugün iyi geldi mi sana?" Başımı salladım:

"Evet, teşekkür ederim. Çok güzel bir gündü... Ama işte, güneş batana kadar mutlu olsan da güneş batınca bazı şeyler de senin içinde tekrar doğuyor..." Kuzey gözlerime uzun uzun bakınca rahatsız olarak başımı batan güneşe doğru çevirdim.

"Sende çok farklı bir şeyler var..." diye mırıldandı, "Farklısın... Ve sendeki bu farklılık çok hoşuma gitti."

"Farklılık derken?"

Sahil sessizleşmiş, batmakta olan güneş her yeri turunculaştırmıştı... Denizin kıyıya vurup çekilme sesleri kulaklarımızı huzurla doldururken Kuzey bakışlarını üzerimden ayırmıyordu...

"Ruhunun derinliği gözlerinden okunuyor... Bu çok hoşuma gitti."

"Eh, teşekkürler..." diye mırıldandım. Sonra bir anda ayağa kalktım. Merve ve Koray'a seslendim.

"Hadi artık çıkın, gidelim! Annemler çok merak edecek..."

Bir diyalog daha böyle benim tarafımdan aceleyle sonlandırıldı işte... Çünkü midem bir başkasıyla böyle bir konuşma yapmayı kaldırmıyordu. Kalbim böyle bir konuşmayı almıyor, beynim ise kabul etmiyordu. İzmir'in Kuzey yönünden esen bir rüzgâra değil, Ege kıyılarına ihtiyacı vardı... Yaklaşık iki saat sonra beni evimin önünde bıraktıklarında tek tek teşekkür ettim onlara ve arabadan inip onlara el sallayarak binaya girdim. Psikolojim Ege'yi öyle zor atlatıyordu ki o olmayan insanlarla konuşmak, bir şeyler yapmak beni çok ama çok üzüyordu. Evet kafam dağılıyordu, evet mutlu da oluyordum. Ama beni üzen de buydu işte... Onsuz mutlu olmak, onsuz gülmek... Beni üzen bunlardı işte. Yediğim yemeğin güzel olması bile beni üzüyordu, çünkü güzel bir yemeği onunla paylaşmıyorsam o yemeği yemek istemiyordum... Onsuz mutlu olmak beni mutsuz ediyordu.

"Selam!" diyerek girdim eve. Annem ve babam yine televizyonun başında oturmuş bir dizi izliyorlardı. İkisi de keyifle bana bakıp gülümsedikten sonra annem hemen söze girdi,

"Mutfakta yemek var, hemen koy birer tabak ye!"

"Anne ben aç değilim, dışarıda yedim..."

"Olsun sen iki tabak da burada ye..." Kıkırdayarak başımı salladım.

"Tamam yerim, tamam!" Ben gülerken babam söze girdi,

"Kızı hayatından bezdirdin ya... Kızım boşver sen anneni. Aç değilsen yeme tabii ki."

"Bir saate kadar acıkırım, o zaman yerim. Siz merak etmeyin beni. Ben odama gidip üzerimi değiştireyim." Yanlarından ayrılıp odama girdim. Telefonumu masaya bırakıp çantamın içindekileri kirli sepetine attıktan sonra üzerimi değiştirmek için dolabımı açtım. Üzerimdekileri çıkarırken acıyan omuzlarımdan güneşte fazlasıyla yandığımı anladım. Üzerimdekileri çıkarıp yerine pijamalarımı giydikten sonra annemden güneş kremi istemek için odamın kapısını açtığım an telefonumun titrediğini fark ettim. Kaşlarımı çatarak başımı kapıdan uzattım. Muhtemelen Koray ya da Merve arıyordu...

"Özel Numara Arıyor..."

Telefonun ekranında gördüğüm bu yazı benim şok içinde ekrana bakakalmama sebep olurken ne yaptığımın bilinçsizliğiyle ayağımla odanın kapısını kapattım. Telefonu elime aldım, rengârenk ışıklarımın loş bir aydınlık verdiği karanlık odamın tam ortasında durdum. Birkaç saniye ekrana öylece baktım. Sonra büyük bir cesaretle telefonu açtım.

"Alo..." dediğimde sesimin titrediğini fark ettim. Karşı taraftan hiçbir cevap gelmeyince bacaklarımın bile titrediğini hissettim.

"Sen misin?"

Hiçbir cevap yoktu... Hiçbir ses yoktu...

"Sen misin... Lütfen sadece evet veya hayır de..."

Çaresizce yalvarıyordum. Ama karşı taraftan çıt bile çıkmıyordu. Bir nefes alış sesine bile razıydım. Ama hiçbir ses gelmiyordu. Ne yapacağımı, ne diyeceğimi bilmiyordum. O kadar çaresiz ve o kadar heyecanlıydım ki... Bu Ege olabilir miydi? Bu o olabilir miydi?

"Eğer bu sensen... Bil ki seni çok özledim..."

O an karşıdan gelen ufak bir iç çekişle gözyaşlarım damla damla akmaya başladı gözlerimden. Bu oydu, bu Ege'ydi! Bu iç çekişi nerede duysam tanırdım. Yere, dizlerimin üstüne oturduğumda bir yandan ağlıyor bir yandan gülüyordum.

"Bu sensin!" dedim sevinçle, "Sensin!"

Yaşadığım şeyin şokundan bayılmak üzereydim. Anladığım tek şey konuşamayacak olmasıydı... Ama beni aramıştı, bu demek oluyordu ki dinlemek istiyordu... Bu demek oluyordu ki sesimi duymak istiyordu... Konuşmamız için kelimelere gerek yoktu ki, o sadece dinlesin bu da yeterdi... O sadece var olsun, bu da yeterdi...

"Ben iyiyim..." diye mırıldandım, "Eğer bunu bilmek istiyorsan ben iyiyim. Sadece üzgünüm, belki biraz kızgınım ve seni çok özledim. Ama iyiyim, idare ediyorum... Pek evden çıkmıyorum. Çıktıkça da sensiz yaptığım hiçbir şey beni mutlu etmiyor..."

Karşı taraftan gelen bir nefes sesi daha beni konuşmaya devam etmeye iterken başımı yatağıma doğru yasladım. Onun başına yaslar gibi...

"Şimdi ne yaptım biliyor musun... Başımı yatağıma yasladım, gözlerimi kapattım... Sadece senin yanında olduğumu hayal ediyorum. Sanki yanındaymışım gibi... Çünkü tüm ihtiyacım olan bu."

Bir iç çekiş daha...

"Beni neden aradın bilmiyorum ya da neden bu zamana kadar aramadın mı demeliyim onu da bilmiyorum..." O an aklıma gelen bir seçenekle birlikte gözlerimi istemsizce sıktım ve konuşmaya devam ettim:

"Eğer Merve'nin attığı fotoğrafı gördüysen... Yemin ederim o yanımızdaki çocukla hiçbir ilgim yok. O sadece Merve'nin kuzeni..."

Karşıdan gelen tek şey yine derin bir sessizlikti,

"Denize gittik..." diye anlatmaya başladım,

"Çeşme'ye... Deniz çok güzeldi, çok sakindi..."

Karşıdan bir nefes alış sesi daha geldiğinde sanki öyle bir nefes alıyordu ki daha fazla şey anlatmamı istiyordu:

"Merve iki gündür burada... Bugün Koray da geldi. Hep seni soruyorlar biliyor musun? Ben de hep seni soruyorum zaten kendime... Ne yaparsam yapayım sensiz hiçbir tadı olmuyor. Ne yaparsam yapayım sensiz hiçbir anlamı olmuyor. Güneş bile yeterince ısıtmıyor beni yanımda sen yoksun diye... Senin yokluğun bana bir bulut gibi gölge yapıyor, herkes güneşlenirken sadece benim üzerime yağmur yağıyor. Sanırım duygularımı daha farklı bir şekilde anlatamam."

Sonra kendi kendime büyük bir suçluluk duygusu hissettim. Ona böyle şeyler söyleyerek onu üzüyor muydum acaba? Aklı burada kalır mıydı? Beni daha mı çok özler daha mı çok acı çekerdi tüm bu söylediklerim yüzünden? Boğazımı temizleyip kendime gelmeye çalıştım. Ben hep güçlü olandım, hep de öyle olmalıydım.

"Ama biliyorum..." diye mırıldandım, "Sen ne yapıyorsan doğru olduğu için yapıyorsundur."

Güçlü olmaya çalışıyordum fakat bedenim bu sefer buna izin vermiyordu... Gözyaşlarım bir bir gözlerimden akmaya başlarken hıçkıra hıçkıra sessizce ağlamaya başladığımı hatırlıyorum.

"Özür d-dilerim..." dedim gözyaşlarımın arasında ama ağlamamı durduramıyordum. Ben ağlamamı durduramazken o saniyelerce ağlamamı dinledi. Sonra telefondan beni mahveden bir ses geldi...

Bip... Bip... Bip...

"EGE!"

"EGE, HAYIR!"

Telefonun yüzüme kapandığını anladığım an karnıma ve kalbime saplanan sancılarla hıçkırıklarımın arasında onu geri aramaya çalıştığımı hatırlıyorum. Ama beni özel numaradan aramıştı ve onu geri arayamıyordum! Bu lanet olası telefon Ege'yi tekrar aramıyordu ve hiçbir zaman arayamayacaktı! İçimi kaplayan korku bulutunun bir anlığına beni delirttiğini hissettim, ya bir daha aramazsa? İç sesim içeriden bu cümleyi bas bas bağırıyordu, YA BİR DAHA ARAMAZSA?

"Ben bir salağım, salağım, salak!" Kendi kendime ufak çaplı bir histeri krizi geçirir gibi söylenirken ne yapabileceğimi düşünüyordum. Ama yapabileceğim tek bir şey bile yoktu... Elimdeki tek çare onun beni tekrar aramasını beklemekti. Başka bir şey değil...

"Onu üzdüm..." dedim kendi kendime yaşadığım bir farkındalıkla.

Aylar sonra ilk kez sesimi duymak için aramıştı ve ben hıçkıra hıçkıra hatta hüngür hüngür ağlamıştım. Şu an onun halinin de benimkinden farksız olduğuna emindim. Nerede, nasıl, ne haldeydi bilmiyordum... Ama iç hislerim bana onun bir telefon kulübesinin içinde başını telefona yaslamış acı içinde sessizce ağladığını fısıldıyordu. O orada, ben burada, belki de yine birbirimizden 3391 kilometre uzakta sessizce ağlıyorduk... Kendimi zar zor ayağa kaldırıp yatağıma yatmaya ikna ettiğimde bu sıcakta gerçekten de üşüdüğümü hissettim o an... Camımı kapatıp yorganımın altına girdim ve telefonumun galerisine girdim. Galerimde bulduğum ilk Ege fotoğrafına tıkladım ve sadece ona bakmaya başladım... Belki sadece dakikalarca, belki de tam bir saat boyunca fotoğrafını izledim. Sonra telefonuma sarılıp gözlerimi kapattım. Kendi kendime bir masal anlatmaya başladım... İleride bir çocuğum olursa ona da bu masalı anlatacaktım...

"Bir varmış, bir yokmuş," diyecektim... *"Bir zamanlar bir Işık Perisi varmış. En büyük dileği uçmakmış. Bunu o kadar çok dilemiş ki bir gün ona uçma yeteneği bahşedilmiş.* Uça uça *dağların birinin en yüksek yerine bir saray yapmış... Ama o sarayda yapayalnız kalmış.* Çünkü *saray o kadar yüksekteymiş ki uçmadan ulaşmak imkânsızmış. En büyük dileği gerçek olmuş, ama bu dilek onu tek başına bırakmış. Hayalini yaşayacağı o evde yapayalnız kalmış..."*

Her dileği gerçek olan, bir dileği gerçekleştikçe diğerini kaybeden bir Işık Perisi'ydim ben kafamın içindeki Harikalar Diyarı'nda... Ve mutsuzluktan ışıklarım sönmek üzereydi, biliyordum.

“

Babası küçük kızı almış dağları tepeleri aşacakları bir yola çıkarmış. Sormuş soruşturmuş, "NeredС‌edir bu şövalye, kimin nesidir?" Herkes küçük kızın babasına şövalye hakkında bir bir methiyeler dizmiş. Küçük kız ise atın sırtında babasının kucağında uyuyarak geçirmiş günlerini. Tek bildiği şövalyesine gidiyor olduğuymuş, tek bildiği en sevdiği iki insanı bir arada görece olduğuymuş... Tam üç günlerini almış şövalyenin köyüne ulaşmaları. Küçük kız köye ulaşır ulaşmaz attan inmiş ve koşarak geçmiş evleri, şövalyesinin evinin önüne gelmiş ve orada kalakalmış... "Yavrum, vursana kapıya..." demiş babası atını ağaca bağlarken. "Olmaz baba, şövalye uyurken kapı çaldığında çok korkardı... Sabah olana kadar burada bekleyelim. Sabah olunca kapıyı çalarız..." Babası küçük kızın şövalyeye duyduğu sevgi karşısında şaşkınmış. Bu kadar sevdiği şövalyesine kavuşmuş, kapısının önüne kadar gelmiş ama kapıyı çalmak için sabahı beklemek istiyormuş küçük kız... İşte bu dünyanın en saf sevgisiymiş. Gerçek sevgi için birbirini görmek, konuşmak gereksiz şeylermiş... Gerçek sevgi konuşmadan da görmeden de var olabilirmiş...

”

9. Bölüm:
Sessizlik Oyunu.

“*Bizim konuşmak için kelimelere ihtiyacımız yoktu...*”

Sabah yatağımın içerisinde bir o yana bir bu yana dönüp dururken dün gece yaşanan telefon konuşmasının gerçek olup olmadığını sorguluyordum. Kafamın içi bir savaş alanıydı, ben de o savaş alanının tam ortasında yere yığılmış yatıyordum. *Savaşın iki tarafı da bendim ve bu savaşı iki taraf da kaybediyordu. Bu savaşta hem kendimi yeniyor hem kendime yeniliyordum...* Elime aldığım telefonumun ekranını açıp geçmiş aramalarıma girdiğimde orada gördüğüm “Özel Numara.” yazısı gayet net ve açıktı... Dün gece yaşanan telefon konuşması gerçekti, peki o gerçekten de Ege miydi? Nefes alış sesi o kadar andırıyordu ki onu... O her nefes aldığında içim titrerdi. Öyle güçsüz davranmıştım ki telefonu kapatıp gitmişti. Ya da belki de bu sadece benim kafamda kurduğum bir korkuydu. Belki de başka bir sebepten kapanmıştı o telefon. Bu telefon bir daha çalar mıydı, o beni bir daha arar mıydı bilmiyordum. Koskoca bir yedi ay geçmişti sesimi duymasının üzerinden. Belki sesimi bir yedi ay daha duymamaya katlanabilecekti... Peki ya ben? Ben onun sesini duymadan daha ne kadar dayanabilecektim?

“İzmir, hadi kızım! Kahvaltı hazır...” Yataktan kalkıp birkaç saniye duvardaki aynada dağınık saçlarımı ve harabe yüzümü inceledim. Ağır ağır ayağa kalktıktan sonra saçlarımı topladım, halsiz bir şekilde odamdan çıkarken elimdeki telefonumu sıkıca tutuyordum. Mutfağa girip kahvaltı masasına oturduğumda bir kez daha Müge Anlı izlediğimiz bir sabaha merhaba dedim...

"Bugün şöyle bir deniz havası alıp gelsek mi?" diye sordu babam gülerek. Annem tereddütle babamın yüzüne bakarken hiçbir tepki vermedim. Böyle bir beklentim yoktu, olamayacak kadar enerjisizdim.

"Hadi ama hanım, bakma öyle... Yaz geldi geleli gidip bir deniz havası almadık..."

"Eh, iyi bari... Korumalar da gelecekse olur..." O sırada başımı kaldırmadan önümdeki tabağımı izlerken tekdüze bir sesle konuştum,

"Ben gelmesem olur mu?"

"Olmaz!" dedi annem endişeyle, "Olur mu öyle şey!"

"Anne lütfen ya... Gece sabaha kadar dizi izledim. Çok uykum var, uykumu hala açamadım... Gidip tekrar yatacağım birazdan. Hem siz biraz baş başa vakit geçirin. Daha güzel olmaz mı?"

"Olmaz!" dedi annem bir kez daha, "İtiraz istemiyorum. Sen de bizimle geleceksin. Arabayla bir iki saat kadar gezer geliriz..." İstemiyor olsam da halsizce iç çektim ve başımı salladım. Birlikte kahvaltımızı yaparken annemin de babamın da keyfi gayet yerindeydi. Hayatımıza dair her şey gün geçtikçe düzeliyor, normale dönüyordu. Oysa benim içimde verdiğim savaş beni her geçen gün güçsüzleştiriyordu...

Kahvaltıdan sonra odama gidip üzerimi değiştirmeye niyetlendim. Oysa içimden üzerimi değiştirme isteği bile gelmiyordu. Acaba pijamayla dışarı çıksam nasıl olurdu? Derin bir iç çekerek dolabımın kapaklarını açtım ve bulduğum ilk elbiseyi üzerime geçirip yüzüme ve saçıma bir kez bile bakmadan oturma odasına geçip oturdum. Hiç konuşmadan sadece duvarı izleyerek annemleri beklemeye başladım. Günün geri kalanı da farklı değildi inanın bana... Bir robot gibi arabaya bindirildim, bir robot gibi dışarıyı izledim, bir robot gibi yemeğe götürüldüm, bir robot gibi balık yedim. Oradan oraya sürüklendikçe saatler ben anlamadan geçip gidiyor, yaşadığım her şeyi farkında olmaksızın yaşamaya devam ediyordum... En son anne ve babam tarafından bir robot gibi odama bırakıldığımda iki saat diye çıktığımız saatler su gibi geçmiş, üstüne katlana katlana ilerlemiş ve akşam olmuştu. Üzerime pijamalarımı geçirip balkona çıkıp oturduğumda bile bunu yapan ben değildim sanki. Annemi masanın karşısındaki sandalyede endişeyle bana bakarken bulduğumda karşı binanın duvarını izliyordum.

"İzmir..." dedi annem endişeyle,

"İyi misin?" Gözlerimi bir ölü gibi anneme çevirdiğimde kıpırdamadan sabit bir şekilde yüzüne baktım. Ne kadar korkutucu göründüğümü annemin gözlerinden anlayabiliyordum. Ege'nin beni aramış olması beni dağıtmıştı. Tam anlamıyla kırılmış bir bisküvi gibi hissediyordum...

"İyiyim," dedim robotlardan hallice bir sesle.

"İyi değilsin," dedi annem.

"İyiyim," diye tekrar ettim.

"Kızım dünden beri af edersin müptezel gibisin..." Komşular duymasın diye fısıldayarak konuşuyordu, önüme doğru eğilmiş gözlerime bakıyordu. Müptezel. Güzel bir kelimeydi, durumuma dair bir benzetme yapmak için gayet uygundu...

"Sadece yorgunum... Son bir yıldır yaşadıklarımı düşününce yorgun olmakta haklı değil miyim?" Annem hüzünle sandalyesine yaslandığında kurduğum cümle onu da dağıtmış gibiydi. Ne yaşadıysak beraber yaşamıştık. Tek bir farkla... Annemin hayatımı darmadağın eden Ege Kasırgası'ndan haberi yoktu... Benim de onların kayıp oldukları aylarda neler yaşadığından haberim yoktu. Aslında belki de aynı durumdaydık... Acının içinden geliyorduk ama birbirimize gösteremiyorduk.

"Sana yeşil çay yapmamı ister misin?" diye sordu ilgiyle, "Sen çok seversin..." dedi. Yaşlı gözlerle baktım ona.

Ağlamamalıydım...

Ağlamamalıydım...

Ağlamamalıydım, hayır!

"Olur..." diye mırıldandım güçsüz bir sesle. Annem balkondan mutfağa geçer geçmez gözümden akmaya başlayan yaşları hızlıca sildim. Derin bir nefes alıp sokaktan gelen ağaç kokusunu içime çektim ve kendimi telkin etmeye çalıştım. Güçlü olmak zorunda değildim, ama öyle görünmek zorundaydım. Annem elinde bir kupa yeşil çayla balkona döndüğünde elini omzuma koydu.

"Çok yorulduğunu biliyorum... Ama dinlenmek için daha fazla yorulman gerek... Ne demek istediğimi anladın mı? Kendini eve kapatarak dinlenemezsin güzel kızım benim... Dışarı çıkman gerek, yürümen gerek, koşman gerek..." Gözlerim annemin dolmuş gözlerine bakarken başımı kaldırdım.

"Korumalarla mı koşayım?"

"Evet..." dedi, "Koşmak istiyorsan arkandan gelen hiç kimseyi görmeyeceksin. Sen koşmak istiyorsan bırak arkandakiler de koşsun. Bu dediğimi hiç unutma, tamam mı? Arkandakiler yorgun diye sen de koşmayı bırakamazsın..."

Annem birkaç saniye gözlerime baktıktan sonra hiçbir şey söylemeden oturma odasına, babamın yanına geçince onun kurduğu son cümlenin bende yarattığı etkiyle öylece kalakaldım. Kendi kendime tekrar etmeye çalıştım aynı cümleyi.

"Arkandakiler yorgun diye sen de koşmayı bırakamazsın..." dedim fısıltıyla. Birkaç saniye balkonun camındaki yansımamdan kendimi izledim. Ayağa kalkıp odama geçtim. Üzerime bir eşofman altı ve üstü, üstüme de bir yağmurluk geçirip telefonum ve kulaklığımı alıp oturma odasına geçtim.

"Ben dışarı çıkıyorum, biraz koşacağım..." Annem yüzüme hafif bir gülümsemeyle bakarken babam kaşlarını çattı.

"Hayırdır inşallah," dedi, "Nereden çıktı birdenbire?"

"İçimden geldi." Anneme göz kırpıp durgun bir yüz ifadesiyle evden çıktığımda binanın merdivenlerini bile koşarak indim. Zihnim ve ruhum o kadar yorgundu ki zihnimin ve ruhumun dinlenmesi için bedenimin yorulması gerekiyordu... Binadan çıkarken arkamdan kimin geldiğini bile umursamadan koşmaya başladım. Kulağımda kulaklığım, kafamın içinde yankılanan şarkının sözleri...

Duyarsın uzaklardan, dalarsın yakınlara... diyordu şarkının sözleri. Ege ve beni daha iyi anlatan bir şarkı sözü olamazdı galiba. Onun sesini her uzaktan duyduğumda yakınlara dalmıştım. Hep istemiştim ki sesini yakından duyup uzaklara dalayım. Ama olmadı, bizim kaderimiz birbirimizin sesini hep uzaktan duymaktı. Bir yankı gibi... Oysa şimdi ben onun sesini bile duyamıyordum.

"Ben seni unutmam, unutmam... Sen beni güzel, güzel hatırla... diye devam ediyordu.

Zaman ilaç derler ya, ellerin neden uzak hala..."

Koştukça nefes nefese kalıyordum, koştukça öfkemi atıyor, koştukça içimdeki fırtınanın gücünü azaltıyordum. Ben hızlandıkça yavaşlıyordu acım. Yoruldukça dinleniyordum, koştukça yerli yerine oturuyordu içimdeki her şey.

"Etrafına baksana..." dedi içimdeki ses.

"Hayır," dedim içimden kendi kendime, "Başkalarının hayatlarını izlediğimiz yeter..."

Gözlerimiz en büyük düşmanımızdı belki de. Başkalarına baktıkça kendimizde olmayan şeyleri görüyorduk. Oysa bazen tek ihtiyacımız olan şey sadece ve sadece kendimizi görmekti. Tek ihtiyacımız sadece ve sadece kendi hayatımızı izlemekti. Zaten başkalarını izlememizin sebebi de buydu... Kendi hayatımızı sevmediğimiz zaman başkalarına yöneliyordu gözlerimiz. Oysa şimdi benim gözlerim sadece koştuğum bu sahil yolunun üzerindeydi. Sağımız, solumuz, arkamız önemli değildi... Önemli olan tek şey önümüzdü.

Yaklaşık kırk dakika sonra koşmaktan yorulup nefes nefese bir banka oturduğumda bir yandan denizi izliyor bir yandan dinlediğim şarkıyı değiştiriyordum. O sırada gözüm telefonun saatine kaydı.

"21.07," diye söylendim kendi kendime, yalnızlıktan kendimle konuşmaya başlamıştım. Bir anlık bir dalgınlıkla yanlışlıkla geçmiş aramalara tıkladım. "Özel Numara" yazısının yanında "21.07 yazısını görünce kaşlarımı çattım. Dün de beni tam bu saatte aramıştı. Ne garip... Tam yirmi dört saat olmuştu. Tam o an, o saniye, o dakika beni şoka sokan bir şey oldu. Bu evrenin bir oyunu mu, bir tesadüf müydü bilmiyordum. Ekranda görünen yazıyla şok içinde nefesimi tuttum.

"Özel Numara Arıyor..."

Şok içinde bir telefonuma bir etrafıma baktığımda telefon kapanacak korkusuyla telefonu açtım ve kulağıma koydum. Önce hiçbir şey diyemedim, o da hiçbir şey demedi. Sessizce birkaç saniye geçirdikten sonra konuşmaya çalıştım.

"Alo?" dedim. Cevap gelmedi...

"Sen misin?" dedim ısrarla bir cevap bekleyerek. İsmini kullanmaya korkuyordum. Ondan ise tek bir cevap gelmiyordu.

"Ne yani," Sesim titriyordu, "Beni her akşam aynı saatte arayıp hiç sesini çıkarmadan sesimi mi dinleyeceksin?" Sonra durdum. Burnumu çekerek ona bir anlaşma şartı sunmaya hazirlandım, acı içinde olan tek insan o değildi. Acı içinde olan ikimizdik.

"Seninle bu sessizlik oyununu oynamaya tek bir şartla varım..." diye mırıldandım. Alt dudağımı ısırdıktan sonra ondan çok fazla şey istediğimin farkında olsam bile şartımı öylece söyleyiverdim bir anda...

"Sadece tek bir kelime söyle... Sadece tek bir şey..." Yalvaran sesim o kadar çaresizdi ki bu kadar güçsüz bir cümle kurmuş olmaktan dolayı kendime de kızgındım. Konuşamayacağını biliyordum, konuşmaması gerektiğini de biliyordum. Ama yedi aydır süren acım, yedi aydır bitmeyen çaresizliğim beni ondan gelecek tek bir kelimeye bile muhtaç etmişti.

"Tek bir şey..." dedim bir kez daha, "Bana tutunabileceğim tek bir dal ver..."

Onunla bu sessiz sinema oyununu oynamaya hazırdım, yemin ederim ki hazırdım. Ama ufacık da olsa bir tutanağa ihtiyacım vardı. Ufacık bir umuda, onunla konuşuyor olduğuma emin olmaya ihtiyacım vardı. Her şeyden öte, bana bir şeyler anlatmasına ihtiyacım vardı. Ondan gelecek bir tepkiye, "BEN BURADAYIM İZMİR!" demesine ihtiyacım vardı. Ve onu tanıyorsam o bunu konuşmadan da yapabilirdi... İşte tam o an başladı oyunumuz. Karşı telefondan gelen hafif bir şarkı sesiyle. Duyduğum belli belirsiz hafif şarkı sesi beni şok içinde duygulandırırken önce kalakaldığımı hatırlıyorum... Ellerimin titrediğine emindim.

"İzmir'de bir gün batımı ne hoş olur salınarak..." Karşıdan gelen hafif Deniz Tekin sesiyle derin bir nefes aldım, etrafıma birkaç kez baktım ve ayağa kalktım. Bu bizim şarkımızdı. Bu oydu, artık buna her şeyden daha çok emindim. Bu benim Ege'mdi ve benimle sesini çıkarmadan konuşmak istiyordu. Bu bir oyunun başlangıcıydı, bu bir oyunun ilk adımıydı. Bu Ege ve İzmir'in onlara engel olan her şeye çelme takışıydı. Bizim konuşmak için kelimelere ihtiyacımız yoktu. Bizim konuşmak için ses tellerine dahi ihtiyacımız yoktu. İşte şimdi, tam şu an, tam şu saniye eskisinden de güçlü hissediyordum.

"Deniz kenarındayım," dedim. Sahil kenarında yürümeye başladım sanki olağan bir konuşma yapıyormuşum gibi, ağlamaklı cümlelere ihtiyacımız yoktu. Ağlayarak savaşmanın bir manası yoktu. Savaşmak başlı başına bir cesaret işiydi, cesaretin ağlamakla hiçbir bağı yoktu ve her aşk bir savaştı...

"Bugün annem ve babamla deniz kenarında vakit geçirdik," diye anlatmaya başladım, "Balık yedik. Sonra ben koşmaya çıktım. Sanırım her akşam koşu yapmaya çıkacağım. Sen ne yapıyorsun?" dedim dalgın bir şekilde. Sonra cevap veremeyeceğini anladığım için kendi kendime hayıflandım. Tam özür dileyecekken telefondan bir ses geldi. Bir çatal kaşık sesi, sonra bir bardak sesi. Kaşlarımı çatarak dinledim tüm bu sesleri. Bana bir şeyler anlatmaya çalışıyordu. Bana o an ne yaptığını söylemeye çalışıyordu. Ve bu dünyada onu benden daha çok anlayabilecek kimse yoktu.

"Afiyet olsun..." dedim heyecanla, yedi ay sonra ilk kez onun ne yaptığını biliyordum. Yedi ay sonra ilk kez onun yemek yediğini biliyordum!

"Biliyor musun, bu sene İzmir'in yazı çok yağmurlu geçiyor... Ve garip bir şekilde aynı anda hem aşırı sıcak olup hem de yağmur yağabiliyor! Mesela şu an hafif bir yağış var, ama herkes sahilde oturuyor. Kimse üşümüyor..."

Sonra telefonda bir hareketlilik hissettim, sanki ayağa kalktı. Pencere açılmasına benzer bir ses duydum, sonra yağmur sesi... Çok ama çok şiddetli bir yağmur sesi... İkinci ipucumuz buydu.

"Orada da mı yağmur yağıyor? Sen çok seversin yağmuru... Sanırım orada çok şiddetli yağıyor," derken telefondan gelen gök gürültüsü sesiyle gülümsedim.

"Baya şiddetliymiş!"

Onun hayatına dair bir şeyler öğrendikçe içimde bir şeyler tamamlanıyordu, içim doluyor ve taşıyordu... Kendimi çok uzun zaman sonra ilk kez mutlu hissediyordum.

"İçeri gir de üşütme..." diye mırıldandım endişeyle.

Sonra pencerenin kapanma sesini duydum, sonra birkaç adım sesi ve tekrar hafif bir müzik sesiyle doldu kulaklarım. Çatal ve kaşık sesi bir kez daha kulağımı bulduğunda onu hayal ettim. Ben dediğim için penceresini kapatıyordu, masasının başına oturup yemeğine dönüyordu... Ailesi hakkında soru sormak istiyordum, ama soramıyordum. Telefonda ona dair hiçbir bilgi vermek istemiyordum, bana sesini bile duyurmasını engelleyen her ne durumun içindeyse onu tehlikeye atmak istemiyordum.

"Ben yeni bir diziye başladım," dedim yürüme yönümü eve doğru çevirirken, "*Bojack Horseman*... Bir animasyon dizisi. Seveceğine eminim."

Telefonda bir kez daha duyduğum hareketlilik sonucunda kulağıma gelen klavye seslerinden bilgisayar başına geçtiğini anladım. Kulağımı dolduran *Bojack Horseman* jenerik müziğiyle kahkaha atmamak için zor tuttum kendimi.

"Bu kadar çabuk mu izlemeye başladın?" dediğim sırada seslerden fark ettim ki dizinin ilk bölümünü sahneleri atlaya atlaya inceleyip kapattı.

"Umarım sevmişsindir..." diye mırıldandım, "Umarım izlersin..." İzleyeceğine emindim. Birkaç saniye ne söyleyeceğimi bilemeden kulağımda telefonla yürüdüğüm sırada telefondan gelen başka bir sesle kendimi tutamayıp şok içinde bir kahkaha attım.

"Hav hav hav!" Bu Tren'in sesiydi!

"Tren!" dedim şaşkınlıkla,

"Hav hav!"

"Onu çok özledim!" Telefondan gelen köpek yürümesi sesleri sonunda Tren'in odadan uzaklaştığını anladım. Odanın kapısı kapanırken konuşmaya devam ettim.

"Biliyor musun? Uçak hamile... Sokağa çıkıp çıkıp geliyor ve anladık ki bir şekilde hamile kalmış... Yani, ne şekilde olduğu belli zaten."

Kıkırdadım. Telefondan ufacık bir ses geldi o an, Ege'nin belli belirsiz burnundan güler gibi bir nefes verdiğini duydum. Sırıtarak gökyüzüne baktım. Onun bu burundan hafifçe gülme sesi beni heyecanla doldurmuştu.

"Çok mu komik?" diye sordum heyecanla bir anda, sonra kendime gelip düzelttim, "Özür dilerim... Sen gülünce... ben biraz şey oldum... Bu arada biliyor musun? Sanırım tiyatro yazarlığı kursuna başlayacağım. Bu aralar buna ilgi duymaya başladım..."

Boğazımı temizleyip yolda yürümeye devam ettim. O sırada arkamı dönüp korumaların bana ne kadar yakın olduklarına baktım. Beni duyamayacak kadar uzaktan geliyorlardı...

"Birazdan eve gireceğim. Eve girdiğimde odama geçene kadar konuşamayabilirim, haberin olsun..."

Telefondan gelen çatal, kaşık, tabak seslerinden anladığım kadarıyla onları mutfağa götürüyordu. Sonra anladım ki onları tezgâha koydu, birkaç saniye sonra bulaşık makinesi kapağının kapanış sesine benzer bir ses duydum. Ege o bulaşık makinesini her kullanacağında bana "Hangi tuşa basmam gerekiyor?" diye soran bir mesaj atıyordu. Sanki o an bir kez daha bunu soracağını hissettim...

"Ortadaki tuşa basman gerek," diye mırıldandım, "Tabii hala aynı bulaşık makinesini kullanıyorsan..."

Tam o an makineden gelen klik sesiyle anladım ki tuşa basmış ve makineyi çalıştırmıştı. Teşekkür ettiğini varsayarak konuştum,

"Önemli değil..."

Binanın önündeki korumalara başımla selam verdikten sonra binanın kapısını açıp içeri girerken sessiz olmaya çalıştım. Annem bazen ben binaya girer girmez evin kapısını açıp beni beklemeye başlıyordu. Merdivenleri gürültülü adımlarla çıktım, sırf Ege merdivenden çıkıyor olduğumu anlasın diye. Şaşırtıcı bir şekilde annem beni kapıda beklemiyordu. Kapının anahtarını takıp içeri girdiğimde televizyon izlediklerini gördüm.

"Ben geldim!" diye seslendim onlara, "Odama geçiyorum." İkisinin de bakışları bana dönerken gülümsedim. Annem eliyle mutfağı gösterdi:

"Çay demlemiştim. İçeceksen al kızım..."

"Yok anne, bugün çok çay içtim. Ben odamda dizi izleyeceğim. Size iyi geceler..."

"İyi geceler kızım..." Hızla ilerleyip odama girip kapıyı kapattıktan sonra nefes nefese bir şekilde üzerimi değiştirmeye başladım.

"Odamdayım," diye mırıldandım, "Üzerimi değiştiriyorum. Bir saniyeliğine telefonu yatağa bırakacağım, bir yere gitme tamam mı?"

Telefonu yatağa bırakıp hızlıca üzerimi değiştirmeye çalıştığım sırada dolaba doğru öyle bir arkamı döndüm ki kafamı dolabın kapağına inanılmaz bir şekilde çarptım ve kendimi paldır küldür yerde buldum! Başımın acısına aldırmadan telefonuma doğru uzanıyordum ki annem telaşla odama girdi.

"Ne oldu!"

"Bir şey yok, bir şey yok!" dedim hızlıca odamdan çıksın diye, "Kafamı dolaba çarptım sonra da yere düştüm!"

"Kızım alnın kanıyor!"

"Tamam, ben hemen bir yara bandı yapıştırırım oraya anne, sen dizi izlemeye devam et. Dizini kaçırma..."

"Yahu olur mu öyle şey? Dur... Dur hemen bir yara bandı yapıştırayım oraya..." Annem dolabımın içinde yara bandı ararken benim aklım telefonumdaydı. Aptal ben! Ege'yle ilk konuşmalarımızda da aynı böyle bir şey yaşamış ve sandalyeden düşmüştüm!

"Dur, kıpırdama..." Annem alnıma yara bandı yapıştırırken gülümsedim ve iyiymişim gibi görünmeye çalıştım.

"İyiyim, merak etme anne. Uyuyacağım şimdi..."

"Allah Allah ne bu telaş! Hızlı hızlı konuşuyorsun, farkında mısın İzmir?"

"Çok uykum var," dedim telaşla, annem bana endişeyle baktıktan sonra söylene söylene odamdan çıktı ve ardından kapımı kapatıp içeri gitti. Telaş içinde kalkıp telefonu kulağıma aldığımda telefondan hiçbir ses gelmiyordu. Ne müzik ne başka bir şey. Sanki burada olanların dinlemek için her şeyi kapatmış ve pür dikkat kesilmişti.

"İyiyim," diye mırıldandım nefes nefese, "Benim her zamanki sakarlıklarımdan biri oldu. Kafamı önce dolaba çarptım sonra da çarpmanın etkisiyle yere düştüm. Merak etme..."

Telefondan gelen derin bir nefes alma sesiyle Ege'nin içinin rahatladığını anladım. Aynada alnımdaki yara bandını düzelttikten sonra yatağıma geçtim. Yorganın altına girip odanın ışığını kapattım ve bir yandan aynadaki görüntüme bakıp bir yandan Ege'yle konuşmaya devam ettim.

"Karşımda bir ayna var... Kendimi izliyorum. Bunu son yedi aydır her gece yapıyorum. Aynada kendi gözlerimin içine her baktığımda seni görüyorum. İşte bu yüzden artık aynalara bakmayı seviyorum. Ama en büyük dileğim bir gün seni görebilmek için aynalara bakmak zorunda kalmamak..."

Telefondan sadece sessizliğin sesi geldi birkaç dakika boyunca. Sonra gelen çarşaf seslerinden anladım ki Ege de yatağındaydı. Acaba uykusu gelmiş miydi? Telefonu kapatmak istediğinde bunu bana nasıl söyleyecekti? Direkt yüzüme mi kapatacaktı? İşte o an tüm bu sorularıma cevap niteliğinde bir ses geldi telefondan. Bir müzik sesi... Ege uyumadan önce hep klasik müzik açardı uykusunda dinlemek için. Telefondan gelen klasik müzik sesine hafifçe gülümsedim.

"İyi geceler..." diye mırıldandım telefonu kapatabileceğini anlasın diye. Sonra dayanamayıp bir cümle daha ekledim:

"Rüyama gir de özlem giderelim..."

Birkaç saniyelik sessizlikten sonra telefon kapanınca titrek bir nefes verdim. Yedi ay sonra ilk kez iyi geceler dileğinde bulunmuştum ona. Yedi ay sonra ilk kez neler yaptığını öğrenmiştim birazcık olsa da... Yedi ay sonra ilk kez burnundan gelen o hafif gülüşünü duymuştum belli belirsiz olsa da. Gözden uzak olan bazen gönülden de uzak olmayabiliyordu işte. Bu geceye dair tek bir dileğim vardı... Onu rüyamda görmek. Başka hiçbir beklentim yoktu. Neyse ki içimde ufak da olsa bir umut vardı, çünkü biliyordum ki yarın saatim 21.07'yi gösterdiğinde Ege yine beni arayacaktı ve ben ona yine bir şeyler anlatacaktım... Bu benim hayatımda oynadığım en güzel oyundu.

Şövalye sabah uyanıp evinin önünde yanan ateşi ve ateşin etrafında sarılıp uyumuş küçük kız ve babasını görünce hayatının şokunu yaşamış. Günlerdir kendini küçük kızın yokluğuna alıştırmaya çalışırken, küçük kızın özlemiyle yanıp tutuşurken, küçük kızın acısıyla kendi kızını kaybetmiş gibi kavrulurken bir sabah uyanmış ve küçük kızı karşısında bulmuş. "Dünya mı yuvarlak?" demiş kendi kendine, "Yoksa benim her yolum mu bu küçük kıza çıkıyor ey göklerin ve yerlerin yaratıcısı? Ben bir çıkmazda mıyım?"

10. Bölüm:
İyi Geceler, Gelmemeye Giden Adam...

"Ne olur gel artık..."

(1 Hafta Sonra)

"İzmir... Kızım..." Odama giren annemin sesiyle bilgisayarımdan başımı kaldırdığımda annemi dışarı çıkmaya hazırlanmış bir halde gördüm.

"Nereye?" diye sordum kaşlarımı çatarak,

"Babanla bir işimiz var... İki saate döneriz." Annem aylar sonra ilk defa dışarı çıkarken beni de onlarla gitmeye davet etmemişti. Bu hem şaşırtıcı hem sevindirici bir haberdi. Sanırım paranoyası biraz da olsa geçiyordu.

"Tamam anne, ne işiniz var?"

"Gelince anlatırız..." Kaşlarımı bir kez daha çattım. Annemin bana dışarı çıkarken anlatmak istemeyeceği dönüşte anlatabileceği ne gibi bir işleri olabilirdi ki?

"Tamam, anlatırsınız... Öptüm," diye mırıldandım. Nasılsa döndüklerinde neden çıktıklarını öğrenecektim. Annem odamdan çıkıp kapımı kapatınca bakışlarımı tekrar bilgisayarıma çevirdim. Saat 13.26'ydı. Ege'yle konuşmamıza saatler vardı... Oysa benim içimde ona söylenmek için deliren bir sürü cümle vardı. Bu yüzden bir kez daha bloğumu açmış oraya döküyordum içimi... Parmaklarımı klavyenin üzerine yerleştirdim ve yazmaya başladım bir kez daha tüm duygularımı dökmek istercesine...

"Hala aynı yerdeyim, hala aynı yerde hala aynı sessizlikte bekliyorum. Sessizlikte insan belki aradığını duyar dedim, ama şarkıları hiçbir zaman kapatamadım. Zira ben seni şarkı dinlerken daha iyi duyuyorum. Senin bana söyleyebilecek kelimelerin kalmadı, senin yerine şarkıları dinliyorum. Çünkü biliyorum, sen de öyle güzel konuşursun, bir farkın yoktur şarkılardan. Bir şarkı gibi senin de notalarını ezberlemişim, her çalan notada bir sonrakini bile tahmin edebiliyorum. Oysa şimdi sen neredesin, ben neredeyim. Notalar kadar yakın değiliz birbirimize, ama bil ki biz de notalar gibi yan yana olsak bir şarkı çıkar ortaya... Sevgilim, ben her şekilde aynı yola çıkıyorum. Hala aynı yerdeyim, hala aynı yerde bekliyorum. Dönüp dolaşıyorum, bir sürü sokağa giriyor bir sürü caddeyi geçiyorum, sahillerde dolaşıp aynı yola çıkıyorum. Dünya mı yuvarlak gerçekten yoksa ben mi çıkmazdayım..."

Bugün Ege'yle sessizlik oyununa başlayalı tam bir hafta oluyor. Ege beni her akşam 21.07'de arıyor ve biz onunla bir şekilde konuşuyoruz... Nefes alış verişinin ne anlama geldiğini ezberledim, evindeki her şeyin sesini öğrendim, perdesinin ve tülünün ayrı ayrı çıkardığı sesleri bile ayırt edebilecek hale geldim. Ama içim korku dolu... Bunun nereye kadar böyle devam edebileceğini sorguluyorum. Buna nerede ve nasıl dur diyebileceğimizi, tekrar nerede ve nasıl yan yana olabileceğimizi... Her akşam saat 9'a gelirken eşofmanlarımı giyip koşuya çıkıyorum. Dün akşam öyle bir yağmura yakalandım ve öyle üşüdüm ki eve geldikten iki saat sonra titrememi anca geçirebildim... Gece sabaha kadar öksürdüm ve şimdi gözlerimi zar zor açık tutabiliyorum.

"Of..." Kendi kendime sıkıntılı bir nefes verip bilgisayarımın başından kalkıp kendimi yatağıma bıraktığımda tek istediğim bir saat uyuyup kendime gelmekti. Gözlerimi sıkıca kapattım ve dışarıdan gelen yaz yağmuru sesiyle derinliğini o an öngöremediğim bir uykuya daldım...

"İzmir! Kızım... İyi misin sen? Kaç defa başına geldim! A-ah... Senin ateşin var!"

Gözlerimi hafifçe araladığım sırada ne duyduğumdan bile emin değildim. Tek hissettiğim şey damağımın üzerinde beliren uçuğun acısı ve tüm vücuduma yayılan büyük bir ağrı hissiydi. Annem ve babam beni yattığım yerden kaldırıp üzerime bir hırka giydirirlerken sadece sızlanıyordum.

"Başım... çok ağrıyor..." diye mırıldandığımı hatırlıyorum.

"Çok ateşin var, hastaneye götüreceğiz seni kızım. Hadi, gel anneciğim." Gözlerimi kapatıp babamın kucağında binadan aşağı indirildikten sonra tek hatırladığım gözlerimi gürültülü bir öksürükle hastanede açtığımdı. Kolumda takılı bir serum, başımda bir hemşire ve annem...

"İzmir!"

"Anne..."

"İyisin, değil mi anneciğim?" Etrafa korkuyla bakındığım sırada yutkunarak konuşmaya çalıştım.

"Başımın ağrısı azalmış... Ne oldu? Bir şeyim var mıymış?" Annem bana şefkatle gülümsedi.

"Merak etme, sadece çok üşütmüşsün. Dün yağmurda ıslanıp geldiğinde söylemiştim sana hastalanacaksın diye!" Hissettiğim anlık titremeyle yatağa tekrar uzandım. Gözlerim yorgunluktan ve halsizlikte tekrar kapanırken en son gördüğüm şey koluma takılı serumun henüz bitmemiş olduğu gerçeğiydi.

Biraz daha uyuyabilirim diye düşündüm kendi kendime, zaten öyle halsizdim ki başka çarem yoktu.

"İzmir..."

"Anne?" Gözlerimi tekrar araladığımda bu sefer karşılaştığım manzara bir hastane odası değildi. Beni kendi odamın duvarı karşıladığında şaşkınlıkla kaşlarımı çattım.

"Ne oldu?" diye sordum, "Ben rüya mı gördüm? Biz hastanede değil miydik?" Annem başını salladı.

"Hastanedeydik... Eve döndük. Hiçbir şey hatırlamıyor musun? Baban kucağında getirdi seni... Uykunu bir türlü açamadın. Taktıkları serum çok uyku yapıyormuş... Ama şimdi iyisin, değil mi? Biraz sesin kısılmış gibi." Birkaç kez öksürdükten sonra gözlerim duvardaki saate kaydı. Saat gecenin 5'iydi! Şok içinde bakakaldığımda telaşla yataktan kalktım. Masada duran telefonumu elime aldığımda şarjının da bitmiş olduğunu gördüm.

"Allah kahretmesin!" diye söylendiğimde annem şok içinde beni izliyordu.

"Kızım daha yeni hastaneden çıktın! Telefonundan bir gece ayrı kalsan ölür müsün!"

"Eee," dedim saçlarımı kaşıyarak, "Merve bana önemli bir şey anlatacaktı da..." Telefonumun şarjını aradığım sırada bir yandan da öksürüyordum. Sonunda telefonumu şarja taktım ve sırf annem odamdan çıksın diye yatağıma geri uzandım.

"Neyse, telefonum şarj olsun da Merve'yle sabah konuşurum... Ben şimdi sabaha kadar uyuyayım anne. İyi geceler size..."

"Tamam, ama bak kalktığını duymayacağım, tamam mı?"

"Ta-mam!" Annem alnıma bir öpücük kondurup odamdan çıkar çıkmaz sessizce yataktan kalktım. Telefonumu elime alıp telaşla geçmiş aramalara baktım. Ege beni 21.07'den başlayarak gece 1'e kadar tam 68 kez aramıştı! Sonra da telefonum kapandığı için arayamamıştı sanırım... Deliye dönmüş olmalıydı. Ne yapabilirdim? Tam şu an ne yapmalıydım? Acaba telefonumu açtığım için ona otomatik bir mesaj gider miydi? Fransız hatlarında böyle şeyler oluyor muydu?

"Allah kahretmesin..." diye söylendim bir kez daha. Odanın içinde deliye dönmüş gibi bir ileri bir geri dolaşırken bir yandan da öksürüyordum. Acaba ben onu özel numaradan arasaydım bu ona bir sorun yaratır mıydı? Belki de çok endişelenmemiştir? Belki de yatıp uyusam yarın akşam beni tekrar arardı, değil mi? Oysa benim bildiğim Ege şu an korkudan deliriyordu... Çaresizce etrafıma bakındıktan sonra bir anda bilgisayarımın başına oturdum. Bloğumu açtım ve hızla bir gönderi yazmaya başladım.

"Buraya hep duygusal sözler yazacak değiliz, biraz da günlük hayattan bahsedelim. Mesela yazın ortasında gündüzleri sıcaktan eririrken akşam sadece bir saat yağmurun altında yürüdüğüm için öyle hastalandım ki saatlerdir hastanedeyim. Teşekkürler mevsim değişiklikleri!"

Gönderiyi gönderip stresle beklemeye başladım. Lütfen gör bunu Ege, lütfen gör... Lütfen iyi olduğumu bil... En büyük korkum onunla konuşmak istemediğim için telefonumu açmadığımı ve sonra da kapatmış olduğumu düşünmesiydi. Böyle bir düşünce içine girdiğini düşünmek bile benim canımı acıtıyordu. Oysa o an sanki Ege bloğumun başında bekliyormuş gibi telefonum dakikasında çalmaya başladı. Ekranda yazan Özel Numara yazısı beni rahatlatırken telaşla telefonumu açtım.

"İyiyim..." diye mırıldandım nefes nefese. Karşıdan gelen sessizlik bana ne anlatmaya çalışıyordu bilmiyordum.

"Seninle konuşmak istemediğim için telefonumu kapattığımı düşünmedin, değil mi?" diye mırıldandım. Karşıdan gelen tek ses yine sessizlikti... Derin bir nefes aldım, onun ne hissettiğini çok iyi biliyordum. Endişelenmişti, korkmuştu... Ve bu sessizlik korkunun ardından gelen durulmanın sessizliğiydi. Arkama yaslandım ve anlatmaya başladım.

"Yağmurda çok ıslanmıştım... Sanırım o yüzden hastalandım. Çok ateşim vardı, kendimde bile değil gibiydim..."

Karşı taraftan gelen derin iç çekme sesiyle rahatladığını hissettim. Yutkunarak gözlerimi kapattım. Göz kapaklarımın içi yanıyordu. Elimi acıyan boğazıma götürüp hafifçe ovdum.

"Peki sen ne yapıyorsun?" diye sordum. Karşıdan gelen kapı açılış sesini duydum önce. Sonra merdivene basan ayak seslerini. Ege'min ayaklarının sesleri... Sonra bir kapı sesi daha ve ardından gelen hafif yağmurun dingin sesi.

"Çatıya çıktın..." diye mırıldandım gözlerim dolarken.

"Kim bilir hangi şehrin hangi sokağının hangi evinin çatısındasın şimdi..." Sol gözümden bir damla yaş akıp yanağıma süzülürken kaşlarım çatıldı. Bu yaşadığımız şey haksızlık değil miydi?

"Bensiz ve sırılsıklamsın. Oraların yağmuru üşütür ve eminim üşüyorsundur ama umurunda değil. Ben ateşler içinde yanıyorum, bu da benim umurumda değil. Üşüyoruz ve bu bizim umurumuzda değil. Yanıyoruz ve bu bizim yine umurumuzda değil." Elimi uzatıp perdemi araladım ve penceremi ıslatan yağmur damlalarına dokundum. Acı içinde gülümsedim.

"Çok garip bir şey oldu..." diye mırıldandım, "Penceremin her yeri yağmur damlası olmuş. Cama dokundum ama elim ıslanmadı. Çünkü onlar pencerenin dışında, oysa ben içerideyim... Onlara dokunuyorum ama ıslanmıyorum... Çünkü aslında onlara dokunamıyorum. Sadece dokunduğumu sanıyorum. Sen ve ben gibi... Birbirimize dokunuyoruz, ama aslında dokunduğumuzu sanıyoruz."

Karşıdan gelen gök gürlemesiyle kendi camımda aynı anda beliren şimşek çakması odamı aydınlatırken Ege'nin burnundan gelen boğuk hırıltıyı duydum. Ağlıyor olabilir miydi? Olmaması için yalvarabilirdim...

"Umarım üzerinde kalın bir şeyler vardır..." dedim gülmeye çalışarak, "Sen kolay hastalık kapıyorsun. Bilirim..."

Tam o an karşıdan gelen hapşırma sesiyle gülmeye başladım.

"Kapmışsın bile."

Sonra gözlerimi kapattım, "Çok yaşa..." diye mırıldandım. Sonra kendimi alıkoyamadığım bir şevkle tekrar etmeye başladım.

"Çok yaşa..."

"Çok fazla yaşa..."

"Çok ama çok yaşa... O kadar uzun yaşa ki ömrünün uzunluğu bizim tekrar karşılaşma ihtimalimizi arttırır kılsın."

Uzun bir sessizlik. Ve hemen ardından bir kapı kapanma sesi, azalan yağmur sesi, yeni bir kapının açılma sesi ve o kapının da kapanma sesi.

"Tekrar evdesin..." diye mırıldandım gözlerim kapalı bir şekilde. Uyuyakalmak üzereydim. Üşüdüğümü hissediyordum.

"Saçlarını kurulamadan yatma sakın..." dedi titreyen uyanık kalmaya çalışan sesim son gücüyle.

"Bir de saç kurutma makinesinin fişini çekmeyi unutma..." Gözlerimi açamıyor, sesimi toparlayamıyordum. Uyku beni içine çekerken sadece sayıklıyordum. Telefonun karşısından gelen saç kurutma makinesi sesiyle belli belirsiz gülümsedim.

"Aferin," diye mırıldandım ve "Teşekkür ederim..." dedim anlamsızca.

"Ne için teşekkür ettiğimi sormak istediğine eminim. Ben de bilmiyorum... Sadece teşekkür etmek istedim. **Saçlarını kuruladığın için...**"

Karşıdan gelen hafif gülme sesiyle ben de gülmeye başladım.

"Saçmalamamı özlemişsin sanırım. Sensiz bu kadar saçmalamıyorum, biliyor musun? İnsan saçmaladığı yere aittir. Ben senin dışında herkesle çok ciddi konuşuyorum. Sana gelince ise... sana gelince ise saçını kuruladığın için teşekkür ediyorum. Çünkü senin saçlarının ıslak olmaması benim için çok önemli," dedim saçmalamaya devam ederek. Karşıdan gelen ikinci bir gülme sesi benim için yeryüzündeki cennetin tanımıydı.

"Ve tekrar teşekkür ederim..." diye mırıldandım, "güldüğün için." Gözlerimi daha fazla açık tutamıyordum...

"İyi geceler Gelmemeye Giden Adam..." diye fısıldadım ve son bir cümle ekledim,

"Ne olur gel artık..."

“

Küçük kız uyandığında kendini şövalyenin evinin içinde şöminenin önündeki yastıkta bulmuş. Babası ve şövalyenin karşılarındaki masada oturup konuştuklarını gördüğünde içini çok büyük bir heyecan kaplamış. Onun tüm dünyası buymuş işte, tüm mutluluğu bu kadarmış. Onun için cennet tasviri buymuş. Dünyada en sevdiği iki insan burada karşısındaymış ve konuşuyorlarmış. Küçük kızın uyandığını görünce susmuş ve sevgiyle ona dönmüşler. "Susmayın!" demiş küçük kız, "Konuşun. Siz konuşunca ben mutlu oluyorum... Siz konuşunca her yer rengârenk oluyor!" Gülüşmüşler, küçük kız ortada koşturup dururken konuşmaya devam etmişler. Karanlık dinmiş, ışıkları yanmış küçük kızın... Artık her yer rengârenkmiş...

”

Sen gidersin, bu şehir yıkılır.
Problem değil, bırak bu şehir yıkılsın.

11. Bölüm:
Bizim Şehrimiz

> ***“Bir şehir düşün, sen konuşursan bütün kapılar açılacak. Bir şehir düşün, işte orası bizim şehrimiz.”***

“Bundan da ye kızım, bol bol pekmez ye! Tahin de döktüm içine. Pekmez ve tahinin iyileştiremeyeceği insan yok!” Annem önüme bütün kahvaltılıkları bir bir koyarken bir yandan öksürüyor bir yandan küçük lokmalarla annemin önüme yemek koyma hızına yetişmeye çalışıyordum.

“Tamam anne, Allah aşkına abatma! Alt tarafı üşütmüşüm...”

Gözüm telefonumda, kulağımda Müge Anlı’nın o tanıdık sesi, dudaklarımın arasında tahin ve pekmezin o bir türlü sevemediğim garip uyumu, aklımda Ege ve kalbimde saatin akşam olmasına dair duyduğum o muhteşem ihtiyaç... Ege beni aramaya başladığından beri tek istediğim her günün akşamının gelmesi ve onunla onun kelimeleri olmadan konuşmaktı. Başka hiçbir şey değil.

“Bugün ne yapacaksın?” diye sordu babam gazetesini katlayıp masaya bırakırken.

“Hastayım...” dedim, “Sanırım tekrar uyuyacağım.”

"İlaçlarını içmeyi unutma sakın!" Annem telaşla beni uyarırken başımı salladım. Uyuyacak olmamın tek sebebi akşama kadar bekleyemiyor olmamdı. Bir an önce ona bir şeyler anlatmak istiyordum. Öyle de yaptım, kahvaltımı yapar yapmaz odama geçtim ve yorganımın altına girip kendimi uyumaya zorladım. Hava bugün de yağmurlu ve yaza rağmen olabildiğince serindi... Bütün gün bir sağa döndüm bir sola döndüm, bir uyudum bir uyandım... Ama bir şekilde akşamı akşam ettim. İçinde bulunduğum durum tamamen sağlıksız bir durumdu. Ege'yle konuşacağım bir yarım saat için tüm günümü uyuyarak geçirme fikri aklı başında bir insanın asla yapmayacağı bir şeydi. Fakat maalesef aklım başımdan gideli çok uzun zaman olmuştu.

"İzmir..." Annem odamın kapısını aralayıp odama elinde bir tepsiyle girdiğinde karanlık odamı başımdaki lambaderi yakarak loş bir ışıkla aydınlattım. Annem kucağıma bir tepsi yemek bırakıp endişeyle elini alnıma koydu.

"Ateşin yok gibi... İyisin, değil mi?" Başımı salladım.

"İyiyim. Sadece dinleniyorum... Beni merak etmeyin."

"Tamam güzel kızım... Sen keyfine bak, alt komşular misafirliğe geldi. Odandan çıkmak istemezsin diye düşündüm." Anneme gülümsedim.

"Beni o kadar iyi tanıyorsun ki..." Annem gülerek odanın kapısına doğru ilerlerken bana göz kırptı.

"Şşşş... Sen evde yoksun şu an! Arkadaşındasın!" Bana bir kez daha göz kırpıp sessizce odamdan çıktı. Birkaç saniye kendi kendime güldükten sonra annemin getirdiği yemekleri yemeye koyuldum. Ege'nin beni aramasına sadece birkaç dakika kalmıştı. Yemeklerimi hızlıca yedikten sonra telefonu tam önüme alıp dakika saymaya başladım.

"Eh yani Ege, bir dakika erken arasan olmuyor sanki..." Söylendiğim sırada saat nihayet 21.07 olunca telefonumun çalmıyor oluşu içimde garip bir yağmur bulutunun doğmasına sebep oldu. Yutkundum ve beklemeye başladım.

"Tamam," diye mırıldandım kendi kendime, "Sakin ol. Bir dakika altmış saniye sürüyor sonuçta... Ona biraz süre verebiliriz..."

21.08...

21.09...

21.10...

21.11...

21.12...

Anlam veremez bir şekilde telefonumun bozuk olup olmadığını kontrol etmeye çalışıyordum. Beni arama saatinin üzerinden tam beş dakika geçmişti. Her gün saniyesi saniyesine aynı saatte arayan adam bugün beş dakika geçmesine rağmen aramıyordu. Başına bir şey gelmiş olabilir miydi? Ya da o da dün gece çatıya çıktığı için üşütüp hastalanmış olabilir miydi?

Heh!

Çalıyor!

"Alo?" diyerek kulağıma götürdüm telefonumu telaşla. Kalbim küt küt atıyordu... Alo deyip bir salak gibi susmuştum. Oysa konuşamayacağını bilmem gerekiyordu. Telefondan gelen sesleri dinlemeye çalıştım önce. Hafif bir müzik dışında hiçbir ses gelmiyordu... Müzik ise benim aşina olduğum ve tanıdığım bir müzik değildi. Fransızca şarkı sözleri devreye girdiği anda bunun benim hiç bilmediğim Fransızca bir şarkı olduğunu anladım.

"Geç aradın..." diye fısıldadım, "Umarım iyisindir?"

Karşıdan gelen derin bir iç çekiş sesiyle ne anlamam gerektiğini sorguluyordum. Bu iyiyim demek miydi? Ya da bu üzgün bir iç çekiş miydi? Neydi bu? Şu an Ege'yi bu büyük oyunumuza başladığımızdan beri en anlayamadığım andı. Bana hiçbir ipucu vermiyordu. Belki de onu açması gereken kişi bendim.

"Biliyor musun..." diyerek konuşmaya başladım, "Şu an evde bir sürü misafir var ve ben odamda saklanıyorum. Yani sen gittiğinden beri pek bir şey değişmedi, hala aynı asosyallikten kafayı yemiş İzmir'im ben. Anladığım kadarıyla sen d-" derken telefonun karşısından gelen gürültülü kapı açılma sesiyle cümlemin yarısında donakaldım ve kaşlarımı çattım.

"Bonjouuur!" Karşıdan gelen ince, genç, tanıdık olmayan bu güzel kadın sesiyle bir anda telefonun diğer ucunda donakaldım. Ve o an beni çok daha fazla şok eden bir şey oldu...

Dıt... dıt... dıt...

"NE?" Ege telefonu yüzüme kapatırken hayatımın şokunu yaşıyordum. Ege'nin evine sesini hiç tanımadığım bir kadın Fransızca konuşarak girmişti ve Ege telefonu saniyesinde yüzüme kapatmıştı. Şok içinde yorganımın içinde bir un çuvalı gibi dakikalarca oturdum. Hiçbir şekilde anlam veremiyordum. Hiçbir şekilde! Neydi bu? Hayatında biri mi vardı? Hayatında biri varsa beni neden arıyordu?

"Allah kahretsin..." Delirmiş bir halde odamın içinde bir ileri bir geri dolaşmaya başladım. Tam yarım saati bu şekilde geçirdikten sonra telefonum çalmaya başladı.

"Özel Numara arıyor!"

Telefonu açıp açmamak arasında birkaç saniye düşündükten sonra öfkeyle açma tuşuna bastım ve telefonu kulağıma koydum.

"Evet?" diye mırıldandım öfkeyle, "Seni dinliyorum?" Karşıdan ise hiçbir ses gelmiyordu. Öfkeden delirmek üzereydim.

"Eğer şimdi de konuşmayacaksan... Bana hiçbir açıklama yapmayacaksan beni bir daha arama. Bekliyorum. Bunu bana yazarak da yapabilirsin. Ama bana bir açıklama yapmak zorundasın. Bu şekilde seninle konuşmaya devam etmeyeceğim."

Sessizlik...

Sessizlik...

Ve daha fazla sessizlik...

"Bana başka bir şans bırakmadın... Bu kadar zaman sonra hayatıma tekrar girip bana bunu yapamazsın. Evine yabancı bir kadının girmesi ve telefonu saniyesinde yüzüme kapatman kimsenin kabul edebileceği bir şey değil. Ben sana açıklaman için bir şans verdim. Kullanmadın. Yarına kadar bana bunu yazılı olarak açıklamazsan yarın 21.07'de bu telefonu açmayacağım. Kendine iyi bak."

Telefonu Ege'nin yüzüne kapattıktan sonra sinirden gözümden gelen birkaç damla yaşı yok sayarak bilgisayarımın başına geçtim. Bloğumu açtım ve öfkeli parmaklarımla yazmaya ve içimi dökmeye başladım...

Sonra zaman durdu. Saat akmaya devam ederken öylesine birdenbire zaman duruverdi benim için. Kafamda bir hayat inşa ettim, önce bir sessizlik hayal ettim, ne güzel dedim. Sonra senin konuşmadığın bir sessizlik hayal ettim, inanır mısın bilmem gürültüden duramadım. Susuşunun yarattığı gürültü, tahmin edilebilir seviyede değildi. Dudakların birbirine değiyor, ağzın kapanıyor, hayal etsene sen bir daha benimle konuşmuyorsun... Başın çevrildikçe dudakların aralanıyor, adımların başka hayatlarda, ağzından çıkan her kelime başkasına. Yüzün bana döndükçe dudakların kapanıyor. Sen bana baktıkça susuyorsun, gün geliyor bana bakmıyorsun. Kafamın içinde inşa ettiğim şehri hatırlıyor musun, gözlerinin önünde inşa ettim bu şehri, duymasan da konuşmasan da görüyorsun, değil mi? hem, bir şehri nasıl duyabilirsin ki? Sen bir şehirle nasıl konuşabilirsin? Bak, gözlerin apaçık, ellerin kulaklarında. Gözlerini ne kapatacak? Cevap basit, ama sen göz kapaklarını kullanmıyorsun.

Çünkü görmek istiyorsun. Bakıyorsun, binalar yok, hiç olmadığı kadar. Denizler, gökyüzleri, birden fazla gökyüzü... çok yürüyoruz diye kaldırımlar bol bol, her yerde domates ağaçları, sana döndüğümü hayal ediyorsun, diyorum ki "domatesler ağaçta mı yetişir?" gülüyorsun, dudakların aralanıyor. Ama bu konuşmana yeter mi? aralanan her dudaktan bir sözcük çıkar mı? Çıkmıyor. Konuşmuyorsun. Konuşmazsın da. Sen gidersin, bu şehir yıkılır. Problem değil, bırak bu şehir yıkılsın. Domatesler ağaçlardan düşsün, üstüne basıp geç. Kaldırımlarda taş kalmasın. Denizler buharlaşıp uçsun, yok olsun. Gözyüzleri... bir sürü gökyüzü kayboluversin birden kafamın içinden. Tereddüt mü ettin, ellerin mi titredi, yık bu şehri. Şimdi, tam şu an. Hiçbir şey yapmana bile gerek yok, bir gün bu şehri yıkmak istersen hiçbir şey yapmayarak yapacaksın bunu. Senin susuşların denizleri buharlaştıracak, elini uzatamayışların yıkacak domates ağaçlarını. Bu şehrin yıkılmasını mı istiyorsun? Sessiz olacaksın o zaman, ama eğer sen burada kalmak istiyorsan, burada benimle kalmak istiyorsan kelimelerin olacak. Bir şehir düşün, evlere girmek için anahtara ihtiyacın yok. Sen benim hayatıma da anahtarla girmedin ki zaten. Bir şehir düşün, sen konuşursan bütün kapılar açılacak. Bir şehir düşün, işte orası bizim şehrimiz.

O an tek ama tek bir bildiğim vardı. İsteseydi bana bir şekilde ulaşıp bu durumu açıklayabilirdi... Eğer isterse bunu yapacaktı da... Bilgisayarımı sinirle kapatıp yatağıma geçtim. Ateşimin bir kez daha çıktığına adım gibi emindim. Gözlerim endişeyle pencereme çevrildiğinde bir dilek diledim. Tam şimdi, tam şu an... Dileğim çok basitti. Yatağıma yattığım her an "Oh be..." demeyi diledim o an sadece. Tek isteğim buydu. Tek isteğim tertemiz bir nefesti. Belki de bir insanın dilemesi gereken en doğru dilek buydu. Bir insanın etmesi gereken en güzel dua buydu. Evrenden nefes dileyecek duruma getirmişti hayat beni, ama bir gün bu nefesi alacaktım. Biliyordum...

(Ertesi Gün)
(Saat 19.25)

Konuşmamızın üzerinden neredeyse yirmi dört saat geçmiş olmak üzereydi. Beni arama saatinin gelmesine neredeyse iki saat kalmıştı ve bana hala hiçbir şekilde yazılı olarak bir açıklama yapmamıştı. Odamın içinde çaresizce dolaşıyor ve kendi kendime kafayı yiyordum. Aklımda bunca zamanın birikmişliğiyle ortaya çıkan birçok düşünce vardı. Hiçbiri bana Ege'yi kötüleyen düşünceler değildi, ama yerimde kim olursa olsun bu telefon konuşmasından sonra bu hale gelirdi. Saat 19.26'yı gösterdiğinde çalmaya başlayan telefonumun sesiyle içimde hissettiğim garip heyecanla telefonumun başına geçtim.

"Of... Ne alaka ya?" diyerek söylendiğim sırada ekranda "Kuzey kişisi arıyor..." yazıyordu. Evet evet, Merve'nin kuzeni olan Kuzey! Açmasam ayıp olacaktı şimdi... İstemeye istemeye telefonu açıp kulağıma koyduğumda Kuzey oldukça pozitif bir sesle konuşmaya başladı.

"İzmir merhaba!"

"Merhaba..." dedim yapmacık bir pozitiflikle.

"Nasılsın?"

"İyiyim, sen nasılsın?" Hiç iyi değilim hâlbuki...

"Ben de iyiyim. Şey diyecektim sana, yarım saat sonra sizin evin iki sokak kadar ötesinde bir pub'ta *Yüzyüzeyken Konuşuruz* konseri var. Arkadaşımla bilet almıştık ama beni az önce ekti! Ben geldim ama o gelemiyor... Yani elimde fazladan bir bilet var. Gelmek ister misin?"

"Aaa, öyle mi?" dedim bir bahane düşünürken zaman kazanmak için. Fakat o an garip bir şekilde iç sesim bana hiçbir bahane sunmamaya karar vermiş gibiydi. Sanki içimdeki her bir hücre bu konsere gitmemi destekliyor ve bana bunun için hiçbir bahane sunmuyorlardı. Belki de bütün hücrelerim haklıydı... Belki de gitmeliydim. Neden olmasın?

"Olur!" deyiverdim bir anda. Sanki Ege'ye olan kızgınlığım beni buna itiyormuş gibi hissetsem de yaptığım yanlış değildi. Sadece bir konsere gitmek ve müzik dinlemek ne kadar yanlış olabilirdi ki?

"Cidden gelecek misin?" diye sordu Kuzey sevinçle.

"Evet, neden olmasın?"

"İnanır mısın ciddi ciddi gelmeyeceğine emin olarak aramıştım. Sadece bir şansımı deneyeyim dedim... O zaman seni bekliyorum. Unutma, konser yarım saate başlıyor. İstersen seni almaya gelebilirim?"

"Yok... Gerek yok. Benim peşimden ayrılmayan korumalarım var, biliyorsun..." dedim gülmeye çalışarak.

"Bilmez miyim!"

"Tamam o zaman, görüşürüz..."

"Görüşürüz İzmir. Ben sana tam adresi mesajla atacağım. Yönünü Kuzey'e çevir, her türlü bulursun."

Telefonu kapatıp birkaç saniyeliğine yaşadığım ruhsal çöküntüyü üzerimden atmaya çalıştım. Kuzey'in son cümlesi kafamın içinde tekrarlanıyordu. Ve o cümle tekrarlandıkça kendimi Ege'yi aldatıyor gibi hissediyordum...

"Yönünü Kuzey'e çevir..."

Derin bir iç çekerek üzerime salaş siyah bir elbise geçirdim. Kumral saçlarımı tepeden toplayıp bir de kot ceketimi giydikten sonra konser ortamında kötü hissetmemek için yüzüme hafif bir makyaj yaptım ve çantamı alıp son kez telefonuma bakarak odamdan çıktım. Annem ve babam her zamanki gibi televizyon izliyorlardı. Annem beni bu halde görünce içtiği çayın genzine kaçmasıyla öksürmeye başladı.

"Kızım bu ne hal böyle, nereye?" Annem öyle bir tepki vermişti ki sanırsınız salona jartiyerle girdim. Zavallı babam da ne olduğunu anlamaya çalışır gibi bakıyor.

"Konsere gidiyorum anne. Bir arkadaşımla... Merak etmeyin, iki saate dönerim. Korumaları da benimle yollayabilirsiniz, sorun değil. Ama kapıda beklemeleri lazım..."

"Kızım nereden çıktı şimdi bu konser durup dururken?" Sıkıntıyla bir nefes alıp gözlerimi devirdim.

"Bir arkadaşımın fazladan bileti varmış. Son dakika belli oldu... Merak etmeyin, alt tarafı bir konser!" Gülümseyerek onları rahatlatmaya çalıştığım sırada babam araya girdi.

"Tamam kızım, sen annene bakma... Git müziğini dinle gel. Korumalar kapıda bekler."

"Tamam o zaman, çıkıyorum ben! Öptüm sizi. İki saate gelirim..."

Evden çıktıktan sonra peşimden gelen iki korumayla iki sokak ötemdeki konser alanına doğru ilerlerken telefonumu belki yirmi kez kontrol ettim. Saat 19.58'di. Ege'den hiçbir mesaj yoktu. Artık arama saatimizde beni arayacağından bile emin değildim... Acımı, korkumu ve üzüntümü kalbimin ardına saklamaya çalışarak pub'ın bahçesine girdiğimde gözlerim Kuzey'i arıyordu. Gözlerimiz aynı anda birbirine değdi ve gülerek birbirimize doğru yürümeye başladık.

"Selam!" diye mırıldandım enerjik olmaya çalışarak. Ya da şöyle söyleyeyim, ÜZÜNTÜDEN ÖLÜYOR OLDUĞUMU BELLİ ETMEMEYE ÇALIŞARAK!

"Selam, hoş geldin! Hadi, konser başlıyor. Oyalanmadan girelim!"

"Ta-mam!" dedim ellerimi havaya kaldırarak. Kuzey kapıdaki görevlilere biletlerimizi verir vermez içeri girdik. Beni masalardan birinin başında bırakarak bara yöneldi.

"Birer kokteyl alıyorum, içersin, değil mi?" diye sordu. Cevabımı bile dinlemeden sipariş verirken emrivakilerden ne kadar da hoşlanmadığımı düşünmeye başladım. Gözüm telefonumda, kulağım sahnede derken Kuzey kokteyllerle yanıma döndüğü sırada grup da sahnede yerini almıştı. Herkes çığlık çığlığa grubu alkışlarken kendimi ortama kaptırmaya karar verdim. Tabii ki çığlık atarak yapmayacaktım bunu... Ama en azından müzik dinleyebilirim, değil mi?

"Bak bu benim en sevdiğim şarkıları!" diye mırıldandı Kuzey.

"Neydi bu şarkının adı?" diye sordum gözlerimi kısarak.

"Sandal..." Birlikte şarkılarını dinlediğimiz sırada bir yandan da tüm bu kalabalığın gürültüsünün arasında Kuzey'in ısrarla benimle konuşmak için kurduğu cümleleri duymak için canla başla bir mücadele vermeye çalışıyordum. Kan ter içinde kalmıştım onu duyacağım diye.

"Arkadaki ışıklar çok lüksel değil mi!" dediğinde kaşlarımı çattım.

"Lüksel mi? O ne demek?"

"Güzel diyorum, güzel!" Kuzey gülerek yüzüme bakarken yanaklarımın kızardığını hissettim. Başımı sallayarak sahneye doğru döndüm. Gerçekten bu gürültünün ortasında benimle konuşmaya çalışıyor olması benim anlamıyor olmamdan daha utanç verici sayılmalıydı.

"Senin güliver site durumun ne oldu?"

"Güliver site mi? NE?" Kuzey kahkahalarla yüzüme bakarken önümdeki kokteyli kafama dikmemek için kendimi zor tutuyordum.

"Üniversite diyorum!" dedi bağırarak. Duymuyorum işte seni, anlasana!

"Haa, o durum mu? Üniversiteyi dondurdum."

"Neyi döndürdün?"

"Dondurdum! Dondurmak!" Allah'ım! Çıldırmak üzereydim.

"Anladım!" Nihayet bu şekilde anlaşamayacağımızı anlayıp konseri dinlemeye başlayan Kuzey'den fırsat bilip telefonumu bir kez daha kontrol ettiğimde dakikalar bir bir akıyordu. Şarkılar bir bir geçiyor, oysa telefonumun bildirimleri hiçbir anlam ifade etmiyordy... Grup bilmem kaçıncı şarkısını söylerken üçüncü kokteylimi içiyordum. Şarkıları sayamamıştım belki, ama içtiğim kokteyl sayısı net bir şekilde aklımdaydı.

Tut elimi, buradan gidelim... diyordu şimdi sahnede Kaan Boşnak.

Olmaz demeden, dinle beni bir... diye devam ediyordu şarkıya ve ekliyordu,

Rüzgârım söndü. Dindi ateşim. Ah bebeğim ben hala deliyim... Sen yokken ne gece ne de gündüz, ne ay var ne tek bir yıldız. Her yer karanlık ve ıssız. Göremiyorum...

İçtikçe başımın dönmeye başladığını hissediyor, gözlerimi telefonumun saatinden ayıramıyordum. Ama saat 21.03'e geldiğinde pub'ın arkasındaki kalabalık masalardan birinde oturmuş başımı masaya koymuş ve kapalı gözlerimle sadece müziği dinler bir hale gelmiştim. Bilincim tamamen bulunduğum ortama kapanmıştı, hayatımın gerçekliğinden uzaklaşmış ve sadece masanın soğuk zemininin yüzümde bıraktığı o serin hisse odaklanmıştım. Başım masada uyuyakaldığıma emindim, ama uyandığımda kendimi korumalarımızdan birinin kucağında bulmam ve beni evimizin merdivenlerinden çıkarıyor olduğunu bilmem beni uyandırmaya yetmiyordu işte.

"Ah işte ben dedim sana gitmesin diye bak sarhoş etmişler kızımızı!" Annem babama öfkeyle söylenirken tek bildiğim korumanın kucağından babamın kucağına, oradan da yatağıma bırakılışımdı. Dudaklarımın arasından sadece bir cümle çıktı o an,

"Anne... s-saat... saat kaç?" Annem önce şaşkınlıkla babama baksa da anlam veremeyerek cevap verdi,

"22.45..."

Oysa benim kıpırdayabilecek bir halim bile yoktu. Ne telefonumu sorabilirdim, ne kalkıp telefonuma bakabilirdim. Şu an bünyemin bana sunduğu tek seçenek uyumaktı. Ve o seçeneği kabul etmekten başka şansım yoktu...

"Hadi hanım, bırak kız uyusun..."

Gecenin bir yarısı gözlerimi araladığımda gözlerim duvardaki saate kaydı. Saat gecenin 4'üydü... Baş dönmem ve mide bulantım geçmiş, kendimi daha iyi hisseder hale gelmiştim. Yatak başı komidinimde duran bir şişe sudan bir yudum aldıktan sonra telefonumun da orada durduğunu fark ettim. Telefonumu elime korkuyla almamla şarjının bittiğini görmem bir oldu. Kendimi çok yormadan yavaş yavaş telefonumu şarja taktım ve taktığım anda açma tuşuna bastım. Telefonum açıldığı anda ekranda beliren "68 Cevapsız Arama" yazısıyla endişem kat ve kat arttı. Telefonumu açar açmaz ben daha cevapsız çağrıları inceleyemeden telefonum bir kez daha çalmaya başladı!

"Özel Numara Arıyor!" yazısını gördüğüm anda korkuyla yutkundum. Sonra sesime çeki düzen verip telefonu açtım.

"Alo..." diye mırıldandım ve konuşmaya başladım, "Biliyorum, bu kadar saat beni merak etmişsindir ama b-" derken bir anda beni şoka sokan o sesi duydum.

"Kimdi o?" Ege'nin öfke dolu, acı dolu, hınç dolu aylardır duymadığım o güzel sesi kulaklarımı dolduruyordu tam şu an. O kadar büyük bir şoktaydım ki şoktan oturamamış ayağa kalkmıştı.

"S-sen... konuşuyorsun?"

"Çok fazla konuşma şansım yok. Senden sadece ama sadece tek bir cevap istiyorum. Kimdi o!?" O kadar acı içinde o kadar öfkeliydi ki onu ilk kez böyle duyuyordum. Sesi titriyordu!

"Kim kimdi? Hiçbir şey anlamıyorum!"

"Seni aradığımda telefonunu açan o orospu çocuğu kimdi! Bana sarhoş ağzıyla aradığınız kişi duşta esprisini yapan o-" derken şok içinde sözünü kestim.

"Ne!"

"Sadece tek bir cevap istiyorum, tek bir cevap!"

"B-ben... Yemin ederim ki yanlış hiçbir şey yapmadım! Neden bahsettiğini anlamıyorum!"

"Bunu biliyorum zaten! Ben sadece o orospu çocuğunun ismini istiyorum!" Ege'yle konuşuyor olmak ve onun ismini kullanamıyor olmak, onun da benim ismimi kullanamıyor olması başlı başına bir acı sebebiyken bu öğrendiğim şeyin şokunu nasıl atlatıp da ona nasıl bir açıklama yapacağımı bilmiyordum.

"Bak..." diye mırıldandım, "Bu gece yanlış hiçbir şey olmadı tamam mı! Anladın mı?"

"Sadece isim istiyorum!"

"İsim filan yok. Bir arkadaşımla konsere gittim, ikimiz de sarhoş olduk. Muhtemelen telefonum çalınca alkolün etkisiyle açıp böyle bir şey söyledi. Sen olduğunu bilmeden, saçmalamış... Olay bu. Anladın mı? Daha fazlası değil... Kimse akşamın bir vakti evime "BONJOOUR!" diyerek anahtarıyla girmedi en azından. Neyin ne olduğunu biliyorum..."

Sessizlik...

Lanet olası aptal bir sessizlik...

"Susarsın tabii..." diye mırıldandım gözyaşlarımın arasından. Sinirlerim artık bu olanları kaldırabilecek halde değildi.

"Ben..." dedi çaresizce ama devamını getiremedi.

"Sen ne? Ne!"

"Sana açıklayamayacağım bir konu bu... Ama sana yemin ederim ben de yanlış bir şey yapmadım, yapmıyorum... Daha fazla konuşamam, sadece bunu bil. Olur mu?"

Harap olmuş bir haldeydim. Mahvolmuş bir haldeydim. Var olmayan bir amacın peşinden koşuyor gibiydim, bir hayaletin peşine takılmış gibiydim.

"Yapamıyorum..." dedim gözyaşlarımın arasından hıçkıra hıçkıra, "Olmuyor... Dayanamıyorum buna..." Alkolün vücudumda halen dolaşmakta olan etkisi beni söylemek istemediğim şeyleri söylemeye zorluyordu, tüm zayıflıklarımı ortaya çıkarıyordu.

"Acı çekiyorum anlıyor musun?" diyordum ağzımı yaya yaya, hıçkıra hıçkıra ağlıyordum. Bunları söylediğime yarın çok pişman olacaktım, biliyordum. Ama engel olamıyordum.

"Göremiyorum seni, duyamıyorum, dokunamıyorum, koklayamıyorum! Ya ben artık senin hayalini bile kuramıyorum, bu nasıl bir haksızlık! Telefonunda başka bir kadının sesini duyuyorum ve onun kim olduğunu bile öğrenemiyorum, bu ne Allah aşkına bu ne! Bu nasıl bir işkence? Dayanamıyorum artık anlıyor musun!"

Susmalıydım, susmalıydım, susmalıydım... Ama saf içgüdülerimi durduramıyordum. Aptal alkolün bende yarattığı etkiyi durduramıyordum.

"Biliyorum..." diye mırıldandı Ege acı içinde bir sesle, "Ama korkma... Bir daha seni aramayacağım. Bir daha benim ismimi dahi duymayacaksın. Özgürsün. En az adını aldığın şehir kadar özgürsün... Ama bil ki, benim bunca zamandır yaptığım tek şey seni sevmekti, bundan sonra da öyle olacak."

Dıt... dıt... dıt...

Telefon yüzüme kapanırken tüm aptallığımla olduğum yerde şok içinde kalakaldım. Dizlerimin üzerine çökmüş elimden düşen telefonumla ne yapacağımı bilemez bir halde etrafıma bakıyordum. Bitmiş miydi? Artık Ege yok muydu? Eğer onu tanıyorsam bu sefer gerçekten de bitmişti... Bu sefer gerçekten de her şeyin sonundaydık...

“

Şövalye ve küçük kız kavuştuklarından beri bir kez bile konuşmamışlar. Küçük kız konuşmaya çekiniyor, sadece uzaktan uzaktan şövalyesini izliyormuş. Babası yolun yorgunluğunu atmak için uyuduğunda dışarıda şakır şakır bir yağmur başlamış. Küçük kız bir anda heyecanla dışarı fırlamış. Şövalye de peşinden... "Dur!" demiş, "Islanacaksın!" Küçük kız ise dinlememiş. Yağmurun altında koşuşturmuş, sırılsıklam olmuş. "Üşüdüm!" diye sızlanmış hemen sonra, şövalyenin kucağına koşmuş. Şövalye küçük kıza sıkı sıkı sarılmış. Yağmurda ıslanan iki küçük kedinin sıcak bir yuva bulmaları gibiymiş sarılmaları, öyle sıcak, öyle derin...

”

Yıldızlarla dolu olabilir mi
hala beraber bakmadığımız bir gökyüzü?

12. Bölüm:
İki Küçük Kedi.

“ *Kaybetmişiz ve bu kazanmanın ilk adımıymış.* ”

(Bir Yıl ve İki Ay Sonra)
(Eylül Ayı, İzmir)

“Ve sonra... Birileri olmuş âşık ve biz doğmuşuz...” Salonda kocaman bir sessizlik, içimde garip bir tereddüt hissi, şaşkın gözler ve kopan alkış tufanı... Yüzümde gururlu bir gülümseme, rahat bir iç çekiş. Gözlerim annemin, babamın, Merve'nin, Koray'ın ve Kuzey'in gözlerinde. Gözlerim bir şeyler arıyor, gözlerim birilerini arıyor... Hayır, yanılıyorum. Gözlerim maalesef ki birilerini değil birini arıyor... Gözlerim o birini bulamıyor. Bir yıl iki aydır olduğu gibi ne kulaklarım ne gözlerim evrenin hiçbir noktasında ona dair hiçbir şey bulamıyor. Hem de hiçbir şey... Salon susuyor ve ben konuşmaya devam ediyorum. Ne oluyor anlamaya çalıştığınızı biliyorum. Ne oluyor, biliyor musunuz? İzmir'in cümleleri her yere yayılıyor... Salon salon insana, şehir şehir insana yayılıyor... Ne oluyor biliyor musunuz? O küçücük karanlık odasında yıllarca yazmış İzmir'in cümlelerini artık binlerce insan duyuyor.

“Doğmuşuz da ne olmuş? Var oluştan bir yok oluş doğmuş sanki...” diyorum ve sahnenin arkasında önce turuncu ışıklar yanıyor.

"Ateşten önce kül, sonra duman doğmuş," diyorum ve arkadaki ekranda dünyanın en gerçekçi ateş efekti yanmaya başlıyor.

"Sudan önce buhar gelmiş dünyaya. Sanki önce ölüm var olmuş sonra yaşamak. Hepimiz önce ölerek başlamışız yaşamaya." Arkamda kuş ve yağmur sesleri birbirine karışıyor. İnsanlar heyecanla beni dinliyor.

"Kaybetmişiz ve bu kazanmanın ilk adımıymış. İşte bu, iki kişinin birbirini kaybederek başladığı o aşkın hikâyesi... Hepinize iyi seyirler dileriz..."

Büyük bir alkış tufanı daha koptu o an. Gözlerimi seyircilerin üzerinde gezdirdim. Bugün bu salonda tam dört yüz yetmiş beş seyirci vardı. Ve bu bizim bu oyunu on beşinci kez sergileyişimizdi... Evet, ben artık bir tiyatro yazarı sayılırdım. Ege'yle konuşmadığım tüm bu süreçte ilk birkaç ayımı depresyonda geçirmemin üzerine içimde biriken kelimeleri sadece yazarak ve insanlara haykırarak atmam gerektiğini biliyordum. Aylarca bir kursa gittim ve sadece yazdım. Daha fazla ve daha fazla... Sürekli yazdım.

"Yine muhteşemdin! Yine!" Merve oyunu bırakıp kuliste yanımda zıplarken diğerleri oyunu izlemeye dalmıştı. Halsiz bir halde Merve'ye gülümsedim.

"Teşekkür ederim... Sanki repliklerde biraz oynama yapmam gerekiyor gibi hissediyorum ama..."

"Saçmalama, hepsi harika! Özellikle şu ilk replik... 'Birileri olmuş âşık ve biz doğmuşuz!' Muhteşem!" Her oyun sonrası içimde bir hüzün oluyordu, her oyun sonrası içimde aynı eksiklik hissi oluşuyordu ve ben bu hisse kapılıp ruhumun içime çöktüğünü hissediyordum adeta...

"Yine neyin var senin? Yine mi Ege var aklında?"

"Lütfen ismini kullanma..." Gözlerimi kapatarak kulisin duvarına yaslandığımda Merve koluma dokundu.

"Yaşandı ve bitti İzmir... Çok zaman geçti... Unut artık."

"Deniyorum! Görüyorsun..." Merve derin bir iç çekerek çaresizce yüzüme baktı.

"Koray'la biz de ona ulaşmak için çok çabaladık... Hiçbir yerde izi yok. Hiçbir yerde... Sen de biliyorsun. Onu görmeyeli neredeyse iki yıl olacak..."

"Biliyorum. İzmir ve Ege diye bir şey kalmadı artık..." dedim titreyen dudaklarımla.

"Şunu kendine yapma! Olayı acıklı acıklı anlatma! Bir ilişkiydi, yaşandı ve bitti. Çoğu ilişki gibi!"

"Basit bir ilişki değildi, sen de biliyorsun. Biz birbirimizi çok sevdik..." Sol gözümden akan bir damla yaşı hızlıca silip ağladığımı gizlemeye çalıştığım sırada dışarıdan duyduğum alkış sesleriyle derin bir nefes aldım. Güçlü olmak zorundaydım.

"Biliyorum canım benim... Unutmanın çok zor olduğunun da farkındayım. Ama bir arkadaş olarak da bunu söylemek zorundayım, neredeyse iki yıl oldu ve artık unutmak zorundasın. Bitirmezsen hayatına devam edemezsin." Merve'nin konuşması esnasında kapının açıldığını duymamızla susmamız bir oldu. Burnumu çekerek kapıya baktığımda Kuzey'in kulise elinde bir saksı orkideyle girdiğini gördüm. Merve gülerek ayağa kalktı.

"Benim çok çişim geldi! Acilen tuvalete gitmem lazım!" diyerek odadan çıkarken kaşlarımı çatarak Kuzey'e döndüm. Bir yıldır en çok yanımda olan insanlardan biri Kuzey'di... Bu oyunu yazmama çok yardımcı olmuş, zor günlerimi atlatmam için hep yanımda olmaya çalışmıştı. Ama içimde bir yerde ona dair bir kızgınlık hissine sahiptim. Sanki her şeyin suçlusu oymuş gibi... Sanki o gece o telefonu açmasaydı böyle olmayacakmış gibi, biz hiç ayrı düşmeyecektik gibi...

"Senin kadar güzel değiller ama..." diyerek bir saksı orkideyi elime tutuşturdu Kuzey. Gülümsemeye çalıştım.

"Teşekkürler..." diye mırıldandım. Ortamda garip bir sessizlik oluştu. Kuzey eliyle çiçekleri gösterdi.

"Saksıda çiçek getirmek istedim. Onların yaşamalarını istersin diye düşündüm..." Çiçeklere bakarak içten bir gülümseme canlandırdım yüzümde. Onları kokladım ve birkaç saniyeliğine gözlerimi kapattım.

"Gerçekten teşekkür ederim, iyi düşünmüşsün..." Tam o an gözlerim çiçeklerin üzerindeki not kâğıdına kaydı. Kâğıdı elime almadan çaktırmadan okudum.

"Yönünü Kuzey'e çevir... Sevgiler. -Kuzey"

Yutkunarak çiçekleri masaya bıraktım ve başımla dışarıyı gösterdim.

"Oyuna tepkiler nasıl? Beğenmiş gibiler mi?" diye sordum.

"Beğenmiş gibi değiller..." deyince korkuyla kaşlarımı çattım. Kuzey bir anda gülmeye başladı.

"Bayılmış gibiler!" Ona mutlulukta gülümsediğimde bana gurur dolu bir ifadeyle baktı. Yanıma yaklaşarak ellerini iki koluma koydu ve konuşmaya başladı.

"Biliyor musun? Seni bir buçuk yıla yakın zamandır tanıyorum ve bu noktaya geldiğini görmek beni o kadar mutlu ediyor ki anlatamam... Sanırım seninle gurur duyuyorum."

"Teşekkür ederim..." diye mırıldandım bir kez daha. Bu cümleleri duymak istediğim insan Ege'ydi, oysa duyduğum insan Kuzey'di. O yüzden bunları duyuyor olmak, benimle gurur duyan birinin olması beni mutlu edemiyordu. Bir yıl ve iki ay geçmişti, evet... Çok şey değişmişti ama değişmeyen tek bir şey vardı. Ben çok mutsuzdum. O kadar mutsuzdum ki size anlatmakla bitiremeyeceğim kadar mutsuzdum. Tahmin bile edemeyeceğiniz kadar mutsuzdum. Dünyanın tüm mutsuzluk rezervlerini karşılayacak kadar, dünyadaki tüm mutsuzluk ihtiyacını üstlenecek kadar, milyarlarca insanın artık mutsuz olmasına gerek olmayacak kadar mutsuzdum.

Mutsuzluk kraliçesiydim!

Mutsuzluk birincisi!

Mutsuzluk şampiyonu!

Mutsuzluk ülkesinin kurucusu filandım... Anladınız mı?

"Çiçekleri odana koy... Ama bol bol güneş ışığı almalarını sağla. Hep odam çok karanlık diyorsun, perdeleri açmanın vakti gelmedi mi? En azından çiçeğin için..." Kuzey'in kurduğu bir cümle ilk kez kalbime dokundu o an. Ona ilk kez içten bir şekilde gülümsedim. Başımı salladım ve çiçeğimi kucağıma aldım.

"Onun için perdelerimi açacağım artık..."

"Söz mü?" Bu cümleyi duyar duymaz ise ani bir duygu değişimiyle hüzünle geçmiş günlere daldım. Ege'nin bana verdiği yüzlerce söz geldi aklıma, Paris sokaklarında el ele yürüyüşlerimiz, cam kenarında benimle birlikte hüzünle dışarıyı izleyişleri, benimle birlikte üzülüşleri, ailem oluşu, her şeyim oluşu...

"Söz..." diye mırıldandım hüzünle. Oysa ben artık sözlere inanmıyordum...

Saatler sonra oyundan çıkmış ve annemlerle eve dönmüştüm. Odamda üzerimi değiştirdikten sonra çiçeğimi camın hemen önüne koymuştum. Saat 8'e geliyordu. Annem içeride bir misafir için yemek hazırlığı yapmakla babam ise gelecek bu misafir için oldukça heyecanlı olduğundan meyve ve tatlı almak için dışarıdaydı. Ben? Ben evde yokmuşum gibi davranmak üzere pijamalarımı giymiş mutfakta kahve stoğu yapıyordum.

"Yine mi evde yokmuş gibi davranacaksın kızım? Ne olacak sanki misafirimiz senin evde olduğunu bilse, yapma Allah aşkına!"

"Haklısın anne, benim evde olduğumu bilse ne olacak? O yüzden bilmesin daha iyi."

"Aferin İzmir... Kapat kendini odana..."

"Anne gelen kişiyi tanımıyorum bile! Neden sizinle oturayım, yapma lütfen!" Annem bir yandan yaprak sarmalarını borcama yerleştirirken bir yandan gözlerini devirdi.

"Babanın o çocuğu ne kadar sevdiğini biliyorsun..."

"O çocuk mu? O kim?"

"Yahu bizim üç hafta önce derneğe aldığımız yeni oğlan işte... Baban her akşam bahsediyor diye şikayet ediyordun ya. Yemeğe çağırmış. Sen de bir tanışırdın, arkadaş olurdunuz. Çok düzgün çocuk..." Kaşlarımı çatarak annemin yüzüne baktım.

"Ne bu şimdi?" diye sordum, "Bana görücü mü geliyor? Doğru söyle anne." Annem keyifle büyük bir kahkaha attı.

"Kızım her kim gelirse evde yokmuş gibi odanda gizleniyorsun kim görücü gelir sana! Seni öldü biliyorlar!"

"Başınız sağ olsun anne. Ben odama gidiyorum, size afiyet olsun..."

Mutfaktan annemin kahkahalarıyla çıkarken bir elimde meyve tabağım bir elimde kahvem vardı. Odama girip odamın kapısını ayağımla kapattım ve bilgisayarımın başına oturdum. Ve bu koskoca bir yıl iki ayda değişmeyen şeylerden biri daha şuydu: Hala bloğuma yazı yazıyordum, evet. Bloğumun sayfasını açıp arkama yaslandım. Kahvemden bir yudum aldım, rahatlatıcı bir müzik açarak kulaklığımı taktım ve başkalarının bloglarında gezinmeye başladım. Birkaç yazı okudum, birkaç fotoğrafa baktım, birkaç erik yedim. Arkama yaslandım ve her gün yaptığım gibi telefonumu elime alıp Ege'nin fotoğraflarına bir kez daha baktım... Elimi fotoğrafların üzerinde gezdirdim. Onun o güzel saçlarının üzerinde, sakallarının üzerinde, dudaklarının üzerinde. Acaba saçları şimdi ne kadar uzundu? Sakallarını sürekli kesiyor muydu? Parfümünü değiştirmiş miydi? Öfkeyle telefonu masaya bıraktım ve her gün olduğu gibi bugün de bloğuma yazmaya başladım. Bugün her günden farklı olarak bir şiir yazmayı denedim...

"Ama şimdi bütün sevilecek insanlar,
hepiniz,
bir şehir hariç bütün şehirlerdesiniz.
Oralar sizli, şuralar sizli,
buralar sessiz, çünkü sissiz.
Burası dediğimiz yerler farklı,
orası dediğimiz bile,
seksende bir belki,
düşünmeye itiyor insanı bu.
Şu ya da o...
Mesela,
yıldızlarla dolu olabilir mi hâlâ,
beraber bakmadığımız bir gökyüzü?

Derin bir iç çekişle bir kez daha arkama yaslandım. Gözlerim satırlarımın üzerinde dolaşırken içeride ne olduğunu duymayacak kadar yüksek sesli bir müzik kulaklarımı sağır edercesine susturmaya çalışıyordu zihnimi. Dakikalar geçiyordu, parmaklarım masanın üzerinde tık tık tık sesleri çıkararak dolaşıyordu. Birçok şey okudum, birçok şarkı dinledim ve en sonunda gözlerim saate kaydı. Saat tam tamına 21.05'ti... Her akşam ama her akşam bıkmadan usanmadan 21.07'de telefonumun çalmasını bekledim bu bir yıl iki ay boyunca. Her akşam. Her lanet olası akşam bunun için bekledim ve yalvardım... Oysa olmadı. Ne duam değişti ne duamın sonucu değişti.

"Of..." Saat 21.06'yı gösterdiğinde oflayarak kulaklığımı kulağımdan çıkardım. İçeriden gelen çatal bıçak sesleriyle karışık Survivor sesiyle annemlerin hala bir şeyler yiyor olduklarını fark ettim. Buz gibi olmuş kahvemden bir yudum daha aldım. Tam başımı pencereme çevirdiğim ve gökyüzündeki ayla göz göze geldiğim sırada telefonumun çalışıyla gözlerim korkuyla saate kaydı.

"21.07..." diye fısıldadım kendi kendime. Telefonun ekranına bakamayacak kadar korkuyordum. Ama kaybedecek zamanım yoktu. Gözlerimi korkuyla ekrana çevirdim ve ekrandaki yazıyla yüzleştim.

"Özel Numara Arıyor..."

Titreyen ellerimi telefonuma uzatıp ekrana baktım. Ne yapacaktım? Ne yapacaktım! Ne yapmalıydım? Oysa zaten ne yapmam gerektiğini çok ama çok iyi biliyordum... Tek bir seçeneğim vardı. O da telefonu cevaplamak.

"Alo?" Telefonu kulağıma koyduğumda arkadan gelen gürültü sesiyle önce kaşlarımı çattım. Cızırtılı sesleri ayırt edemiyordum.

"Sen misin?" diye sordum tek kulağımı kapatarak. Telaşla kalktım ve telefonumun çekmeme ihtimaline karşı pencereme doğru yürüdüm. Camı açtım ve kafamı dışarı çıkardım.

"Alo?" Karşıdan gelen sesler ben cama çıktığımda yavaş yavaş netleşmeye başladı.

"Siyah takım 4-2 öne geçiyor!" diyordu Acun Ilıcalı kulağımdaki telefonda. Kaşlarımı anlam vermeye çalışarak bir kez daha çattığımda hiçbir şey anlayamıyordum!

"Ne oluyor?" diyebildim sadece ve o an içeriden gelen Survivor sesiyle telefonumdan gelen sesin aynı olduğunu fark etmem çok uzun zamanımı almadı. Bilinçsizce odamın kapısını açtım.

Titreyen bacaklarımla kendimi oturma odasında buldum. Şok içinde odayı taradı gözlerim. Annemle babam meyve yiyerek televizyon izliyordu. İkisinin de bakışları bana döndüğünde annemin cümlesini hem bizzat bulunduğum odadan hem de telefondan duydum.

"Kızım ne oldu? İyi misin?"

"Anne?"

Odanın içindeki her ses ama her ses telefondan geliyordu. Bu neydi? Bu bir şaka mıydı? Ne oluyordu? Kafayı mı yiyordum? Rüya mı görüyordum?

"Ne oldu kızım?" diye sordu babam telaşla.

"M-misafiriniz nerede?"

"Balkona çıktı. Telefonda bir konuşma yapması gerekiyormuş..." Akli dengemi yitirmek üzereydim. Ne olduğunu asla ama asla anlayamıyordum, algılayamıyordum. Bir anda kulağımdaki telefon konuşması sonlandırıldı, telefondan gelen dıt dıt dıt sesleriyle birlikte telefonu elimden indirip titreyen kirpiklerimle telefonuma baktım. Tam o sırada balkonun kapısı açıldı. Başımı zar zor kaldırıp hayatımın en büyük gerçeğiyle yüzleştiğimde yerin ayaklarımın altından kaydığına yemin edebilirdim.

Buradaydı...

Ege... Buradaydı...

"Hah, bak misafirimiz de geldi! Sizi tanıştırayım!" Babam neşeyle ayağa kalkarken onun gözleri bende benim gözlerim ondaydı. Başka hiçbir şey yoktu sanki etrafımızda. Ne annem ne babam ne televizyon ne Acun Ilıcalı ne patlamış mısır kokusu ne meyveler... Hiçbir şey. Bunun nasıl olduğuna hiçbir anlam veremiyordum, kafayı yemek üzereydim! Hiç değişmemişti... Sanki iki yıldır birbirimizi görmüyormuşuz gibi değil de daha dün gitmiş gibiydi. Ve her şeyden öte, BURADA NE İŞİ VARDI? Annemle babamla ne işi vardı? Ne oluyordu?

"Kızım, bak bu sana her gün bahsettiğim bizim dernekten Ömer..." dedi babam Ege'yi bana doğru çekerken.

"Ömer mi?" diye sordum bir anda afallayarak.

"Ömerciğim bu da kızım İzmir..." Ege'nin o güzel gözleri benimle buluştuğumda gözlerindeki hüznü ve yorgunluğu görebiliyordum. Sanki bana anlatmak istediği, konuşmak istediği çok ama çok fazla şey vardı... Sanki yere yığılmak, kucağıma başını yaslamak ve dinlenmek istiyordu. Aynı benim gibi...

"Memnun oldum," dedi bana elini uzatırken. Titreyen elimle elini tuttum. Ellerimiz birbirine değdiğinde içimden bir şeylerin kopup ona geçtiğini hissettim sanki. Hayatımda hiçbir zaman kendimi yere yığılmaya bu kadar yakın hissetmemiştim.

"Ben de memnun oldum..." diye mırıldandım yutkunmaya çalışarak.

"Bu arada baban ve annen bana Ömer diyor ama ismim Ömer Ege... Yaşıtlarım daha çok Ege der..." Başımı salladım, biliyorum demek istedim ona, biliyorum...

"Aaa öyle mi!" dedi babam keyifle, "Ne güzelmiş ismin! Bizim kızın adını andırıyor. Ege'nin incisi..." Acı bir gülümsemeyle baktım babama. Sonra Ege'nin gözlerine kaydı gözlerim. Bağıra çağıra, duvarları yumruklaya yumruklaya ağlamak istiyordum o an.

"İzmir un helvası yer misin kızım?" diye sordu annem tüm bu anın atmosferini bozarak. Başımı salladım.

"Yerim. Biri mi öldü?"

Sesim tekdüze, söylediğim espriden uzaktı. Biri ölmüştü, o da bendim. Ege karşımda duruyordu ve birbirimize sarılamıyorduk. Hiçbir şey söyleyemiyorduk. Konuşamıyorduk. İki yabancı gibi el sıkışmış ve tanışmıştık. Onun neden burada olduğunu, ne zaman geldiğini bile öğrenemiyordum. Ona ne demem gerektiğini, ne yapmam gerektiğini bilmiyordum. Karşımdaki benim Ege'm miydi hala, birbirimizi affedebilir miydik tahmin edemiyordum...

"Tövbe estağfurullah..." diyerek kalktı ve bana bir tabak un helvası koydu annem. Bir ruh gibi annemin yanına oturup gözlerimi Ege'nin gözlerine diktiğimde fark ettim ki o bana hayranlıkla bakıyordu.

"Hanım sana güzel bir haberim var," diye söze girdi babam. Ege gülümseyerek babama döndü.

"Ömer'e ev buldum..."

"Aaa ciddi misin! Neresi!" Babam kaşlarıyla tavanı gösterdiğinde anlam veremeyerek başımı kaldırdım ve tavana baktım.

"Ne?" dedi annem, "Ne demek bu?"

"Yahu bizim üst kat işte! Senin gıcık ev sahibini ikna edene kadar canım çıktı... Bekara ev vermem de vermem diye tutturdu. Sonunda ikna oldu ama..."

"İnanmıyorum!" dedi annem kahkahalarla, "Çok sevindim Ömer. Komşu mu oluyoruz yani!"

"Öyle oluyoruz..." Ben yaşadığım şeyin gerçek değil rüya olduğunu kesin bir şekilde düşünmeye başlamışken anlam veremez gözlerle Ege'nin yüzüne bakıyordum. O ise gözlerini benden kaçırıyor daha çok babamla bakışıyordu. Bu bir şaka mıydı? İki yıldır görmediğim Ege bir anda evime geliyor ve bana üst kat komşusu mu oluyordu? Hiçbir açıklama yapmadan, beni iki yıl boyunca onsuz bıraktıktan sonra! Bir anda öfkeyle ayağa kalktım ve kapıya doğru yöneldim.

"Kızım nereye!" Annem arkamdan seslenirken öfkeyle durdum ve onlara doğru döndüm. Ege bana korkuyla bakıyordu. Titrek bir nefes aldım.

"Ben... tiyatro oyununda bazı değişiklikler yapmam gerekiyor. Senaryonun yarına yetişmesi gerekiyormuş. İzninizle onu bitireceğim."

"Ha, öyle mi?" diye sordu annem, "Tamam yavrum. Ömerle de daha sonra bol bol konuşursunuz zaten. Sana katkısı olabilecek bir çocuk Ömer. Uzun süre Fransa'da kalmış."

"Öyle mi?" diye sordum tekdüze bir sesle. Annem başını salladı.

"Anlatır sana..." dedi gülerek. Acı bir gülümsemeyle başımı salladım.

"Tabii... İyi geceler size."

Titrek adımlarla kaçar gibi odama girdim. Kapıyı kapattım ve odamın içinde bir ileri bir geri dolaşmaya başladım. Deliriyor muydum? Bu gördüğüm şey bir hayal miydi? Ege gerçekten içeride oturuyor olabilir miydi! Eğer öyleyse... ben ne yapmalıydım? Ne yapmalıydım! Ona çok mu soğuk davranmıştım? Haksız mıydım? Üzülmüş olabilir miydi?

"Allah kahretsin!" diyerek penceremin önünde buldum kendimi. Alt dudağımı ısırarak camdan dışarıyı izlerken bir anda odamın kapısı açıldı ve daha ben arkamı dönemeden hızla kapandı. Korkuyla arkamı döndüğümde ise karşımda duran Ege'yi gördüm. Odama girmiş, kapımı kapatmış ve bana bakıyordu...

"Korkma..." diye fısıldadı, "Tuvalette olduğumu sanıyorlar..." Dolmuş gözlerle gözlerine baktım. Tir tir titriyordum. Söylemek istediğim çok ama çok fazla şey vardı. Ne söyleyeceğimi ise inanın bilmiyordum.

"Burada ne işin var?" deyiverdim sadece güçsüz bir sesle. Bana doğru bir adım attı. O yaklaştıkça ben geri gittim, o yaklaştıkça ben geriye doğru bir adım daha attım ve en sonunda kendimi duvarda buldum. Titriyordum. Neredeyse kendimden geçmek üzereydim. Ellerini kaldırdı ve kollarıma dokunmak istercesine bana doğru uzattı. Ama sanki bunu yapmaya çekiniyordu.

"Sakin ol... Sakin ol İzmir..." dedi korku içinde titreyen sesiyle. O kadar kötü bir haldeydim ki karşımda ne yapacağını bilemiyordu.

"Sana her şeyi anlatacağım. Ama şimdi sadece sana bir kere sarılmama izin ver. Yalvarıyorum sana..."

Başımın döndüğünü hissediyordum. Gözlerimden bir anda akmaya başlayan yaşlar ve ağzımdan bir anda çıkan iç çekişlerle kendimi Ege'nin kollarında buldum. Tir tir titriyorduk. Evet, beraber titriyorduk. **Yağmurda ıslanmış iki küçük kedinin sıcak bir yuva buluşu gibiydi sarılmamız.** O bana sarıldı ve ben ısındım. Ben ona sarıldım ve o ısındı. O bana sarıldı ve ne olursa olsun her şeyi unutup bu soğuktan kurtuldum, anlıyor musunuz? O bana sarıldı ve her şey birkaç saniyeliğine son buldu. Anlıyor musunuz? Biz sarıldık ve güneş açtı. Hâlbuki saat akşamın 10'u. Umarım anlıyorsunuzdur...

"Neden?" gibi bir fısıltı çıktı dudaklarımın arasından, "Neden?" diyordu sesim hüngür hüngür ağlarken.

"Hiçbir şey sorma, ne olur... Her şeyi konuşacağız. Ama şimdi değil, yalvarırım..."

Sadece birkaç dakika orada öylece sarıldık ve dinginleşmeyi bekledik birbirimizin kolları arasında. Dudakları saçlarımı buldu önce, sonra boynumu. Beş bin yıldır birbirimizi görmemişçesine sarıldık, öptük birbirimizi... Ona hala çok kızgındım. Ama kızgınlığım birkaç dakika boyunca ona sarılmama engel olamayacak kadar zayıftı. Birkaç dakika sonra ona kızgın olmaya devam edebilirdim ama şimdi değil. Her öfkenin bir molaya ihtiyacı vardır. Bu da bizim molamızdı işte... Ege annem ve babamın durumu anlayacağının endişesiyle kollarımdan ayrıldı. Dudaklarıma bir öpücük kondurdu.

"Şimdi gitmek zorundayım. Ama konuşacağız. Yarın..." Tam kapıya yöneliyordu ki gözleri penceremin önündeki orkidelere çarptı. Kaşlarını çatarak onlara doğru bir adım attı. Eli direkt orkidenin üzerindeki nota kaydı.

"Yönünü Kuzey'e çevir... Sevgiler, Kuzey..." dedi fısıltıyla. Sonra korkuyla yüzüme baktı.

"Sanırım ben yokken birçok şey değişmiş..." diye mırıldandı hüzünle ve notu tekrar çiçeğin üzerine bıraktı. Birkaç saniye gözlerime baktı. Benden hiçbir cevap alamayınca hüzünle ve çaresizce kapıya doğru yöneldi. Kapıyı açtı, sessizce odamdan çıkıp gitti. Yorgun ve bitkin bir halde kendimi yere bırakıp başımı duvara yasladım. Derin bir nefes almaya çalışarak tüm bu olan bitenin ardından kendimi sakinleştirmeye çalıştım. Evet, bu olmuştu... Bunlar yaşanmıştı. Ege buradaydı, geri dönmüştü. Tam bir yıl dokuz ay sonunda onu ilk kez görmüştüm ve tam bir yıl iki ay sonra onunla ilk kez konuşmuştum. Bunlar hayal değildi, bunlar gerçekti. Akli dengemi yitirmeme sebep olacak çok şey yaşamıştım ve her seferinde ayakta kalmıştım. Yine ayakta kalacaktım. Çünkü cevaplanması gereken sorularım ve onun da cevap vermem gereken soruları vardı. Ege ve İzmir defteri belirsizliklerle dolu bir halde kapanmayacaktı. Her şeyden öte, bu defter kapanacak mıydı ki?

Ve tüm bu belirsizliklerin ortasında emin olduğum bir şey vardı: o buradaydı ve artık yıldızlarla doluydu üstümüzü kaplayan bu gökyüzü... Her ne olursa olsun, her nasıl olursa olsun.

“

Küçük kız, şövalye ve küçük kızın babası aynı evde kaldıkları birkaç gün boyunca küçük kız hep iki babası olarak gördüğü iki insanın konuşmalarını dinlemiş durmuş. Babası şövalyeye hep küçük kızın annesini anlatmış. Başlarına nelerin geldiğini, annesini nasıl kaybettiklerini ve ondan bir daha haber bulamadıklarını... Şövalye "Hadi," demiş o an, "Annesini bulalım... Aramadık yer bırakmayalım." Küçük kız heyecanla onları izlerken babası sormuş, "Peki nerede arayacağız? Ben zaten her yeri aradım!" Şövalye başıyla tepedeki karlı dağları işaret etmiş, "Kuzey'e baktın mı?" demiş... "Yönümüzü Kuzey'e çevirelim... Belki orada bir yerde buluruz onu, karlı dağların ardında..."

”

İzmir...
Sinemaya gidelim mi?

13. Bölüm:
Çatıdayım...

> ❝ *Yönünü kuzeye çevirdin mi?* ❞

Uyuyamıyorum. Asla ama asla uyuyamıyorum. Öyle bir hale geldim ki göz kapaklarımın kontrolü elimden alındı ve onları asla kapatamıyorum. Göz kapaklarıma kayyum atanmış gibi uykusuzum. Odamın içinde bir ileri bir geri yürüyor ve sadece düşünüyorum. Tüm bu yaşadıklarım da neyin nesiydi böyle? Annem, babam ve Ege içeride oturmuş televizyon izleyerek sohbet ediyor ve gülüşüyorlardı. Ve babamın dediğine göre Ege artık üst katımızda oturacaktı? Ha? Ciddi anlamda akli dengemi yitirdiğimi düşünmeye başlamıştım ve tek istediğim Ege'nin şu an bu evden çıkıp gitmesiydi... Gitmesini istememin tek sebebi ise çıktıktan sonra beni arayacağını bilmemdi... Konuşmak zorundaydık, birbirimize her şeyi anlatmak zorundaydık. Ve benim akli dengemi korumak zorundaydık...

"Yarın görüşürüz Ömer'ciğim... Hadi bakalım, iyi geceler..."

"Hadi Ömer oğlum, görüşürüz!"

"Görüşürüz, size de iyi geceler!"

Annem ve babam Ege'yi askere giden oğullarını uğurlar gibi uğurladıkları sırada odamın kapısının önünde konuşmalarını dinliyordum. Ege'nin ardından kapanan kapıyla aynı anda telefonumu elime aldım ve beklemeye başladım. Annem ve babam

Ege'nin hemen ardından odalarına gidip evin tüm ışıklarını kapattıklarında evin içinde oluşan zifiri karanlık ve boğucu sessizliği telefonumun titreme sesi böldü. Ve bu sefer arayan özel bir numara değildi... Gerçek bir numaraydı.

"Alo?" diyerek açtım telefonu titreyen sesimle.

"Alo..." Bu oydu. Derin bir nefes aldım ve pencereme doğru ilerledim.

"Konuşmak için seni bekliyorum... Eğer uykun yoksa ve evden çıkabileceksen..." Kaşlarımı çattım. Beni dışarıya mı çağırıyordu? Bu saatte?

"Binanın dışında korumalar var... Görmüşsündür..." diye mırıldandım.

"Binanın dışında değilim," dedi kendinden emin bir sesle.

"Ne?"

"Binanın içindeyim. Daha doğrusu binanın üstündeyim..."

"Binanın üstündeyim derken?"

"Çatıdayım İzmir... Konuşmak için binanızın çatısında seni bekliyorum..." Birkaç saniye boyunca birazdan onu tekrar görecek olmanın vücuduma yaşattığı kalp spazmını atlatmaya çalıştım. Hemen ardından zaman kaybetmemek için boğazımı temizledim ve cevap verdim.

"Tamam..." dedim, "Geliyorum..."

"Bekliyorum..."

Telefonu kapatır kapatmaz üzerime uzun kırmızı hırkamı geçirdim. Saçlarımı tepeden daha düzgün bir şekilde topladım ve odamdan çıktım. Sessizce evin kapısına yöneldim, elime ayakkabılarımı aldım ve hemen sonra ayakkabı giymenin merdivende çıkaracağı sesi tahmin ederek ayakkabıları geri bıraktım. Çatıya çoraplarımla çıkacaktım. Kimseyi uyandırmamak için yapabileceğim tek şey buydu... Kapıyı yavaşça açıp evden çıktım. Anahtarı kapının üzerinden alıp hırkamın cebine attım ve kapıyı ardımdan kapatıp merdivenlere yöneldim. Merdivenleri hızla çıkıp dört katın sonuna ulaşarak çatının kapısını açtım. Dışarısı rüzgarlı ve hafif yağmurluydu. Ege'yi görebilmek için başımı sola çevirdim.

"Buradayım..." dedi sağımdan gelen ses. Ona doğru döndüğümde ayaklarımın bir kez daha titrediğini hissettim. Çatının kapısını kapatıp ona doğru bir adım attığımda hüzünle bana bakıyordu. Yanına yaklaştım ve tam karşısında durdum. Önümüzde koskoca bir Ege denizi, karşısında biz... Önce dakikalarca sustuk. Şaka değil, cidden dakikalarca susarak birbirimize baktık. Sanki birbirimize bakmak bir temel ihtiyaçtı ikimiz için ve biz su içer gibi dakikalarca birbirimizi izledik önce... Sonra Ege dudaklarını araladı.

"Yönünü Kuzey'e çevirdin mi?" diye sordu korkuyla. Başımı kaldırdım.

"Bir yıl iki aydır senden tek haber almadım..." Sesim titriyordu, "Ve soracağın ilk soru bu mu?"

"Haklısın..." diye mırıldandı pişman olarak, "İçimi yiyip bitiren dürtüye engel olamadım. Özür dilerim. Sana soru sormam değil, bazı cevaplar vermem gerekiyor. Biliyorum..."

"Dinliyorum..." Hırkama iyice sarınarak titrememi engellemeye çalıştım. Ege bir anda üzerindeki kot ceketi çıkardı ve ben kendimi geriye çekmeme rağmen omuzlarıma bıraktı.

"Sen de üşüyeceksin!" diye itiraz ederek ceketi ona geri uzatmaya çalıştım.

"Senin yanında üşümem ben..." dedi gözlerimin içine baka baka... Ceketi bir kez daha omuzlarıma bıraktı ve karşıma geçti.

"Tam bir yıl dokuz ay önce seni İstanbul'da annen ve babanla bıraktıktan sonra Fransa'ya gittik... Sadece abim ve babam burada kaldı, biliyorsun. Daha sonra babam hastaneden çıktı ve onlar da bizim yanımıza geldi... Yedi ay boyunca senin sesini duymamaya, sadece eski videolarımızı izleyerek seni hatırlamaya dayanabildim. Fakat senin bloğuna yazı yazdığını görmemle birlikte artık sesini duymak zorundaydım... Başka çarem yoktu, nefes alamayacak hale gelmiştim. Seninle konuşamazdım, sana kendim hakkında hiçbir bilgi veremezdim ama en azından sesini duyabilirdim... En azından seni dinleyebilirdim. Seni sadece bir kez arayacaktım ama sonra kendimi durduramamaya başladım, biliyorsun... Her akşam aramaya başladım. Senin sesini duymak bana yeniden bir yaşam umudu verdi, senin sesinle yeniden hayata döndüm. Yedi ay boyunca odamdan bile nadiren çıkmazken seninle konuşmaya başladıktan sonra en azından balkona çıkmaya başladım... Fakat o gün... Senin o kadın sesini duyduğun gün benim için dünyada cehennemi yaşadığım günlerden biriydi. Öncelikle bu sadece bir yanlış anlaşılmaydı. O kadın sadece Lena'nın bakıcısıydı... Ama odama bir anda abimle birlikte girince telefonu direkt kapatmak zorunda kaldım. Çünkü telefonda sesimin duyulmasına izin veremezdim. Abim telefonu kulağımda görünce büyük bir kavga ettik. Herkesin hayatını tehlikeye attığımı, bencil olduğumu söyleyip durdu... Telefonumu aldı ve odamın kapısını kilitleyip çıktı ve ben ertesi akşam abim pişman olup benden özür dileyene kadar telefonuma dokunamadım bile. Ertesi akşam telefonumu abimden geri alır almaz seni aradım. Telefona bir başkası çıktı... Sanırım o çiçekleri gönderen kişi. Öyledir diye tahmin ediyorum... değil mi?"

Ben anlattığı şeylerin şokunu yaşarken o soran gözlerle yüzüme bakıyordu. İstemeye istemeye başımı salladım. Ege benden aldığı cevapla çok büyük bir yıkım yaşarken başını gökyüzüne çevirdi ve derin bir iç çekti.

"Sarhoş olduğunu sesinden anladım, senin nerede olduğunu sordum. Duşta olduğunu söyledi... Şaka yaptığını biliyordum, ama bu onun sarhoş olduğu ve telefonunun onda olduğu gerçeğini değiştirmiyordu... Gece boyunca seni aradım. Tüm gece boyunca... En sonunda telefonun açıldığında ve konuşma şansı bulduğumuzda senin bana söylediğin şeyler ve o harap olmuş halin beni mahvetti... Seni resmen kendimle birlikte bir hapishaneye mahkûm etmiş gibi hissettim. O an tek istediğim hayatından çıkmak ve seni mutlu, özgür bir hayata bırakmaktı... Biliyorum, anlaşmamızı bozmamalıydım... Biliyorum, buraya gelmemeliydim... Ama bir yıl ve iki ay benim için işkenceden de öteydi. Sensiz olmak beni yapabileceğim bir şey değilmiş İzmir, anlıyor musun? Sadece senin iyiliğin için dayanmaya çalıştım. Ama son iki ayda işler yoluna girince... gelmek zorundaydım."

"İşler yoluna girince derken?"

"Benim öldürdüğüm söylenen adamla ilgili her şey ortaya çıktı... O gece arabamın frenini o adamın bir düşmanının bozduğu ortaya çıktı ve birkaç detay daha... Bunları eğer istersen daha sonra uzun uzun anlatırım. Ama artık Türkiye'de benim için veya ailem için tehlike teşkil eden hiçbir durum kalmadı. Annemler İstanbul'a dönerken ben buraya geldim... İki aydır buradayım aslında. Karşına çıkmam iki ayımı aldı..."

"İki aydır İzmir'de misin?" dedim şok içinde.

"Evet... Tüm tiyatro oyunlarını izledim..."

"Ne?" Gözlerim şok içinde dolarken elimi ağzıma götürdüm.

"Daha sonra babanın derneğine bir iş için başvurdum. Baban gördüğün gibi bana bayıldı... Annen de öyle. Bir süredir onlarla çalışıyorum ve tek amacım senin hakkında bir şeyler duymaktı... Babana sürekli olarak semtimden memnun olmadığımı söyleyip duruyordum, o da bana ev arıyordu... Binanızda boş ev olduğunu bildiğim için sizin sokağı çok beğendiğimi de cümlelerimin arasına iliştirince sürekli buralardaki evlere bakmaya başladı. Ve sonunda ev sahibinizi evi bana vermeye ikna etti..."

"Sen... ciddi misin? Tüm bunlar oldu mu? Sen iki aydır İzmir'de miydin? Tiyatro oyunlarımı gerçekten izledin mi? Şaka mı tüm bunlar? Yaşadığımız her şey bir yanlış anlamadan mı ibaretti yani?" Ege hafif bir gülümsemeyle yüzüme baktı.

"Hangi soruna cevap vereyim önce?"

"Ege..." dedim titreyen sesimle, gözlerinin içine çaresizce baktım.

"İzmir?" dedi sanki ismimi söylemeyi çok ama çok özlemiş gibi.

"Bana söyleyebilirdin... Sadece ve sadece o kadının Lena'nın bakıcısı olduğunu, işler yoluna girdiğinde Türkiye'ye döneceğini ve beklememi söyleyebilirdin... Tek yapman gereken buydu. İkimizi de mahvetmek yerine tek yapman gereken buydu."

"Biliyorum..." dedi harabe bir sesle, "En çok da bu yüzden üzgünüm zaten. Senin sesini o halde duyunca senden uzaklaşmaktan başka bir çare göremedim... Tek istediğim senin iyi olmandı."

"Daha kötü oldum..."

"Biliyorum... İnan bana ben senden çok daha kötü bir haldeydim. Hayatına biri girer mi, beni tamamen unutur musun, benden vazgeçer misin korkularıyla geçti bir yılım... Acının her safhasını yaşadım."

"Peki, o zaman neden hiçbir şekilde benimle iletişime geçmedin Ege?" dedim içim parçalanır gibi, "Ya hayatıma biri girdiyse..."

"Girdi mi?" Sesi titriyordu.

"Hiç düşünmedin mi bunu? Hayatıma birinin girebileceğini..."

"Düşündüm... Ama bu konuda içim rahattı aslında." Cümlesini duyunca anlamayarak kaşlarımı çattım.

"İçin rahat mıydı?"

"Evet... Çünkü seni ne olursa olsun geri alacağımı biliyordum. Hayatına biri girmiş olsa bile..." Yüzüne öfkeyle baktım.

"Gerçekten hayatıma biri girmiş olsa beni geri alabileceğine emindin ve bu yüzden beni bir yıl iki aydır aramıyorsun... öyle mi?" Ege derin bir iç çekerek gözlerime baktı.

"Seni aramamamın sebebini söyledim... Bununla ilgisi olmadığını çok iyi biliyorsun. Ama evet, hayatına biri girdiyse bile ben buraya seni geri almaya geldim. Şimdi sen cevap ver... O çiçekte yazdığı gibi yönünü Kuzey'e çevirdin mi?"

Bakışlarımı kaçırarak rüzgârın saçlarımı uçuşturduğu yöne çevirdim başımı. Dolmuş gözlerimi karmakarışık aklımla denize çevirdim ve derin bir nefes aldım. Her şeyin ötesinde Ege'nin yanımda olmasının verdiği o mutluluk hissine engel olamıyordum. Gururu, kızgınlığı, öfkeyi bırakıp ona sarılmamak için zor tutuyordum kendimi. Hayat bunun için çok kısaydı ama ona kızgındım ve bu böyle sonlanamazdı...

"İzmir..." diye mırıldandı Ege bana doğru bir adım atarak. Tam önümde durdu, başını bana doğru eğdi ve alnını alnıma yaslayıp gözlerini kapattı. Ben de gözlerimi kapatıp kokusunu içime çekmek ister gibi derin bir nefes aldım.

"Lütfen cevap ver bana... Onunla aranda bir şey var mı?"

"Var..." diye fısıldadım içim acıyarak. Ege hüzünle gözlerini açtı ve kendini benden çekti. Alt dudağını ısırarak çaresizce etrafına baktı. Gözlerinin dolduğunu benden gizlemeye çalışsa da görebiliyordum. Onun bu haline daha fazla dayanamayarak konuşmaya devam ettim.

"Aramızda bir arkadaşlık var... Ötesi değil." Ege kaşlarını çatarak rahatlamış gibi yüzüme baktı.

"Yani... sadece arkadaşsınız..."

"Evet..." diye mırıldandım, "Senin bunu sormaya hakkın olmasa da..."

"Hakkım olmadığını biliyorum. Hatalı olduğumu da biliyorum ama sana kendimi affettirmek için her şeyi yapacağımı da biliyorum İzmir... Peki ya o çiçeklerde yazan not neydi?" Gözlerimi devirdim.

"Arkadaşız. Ama o başka duygular içinde... Olay bu. Ama dediğim gibi, senin bunu sormaya hakkın yok. Çok uzun zaman geçti aradan Ege. Sen yokken o vardı yanımda. Çok zor şeyler atlattım ve o hep yanımdaydı..." Ege derin bir nefes daha aldı ve hüzünle başını kaldırdı. Önce çaresizce etrafına bakındı sonra gözlerini gözlerime bir kez daha çevirdi ve elini kaldırıp saçlarıma dokundu. Saçlarımı baştan aşağı okşarken gözlerimi kapattım. Ah, o kadar özlemiştim ki onu... O kadar özlemiştim ki...

"İzmir..." diye mırıldandı, "O kadar yoruldum ki keşke sana sarılıp günlerce uyuyabilsem... Sana geri geleceğim diye, karşına tekrar çıkacağım diye o kadar çabaladım ki savaştan çıkmış gibiyim. Keşke her şeyi bir anda düzeltebilsem, keşke gardını bir anda yıkabilsem de sana sarılabilsem. Çünkü tahmin bile edemeyeceğin kadar yorgunum." Dudaklarımın titremeye başladığını hissediyordum. Sol gözümden akan bir damla gözyaşını hızlıca sildim.

"Keşke..." diye fısıldadım, "Keşke her şey bu kadar kolay olsaydı..."

"Sen bana sarılmak istemiyor musun?" Sesi o kadar üzgündü ki hüngür hüngür ağlamamak için kendimi zor tutuyordum.

"İstiyorum," dedim cesur bir sesle, "Seni öpmek de istiyorum... Seninle uyumak, seninle konuşmak, seninle film izlemek, seninle kahve içmek, seninle yemek yapmak, seninle boş boş oturmak, seninle hayal kurmak istiyorum. Ama..."

"Ama?" diye sordu bitkin bir sesle.

"Bir anda boynuna atlamak bir buçuk yıldır acı çeken ruhuma saygısızlık olur. Anlıyor musun beni?"

"Anlıyorum..." dedi hüzünle, "Yani hiç mi sarılamayız?" Sinirim o kadar bozuldu ki gülmeye başladım. Gözlerimden akan yaşlarla birlikte aynı anda gülüyordum. Ege de bana aynı halde bakarak gülerken başımı salladım.

"Sarılamayız."

"Aşağıda sarıldık..." diye mırıldandı, "Şimdi de sarılsak, ruhun bizi affeder belki? Olmaz mı?" Gözyaşlarımla birlikte daha çok gülmeye başladım. O da aynı haldeydi. Kafayı yemiş gibiydik.

"Olmaz..." dedim gülerek, "Ama istersen şu salıncağa yan yana oturup denizi izleyebiliriz..."

"Olur..." Arkamı dönerek alt komşunun aylar önce çatıya koyduğu salıncağa oturdum, Ege de çekinerek yanıma oturdu. Kollarımız birbirine değiyordu ve bu bile bana kendimi o kadar huzurlu hissettiriyordu ki anlatamazdım.

"O gece... telefonu başkası açtığında... sen neredeydin?" diye sordu Ege tereddütle.

"Sarhoştum... Saçma bir geceydi. Sana kızgın olduğum için onunla konsere gittim. Bu kadar..."

"Anladım... Anlaşılan seni artık kızdırmamam gerekecek..." Ses çıkarmadım. Yağmur hızını artırmıştı fakat biz salıncağın tepesinin kapalı olması sebebiyle pek ıslanmıyorduk. Sessizce dakikalarca yağmurun altında denizi izledik. Sonra Ege'nin başını bana çevirdiğini hissettim.

"İzmir..." diye mırıldandı, "Sinemaya gidelim mi?" Bakışlarımı gözlerine çevirdim. Birkaç saniye gözlerine baktım. Sonra derin bir nefes aldım ve dudaklarımı araladım.

"Belki bir gün..." diye fısıldadım. Ege gülümsedi, ben gülümsedim. Gülümsemelerimiz buruk, içimiz kırgındı ama kalplerimizde huzura eren bir nokta vardı aslında. Çünkü ikimiz de biliyorduk ki her şeye rağmen Ege ve İzmir ilk kez özgürdü. En az İzmir kadar özgürdü hem de...

"

Şövalye, küçük kız ve babası uzun, soğuk bir yolculuk için hazırlanmaya başlamışlar. Köydeki herkes Kuzey'den korkarken ne şövalyenin ne de küçük kızın babasının Kuzey'den korkusu yokmuş. Çünkü tek amaçları küçük kızın mutluluğuymuş. "Ama orada çok üşümez miyiz?" diye sormuş küçük kız. "Yanımızda sen varken üşümek ne mümkün?" diye cevap vermiş şövalye.

"

Çiçeklerin güneş alan bir yerdedir umarım...
Ve yine umarım ki sen de güneş alan bir yerdesindir.

14. Bölüm:
Ben İzmir'im!

Artık Işıklarım yanmıyor...

Sabaha karşı gözlerimi araladığımda fark ettim ki Ege'yle başlarımızı birbirine yaslamış ve uyuyakalmıştık Eylül ayının bu soğuk gecesinde. Üstelik Ege'nin üzerinde sadece t-shirt vardı. Endişeyle ayağa kalkıp üzerimdeki Ege'nin kot ceketini çıkarıp onun omuzlarına koydum. Koluna dokunup onu uyandırdığımda gözlerini ağır ağır açtı ve soran gözlerle bana baktı.

"Biz..." diye mırıldandı, "Burada mı uyumuşuz?"

"Evet..." diye fısıldadım, "Çok üşümüşsün. Hastalanacaksın. Evine gitmen lazım..." Ege gözlerini ovuşturduktan sonra kolundaki saate baktı.

"Saat gecenin 4'ü. Ve benim evim Karşıyaka'da. Sen odana in... Daha fazla üşüme. Ben birkaç saati daha burada geçirip sonra giderim." Ege'nin soğuktan kıpkırmızı olmuş yanaklarına baktım. Endişeyle yüzünü incelediğim sırada eliyle ağzını kapatmış esniyordu. Başımla kapıyı gösterdim.

"Benimle gel..." diye mırıldandım ketum bir sesle, "Sesini çıkarma ama..."

"Seninle mi geleyim?"

"Evet..."

"Seninle nereye geleceğim anlamadım..." Ege anlamayarak kaşlarını çatınca çekinerek yutkundum.

"Seni odama alacağım... gizlice. Bu soğukta bu halde seni burada bırakamam. Isınman lazım, yoksa hasta olacaksın. Çok üşümüşsün... Yüzün kıpkırmızı." Ege elini kendi alnına koydu.

"Pek anlamadım ama ateşim de var gibi."

"İnsan kendi ateşini ölçemez ki..." diye mırıldanarak elimi Ege'nin alnına değdirip çektim ve yüzümü buruşturdum.

"Biraz ateşin var gibi. Hadi, oyalanmayalım. İnelim..."

"Nasıl olacak peki? Sabah annen ve baban uyanacak..."

"Kapımı kilitleyeceğim, odama çat diye girmezler zaten. Onlar kahvaltılarını yapıp derneğe gidecekler zaten, ondan sonra da odamdan çıkabilirsin. Şimdi sıcak bir uykuya ihtiyacın var. Benim de..."

"Tamam..." dedi Ege gülümsemesini gizlemeye çalışarak, "Madem bu kadar ısrar ediyorsun!"

"Israr etmiyorum."

"O zaman ben burada kalacağım, sen in," dedi dalga geçerek.

"Sen bilirsin. Ben iniyorum," diyerek kapıya yöneldim. Ama baktım ki arkamdan gelmiyor öfkeyle ona doğru döndüm.

"Tamam, ısrar ediyorum," dedim gururumu hiçe sayarak. Yoksa gerçekten o kadar feci hasta olacaktı ki sonunda üzülen ben olacaktım. Ege gülümsemesini bir kez daha gizlemeye çalışarak ayağa kalktı. Birlikte sessizce merdivenlerden indik. Çoraplarım sırılsıklam olmuştu... Ben de o da tir tir titriyorduk. Sessizce evin kapısını açtım ve minimum düzeyde ses çıkarmaya çalışarak birlikte odama doğru ilerledik. Odamın içine girip de kapıyı kilitlediğim an derin bir nefes bıraktım. Artık yakalanma ihtimalimiz kalmamıştı, güvendeydik. Gözlerimi Ege'ye çevirdiğimde üşüdüğünü eve girince fark ettiğini anladım. Çünkü titremesi artmıştı. Çekingen bir tavırla bir saniyeliğine t-shirtüne dokunup elimi geri çektim.

"Kıyafetlerin sırılsıklam olmuş."

"Senin de çorapların," dedi gülerek.

"Kıyafetlerini çıkarman gerek. Biliyorsun, değil mi?"

"Senin de çoraplarını çıkarman gerek." İstemsizce güldüm ve ona arkamı dönüp dolabımı açtım. Üzerimdeki hırkayı ve çoraplarımı çıkarıp kirli sepetine attım. Hemen sonra dolabımdan iki tane yorgan bir de yastık çıkardım. Ege beni izlerken iki yorganı üst üste yere yerdim, üzerine de yastığı koydum. Bir tane de battaniye çıkardım ve yastığın üzerine serdim.

"Burada yatabilirsin..." dedim, "Ama kıyafetlerini çıkarman gerek."

"Bu konuda ne kadar da ısrarcısın..." Gözlerimi devirerek Ege'ye cevap vermeden yatağıma yattım. Yorganımın altına girdim ve ona arkamı döndüm.

"Artık seni göremem. Kıyafetlerini çıkar ve yat. İyi geceler... Eğer üşürsen dolaptan üstüne örtmek için de yorgan alabilirsin." Duyduğum hışırtı seslerinden anladım ki kıyafetlerini çıkarmış battaniyesinin altına girmişti. Onun ısınmış olduğunu bilmenin içimi rahatlattığını hissettim o an. Keşke ama keşke sarılarak ısıtabilseydik şu an birbirimizi. Ama tüm bu yaşananlardan sonra şu an için bu imkânsızdı. Ama olsun, bir zamanlar aynı ülkede olmamız bile imkânsızken şu an aynı odadaydık. Bu bile yeterdi bize, biz nelerle yetinmiştik bu zamana kadar...

Sabah gözlerimi araladığımda ilk gördüğüm şey duvar saatinin 10'u göstermesiydi. Annem ve babam evde yoklardı, Ege ise battaniyeyle başı da dâhil her yerini örtmüş uyuyordu. Yatağımdan kalkıp önce battaniyeyi Ege'nin başından çektim ve elimi alnına koydum.

"Ah..." dedim endişeyle, çok ama çok ateşi vardı. Telaşla kalkıp annemlerin odasına daldım. Annemin çekmecesinden ateş ölçeri aldığım gibi odama döndüm, Ege'yi uyandırmadan Ege'nin koltuk altından ateşini ölçtüm ve sonuç karşısında korku içinde kalakaldım. Ateşi 39 dereceydi.

"Ege..." diye fısıldadım kulağına doğru. Oysa uykusu o kadar ağırdı ki uyanmıyordu. Elimi saçlarına götürdüm, saçlarını yavaş yavaş okşadım ve onu özlemle izledim.

"Ege..." diye fısıldadım bir kez daha.

"İzmir?" dedi gözlerini açmadan. Sesi çok güçsüz çıkıyordu.

"İyi misin?"

"Yorgunum... halsiz hissediyorum... biraz midem bulanıyor."

"Biliyorum," dedim, "Çok ateşin var. Saat 10 olmuş. Sana yiyecek bir şeyler hazırlayıp sonra da ilaç vereceğim. Sen yatmaya devam et, tamam mı? Annem ve babama da senin hasta olduğunu ve işe gelemeyeceğini haber verebilsek keşke..." Ege kıpırdanıp gözlerini biraz araladı ve yüzüme baktı.

"Ben haber verdim... Mesai saatinde babanı aradım, sen uyuyordun. Hasta olduğumu, gelemeyeceğimi söyledim." İlgiyle onu dinledikten sonra başımı salladım.

"Pekala... Sen uyumaya devam et. Onlar akşama kadar gelmez. Ben sana yiyecek bir şeyler hazırlayıp ilaç getireceğim. Tamam mı?" Ege bana cevap bile veremeden uyuyakalmıştı. Onu bu halde görmek içimi öyle acıtıyordu ki neredeyse ona bakarak ağlamaya başlayacaktım. Telaşla kalkıp mutfağa koştum. Onun en hızlı ne yiyebileceğini düşünüp hızlıca bir tost hazırladım. Bir kupa da ıhlamur yapıp tepsiye koydum. İlaç dolabımızı açıp bir ağrı kesici ateş düşürücü hap ve yanına bulantı hapı koyarak mutfaktan çıktım. Elimdeki tepsiyle telaşla odama döndüm.

"Ege..." diye fısıldadım kapımı kilitlerken.

"Efendim?" Sesi hala çok halsiz ve boğuk çıkıyordu.

"Hadi kalk..." Onu zorla kollarından tutup kaldırmaya çalıştım. Bana yardımcı olmak ister gibi kolunu omzuma attı. Fakat gözlerini hiç açamıyordu! Sırtını dolabıma yaslayarak oturmasını sağladığım sırada gözlerini bile açmadan öylece oturuyordu.

"Tamam," dedim, "Sen gözlerini açma, sorun değil... Yeter

ki tostunu ye." Ege'ye kendi ellerimle tostunu yedirdim, çayını içirdim. O gözlerini bile açmadan ilaçlarını da içirdikten sonra onu çeke çeke kendi yatağıma yatırdım. Bu halde yerde yatmasına gönlüm elvermedi. Üzerini yorganımla örttükten sonra tam doğruluyordum ki Ege beni kolumdan yakaladı. Kolumu tutan eline ve hemen ardından yüzüne baktığımda gözlerinin kapalı olduğunu gördüm.

"Lütfen gitme..." diye fısıldadı.

"Ama... İçeride işlerim var..." Bulduğum yalana bakın. Aynen İzmir, çamaşır filan asacaksın, yıkanmayı bekleyen bulaşıklar var değil mi?

"İçeride işlerin yok..."

"Var," dedim ısrarla ve anında pes ettim, "Tamam yok..."

"Eğer iyi olmamı istiyorsan bana sarılıp beni uyutabilirsin..." Yutkundum.

"Hayır yapamam..."

"Evet yapabilirsin."

"Tamam..." dedim saniyesinde pes ederek, "Yapabilirim..."

Çekine çekine yanına doğru uzandım ve yorganın altına girip bir hatıraya sarılır gibi sarıldım ona. Mesafeli, korkak bir sarılmaydı bu. Oysa Ege beni kendine öyle bir çekti ki kara deliğin içine çekilen bir gezegen gibi kendime engel olamadan sarmaş dolaş buldum kendimi onunla. Kolları arasında kaybolmuş, alın alına ve ağzından çıkan o sıcacık nefesiyle baş başaydım.

"Her gece rüyamdaydın..." dedi.

"Keşke bunları bana geçen bu bir buçuk yılda anlatsaydın..."

"Bana haksızlık etme," diye mırıldandı yorgun sesiyle, "Sana geri dönebilmek için ne kadar çabaladığımı bilsen bana böyle davranmazdın..." Gözlerimden akan birer damla yaşın tadını dudaklarımın arasında hissettim.

"Çok acı çektim Ege..." dedim titreyen sesimle.

"Beraber çektik, bunu gerçekten bilmiyor musun?"

"Biliyorum... Biliyorum... Biliyorum..." diye sayıkladım bilinçsizce.

"İzmir senin için her şeyi yaptım..."

"Şşş, tamam... Yorma kendini..."

"Her şeyi..."

"Tamam Ege. Hastasın, yorma kendini..."

"Biliyorum geç kaldım, biliyorum yanlış yaptığım da oldu ama senin için her şeyi yaptım... Ailemi tehlikeye attım, kendimi tehlikeye attım. Çünkü tek istediğim sendin." Elimi dudaklarının üzerine götürdüm ve onu susturmaya çalıştım.

"Bana biraz zaman ver ki seni daha sağlıklı bir kafayla değerlendirebileyim. Şimdi bunun zamanı değil. Buradasın, ben de buradayım, daha önemli bir şey yok... Tamam mı?" Başını salladı ve derin bir nefes alarak başını boynumun arasına gömdü.

"Tamam..." diye fısıldadı uyumaya devam ederken.

Orada onunla bir uyuyup bir uyanarak birkaç saat boyunca sarılıp yattık. Saat 14.34'ü gösterdiğinde gözlerimi araladım. Ege'nin kolları arasından sıyrılıp bilgisayar masasında duran telefonumu elime aldım. Annemden ve Kuzey'den mesajlar vardı. Açıp tek tek okudum.

"Kimden: Kuzey"

"Mesaj: Günaydın, çiçeklerin güneş alan bir yerdedir umarım..."

Bu mesajdan hemen sonra bir mesaj daha atmıştı.

"Kimden: Kuzey"

"Mesaj: Ve umarım sen de güneş alan bir yerdesindir..."

Burnumdan bir nefes verdikten sonra gözlerimi Ege'ye çevirdim. Uyuduğuna emin olduktan sonra mesaj yazmaya başladım, sanki Kuzey'le mesajlaşarak Ege'ye çok büyük bir yanlış yapıyormuşum gibi hissediyordum.

"Kime: Kuzey"

"Mesaj: Günaydın, bugün baya geç uyandım! Gece çok geç uyumuştum da... Merak etme, çiçeklerin emin ellerde... Ben de öyle."

Kuzey'le olan konuşmamdan çıkıp annemin mesajına girdim.

"Kimden: Annem"

"Mesaj: Kızım günaydın, fırında sigara böreği var. Uyanınca yersin. Akşam görüşürüz..."

Anneme hızlıca bir mesaj yazmaya koyulduğum sırada Ege'nin yatakta kıpırdandığını fark ettim. Gözlerimi Ege'ye çevirip birkaç saniye onu izledikten sonra hala uyuyor olduğuna kanaat getirdim ve mesajımı yazmaya devam ettim.

"Kime: Annem"

"Mesaj: Günaydın anne, bugün çok geç uyandım. Gece sabaha kadar bilgisayarımda dizi izlediğim için geç yatmıştım. Börekleri birazdan yerim, ellerine sağlık."

Telefonumu masaya geri bırakıp Ege'nin başına döndüm. Onu uyandırmadan bir kez daha ateşini ölçtüm. Ateşi 38 dereceydi. Eh, biraz olsun düşmüştü. Bir kez daha saçlarını okşayıp üzerini iyice örttüm. Sandalyemin üzerine bıraktığı kıyafetleri düzgün bir şekilde katlamak için sandalyeme doğru yöneldim. Tshirtünü koklaya koklaya tüm kıyafetlerini katladım ve yatağın ayakucuna bıraktım. Parfümü değişmemişti, kokusu hala aynıydı. Derin bir iç çekmeyle birlikte odamın kapısını açmak üzere elimi anahtara götürdüğüm sırada Ege'nin sesini duydum.

"Kıyafetlerimi kokladığını gördüm..." diye mırıldandı.

"Yanlış görmüşsün."

"Hayır," dedi gözlerini açarak, "Doğru gördüm." Yutkundum ve kapıyı açtım.

"Eh, içeride telefonumu unutmuşum. Onu almaya gideyim..."

"Telefonun masanın üzerinde." Gözlerimi masaya çevirip alt dudağımı ısırdım.

"Aaa, burada mıymış... Nasıl görmedim..." Utançtan kızaran yanaklarım Ege'yi güldürmüştü. Yatakta hafifçe doğrulup sırtını yatak başlığıma yasladığında kaslarını görmemeye çalıştım. Bakışlarımı duvara çevirdiğimde o doğrudan yüzüme bakıyordu.

"İzmir..." dedi etkileyici bir sesle.

"Efendim?"

"Tam üç ay önce bloğuna bir yazı yazmıştın, satır satır hatırlıyorum. Her satırın, her cümlen ezberimde. O yazıyı 'Artık ışıklarım yanmıyor' diye bitirmiştin. Ve o cümle benim hayatımda duyduğum en ağır, kalbime en çok saplanan cümleydi. Buraya gelmeye o an karar verdim, hayatına yeniden girmeye o an karar verdim, seni geri almaya o an karar verdim. Ben buraya senin ışıklarını yakmaya geldim, ama eğer hayatında olmamı istemeyeceksen... Eğer geri dönmüş olmam seni rahatsız ettiyse... Eğer yönünü Kuzey'e çevirdiysen..." dedi ama cümlesine devam edemedi.

"Eğer bunlar olduysa ne olacak Ege?" diye sordum merak içinde.

"Benim içimde hiçbir şey değişmeyecek. Ben yine çabalayacağım, ama bilmek istiyorum... Senin hala beni isteyip istemediğini bilmek istiyorum."

Gözlerimi gözlerine diktim ve ne olursa olsun tereddütsüzce cevap verdim.

"Ben İzmir'im..." dedim, "Ege'nin incisi... Benim Kuzey'le hiçbir işim olmaz..."

Ege'nin yukarı doğrulan kıvrılan dudakları, parlayan gözleriyle birlikte içimde oluşan umutla karışık endişe hissi bana derin bir iç çektirtti. Buradaydım, onunla. Ve bundan sonra ne olacağı pek de umurumda değildi...

“

Küçük kız, babası ve şövalye tüm hazırlıklarını yapmış, yanlarına çadırlarını almış, kat kat battaniyelere sarılmış, atlarına binmiş ve uzun bir yolculuğa çıkmışlar. Dağları, tepeleri aşmışlar. Hava giderek soğuyor, hava soğudukça bir babası, bir şövalye küçük kıza kendi sırtlarındaki battaniyelerden birer tane daha veriyorlar ve onu iyice sarıp sarmalıyorlarmış. Hem şövalye, hem küçük kızın babası hayatlarında ilk defa kendilerini bu kadar özgür hissediyorlarmış. Çünkü hayatlarında ilk defa kendilerine bir şey olmasından hiçbir şekilde korkmuyorlarmış. Gerçek özgürlük saf sevginin başladığı yerde başlarmış...

”

Işıklarım söneli çok oldu...

Çevrimiçi.

Yazıyor...

Onları yakmasını en iyi ben bilirim, biliyorsun değil mi?

Çok uğraşman gerekecek, biliyorsun değil mi?

Uğraşmayı severim, biliyorsun değil mi?

15. Bölüm:
Yak Işıklarını.

"Işıklarım söneli çok oldu..."

Ege o kadar halsiz ve hastaydı ki annemle babamın eve dönüş saatine kadar yatağımda uyumasına izin verdim. Annemlerin gelmesine yakın bir saatte ise istemeye istemeye onu uyandırmak zorunda kaldım. O uyanana kadar tüm kıyafetlerini kuruladım ve gitmeden önce son kez yemesi için ona güzel bir sandviç hazırladım. Bir yandan sandviçini yiyip bir yandan bir buçuk yıl sonra ilk kez gördüğü Uçak'la oynadı. Onları böyle görmeyi o kadar özlemiştim ki... Ege sonunda gitmeye hazır hale geldiğinde gözleri hastalık ve yorgunluk içinde bakıyordu gözlerime...

"Senin... evin nerede?" diye sordum hüzünle.

"Yarından itibaren üst katınızda..." diye mırıldandı gülümsemeye çalışarak. Ona endişeyle baktım.

"Şimdi tek başına gidebilecek misin? Gelirdim, biliyorsun... Ama aşağıda güvenlikler var..."

"Merak etme, taksiye biner giderim. Sen benim için endişelenme. Sen de yorgunsun, yat dinlen. Beni düşünme, tamam mı?" Hiçbir cevap vermeden endişeyle yüzüne bakmaya devam ettim. Ege elini son kez yanağımda gezdirdikten sonra derin bir nefes aldı ve kapıdan çıkıp gitti. Kapanan kapının ardından öylece bakakaldım birkaç saniye... Sonra ağır adımlarla odama döndüm. Hüzünle Ege'nin ardından kalan yorgan, yastık ve battaniyeyi toplayıp dolabıma geri koydum. Sonra pencereme doğru ilerledim. Camı açtım ve başımı dışarıya uzatıp derin bir nefes aldım. Gökyüzündeki dolunaya baktım uzun uzun... Penceremi kapatmadan içeri döndüm ve bilgisayarımın başına geçtim. Bilgisayarım açılırken telefonumu kontrol ettim. Kuzey'den bir mesaj gelmişti...

"Kimden: Kuzey"

"Mesaj: Bugün pek konuşamadık. İyisin, değil mi? Dün de biraz solgun görünüyordun... Eğer keyfin yoksa deniz kenarında yürüyüp konuşabiliriz. Ne dersin?"

Mesaja birkaç saniye baktıktan sonra kendimi Kuzey'e karşı da garip bir şekilde suçlu hissettiğimi fark ettim. Hâlbuki bu geçen süreç içerisinde ona karşı bir kez olsun arkadaşlıktan öte bir hissiyata hiç girmemiştim... Tereddütlü parmaklarımla cevap yazmaya başladım.

"Kime: Kuzey"

"Mesaj: Biraz hastayım, o yüzden çıkmayıp dinlensem daha iyi olur. Başka zaman görüşürüz. Sağ ol ince düşüncen için..."

Mesajı gönderdikten sonra Ege'nin bugün beni aradığı numarayı telefonuma kaydettim ve mesaj sayfasına geri dönüp Ege'nin profil fotoğrafına tıkladım. Profil fotoğrafı olarak Eyfel Kulesi'nin tepesinde arkası dönük çekildiği bir pozunu koymuştu. Bu fotoğrafı ben çekmemiştim... Geçen bir buçuk yılda çektirdiğim hiçbir fotoğrafı da o çekmemişti. Ne acı... Bir yerlere gitmiş, bir şeyler yaşamış ve birbirimizin fotoğraflarını çekememiştik. Çünkü uzaktık, çünkü ayrıydık ve çünkü bihaberdik birbirimizden. Birer yabancıydık... Ve ne olacaktı şimdi, hiçbir şey yaşanmamış gibi iki sevgili haline mi gelecektik? Bu muydu yani? Sıkıntılı bir nefes aldıktan sonra bloğuma girdim. Ve içimi dökmeye başladım...

Bir zamanlar bir hastalık varmış hayal dünyamın en derin köşesinde. Bir maddenin yoksunluğunda ortaya çıkıyormuş. Bir yere kadar o hastalık o maddeyle tedavi edilebiliyormuş; ama o maddenin yoksunluğuyla oluşan o hastalık bir yerden sonra o maddeyle bile tedavi edilemiyormuş. Sen ve ben gibi. Senin yoksunluğun beni hasta etti, gelseydin iyileşirdim. Gelmedin, şimdi gelsen bile iyileşemem.

Tam olarak böyle hissediyordum biliyor musunuz? Ne kadar çok acı çektiğimi, her gece ne kadar çok dua ettiğimi, bir gece Allah'a "Allah'ım artık bana yardım etmek zorundasın!" dediğimi, bunu diyecek noktaya geldiğimi, her sabah karın ağrılarıyla uyandığımı, her akşam mide bulantılarıyla uyuduğumu, ağlaya ağlaya gözyaşı kanallarımı kurutup gözyaşı damlası kullanmak zorunda kaldığımı, kendimi her geçen gün onun yokluğuna alışmak için telkin ettiğimi, kendimi onsuz da iyi olabileceğimize inandırmak için verdiğim savaşları ve her saniye içimde hissettiğim sancıları bir ben biliyordum çünkü. Eminim o da bu acıları yaşamıştır, eminim o da sancılı aylar geçirmiştir ama tüm bu olanlardan sonra her şey bir daha nasıl başlar ve nasıl toparlar buna dair içimde duyduğum büyük bir korku var. Sanki içimde küçük bir çocuk var, bir kere dokunup elini yakan sobaya bir daha dokunmuş ve bir daha eli yanmış, sonra bir daha dokunmuş bu sefer daha çok yanmış ve şimdi birileri gelmiş o çocuğa diyor ki "Soba şu an yanmıyor, hadi bir daha dokun, elin yanmayacak." Ve o çocuk korkuyor... Ve inanın bana ben o çocuğu cesur olmaya nasıl ikna edeceğimi bilmiyorum.

"Ege Kişisinden Bir Yeni Mesaj!" Ekranda beliren yazıyla birlikte içimde oluşan korku dolu heyecanın karnımı ağrıttığını hissettim. Bu ondan bir buçuk yıl sonra aldığım ilk mesajdı.

"Selam..." yazmıştı ve ikinci bir mesaj yazmaya devam ediyordu.

"Döndük dolaştık ve yine buradayız. :)"

İçimdeki tüm o korkuya rağmen dudaklarımın hafifçe yukarı doğru kıvrıldığını ve gözlerimin dolduğunu hissettim.

"Selam..." yazdım önce ve ekrana birkaç saniye baktım. Ne yazacağımı bilemiyordum. Tereddütlü parmaklarımla bir sildim bir yazdım ve en sonunda bir mesaj daha gönderdim ona.

"Ama bu sefer aramızda pek bir mesafe yok, ha? :)"

Çevrimiçi... Yazıyor...

"Sahi ya, kaç kilometre var ki aramızda? Dur, haritadan hesaplayacağım..."

Ege mesaj sayfasından çıkmasına rağmen ben mesaj sayfasında kaldım ve onun aramızdaki mesafeyi hesaplamasını beklemeye başladım.

Çevrimiçi... Yazıyor...

"İlginç bir sayı çıktı... Bizim alışık olmadığımız bir sayı..."

"Ne çıktı?"

"Tam tamına bir kilometre... Sadece ve sadece bir kilometre. Ne eksik ne fazla. Binlerce kilometreden bir kilometreye..." Yutkundum, ekrana içimde birçok duygu patlaması yaşayarak baktıktan sonra içimde biriken her şeyi bir anda bu mesaj sayfasına dökmemeye karar verdim. Her şeyi konuşmak ve sorgulamak için biraz daha zamana ihtiyacımız vardı. Her şeyin vakti gelecekti, her şey konuşulacaktı.

"Aramızda kaç kilometre olduğunun bir önemi yok," diye yazdım. Sonra bir daha yazmaya başladım.

"Biz seninle her şeye aramızda tam 3391 kilometre varken başladık. Biz her şeyi aramızda 3391 kilometre varken başardık. On bin kilometre varken de aynı şeyleri yapardık, eminim..."

Çevrimiçi... Yazıyor...

"Yarından itibaren aramızda tek bir kilometre bile kalmayacak... Sadece yirmi adımlık bir merdiven kalacak. Beni asıl korkutan da buydu aslına bakarsan. Belki de zor olan aramızda hiçbir mesafe yokken bir şeyleri başarmaktır... Mesela senin kalbini yeniden kazanmak. Değil mi?"

Ekrana uzun uzun baktım, gözlerim profil fotoğrafının üzerinde geziyordu. Bu fotoğrafı kimin çektiği sorusu kafamın içinde dönüp dolaşırken Ege'ye bir cevap yazmayı unuttuğumu fark ettim. Kafamın içini toparladım ve sadece konuyu değiştirmek için bir cevap yazmaya giriştim.

"Tren nerede? Seninle mi?" diye yazdım İzmir'den İstanbul'a gidiş yolunda bulduğumuz ve sahiplendiğimiz köpeğimizi hatırlayarak. Hatırlamak da değil aslında, onu sadece bir gün görmüş olsam da hiç unutmamıştım...

Çevrimiçi... Yazıyor...

"Hayır, şu an İstanbul'da. Ev durumum kesinleşene kadar onu yanıma almak istemedim açıkçası... Ama çok yakında onu da yanıma alacağım. Aynı seni geri alacağım gibi..." Ben ısrarla konuyu kapatmaya ve ilişki konusunda konuşmamaya çalıştıkça Ege konuyu bu noktaya getiriyordu. Ben de ısrarla bir kez daha konuyu değiştirmek için bir mesaj daha düşündüm.

"Neler yaptın bu süre içinde? Fransa'da hep ailenle miydin?" diye yazdım ekrana düşünceli gözlerle bakarken.

Çevrimiçi... Yazıyor...

"Hep onlarlaydım... Orada kaldığım süre boyunca senin bildiğin neler yaptıysam onları yapmaya devam ettim. Kursa gitmeye, kendimi odama kapatmaya... Tek fark ailemin de yanımda olmasıydı."

"Peki baban... Tamamen iyileşti mi?"

"Evet..." yazdı, "Babam gayet iyi. Seninkiler de iyi gördüğüm kadarıyla... Çok sevdim annenle babanı. Senin nasıl bu kadar güzel bir ruhunun olduğunu daha iyi anlıyorum artık." Yutkundum. Ekrana çaresiz gözlerle bakmaya devam ederken gözlerim yine Ege'nin profil fotoğrafına takıldı. İstemeye istemeye yazmaya başladım.

"Ailene Paris'i gezdirdin sanırım... Fotoğrafını ben çekmemiştim çünkü."

Çevrimiçi... Çevrimiçi... Çevrimiçi... Neden yazmıyor?

Yazıyor... Nihayet!

"Evet, annem çekti fotoğrafımı. Eyfel'i ilk görüşleri değil ama bir de benim gezdirmemi istediler."

Nedense verdiği cevap beni tatmin etmemişti. Sanki doğruyu söylemiyor gibi hissediyordum. Ya da aradan geçen bunca zaman beni ona ve orada yaşadıklarına karşı paranoyak hale getirmişti. Olamaz mı?

"Anladım... Peki, nasıl hissediyorsun kendini? Gündüz hastaydın..."

"İyiyim," yazdı, "Ufak bir halsizlik var. Ama geçer... Hatta şimdi iznin olursa uyuyacağım. Yarın sabah erken kalkacağım. Babanla buluşup sizin binaya taşınma işlerini halledeceğiz... Baban baya ısrarcıydı bana yardım etme konusunda." Bu beni gülümsetti. Yazmaya başladım.

"Tabii ki uyuyabilirsin." Mesajımı bir kez daha okudum ve gerçekten de bu kadar soğuk konuşmak zorunda mıyım diye düşündüm.

"İyi geceler Ege," diyerek bir cümle daha ekledim. Neden böyle konuştuğumu inanın bilmiyordum. Sanki altıncı hissim bana bir şeylerin doğru olmadığını söylüyordu...

Çevrimiçi... Yazıyor...

"İyi geceler İzmir..." diye bir cevap yazdı fakat ikimiz de mesajlaşma sayfasından çıkmıyorduk. Sanki ikimiz de aramızdaki gergin elektriğin farkındaydık ve bu Ege'yi korkutuyordu. Sanki ne olduğunu anlamak ister gibi öylece sayfaya bakıyordu.

Çevrimiçi... Yazıyor...

"Sen iyi misin?" yazdı bir anda. Derin bir iç çekip alt dudağımı ısırdım.

"İyiyim... Neden sordun?"

"Bilmiyorum... Sadece... Sanki başkasıyla konuşuyor gibiyim." Ekrana bakarken dolan gözlerimle birlikte önce birkaç saniye etrafıma bakındım. Ne demeliydim? Ben bile hislerimin nedenini bilmiyordum ki...

"İyiyim," diye tekrar ettim.

"Değilsin."

"Hayır, Ege, merak etme. Gerçekten iyiyim ben..."

"Gerçekten iyi değilsin İzmir. Bana bağırıp çağırmanı bekliyordum biliyor musun? Belki de vurmanı. Seni kendimden bu kadar uzun süre ayrı ve habersiz tutmam gerçekten kelimenin tam anlamıyla şerefsizlikti biliyorum. Senden bunları duymayı bekleyerek çıktım karşına. Ama sen sadece susuyorsun. Ne iyi ne kötü, herhangi bir şey söylemiyorsun. Ne yapmam gerekiyor içini dökmen için? Ne yapmam gerekiyorsa söyle, yapmaya hazırım yemin ederim..."

Ekrana bir kez daha çaresizce baktığım birkaç saniyeden sonra kendimi gerçekten de bir labirentin içinde hissettiğimin farkındaydım. Labirentin içinde bir noktaya ellerim ve kollarımla bağlanmıştım. Kıpırdayamıyordum ama kıpırdasam bile çıkışı bulamayacaktım...

Çevrimiçi... Yazıyor...

"Lütfen susma İzmir... İçinde ne varsa dök, yalvarıyorum. Başka türlü aşamam senin bana karşı ördüğün duvarları. Bir şeyler söyle."

"Söyleyecek hiçbir şeyim yok." Öyleydi... Yoktu, bulamıyordum.

"Tamam..." yazdı en sonunda pes ederek, "Seni bu hale ben getirdim ve o duvarları bir bir ben yıkacağım. Söz. Ege sözü..."

Ekrana uzun uzun baktım. Duygularım yoktu sanki. Sanki onu gördüğüm an bütün vücudum, bütün duygularım ve bütün hislerim donmuş kalmıştı. Konuşamıyordum, içimi dökemiyordum. O kadar uzun zaman olmuştu ki içimde ona karşı o kadar çok kızgınlık, öfke, özlem ve duygu birikmişti ki hiç beklemediğim bir anda onu karşımda gördüğümde her şey donmuştu sanki. Sistemim kendini kapatmıştı... Bununla nasıl başa çıkabileceğimi inanın bilmiyordum.

"İyi geceler Ege..." diye yazdım bir kez daha.

"İyi geceler İzmir. Işıklarını yakmayı unutma..."

Uzun uzun baktım son cümlesine ve belki de o an ilk kez ona karşı öfkemin ve kırgınlığımın sonucu olabilecek bir cümle geldi içimden. Susmadım, onu içimde tutmadım ve yazmaya başladım.

"Işıklarım söneli çok oldu..."

Çevrimiçi... Yazıyor...

"Onları yakmasını en iyi ben bilirim, biliyorsun değil mi?" Ekrana bakarken umut hissine sarılarak yazmaya başladım.

"Çok uğraşman gerekecek, biliyorsun değil mi?"

Çevrimiçi... Yazıyor...

"Uğraşmayı severim, biliyorsun değil mi?" Ekrana bakarken hafif bir tebessümle yukarı kıvrıldı dudaklarım.

Çevrimiçi... Yazıyor...

"Şu an güldüğüne adım gibi eminim..." Yazdı ve dudaklarım daha da yukarı kıvrıldı.

"Ve şu an daha çok gülüyorsun." O an ufak bir kıkırdama çıktı dudaklarımın arasından.

"Şimdi de sesli gülüyorsun. Buna adım gibi eminim. Bak... duvarlarından birinin bir taşı düştü bile. Bu gecelik bu kadar yeter sanırım. Tüm duvarlarını yıkıp bir gecede deprem etkisi yaratmasak iyi olur, değil mi?"

Ve hemen ardından bir mesaj daha yazmaya başladı.

"İyi geceler Ege'nin İncisi. Bu gece Ege'nin seni geri almaya geldiğini bilerek uyu... Sabaha kadar kendine iyi bak, sabahtan itibaren ben sana iyi bakarım. Seni seviyorum. Görüşürüz."

O an fark ettim ki gerçekten de ekrana bakarken sırıtıyordum. Sanki bir anda yüzüm aydınlanmıştı, sanki bir taş düşmüştü duvarlarımdan ve içeri hava girmeye başlamıştı. Artık az da olsa güneş alıyordu içim. Belki içimin yüzde doksan dokuzu hala kırgın ve kızgındı ama geriye kalan o yüzde bir o kadar mutlu hissediyordu ki bu hissi özlemiştim... Hoş geldin yüzde bir, bunca zamandır nerelerdeydin?

İki gün süren aralıksız yolculuğun sonunda, küçük kız o kadar hastalanmış ki yolculuklarına uzun bir süre ara verip karlı bir dağın tepesinde çadır kurmak zorunda kalmışlar. Küçük kızı çadırın içinde battaniyelerin arasına yatırmışlar, bir yandan öksüren küçük kız bir yandan şövalyeyi yanına çağırmış ve ona sormuş, "Hani ben varken üşümemiz imkânsızdı şövalye?" Şövalye küçük kızın saçlarını okşamış ve, "Sen üşümüyorsun ki! Sadece uykun var, uyandığında her şey geçecek..." demiş. Küçük kız titreye titreye, sevinçle kaşlarını kaldırmış, "Öyle mi? O zaman uyuyayım, iyi geceler şövalye..." demiş ve gözlerini kapatmış... Şövalye ise karlı bir dağ başında olduklarının ve daha çok uzun yolları olduğunun bilincinde bir şekilde kara kara düşünmeye başlamış. Küçük kızın bu soğuğa daha ne kadar dayanabileceğini düşünmek ona acıların en büyüğünü veriyormuş...

Belki beni gökyüzünün en büyükleri
ay ve güneşken affemezsin...
O zaman ne olursun ay ve güneş gökyüzünün
en küçükleriyken affet beni.
Olmaz mı güzel sevgilim?

16. Bölüm:
Yeni Bir Dünya Düzeni!

“*Ay ve güneş gökyüzünün en küçükleriyken affet beni.*”

Sabah gözlerimi açtığımda evin içindeki telaş ve koşuşturma seslerini duyabiliyordum. Dışarıdaki güzel bahar havasına annemin telaşlı koşuşturma sesleriyle babamın bir işle ilgilenirken sinirli ses tonuyla konuşması karışınca önce birkaç saniyeliğine ne olduğunu anlamaya çalıştım.

“Tabii ya...” dedim anlık bir farkındalıkla yorganı üzerimden atarken. Sabahın köründen beri Ege'nin üst katımıza taşınmasına yardım ediyor olmalılardı. Gözlerimi duvardaki saate çevirdiğimde saatin 10.45 olduğunu gördüm. İş yapmaya sabah 6'da başladıklarını varsayarsak baya ilerlemiş olmalılardı... Telaşla yatağımdan kalkıp üzerime kot pantolonumu, siyah düz kısa kollu t-shirtümü ve uzun kırmızı hırkamı geçirip tuvalete girdim. Tuvalette işlerimi hallettikten sonra odama girip saçlarımı en tepeden topladım ve en sonunda salona karmaşanın içine attım kendimi.

“Şu viledayı al Ömer'e götür, süpürgeyi de aşağı indir!” Annem bir anda günaydın bile demeden elime vileda kovasını ve sopasını tutturunca neye uğradığımı şaşırdım.

“Ömer kim?” diye sordum önce anlık bir şaşkınlıkla.

"Kızım... Sen iyi misin? Tanıştırdık ya seni..." Annem yüzüme bana acır gibi baktığı sırada yüzümü buruşturdum. Tabii ya, Ege'ye Ömer diyorlardı!

"Haa, o çocuk... Tamam hatırladım. Üst kata taşınıyor değil mi?" diye sordum tanımazdan ve anlamazdan gelerek. Annem telaşla başını salladığı sırada ayakkabı dolabımızın üzerinden halı indiriyordu. Evet, HALI. Bana uzattığı vileda takımıyla birlikte evin açık kapısından çıkıp üst kata eşya taşıyan işçilerin arkasından merdivenden çıkmaya başladım.

"Kolay gelsin abla..." dedi işçilerden biri. Abla mı?

"Size de kolay gelsin abi?" dedim kaşlarımı çatıp anlam veremeyerek. Adamlar kendi aralarında gülüşerek üst katın kapısından girerlerken gözüm babama çarptı. Telaşla adamları yönlendiriyordu. O sırada gözlerim Ege'yi gördü, büyük bir televizyonun arkasında televizyonun kablolarıyla uğraşıyordu... Boğazımı temizleyerek içeri girdiğimde Ege başını kaldırdı ve göz göze geldik. Bana hayranlık ve özlem dolu bir bakışla bakarken babam söze girdi.

"Kızım gel, hoş geldin! Viledaya hemen su doldur da şuraları bir sil bakalım..."

"Tamam baba..." diye mırıldandığım sırada Ege telaşla televizyonun arkasından çıktı.

"Ben doldurup silerim..." diyerek vileda kovasını kaptığı gibi tuvalete doğru ilerledi. Babam Ege'nin arkasından gururla bakarken annem elinde birkaç tane halıyla içeri girdi.

"İzmir şunları al yavrum..." Nefes nefese kalmış annemin ellerinden halıları almaya yeltendiğim sırada Ege'nin su dolu viledayı telaşla bırakıp bize doğru geldiğini ve annemin elinden halıları daha ben almadan kaptığını gördüm. Elimi bir şeye gerçekten de sürdürmeyecekti, değil mi?

"İyi iyi, neredeyse bitti her şey!" dedi annem evin içine gururla bakarken. O sırada ilk kez evi detaylı bir bakışla inceleme fırsatım oldu. Zümrüt yeşili büyük bir koltuk, duvarda tablolar, en köşede yeşil bir vazo, tekli kırmızı sallanan bir koltuk... Ceviz kabuğu renginde antika model bir yemek masası ve ışıklar... Her yerde ışıklar. Yavaş yavaş yürüyerek mutfağa girdim. Modern, rengârenk, sıcacık bir mutfak... Oradan çıktıktan sonra herkes bir iş hallederken yatak odasına doğru ilerledim. Duvarda kocaman yağlı boya bir tablo vardı. Resimde gece vakti resmedilmişti. Ancak ilginç bir detayı vardı. Kaşlarımı çatarak resme yaklaştım. Karanlık gökyüzünde kocaman bir yıldız ve etrafında onlarca küçük ay vardı. Dudaklarım yukarı doğru kıvrıldı... Resme bakarken içimde hissettiğim ilham hissiyle parmaklarımı resmin üzerinde gezdirdim. Öyle güzel çizilmiş bir resim de değildi. Ama çiziliş amacı sanki dünyaya farklı bir bakış açısıyla bakmayı sağlamaktı. Gökyüzünde kocaman bir yıldız, etrafında bir dolu minik ay... Bu ne güzel bir bakış açısıydı böyle. Başımı biraz sağa çevirdiğimde bu tablonun hemen yanında bir başka tablo gördüm. Bu tablo da beni şaşkınlığa uğrattı. Bunda gündüz resmedilmişti. Gökyüzünün ortasında kocaman bir bulut, sağında solunda bir sürü küçük güneş. Bulutların güneş olduğu, yıldızların ay olduğu, her şeyin yer değiştirdiği apayrı bir dünya resmedilmişti tablolarda sanki. Resimlere hayranlıkla baktığım sırada arkamdan gelen sesle korkarak sıçradım.

"Beğendin mi?" Ege odanın kapısında durmuş beni izliyordu. Çekine çekine kurduğu cümleyle başımı ona çevirdiğimde hayranlık dolu gözlerini gördüm. Utanarak başımı tekrar resimlere çevirdim.

"Çok beğendim. Kim çizdiyse çok güzel düşünmüş. Değişik bir hayal gücü olsa gerek..." Ege gülerek odaya girdi ve resimlerin tam karşısındaki benim yanımda durarak kollarını göğsünde birleştirip resimlere bakmaya başladı.

"Teşekkür ederim..." dedi, "Değişik bir hayal gücüm olduğunu daha önce de söylemiştin." Şaşkınlıkla yüzüne baktım.

"Sen mi çizdin bunları?"

"Evet... Aslında bunları sana hediye etmek için çizdim. Arkalarına da bir şeyler yazdım. Sadece ve sadece sen gör diye, sadece ve sadece sen oku diye. Bunlar bir süreliğine bende kalacak, sırf annen ve baban aramızdaki durumu anlamasın diye. Ama sonra ait olduğu yerde, senin odanda olacaklar. Ya da belki de burası senin odan olacak..."

Kızaran yüzümle birlikte bakışlarımı ona çevirip yüzüne baktım. Göz göze birbirimize bakakaldığımız birkaç saniye sonra gözlerimi acı içinde kapattım. Onsuz geçirdiğim bir buçuk yıl boyunca içimde yaşadığım acılar kendilerini bir türlü unutturmuyordu. Ege'nin elini yanağımda hissettiğim an korkuyla kendimi geri çektim. Gözlerimi açıp yüzüne baktığımda eli havada kalmıştı ve çok üzgün görünüyordu.

"Yanlış anlama..." diye mırıldandım, "Annem ve babam burada."

"Perde asıyorlar. Ama özür dilerim. Biliyorum, çok üzücü bir süreçten geçtin. Bir gün bana neler yaşadığını anlatmanı bekliyorum... Bundan sonra hep yanındayım, bunu bil." Gözlerinin içine uzun uzun baktım. Sonra yavaşça yatak odasına doğru döndüm.

"Çok güzel bir odan var..." diye mırıldandım. Penceresine siyah bir perde asmış, perdesine ise renkli ışıklar tutturmuştu. Yatağının hemen üstünde ışıklarla dünya resmi oluşturan bir tablo asılıydı. Yatağının tam karşısında çalışma masası, üzerinde bilgisayarı. Duvarda büyükçe bir mantar pano... Yatağının her iki başında da limon çiçekleri...

"Limon çiçeklerimizi beğendin mi?" diye sordu heyecanla. Çiçeklerimiz kelimesini özellikle üzerine basa basa söylemişti. Başımı evet anlamında salladım.

"Çok güzeller... Umarım burada mutlu bir hayatın olur. Umarım döndüğüne pişman olmazsın. Çok uzun süredir yoksun, umarım alışabilirsin..." diyerek yutkundum. Boğazım düğüm düğümdü. Boğazım çözülmek ve konuşmak istiyordu, bağıra çağıra onsuzken yaşadığım her şeyi anlatmak...

"Alışamayacağım tek hayat sensizlikti İzmir... Senin var olduğun her şey benim için alışkanlığa bile ihtiyaç duyamayacağım kadar güzel." Gözlerimi ondan kaçırarak duvardaki tablolara çevirdim. Geceyi resmettiği tablonun ortasındaki büyük yamuk yumuk yıldıza odaklandım. O yıldızda kendimi gördüm. Yamuk yumukta ama parlamaya çalışıyordu.

"Ömer, oğlum gel de şu koltuğun yerini değiştirelim..." Babam Ege'ye seslenirken Ege eliyle koluma dokunup odadan çıktı. Odada yalnız kalır kalmaz iki tabloyu da duvardan çıkarıp arkalarını çevirdim. Sırayla ikisinde yazan notları da okumaya başladım.

"Belki bunca zaman sonra beni alıştığımız, var olduğumuz ve yaşıyor olduğumuz bu dünya düzeninde affetmezsin... Bu yüzden sana yeni bir dünya düzeni teklif ediyorum..." Bu birinci tabloda yazılıydı. Bunu okuduktan sonra dolu gözlerle diğer tabloya geçtim.

"Belki beni gökyüzünün en büyükleri ay ve güneşken affetmezsin... O zaman ne olursun ay ve güneş gökyüzünün en küçükleriyken affet beni. Olmaz mı güzel sevgilim?"

Sol gözümden akan bir damla yaşı silerek tabloları elime aldım ve duvarda ait oldukları yere astım... Odadan çıkarken gözlerimi iyice sildim. Yerlere halıları sermişler, perdeleri asmışlardı... Ev ufak tefek ayrıntılar dışında hazır gibiydi. Ege annem ve babamla gülüşerek konuşurken bir süre onları izledim. Sonra benim orada olduğumu fark ederek bana döndüler.

"İzmir, beğendin mi evi?" diye sordu annem heyecanla. Başımı salladım.

"Evet, harika olmuş. Ellerinize sağlık..."

"O zaman seni yeni evinin ilk gününde yalnız bırakalım artık Ömer oğlum... Kalan işlerini hallet. Bugün dernekten de izinlisin. Biz aşağı inelim, sabahtan gidemeyince dernekte çok iş birikti. Mesaiye kalacağız hanımla..." Babam gülerek Ege'nin sırtını sıvazlarken onların peşinden kapıya yöneldim.

"Görüşürüz..." diye mırıldandım hafif bir gülümsemeyle. Ve kendimi merdivenlere attım. Merdiven basamaklarını hızla indiğim sırada içimdeki feci ağlama isteğiyle savaşıyordum. Psikolojimin kaldıramadığı kadar büyük bir şeydi Ege'nin bir anda dönüşü, üstelik üst katımıza taşınması. Gözlerine bakacak gücü bile kendimde zor buluyordum. Bir buçuk yıl... bir buçuk! Hatta daha bile fazla, neredeyse iki yıla yakın bir zamandır yoktu hayatımda. Allah kahretsin...

"İzmir... Kızım sen kahvaltı yaptın mı?"

"Hayır anne. Pek iştahım yok..." Kendimi odama kapatıp birkaç saniyeliğine bilgisayar koltuğumda oturarak duygularımı susturmaya çalıştım. Sonra masamın üzerinde titreyen telefonumu elime alıp ekrana baktım. Ege'den, Kuzey'den ve Merve'den mesajlar vardı...

Kimden: Ege

Mesaj: "Öğleden sonra evin kalan eksiklerini almak için alışverişe çıkacağım. Bana katılmak ister misin?"

Ekrana içim içimi yiyerek baktıktan sonra cevap yazamadan Kuzey'in mesajına girdim.

Kimden: Kuzey

Mesaj: "Günaydın... Dün pek konuşamadık. Umarım iyisindir. Gerçi bu sefer de ben pek iyi değilim... Sanırım orta çaplı bir bunalım yaşıyorum. Seninle konuşmak iyi gelir diye düşündüm. Öğleden sonra Kordon'da buluşup bir iki saat konuşsak olmaz mı?"

Olabilecek en kötü senaryo olmuştu şu an. İki yıldır konuşmadığım ve âşık olduğum adam benimle alışverişe çıkmak istiyordu, çünkü üst katımıza taşınmıştı. Aynı anda onun yokluğu boyunca bana dost olmuş, her anımda yanımda olmuş Kuzey de bunalımda olduğunu ve benimle sohbet etmek istediğini söylüyordu. Aynı anda, aynı zamanda... Merve'nin mesajına bile girmeden sıkıntıyla bir Ege'nin bir Kuzey'in mesajına bakıp durdum. Sanırım şu an yanında olmam gereken taraf Kuzey'di... O benim ne acılarıma ortak olmuştu bunca zamandır ve şimdi bana ihtiyacı vardı, kötü hissediyordu... Korka korka Ege'ye mesaj yazmaya başladım.

Kime: Ege

Mesaj: "Yarın çıksak olur mu? Bugün önemli bir işim var da... Birazdan evden çıkacağım."

Sonra Kuzey'in mesaj sayfasına girdim ve ona mesaj yazmaya başladım.

"Tabii ki, yarım saate orada olurum."

O sırada Ege'nin mesaj sayfasına döndüm ve bana cevap yazıyor olduğunu gördüm. Bu şekilde bir mesaj atmak içime sinmiyor olsa da başka çarem yoktu.

"Sorun değil. Önemli bir işim var derken yalan söylemiyorsun değil mi?"

"Tabii ki hayır," yazdım, **"Gerçekten önemli bir işim var."**

Çevrimiçi... Çevrimiçi... Çevrimiçi... Son Görülme 1*1.13*...

"İzmir. Biz çıkıyoruz kızım!"

"Tamam anne, görüşürüz..." Ege'nin mesajdan bir anda çıkması içimi büyük bir sıkıntıyla kaplamıştı ama yapabilecek hiçbir şeyim yoktu. Telefonumu masaya bırakıp mutfağa geçtim. Ufak tefek birkaç şey atıştırdıktan sonra odama geri döndüm. Aynada saçlarımı düzelttim ve telefonumu alıp çantama atarak evden çıktım. Merdivenlerde birkaç saniye durup üst kattan herhangi bir ses gelip gelmediğini dinlemeye çalıştım. İnce bir müzik sesi duyuluyordu merdivenlerde... Bu dünyada belki de bir onun bir de benim seveceğim bir müzik türü...

"Ah benim güzel Ege'm..." dedi iç sesim geçmişe dönerek. Oysa tam bu cümlenin ardından silkelenerek kendime gelerek gerçek dünyaya dönmem gerektiğini biliyordum. Benim güzel Ege'm beni aylarca habersiz ve onsuz bırakmıştı. Dünya bu kadar güzel ve aydınlık değildi. Işıklarım yanıyordu evet, ama rengârenk değillerdi işte... Hüzünle merdivenleri indim, peşimdeki korumaların varlığını bile hatırlamadan yolları hızlı hızlı yürüyüp Kordon'da buldum kendimi. Telefonumun titreyişiyle aynı anda Kuzey'i gördüm. Kulağında telefon vardı, beni arıyor olmalıydı.

"Kuzey!" diye seslendim ve ona doğru yürümeye başladım. Sesimi duymasıyla telefonu kapatması bir oldu. Bana baktı, gülümsedi ve bana doğru yürümeye başladı. Orta noktada buluşup selamlaştığımızda gerçekten de kötü görünüyordu. Her zamankinden farklıydı... Bunalımda olduğu her halinden belliydi.

"Ne oldu?" diye sorarken buldum kendimi bir kahvecinin bahçesinde otururken.

"Sebebi yok..." dedi önce, "Bilmiyorum. Yani aslında bir sebep var..."

"Sebebi yok ama var?" dedim gülerek, "Nasıl yani?" Gülmeye başladı.

"İşten ayrıldım. Sana bahsettiğim işe girmek için... Ama girmeyi planladığım işe de başkasını aldılar. Öyle mal gibi ortada kaldım yani..." Yüzüne şaşkınlıkla baktım.

"Ciddi misin sen? Adam sana seni kesin işe alacağını söylememiş miydi?"

"Evet... Ama ben işten ayrılana kadar başkasını almış işte. O pozisyonun acilen dolması gerekiyormuş, benim de işten ayrılmam geciktiği için bekleyememiş filan falan..."

"Şaka gibi ya! Nasıl böyle bir şey yapar?" dedim öfkeyle, "Onun yüzünden kaç yıllık işinden ayrıldın sen. İnanamıyorum," dedim öfkeyle.

"Aynen öyle... Oradaki arkadaşlarımı, patronumu ne kadar sevdiğimi biliyorsun. Sadece daha iyi bir kariyer imkânım olsun diye ayrıldım işimden. Ve yaşadığım şeye bak. Dün anlatacaktım sana aslında, ama bir türlü konuşamadık... Yoğundun sanırım."

"Yoğun mu? Ha, evet... Tiyatro işleri filan... Biliyorsun..." Başını salladı.

"Şu an bu olayı sana anlatmak bile iyi geldi biliyor musun?" diye mırıldandı gülümsemeye çalışarak. Ben de ona gülümsedim.

"Her zaman yanındayım," diye mırıldandım, "Merak etme, bu iş olmadıysa çok daha iyisi olacağı içindir..." Karşımda çok çaresiz çok sıkılmış görünüyordu. Bir anda elini elimin üzerine koydu benden destek almak istercesine. Elini elimin üzerine koyunca kendimi o kadar kötü hissettim ki sanki Ege'ye ihanet ediyor gibiydim. Fakat elimi çeksem çok garip olacaktı, sonuçta o benim arkadaşımdı ve yanlış bir şey yapmıyordu.

"Teşekkür ederim..." diye mırıldandı, "İyi ki girdin hayatıma. Merve'nin bana kattığı en güzel şeysin."

Çekinerek gülümsedim. Ondan bu tarz şeyler duymaktan da pek hoşlanmıyordum. Bunları duymak bile bana Ege'ye ihanet ediyormuşum gibi hissettiriyordu.

"Önemli değil. Benim için yaptığın onca şeyden sonra..." dedim başımı öne eğerek.

"Yine olsa yine yapardım. Biliyorsun..." Başımı ona bakmak için kaldırdığım sırada gözlerim oturduğumuz yerin camına kaydı. Camdan dışarıda gördüğüm tanıdık bir yüzle önce birkaç saniyeliğine bir şok yaşadım. Göz yanılsaması mı yoksa gerçek miydi bilmiyordum. Sonra gözlerimi dikkatlice ona diktiğimde gerçek olduğunu anladım. Kalbimden bir kurşun yemiş gibi oldum o an.

Buradaydı!

Ege... Tam karşımızda...

Bana doğrudan bakarken bir anda acı bir gülümseme belirdi yüzünde. Başını bana selam verir gibi salladı ve elini yine selam verir gibi havaya kaldırdı. Sonra çekip gitti. Bir yabancı gibi bana uzaktan selam verdi yüzünde acı bir gülümsemeyle ve çekip gitti. Şok içinde ardından bakarken içimde ambulans sirenleri çalıyordu adeta. Bizi görmüştü. Kuzey elini elime koyduğunda, birbirimize gülümsediğimizde ve ona önemli bir işim var deyip buraya kahve içmeye geldiğim gerçeğiyle... Şu an o kadar üzgündüm ve o kadar pişmandım ki en büyük dileğim yerin yarılmasıydı. Yapacağım tek şey yarılan yerin içine girmek olacaktı. Oysa kalkıp Ege'nin peşinden gidemeyecek kadar salaktım o an. Kuzey'i bu kadar bunalımlı bir anında bırakıp gitmek mi yoksa yaşadığı bu hayal kırıklığı anında Ege'nin peşinden koşmamak mıydı doğru olan? Telefonumu çıkardım, hızla ona mesaj yazmaya başladım.

"Ege, lütfen beni dinle."

Çevrimiçi...

"Kuzey benim yakın arkadaşım," diye yazdım ve telaşla yazmaya devam ettim.

"Bana çok ihtiyacı olduğunu, bunalımda olduğunu söyledi. Bu yüzden şu an buraya gelmek zorundaydım. Sana yalan söylemedim, onu sana tercih de etmedim. Sadece o benim çok zor zamanlarımda yanımdaydı ve ben de onun yanında olmak zorundaydım. Özür dilerim. Gördüğün hiçbir şeyde yanlış anlaşılacak bir şey yoktu. Elini elime koymuş olması tamamen arkadaşçaydı... Sadece kahve içip sohbet eden iki arkadaşız, daha fazlası değil."

Çevrimiçi... Çevrimiçi... Çevrimiçi...

"Lütfen bir şey söyle Ege."

Çevrimiçi... Yazıyor...

"Afiyet olsun. Önemli işin bittiğinde konuşuruz. Ben bölmeyeyim..."

Çevrimiçi... Son Görülme *12.46...*

Ege'nin sohbetten çıkması kalbimi paramparça ederken çaresizce ekrana bakakaldım. Sanırım artık sadece ben ona kırgın değildim, o da bana kırgındı... Karşımda dururken gözlerinde gördüğüm hüzün ise onda uzun zamandır görmediğim bir hüzündü. Bana geçmişi hatırlatmıştı, eski günlerimizi. Ve o an fark ettim ki ben geçmişi deli gibi özlüyordum. Her şeyden çok...

“

Kar giderek şiddetini artırıyor, atlar sabit bir şekilde durdukları için hastalanmaya başlıyor, küçük kızın durumu ise daha kötüye gidiyormuş. Babası çaresizce küçük kızın başında beklerken şövalye etrafta geziniyor ve yardım edebilecek birini arıyormuş. Şövalye, dağın ağaçlık tarafından aşağıda kalan uzaktaki köye seslenmeye çalışırken çadırdan küçük kızın babasının acı dolu sesi duyulmuş, "Şövalye! Yetiş! Kızım ölüyor!" Babası küçük kızı kucaklayıp dağ bayır koşamayacak kadar güçsüz, zayıf ve hastaymış. Şövalye çadıra koştuğu gibi küçük kızı kucaklamış ve dağın yokuşundan aşağı bir kaya bir düşe koşmaya başlamış. Şövalye hayatında ilk kez kendini bu kadar korku içinde hissediyormuş. Onlarca savaş görmüş, yüzlerce kılıç darbesi almış ama korkuyu ilk kez burada, küçük kız kollarında can çekişirken tatmıştı.

”

Sen geldin.
Bir gök gürledi,
güzel bir müzik başladı ve
bütün şehir uyandı.
Sen geldin, inanabiliyor musun?

Sen geldin...

17. Bölüm:
Aptal Ege ve Aptal İzmir.

> *İnanabiliyor musun, sen geldin...*

Kuzey'le ayrıldığımızdan beri Ege'nin telefonunu arıyorum. Fakat telefonu saatlerdir kapalı. Önce eve dönüp orada olup olmadığını kontrol ettim, yoktu. Gidebileceğini düşündüğüm her yeri tek tek gezdim, onu hiçbir yerde göremedim. Kalbim bir kuş gibi çırpınıyordu içimde, sanki daha yeni gelmişti ama yine gidecek gibiydi... Sanki onu yine kaybedecek ve yine aylarca görmeyecek gibi hissediyordum. Bedenim tir tir titriyor, yüzüm alev alev yanıyordu. Akşama kadar sokaklarda dolaştım, onu her yerde aradım. Tüm ev eşyası satan mağazalara tek tek girdim, ama Ege'den iz yoktu. Defalarca eve geri döndüm, kapısına vurdum. Defalarca telefonunu aradım.

"Allah'ım yardım et..." diyordum içten içe, sanki küçük çocuğumu piknikte kaybetmişim gibi dört dönüyordum koca şehirde. Akşama doğru şiddetli bir yağmur bastırınca kendimi binamıza atmak zorunda kaldım. Annem ve babam iki saat önce arayıp çok işleri olduğunu ve eve gece on ikiden önce gelemeyeceklerini haber vermişlerdi.

"Tamam anne," demiştim, "Yalnız dönmeyin eve o saatte. Ömer de sizinle mi? Yani şu yeni komşu..."

"Hayır kızım, ona izin verdi baban. Binada yok mu? Görmedin mi hiç?"

"Hayır... Görmedim..."

"Allah Allah... Alışverişe çıkmıştır herhalde."

"Herhalde..." demiştim titremeye başlayan sesimle. Şimdi ise odamda oturmuş ağlaya ağlaya saçlarımı kurutuyordum. Hayatımın değişmiş olduğu bir gerçekti, hayatıma yeni bir arkadaş girmiş olduğu da bir gerçekti, Ege'siz bir ton şey yaşamış olmam da bir gerçekti, değişmiş olmam da büyümüş olmam da ona kırgın olmam da birer gerçekti. Ama şu an yaşadığım üzüntüyü yaşıyor olmam beni darmadağın etmişti. Bugün yaptığım benzetme o kadar doğruydu ki... Çocuğumu kaybetmiş kadar üzgündüm. Küçücük yavrumu arayıp arayıp bulamamış gibi üzgündüm. Öyle çaresiz, öyle savunmasız, öyle travmatik bir acı içindeydim.

"Aptal saçlarım, aptal!" dedim inatla kurumayan saçlarımı kurutmaya çalışıp bir yandan hüngür hüngür ağlarken. Öyle Bir Geçer Zaman Ki dizisindeki Osman gibi ağlıyordum. Öfkeyle saç kurutma makinesini yatağıma koyup fişini çektim. Telefonumu elime alıp Ege'yi bir kez daha aradım.

"Aradığınız aboneye şu an ul-"

"Lanet olsun..." diye söylenerek çaresizce odamın içinde dolaşmaya başladım. Gözyaşlarımı durduramıyordum. Dışarıdaki gök gürültüsü ve şimşekler eşliğinde son bir yılın en yağmurlu gecesi yaşanıyordu. Saat 20.37'ydi. Penceremin önüne geçerek belki sokakta onu görürüm umuduyla camdan baktım. Camdaki yansımam o kadar perişan görünüyordu ki halsizce gözlerimi kendi yansımamdan ayırıp dışarıya çevirdim.

"Neredesin Ege?" diye fısıldadım geceye doğru. Bir gök gürledi o an. Ardından öyle bir şimşek çaktı ki adeta şehre gündüz geldi bir saniyeliğine. Ve hemen ardından bir anda bizim ev ile beraber tüm sokağın elektriği gitti. Korkuyla yerimden sıçradığımda kendimi camdan geri çektim. Telefonumu kaptığım gibi evden çıktım. Merdivenlere telefonumun el fenerini tutarak üst kata çıktım ve çaresizce Ege'nin kapısına vurdum. Kapıyı açan olmadı, içeriden hiçbir ses de gelmiyordu zaten. Ege'nin dairesinin önündeki merdivenlere hüzünle oturdum ve onu beklemeye başladım. Bir yandan ağlıyor, bir yandan karanlıktan korkuyor ve bir yandan ismini sayıklıyordum... Başımı merdivenin korkuluklarına yaslamış ve gözlerimi kapatıp kendimi kendi karanlığıma muhtaç etmiştim.

"Lütfen gitmiş olmasın..." diye sayıklıyordum kendi kendime gökyüzünde belki de tam şu an bir yıldız kayıyor olduğunu varsayarak.

"Lütfen gitmesin..."

"Lütfen..."

Kaç dakika boyunca orada ağlaya ağlaya sayıkladım bilmiyorum ama bildiğim tek bir şey var, o da ağlaya ağlaya merdivenlerde uyuyakaldığım... belki yarım saat belki kırk dakika sonra vücudumu saran kollarla gözlerimi araladığımda sırılsıklam olmuş bir bedenin beni kucağına aldığını fark ettim. Binanın içi zifiri karanlıktı ve ben beni kucağına alan kişinin kim olduğunu göremiyor, bunun bir rüya mı gerçek mi olduğunu ise ayırt edemiyordum.

"Ege..." diye fısıldadığımı hatırlıyorum o olması için Allah'a yalvararak.

"Benim..."

"Sen misin? Gitmedin mi?" Beni kucağında evine sokup üçlü koltuğuna yatırdığında evin içi o kadar karanlıktı ki birbirimizi asla göremiyorduk. Ama onun burada olması benim için başıma gelebilecek en güzel senaryoydu.

"Nereye gidecektim ki?" diye sordu alaycı bir sesle önümde eğilmiş bir şekilde. Ne ben onu görebiliyordum, ne de o beni.

"Gitmeyecek miydin?" diye sordum karanlığa doğru.

"Gitmeyeceğim İzmir... Ne olursa olsun. Gitmemek üzere geri geldim. Yoksa... Yoksa sen benim gideceğimden mi korktun?" Gözyaşları içinde başımı salladım.

"Evet... Öğlenden beri seni aramadığım yer kalmadı! Neredeydin?" Ege'nin güldüğünü duydum.

"Sinemadaydım," dedi onu aramam hoşuna gitmiş gibi.

"Bu kadar saattir sinemada mıydın?"

"Evet... Art arda üç film izledim."

"Ne?" dedim şaşkınlıkla, "Neden yaptın bunu?"

"Kendimi dünyadan soyutlamam ve düşünmem gerekiyordu. Gündüz saatlerinde bulabileceğim tek karanlık yer sinemaydı. Tek başıma kimsenin izlemeyeceği üç film seçtim. Üç bilet aldım. Üçüne de girdim ve izledim, düşündüm..."

"Ne düşündün?" diye sorduğum sırada dizlerimin önünde oturuyordu.

"Sen ne zamandır bu kadar çok soru soruyorsun?" dedi gülerek. Gözyaşlarımı silerek gülmeye çalıştım.

"Sen hayatıma geri döndüğünden beri..." diye mırıldandım. O sırada bana yaklaştığını hissettim, nefesini nefesimde hissediyordum. Burnu burnuma değdiğinde kalbimin atışının hızlandığını hissettim.

"İzmir..." diye fısıldadı, "Öpsene beni..."

Ne yapmalıydım bilmiyordum. Burun buruna, alın alına vermiş bu karanlık gecede birbirimizi görmeden ve birbirimize bu kadar kırgınken gerçekten de gardımızı indirip birbirimizi öpmeli miydik?

"Seni göremiyorum..." diye fısıldadım dudaklarına doğru.

"Bir önemi var mı?" dedi fısıltıma fısıltıyla cevap vererek.

"Doğru... Hiçbir önemi yok."

O an hiçbir şeyin hiçbir önemi yoktu. Kendime izin vermiştim, bir kez olsun kalbimi takip edecektim bir yıl dokuz aylık bir aradan sonra. Ona doğru yaklaştım, dudaklarımı dudaklarına değdirdim. Derin bir nefes aldık aynı anda birbirimizin nefesini solumak ister gibi. Elleri sıkıca ellerimi tuttu. Dudaklarımız birbirimizin dudakları üzerinde gezinirken gözlerimden akan birer damla yaş ikimizin de dudaklarını ıslattı. Özlemden ağlıyordum... Bir an için gözlerimi kapattığım karanlıkta gözlerimin önüne onun yokluğunda çektiğim acılar geldi. Bir anda geri çekiverdim kendimi. Koltuğa yaslandım çökmüş bir halde.

"İyisin, değil mi?" diye sordu.

"Hayır," dedim dürüst bir sesle, "İyi değilim Ege."

"Neyin var?" Sesi korku doluydu, titriyordu.

"Mum yakmamı ve öyle konuşmamızı ister misin?" diye sorarak telaşla ayağa kalktı ama tekdüze bir sesle onu durdurdum.

"Hayır. Bu sefer de karanlıkta kalalım Ege... Bu sefer de ışığımız olmasın, boşver..."

"Tamam..." diye fısıldadı titreyen sesiyle. Dizlerimin önüne oturdu bir kez daha.

"Anlat..." Burnumu çektim. Derin bir nefes aldım, çünkü bu nefese ihtiyacım olacaktı...

"Sen gittikten sonra bir harabenin içinde yaşamaya başladım..." diyerek başladım anlatmaya.

"Annem ve babam hiçbir sağlık sorunları olmasa da yaşadıkları onca şeyden ötürü bu eve geldiklerinde psikolojik olarak mahvolmuş bir haldelerdi. İlk birkaç ay evden dışarı adım atmama bile izin vermediler, beni bu binaya, evime hapsettiler. Geceleri sürekli olarak odama girip benim yatağımda olup olmadığımı kontrol ediyorlardı. Belki bir gecede on beş, yirmi kez. Bazen de ben onların kâbus görme sesleriyle uyanıyor odalarına koşuyor kâbus gören kimse onu sakinleştirmeye çalışıyordum. Annem başlarda çok kötüydü... Geceleri kâbuslarla uyanıyor kendini hala o tutulduğu yerde sanıyor ve odasından kaçmaya çalışıyordu. Kimseyle görüşmeme izin vermediler aylarca... Biriyle telefonda konuştuğumda bile odama girip telefonumu elimden alıp kimle konuştuğumu kontrol ediyorlardı. Bunun yavaş yavaş normale dönmesi sanırım bir dört ayımı aldı. Hep seni hayal ettim, akşamları odamda, yatağımda oturup bunları hep sana anlattığımı hayal ettim. Hep senin benimle konuştuğunu hayal ettim, hep senin bana destek olduğunu hayal ettim ama bir yerden sonra pes ettim... Sensizlik bana o kadar büyük bir acı verdi ki en yakın arkadaşımı, ailemi kaybettiğimi hissettim..." dedim hüngür hüngür ağlayarak.

"İzmir..." dedi Ege gözyaşları içinde titreyen sesiyle. Başka hiçbir şey diyemedi.

"Sen benden her şeyimi aldın. Hiç mi haber yollayamazdın? Hiç mi?" dedim bağıra bağıra.

"Bilmiyorum!" dedi Ege tir tir titreyen sesiyle, "Allah kahretsin... Yemin ederim tek amacım sadece seni ve ailemi korumaktı. Yanlış bir şey yapmaktan çok korkuyordum."

"Ege sen beni yedi ay bir kez bile aramadın, tek bir cümle bile yazmadın! Yedi ay! Kendime yepyeni bir hayat inşa ettim. Tek başıma, mutsuz, üzgün yepyeni bir hayat... Hiç mi aklına gelmedim?"

"Sen benim aklımdan çıktığını mı sanıyorsun İzmir?" diye sordu Ege, sesi çok kötüydü...

"Kırmızı bültenle mi aranıyordunuz da yedi ayda tek bir haber yollayamadın Ege!" dedim tüm öfkemi gözyaşları içinde kusarak, "Hep sustum. Hep senin haklı olduğunu düşündüm, hep iyi düşündüm ama aslında içimde bir öfke yığını büyümüş ben farkında olmadan. Bunu seni burada ilk gördüğümde fark ettim... Sen koskoca yedi ay sonra beni aradın ve hiç konuşmadın. Ama en azından aradın. Bunu çok daha önce yapabilirdin, sen de biliyorsun. Ben tüm o acıları çekerken bunu çok daha önce yapabilirdin. Seninle konuşmak benim için yepyeni bir hayat demekti, yeni bir umuda kapıldım yedi ay sonra... Peki, sonra ne oldu?" dedim gök gürlemesiyle aynı anda. Ve konuşmaya devam ettim...

"Sana sarhoş kafamla ne kadar acı içinde olduğumu söyledim, birkaç yanlış anlaşılma yaşadık ve beni bir daha aramadın... Bir yıl iki ay boyunca... Beni bir daha hiç aramadın. Ne kadar kolay değil mi? Söylemesi, duyması, dinlemesi, yazması, okuması ne kadar kolay... Bir yıl iki ay. Çok kolay. Ama ben o bir yıl iki ay boyunca her saniye acı çektim. Büyüdüm. Acı beni büyüttü. Yanımda sen yoktun. Kuzey vardı. Sinemaya da onunla gittim, gözyaşlarımı da onunla akıttım, duygularımı da onunla paylaştım. Hadi son iki aydır geldin ve uzaktan izledin beni tamam... Kusura bakma ama koskoca bir yıl boyunca gerçekten sırf acı çekiyorum dedim diye beni aramamaya nasıl dayandın?"

"Haklısın..." dedi titreyen sesiyle, "Yüz binlerce kez haklısın. Senin zarar görmenden, ailemin zarar görmesinden korktum. Daha fazla acı çekmeni istemedim. Benden kurtulmanı istedim. Ama aklımdan çıkmıyordun, kalbimden zaten çıkamazdın, her güne senin videolarını izleyerek başlıyordum, her akşam ses kayıtlarını dinleyerek uyuyordum. Evimde kalan kıyafetlerini her gün kokluyordum, sana yemin ederim! Çok özür dilerim, çok ama çok özür dilerim... Tüm o acıları yaşarken yanında olmayı ve seni iyileştirmeyi her şeyden çok isterdim. Ama olmadı... Yapamadım... Hayat buna izin vermedi..."

O ağlıyordu, ben ağlıyordum, gökyüzü ağlıyordu...

"Bir gün odamdaki tüm ışıkları topladım... Haftalarca karanlıkta uyudum, biliyor musun? Işıklar bana seni hatırlatıyordu..." diye mırıldandım ağlamam yavaş yavaş dinerken.

"Beni unutmaya mı çalışıyordun?" Sesi o kadar üzgündü ki içimi acıtıyordu.

"Evet," dedim acı bir sesle, "Seni unutmaya çalışmasam üzüntüden ölmüş olabilirdim şimdiye kadar..."

"Unutabildin mi bari?" diye sordu korkuyla. O sırada bir şimşek çaktı, tüm ev aydınlandı ve biz birbirimizin gözyaşlarıyla ıslanmış yüzlerini gördük. Bir anda onun o kıpkırmızı olmuş yüzünü görünce gülmeye başladım.

"Çok komik görünüyorsun..." dedim aynı anda hem ağlayıp hep gülerek.

"Sen bir de kendini görsen..." O da gülüyordu.

"İki dakika önce ağlıyorduk, birbirimize acılarımızı anlatıyorduk. Şimdi gülüyoruz..." dedim karanlık geri döndüğü an.

"Biz hep böyleydik İzmir... Hatta bir keresinde ne demiştik kendimize, hatırlıyor musun? Aptal Ege ve Aptal İzmir'in büyük aşkı..." Acı içinde güldüm.

"Eski günler... Çok eski günler... Çocuk sayılırdık o günlerde..."

"Biz hala çocuğuz, sen bana karşı o kadar dolusun ki etrafına ördüğün duvarlar sana büyüdüğünü düşündürtüyor. Ama sen hala benim ilk kez tanımaya başladığım İzmir'sin..." Omuz silktim.

"Çok değiştim, inan bana..."

"Seni senden iyi tanıyorum İzmir. Sen hala aynısın. Ve bana izin verirsen sana içindeki o gerçek İzmir'i bizzat ben göstereceğim. Bak güzelim..." dedi yalvarırcasına. Ve devam etti,

"Büyük bir hata yaptım. Bize çok uzun bir zaman kaybettirdim... Ama dediğim gibi tek amacım seni ve ailemi korumaktı. Sana bu süreçte ulaşmamam çok büyük bir aptallıktı. İlk başlarda başımdaki beladan kurtulamayacağını düşündüğüm için senin kendine yeni bir hayat kurmanı diledim bu ne kadar benim içimi acıtsa da... Fakat sonraları işlerin yoluna giriyor olduğunu görünce tek planım seni nasıl geri alacağım üzerineydi. Kafamı çok duvarlara vurdum ama son iki aydır çok da mutluydum biliyor musun... Çünkü emindim, seni geri alacağıma emindim. Buna şüphem yoktu... Ve sana sormak istediğim bir soru var..." dedi ağır ağır. Karanlıktan yüzünü göremiyordum ama bir anda susmuş olması kaşlarımı çatmama sebep oldu.

"Ne soracaksın?" Birkaç saniyeliğine sessiz kaldı ve sonrasında bir anda bir kez daha şimşek çaktı ve oda bir kez daha aydınlandı. Ege önümde diz çökmüş elinde bir kolye kutusuyla bana bakıyordu. Şaşkınlıkla gözlerimi kolyeye çevirdim. Kolyenin üzerinde küçük bir Eyfel Kulesi sembolü vardı.

"Sevgilim olur musun komşu kızı?" diye sordu umut dolu gözlerle. Şok içinde ona bakarken oda yeniden kapkaranlık oldu.

"Ne?"

"İki normal insan gibi, mesafeler olmadan, sanki aynı binanın içinde tanışmışız da birbirimizden hoşlanmışız ve sana sevgilim olmanı teklif ediyormuşum gibi... Geçmişi unut," dedi ellerimi tutarak,

"Her şeye yeniden başlayalım. Sıfırdan, yeni tanışmışız gibi... Olmaz mı?" Sonra hareketlendi, ayağa kalktı ve o an ellerini saçlarımda hissettim. Saçlarımı alıp omzuma doğru çekti ve kolyeyi boynuma taktı.

"Kolyeyi takarım, tamam," diye mırıldandım, "Ama bu teklifini kabul ettiğim anlamına gelmiyor. Madem yeni tanıştık, sevgilin olmam için kalbimi kazanman gerekiyor," dedim umutla. Ege'nin güldüğünü duydum.

"Haa, oyun istiyorsun yani. Tamam, oynayalım. Ama göreceksin, kalbini de seni de geri kazanacağım." Gülerek ona döndüm,

"Geri kazanmak mı?" diye sordum, "Hani yeni tanışmıştık ne geri kazanması?"

"Pardon," dedi gülerek, "Kalbini de seni de kazanacağım. Oldu mu?"

"Oldu..."

"O zaman seni öpebilir miyim?" Gülerek karanlığa rağmen ayağa kalktım.

"Hayır," dedim, "Genelde yeni tanıştığım insanlarla öpüşmüyorum. Kusura bakma. Ama el sıkışabiliriz," diyerek ona doğru elimi uzattım şimşek bir kez daha odayı aydınlattığında. Tam o an elektrikler geri geldi. Odanın ışıkları bir bir yanarken elim havada bekliyordum. Ege de elini uzatıp elimi sıktım.

"Ben İzmir..." diye mırıldandım.

"Ben de Ege..." dedi gülümseyerek.

"Çok memnun oldum Ege... Umarım yeni evinde çok mutlu olursun."

"Teşekkür ederim komşu kızı... Peki, şimdi öpebilir miyim seni? O aşamaya geldik mi?" Gülerek koluna vurdum.

"Ama böyle oynanmaz ki!" Ege gülerek yüzüme bakarak başını salladı.

"Haklısın, mızıkçılık ruhuma işlemiş... Ama şunu unutma..." diye fısıldamaya başladı kulağıma doğru eğilerek.

"Seni bir gün öpeceğim..." Utanarak ondan uzaklaştım.

"Geç oldu," dedim, "Ben aşağı ineyim. Annemler yabancılarla konuşmamdan pek hoşnut olmuyor da." Ege ufak bir kahkaha atarken kaşlarımı çatarak ona döndüm.

"Bu arada bir şey merak ediyorum... Neden buraya taşındın? Yani neden illa bizim binaya taşındın? Bu şekilde annem ve babam varken görüşmemiz daha zor olacak, biliyorsun, değil mi? Başka bir sokağa taşınarak da bana yakın olabilirdin..." Başını salladı.

"Tiyatro salonunda biriyle konuşmanı duydum. Kapıdaki güvenlikler yüzünden pek dışarı çıkamıyorum deyince ben de sizin binaya taşınayım dedim..." Şok içinde yüzüne baktım.

"Delisin sen, cidden delisin."

"Gitsek deliyiz, gelsek deliyiz, ne yapayım ben daha..." dedi gülerek. Ona son kez derin bir iç çekerek baktım ve kafamla kapıyı işaret ettim.

"Ben artık gerçekten gideyim. İyi geceler... Umarım tüm duygularımı anlamışsındır..." Başını salladı ve bana içi giderek baktı.

"Keşke gitmesen... Ve anladım, merak etme."

"İyi geceler Ege..." diye mırıldandım kapıya doğru yöneldiğim sırada.

"İyi geceler Işık Perisi..." Kaşlarımı çatarak ona döndüm.

"Bunu nereden biliyorsun? Bu lakabı bana Merve taktı!"

"Bloğuna yazmıştın..."

"Haa," dedim, "Doğru ya... Unutmuşum. Tamam o zaman, görüşürüz..."

"Görüşürüz..." dedi ardımdan bakarak. Ege'nin evinden çıkıp kendimi merdivenlerden aşağı inerken buldum. Yukarı bir harabe gibi çıkmış aşağı ise bir kuş gibi iniyordum. Merdivenler bile her zamankinden daha güzel geliyordu gözüme. Evimizin kapısı bile o kadar güzel duruyordu ki karşımda... Kapıdan girerken daha huzurluydum artık. Bir kuş gibi girdim içeri, odama geçtim, rengârenk ışıklarımı yaktım ve bilgisayarımı açtım. Çok uzun bir zaman sonra ilk kez bloğuma mutluluk üzerine bir şeyler yazmaya karar verdim... Belki de bir şiir olurdu mutluluğum...

"Kapkaranlıktı tüm şehir.
Sen geldin,
bir şimşek çaktı,
ve bütün şehir aydınlandı.
Kupkuruydu kaldırımlar, topraklar.
Sen geldin,
yağmur başladı,
ve bütün şehir ıslandı.
Çıt çıkmıyordu koskoca şehirde, her yer sessiz.
Sen geldin,
bir gök gürledi, güzel bir müzik başladı,
ve bütün şehir uyandı.
Sen geldin,
inanabiliyor musun?
Sen geldin...
Sen geldin...
Geldin...
Hoş geldin."

“

Şövalye dakikalarca insanüstü bir hızda koşarak dağın yamacındaki köye ulaşmış ve bütün kapıları ayağıyla çalmıştır. Bağıra çağıra tüm köyü uyandırmış ve kucağındaki küçük kızla yardım için yalvarmıştı. Köyün şifacısı gecenin bir vakti köylüler tarafından uyandırılmış, kapısı şövalye tarafından kırılmış ve yatağına küçük kız yatırılmıştı. "Eğer onu uyandırırsan sana bin altın veririm!" demişti şövalye, bin değil bir altını bile yoktu ama bunun önemi de yoktu.

Bir saniyede değişir her şey Ege. Bir şey olur, bir şeyler yaşanır, bir şeyler kaybedilir ve bir saniyede değişir her şey...

18. Bölüm
Artık Uyan!

> *"Bu dünya kırıklarının iyileşmemesi gereken insanların dünyası."*

Eve döndüğümde bütün gün bir sıcağın bir yağmurun altında dolaşmaktan kendimi oldukça halsiz hissediyordum. Döner dönmez yatağıma yarım saat uzanmak için yattım fakat gözlerimi kulağımın tepesinde hissettiğim bir sesle açtığımda anladım ki çoktan sabah olmuştu ve ben yarım saat kestirmek için yatmış olmama rağmen uyuyakalıp sabaha kadar uyumuştum. Duyduğum sesin nereden geldiğini anlamaya çalıştığım sırada sesin sol tarafımdan yani direkt olarak penceremden geldiğini anladım. Bu ses tam olarak bir cama taş atılma sesiydi. Birisi camıma taş atıyordu!

"Ne oluyor?" diye söylenerek perdemi açtığımda karşıma pembe renk bir uçan balon çıktı. Üzerinde **"Artık uyan!"** yazıyordu. Şok içinde balona bakakaldım önce. Sonra kendi kendime gülmeye başlayarak camı açtım ve balonu elime aldım.

"Artık uyan!" Aynı yazıyı bir kez daha okuduktan sonra kıkırdayarak camdan aşağı baktım. Onun o güzel yüzünü sokakta gördüğümde gülüşüm büyüdü.

"Günaydın!" dedi sessizce dudaklarını oynatarak.

"Günaydın..." diye mırıldandım. Birbirimizi duymuyorduk ama dudaklarımızı okuyabiliyorduk. Sonra bana parmağıyla diğer elindeki telefonunu işaret etti. Kaşlarımı çatarak yüzüne baktım önce birkaç saniye boyunca. Sonra anladım ki telefonla konuşmak istiyordu.

"Tamam!" diyerek içeri koştum ve masamdan telefonumu alıp onu aradım.

"Alo!" dedi dünyanın en pozitif sesiyle.

"Alo..." diyerek cama çıktım. Eliyle yolu gösterdi ve konuşmaya başladı.

"Seni uyandırmak için dernekten buraya geldim... Şimdi geri dönmem gerekiyor. Yol boyunca konuşabiliriz, değil mi?"

"Tabii ki," dedim gülerek. O sırada Ege bana el salladı ve yolda yürümeye başladı. Ben de ona el salladım sanki evlenmişiz de onu işe uğurluyormuşum gibi.

"Annemler..." derken sözümü kesti.

"Onlar dernekte. Şu an saat on bir buçuk. Biz işe başlayalı üç buçuk saat oluyor. Hava yirmi yedi derece, ara ara sağanak yağışlı ve bulutlu." Gülmeye başladığım sırada bir haber spikeri edasıyla konuşmaya devam ediyordu.

"Sabah dokuz gibi tüm şehrin feribot seferleri bir saatliğine durduruldu. İzmir'i Ege bölgesini kasıp kavuran bir yağmur dalgası aldı kısacası... Havalimanındaki uçuşların yüzde yetmişinde rötar var, bu arada ünlü ışık perisi İzmir Aksoy dün gece uyurken kameralarımıza yakalandı ve kendilerine yeni başlayan ilişkileri hakkında mikrofonlarımızı yöneltdiğimizde bize cevap vermeyerek uyumaya devam etti. Şimdi spor haberlerine geçiyoruz!" Gülmekten ölmek üzereydim ve ben güldükçe o daha şevkle konuşuyordu.

"Ünsüz futbolcu Ömer Ege Zorlu dün gece yeni evinde gerçekleştirdiği eşya yerleştirme deplasmanı sırasında yemek masasının yerini tek başına değiştirmeye çalışırken bacağını masanın ayağına çarptı."

"Ne? İyi misin?"

"Hemen ardından bacağına buz kompresi uygulayan ünsüz futbolcunun sağlık durumunun iyi olduğu öğrenildi."

"Artık hep böyle mi konuşacaksın?" dedim kahkahalarımın arasında.

"Aynı zamanda yaşadığı kaza sonrasında gerçekleştirdiği basın açıklamasında ünsüz futbolcunun artık hep böyle konuşacağı öğrenildi. Kendisine muhabirlerimiz tarafından yöneltilen aşk sorularına ise cevapsız kalmayan Ömer Ege Zorlu aynen şöyle dedi, 'O kadar aşığım ki o hayatımda olduğu sürece manzaralı bir eve ihtiyacım olmayacak...'"

Kısa bir sessizlik, iki derin iç çekiş ve Ege'nin sokaktan çıkışı...

"Bütün gün dernekte mi olacaksın?" diye mırıldandım.

"Evet... Ama yanında olmama ihtiyacın varsa babandan bir kez daha izin isteyebilirim..."

"Hayır... Yani evet... ama hayır..."

"Peki," dedi ve bir kahkaha attı Ege. Utançla gülmeye başladığım sırada camı kapatmış oturma odasına doğru yürüyordum.

"Yani evet yanımda olmana tabii ki ihtiyacım var. Ama hayır, izin isteme. Kendine burada bir düzen kurmuşsun ve bu düzeni benim yüzümden bozma. Babamın tersi kötüdür, bir anda kovulabilirsin bunu unutma..." Ege gülmeye devam ettiği sırada ben kahve yapmak için ısıtıcıda su ısıtmaya başlamıştım.

"Ciddi misin?"

"Evet. Babam insanlara hiç beklemedikleri anlarda beklemedikleri tepkileri vermesiyle meşhurdur, haberin olsun."

"Ha, yani şimdi ailece gelsek babandan seni istesek... Vermeyebilir diyorsun yani?" Kıkırdayarak buzdolabını açtım ve ne yesem diye düşünmeye başladım.

"Şu hale bak Ege," diye mırıldandım gülerek, "Tumblr'da daha ilk gördüğüm anda Francisco Lachowski'ye benzettiğim gizemli çocuk bana seni ailece istemeye gelsek diyor. Hayat çok ilginç bir oluşum değil mi?" Karşılıklı kahkahalarla gülüyorduk.

"Öyle mi? Peki senin evlilik hayalin neydi bakalım Ege'nin İncisi Hanım?"

"En büyük hayalim beni istemeye gelinmemesi. Bu yeterli." Bir kez daha karşılıklı güldüğümüz sırada dışarıdan bir gök gürültüsü sesi yükseldi. Cama doğru ilerlediğim sırada Ege konuşmaya başlamıştı.

"Ben ciddiyim. Bu konuda hiç hayal kurdun mu?" Camın önünde dışarıda yağmaya başlayan hafif yağmuru izlerken gülerek konuşmaya başladım.

"Eh, hayır..." dedim önce, sonra çocukluğuma inerek devam ettim,

"Ben çok evlilik hayalleri kurmam. Hatta hiç... Sadece lisenin başlarında kurduğum bir hayalim vardı. Her akşam o hayali düşünür dururdum. Kendimi aşka kapatmadan önce... "

"Neydi o?" diye sordu Ege merakla.

"Saçma bulacaksın ama..."

"Hayır, tabii ki bulmayacağım."

"Hayalimde ben yoğun bakımdayım. O sırada bir sevgilim varmış. Ayrılmışız ve ben bir kaza geçirip yoğun bakıma alınmışım. Yoğun bakımda başıma gelip bana evlenme teklifi ediyor ve ben bir anda uyanıp kabul ediyorum. Nasıl, güzel mi?"

"Ne?" Ege karşımda şok içinde kaldığında gülmeye başladım.

"Sana saçma bulacaksın demiştim!"

"İzmir..." dedi anlam vermeye çalışarak, "Kim kaza geçirip yoğun bakıma alındığını hayal eder?"

"Ben!" Gülmekten ölmek üzereydim. Ege ise şoktan konuşamıyordu.

"Gerçekten bunu mu hayal ediyordun?" Dili tutulmuş gibiydi. Ben ise gülmekten kıpkırmızı olmuştum.

"Ergenlik döneminde kızların böyle hayalleri olabiliyor... Mesela bir arkadaşım şey demişti, hoşlandığı bir çocuk vardı sırf onun dikkatini çekmek için kantinde bayılsam keşke diyordu... Benimki de bu tarz saçma bir hayaldi!" Ege en sonunda ciddiyetini bozup gülmeye başladığında gözümde canlandırdığım hayale odaklandım. Ne garip bir ergenlik geçirmiştim...

"Kantinde bayılmayı dilemek mi? Şu an hayatımın şokunu yaşıyorum."

"Daha neler var... Bir gün anlatırım belki."

"Belki mi?"

"Evet, belki..."

"Neden öyle dedin?" diye sordu Ege sanki morali bozularak.

"Hayat bu... Hiçbir şey net değil. Bir saniyede değişir her şey Ege. Bir şey olur, bir şeyler yaşanır, bir şeyler kaybedilir ve bir saniyede değişir her şey... Sanırım senin yokluğun bana yeni bir kelime kazandırdı. Belki... Artık her şeye belki diyorum."

"Ama sana geri döndüm İzmir... Herkesin gün sonunda evine dönmesi gibi ben de sana geri döndüm. Bu bir şeyleri düzeltmedi mi ruhunda?"

"Düzeltti... Ama her şeyi değil... Ben seninle de güzel günler hayal etmiştim Ege, hem de o hayallerde yoğun bakımda değildim. Mutluydum, gülüyordum hayallerimde. Çimlerde el ele yürümeyi, yürüyen merdivenin yukarı çıkan tarafından aşağı inmeye çalışmayı, güneşin batışından doğuşuna kadar sahile kurduğumuz çadırımızda sohbet etmeyi, bilmediğimiz şehirlerin sokaklarında kaybolmayı ve kaybolmak ne kadar güzelmiş demeyi, acelemiz bile yokken sadece eğlenmek için sokakları koşarak geçmeyi, özgür olmayı... Bunlara hep kesin gözüyle baktım. Sonra sen gittin... Kesin olan hiçbir şey kalmadı hayatımda. Yaşadıklarımı düşünsene, annem ve babam öldü sandım ve geri geldiler. Her şeye nasıl kesin gözüyle bakabilirim?"

Kısa bir sessizlik daha, büyük bir gök gürültüsü daha ve sırılsıklam tüm camlar bir kez daha...

"Zor şeyler yaşadın, biliyorum. Zor şeyler yaşadık... Ama kaybettiğimiz tüm zamanı geri alabiliriz, yaşayamadığımız her gün için yaşayacağımız her günü iki gün yaşıyormuşuz kadar dolu yaşayabiliriz. Olmaz mı İzmir?" Derin bir nefes aldım. Ne diyeceğimi bilemiyordum.

"Olur..." diye mırıldandım, "Belki..."

"Belki..." diye tekrar etti Ege, "Belki de bizim evet'imiz olsun o zaman. Tamam mı?" Gülmeye başladım.

"Olur..." dedim bir kez daha, "Belki..."

Karşılıklı gülüşerek biraz daha konuştuktan sonra Ege'nin derneğe girmesiyle telefon konuşmamızı sonlandırdık. Ben kendime hızlıca bir kahvaltı hazırlayıp yağan yağmuru izleyerek kahvaltımı yaptıktan sonra biraz evi toparladım. İşlerim bittikten sonra kendime bir kupa yeşil çay yaptım ve hemen sonra bilgisayarın başına geçtim, tiyatro oyunumuzun gelecek sezonu için oyunun girişine yeni bir şiir eklemem gerekiyordu. Microsoft Word'u açtım ve yazmaya başladım.

"Daha önce hiçbir şeyi düzeltemeyeceğinizi iliklerinize kadar hissettiğiniz oldu mu?" diye bir giriş cümlesi yazdım önce.

"Sırılsıklam olmuş iki küçük kedi yavrusunun sarılışı gibiydi, ikisinin birbirine sarıldıkları an...

Saat hiçbir şeyi hiçbir şey geçmiyordu.

Takvimin es geçtiği bir gündü o gün,
tarihi yoktu.

Küçük kız bir zamanlar ağzından çıkan duaları unutamıyordu.

"Bu çizikleri, bu kırıkları, bu yaraları vermek için beni seçtin, peki," demişti bir gün,

"Ama ben bunların hepsini nasıl düzelteceğim, hepsini nasıl iyileştireceğim..."

"Biliyorum, orada bir yerde beni izliyorsun."

"Dokunsan dokunduğun yerler iyileşecek,"

"Ama dokunmuyorsun..."

"Çünkü ellerin yok."

"İşte bu yüzden ellerin yok,"

"Eğer ellerin olsaydı kimsenin iyileşmeyen yarası kalmazdı."

"Çünkü hiçbir anne çocuğunun kırıklarını birleştirmemeye dayanamaz."

"Ve bu dünya, kırıklarının iyileşmemesi gereken insanların dünyası."

Çok uzun bir süre boyunca içimde hangi nokta acısa o noktayı kelimelere döktüm. Çocukluğumdan beri... Her düştüğümde koşa koşa günlüğümü alır "Sevgili günlük, az önce düştüm!" yazardım. Ben acımı kendimle ve satırlarla paylaşmayı öğrendim, sonra bir de Ege geldi acılarımı paylaşacak... Ama çok uzun süre sadece biz vardık. Sadece ben ve ben... "Sevgili günlük, canım çok yanıyor..." yazdığımı da bilirim, "Sevgili günlük, keşke dünya biraz daha güzel bir yer olsaydı..."

yazdığımı da ağlaya ağlaya. Var olduğumuz ilk an sadece biz varız, son an da sadece biz olacağız. Acılarımızı da sadece biz tamir edebiliriz, hayat bana bunu öğretti. Her şeyin bir saniyede değişebileceğini öğrendim. Bir an var olanın bir an yok olabileceğini, bir an gitti sandığımın bir an sonra geri gelebileceğini, her nefesin bir de soluk kesici yanı olduğunu öğrendim bu hayatta. Hem en sevdiklerimin kaybının acısını yaşadım hem onları geri kazanmanın mutluluğunu yaşadım. Bu hayatta her şeyi kaybedip de kaybetmediğim tek bir şey vardı, o da kendim. Ve hep ayakta kaldım. Çünkü biliyordum ki, herkes gitse bile kendim hep benimle kalacaktı ve onun için ayakta kalmalıydım. Çünkü biz ayakta kalmak için geldik bu dünyaya, yürüyemiyor olsak bile ruhumuz ayakta kalmalıydı. Çünkü oturarak ışıklarımızı yakamazdık, bunu en iyi siz biliyorsunuz. Ayağa kalkmak ve ışıklarımızı yakmak zorundayız. Çünkü biz karanlıktan korkanlarız; ama bunu itiraf etmekten korkmuyoruz...

Derin bir nefes alarak içimi kaplayan tüm bu derin düşüncelerden sıyrıldığım sırada telefonumun titrediğini fark ettim. Ege'den bir mesaj gelmişti. İçimde oluşan heyecanlı bir mutluluk hissiyle mesajı açtım.

"Akşam sahilde gezelim mi?"

Gülümseyerek bu mesajı birkaç kez okudum. Evet, mutlu oluyordum ama sanki bu mutluluk her an elimden alınabilirmiş gibi bir burukluk da kaplıydı içimde. Ama aylarca haber alamadığım ve yıllarca mesafeler yüzünden bir oraya bir oraya sürüklendiğim Ege'm bana "Akşam sahilde gezelim mi?" diyordu. Bu ne büyük bir lütuftu. Bu ne büyük bir hediyeydi... Ege'yle sahilde gezmek ne mucizevi bir olaydı...

"Olur..." dedim önce. Sonra: **"Belki..."**

Çevrimiçi... Yazıyor...

"Tamam o zaman, akşam görüşürüz." Yazdı ve bir mesaj daha gönderdi,

"Belki... :)"

Mesaj sayfasından çıktıktan sonra on beş dakika boyunca yüzümdeki gülümsemeyi söndüremedim. Uzun zaman sonra ilk kez bilgisayarımdan bir şarkı açtım ve odamın içinde şarkıyı bağıra çağıra söyleyip dans ettim.

"Yağmur yağsın, rüzgâr çıksın, kuşlar sussun ama sen gitme!" diyordu şarkı. Evet buruktu, evet korkuyla karışıktı ama gerçekten mutlu hissediyordum. Bir süre o şekilde kendi kendime küçük çaplı bir konser verdikten sonra yoruldum ve yatağıma uzandım. Elime aldığım telefonumdan internet sitelerinde ve sosyal medyada gezinirken bir anda karşıma "Önerilenler" kısmında tanıdık bir fotoğraf çıktı.

"A ah... Ege'nin yengesi değil mi bu?" diye söylenerek doğruldum. Evet, bu profil Ege'nin abisinin karısının profiliydi. Onun profilini ilk kez sosyal medyada görüyordum. Merakla profiline girip incelemeye başladım. Sosyal medyayı çok aktif kullanıyor ve her anının fotoğrafını koyuyordu resmen. Profil Lena'nın fotoğraflarıyla doluydu. Lena'nın Kız Kulesi'nde bir fotoğrafı, Galata'nın önünde bir fotoğrafı, Anıtkabir'de, Kapadokya'da, Dolmabahçe'de, Ortaköy'de, Kuleli'de ve daha bir sürü yerde... Kaşlarım çatılarak fotoğrafları incelerken bir şey kafamı kurcalıyordu. Bu fotoğrafların hepsi Ege'nin ailesiyle Fransa'da olduğu tarihlerde atılmıştı. Profilde aşağı iniyor tüm fotoğrafları inceliyordum ve tüm bu iki yıl boyunca neredeyse her hafta Türkiye'nin farklı bir yerinden fotoğraf paylaşmışlardı. Bu fotoğraflar eskiden çekilmiş olabilir miydi? Tamam da bunlar basbaya Lena'nın onu gördüğüm hali değil, onun üzerine zaman geçmiş ve büyümüş haliydi... Basbaya Lena da annesi de hatta Ege'nin abisi de o iki yıl boyunca Türkiye'den fotoğraf paylaşmışlardı. Ege bana yalan söylemiş olabilir miydi? Kalbim gerginlik dolu bir gürültüyle atarken ne yapacağımı bilemez bir haldeydim. Aklımda aylar önce Ege'nin telefonunda duyduğum kadının sesi vardı...

"Telefonda duyduğun ses Lena'nın bakıcısının sesiydi," diye açıklamıştı. Ama o sesin geldiği tarihte de ondan önce de ondan sonra da Lena da annesi de İstanbul'daydı!

"Telefonda duyduğun ses Lena'nın bakıcısının sesiydi..."

"Lena'nın bakıcısının sesiydi..."

"Lena'nın bakıcısının..." Bu lanet olasıca cümle aklımın içinde dolaşıp dururken kafayı yemek üzereydim. Bu insanların her hafta Fransa'da Türkiye'ye gelmesi dünyanın en mantıksız olayıydı, böyle bir şey imkânsızdı. Üstelik onlar Türkiye'deyken Ege'nin bana telefon bile açamaması? Bu nasıl bir ihtimaldi? Peki ya Ege'nin bana o Fransız kadın hakkında yalan söylemesi? Kafayı yemek üzereydim. Ne yapmalıydım, ne düşünmeliydim bilmiyordum. Ama bildiğim tek bir şey vardı. O tarihlerde Lena Fransa'da olamazdı ve onun bir bakıcısı da olamazdı... Çaresizce odamın içinde dolanmaya başladım. Aklımda Ege'ye söylediğim ve hayatımın ortasına koyduğum o cümle vardı...

"Bir saniyede değişir her şey..."

Tam olarak bunu yaşıyordum şu an. Az önce mutluluktan dans ettiğim odamın ortasında şu an korkuyla bir oraya bir buraya yürüyordum. Telaşa kapılmamalıydım. Belki de Lena'nın annesinin ailesi Türkiye'de kaldığı için ara ara gidip geliyorlardı. O yolculuklarda çekildikleri bir sürü fotoğrafı da uzun bir zaman aralığında paylaşıyorlardı. Olamaz mı? Ege benimle telefonda bile konuşamıyorken onlar sık sık fotoğraf paylaşıyorlardı. Evet... Olabilir... Çok mantıklı, değil mi? Önce Ege'ye bir mesaj atmayı ve bu durumu sormayı düşündüm. Ama buna cesaret edemedim. Ona, "Bana yalan mı söyledin?" demek kolay değildi. Ege'nin bana yalan söylemiş olma ihtimalini düşünmek hele hiç kolay değildi. Birkaç dakika boyunca ne yapmam gerektiğini düşünüp durduktan sonra bir karar aldım. Bu durumu araştırmak üzere bir süreliğine Ege'ye karşı bir tavır almayacak ve ona bundan bahsetmeyecektim. Kendimi sakinleştirmeye çalışarak bir kez daha bilgisayarımın başına geçtim. Müziklerim klasörüne gireceğim anda maillerim kısmında bir bildirim gördüm. Kaşlarımı çatarak "1" yazısının üzerine tıkladım. İsmini tanımadığım birinden bir mail gelmişti... Merakla maili okumaya başladım.

Kimden: Kenan Bektaş (kenanbektas@gmail.com)
Konu: Tiyatro Yazarlığı.
Mesaj:
Merhaba sevgili İzmir. Ben Paris College of Art'ta bir öğretim görevlisiyim, ismim Kenan. Tiyatro bölümünde oyunculuk ve tiyatro yazarlığı dersleri vermekteyim. Geçtiğimiz günlerde Türkiye'deki tiyatrocu bir arkadaşımdan bir video aldım. Senin yazarlığını yaptığın bir tiyatro oyunundan bir sahne göndermiş bana... Tiyatronun metnine bayıldığımı söylemek istiyorum. Daha sonra kendisinden bana birkaç video daha göndermesini istedim ve maalesef kurallara aykırı olduğunu bilsem de benim için tiyatro oyununun tamamını gösteren bir video kaydı almış. Öncelikle bu kuralı çiğnediğimiz için üzgünüm. Senden defalarca özür diliyorum. Fakat asıl konuşmak istediğim konu şu ki olağanüstü ve hatta doğaüstü bir yazma yeteneğin olduğunu düşünüyorum. Konuşmaların akışı, kelimelerin birbiriyle dans edişi beni mest etti. Bunca zamandır Türkiye'de de yurtdışında da birçok yerde eğitmenlik yaptım ve senin gibi bir yetenek henüz karşıma bir öğrenci olarak çıkmadı. *Sana iletmek istediğim konu şu ki... Eğer istersen sana burada Paris College of Art'ta kendi öğrencim olarak bir yılını geçirmen için bir burs sağlayabilirim. Bursu da bizzat ben vereceğim. Senin gibi bir öğrencim olmasından son derece mutluluk duyacağım. Bu*

kararı iyice düşünüp bana dönmeni istiyorum. Parıl parıl parlıyorsun, gel de bunu dünyaya gösterelim...

Okuduğum satırların üzerimde yarattığı şok edici etki ve son cümlenin içimde yarattığı yağmur bulutuyla olduğum yerde kalakaldım birkaç dakika boyunca. Birkaç dakikalığına her şeyi unuttum. Hayat ne garipti... Çocukluğumdan beri yazdığım satırlarım önce Ege'yi, şimdi de bir yetenek avcısını bulmuştu. İkisi de Fransa'daydı. Hayat beni Fransa'ya doğru itiyordu. Fransa beni çağırıyordu, Fransa sanki beni istiyordu. Bu yıllardır böyleydi... Ama artık maalesef ki, Fransa'yla bir işim yoktu. Her şeyim buradaydı, bulanık da olsa içinden su içtiğim göl buradaydı işte. Evet, bu harika bir fırsattı. Bu belki de başıma gelebilecek en iyi fırsattı. Satırlarım tüm dünyaya ulaşabilirdi, çoğalabilirdik, büyüyebilirdik, kalabalık olabilirdik, tıklım tıklım olabilirdik ama dünyanın en büyük kalabalığı da savaşlardır bunu unutmamak lazım. Hayatımın fırsatı olarak gördüğüm şey hayatımı bir savaşa da çevirebilir. Üstelik Ege benim için buraya gelip kendine burada bir hayat kurmuşken ona "Hadi ben şimdi Fransa'ya gidiyorum bu sefer de benim için oraya gel!" diyemezdim. Ne Ege'yi, ne annemi ne de babamı burada bırakamazdım...

"Miyavvv!" Buruk bir gülümsemeyle Uçak'ın kızgının sesinin geldiği yöne baktım.

"Tabii," dedim, "Seni de bırakamam..."

Uçak kucağıma tırmanırken aldığım maile bir cevap yazmaya başladım:

Sevgili Kenan Bey, merhaba. Size ne doğrudan evet diyebilirim ne de hayır deyip kestirip atabilirim... İlginiz için de iltifatlarınız için de sonsuz teşekkür ederim size. Hayır demeye çok daha yakınım, çünkü burada bir hayatım var. Ailem ve sevdiklerim var. Sevgilerle...

Birkaç dakika boyunca parmağımı bilgisayar masamın üzerine vurarak stresli bir şekilde düşünüp durdum. Diğer elimle ise Uçak'ı seviyordum. Kucağımda keyiften uyuyakalmıştı... Sadece birkaç dakika sonra mail kutumda yanan "1" yazısıyla garip bir heyecanla maili açtım.

Sevgili İzmir, seni kesinlikle anlıyorum. Bu asla hemen verilecek bir karar değil... Ama lütfen bana kesin olarak hayır deme. En azından biraz da olsa düşün. Senden haber bekliyor olacağım, acele etmene gerek yok. Herkesin bir parlama anı vardır. Seninki geldiğinde sen de bana geleceksin. Bundan eminim. Kendine iyi bak...

Mail sayfasından çıkıp Uçak'ı yatağıma bıraktıktan sonra evin içinde vakit geçirmeye çalıştım. Bir an önce akşam olmasını ve Ege'yle görüşmeyi istiyordum. Ona Fransa'da ailesiyle neler yaptıkları konusunu açacak ve Lena ile annesinin orada olup olmamasıyla ilgili laf almaya çalışacaktım. Bir yanım ona güveniyor, bir yanım da bana yalan söylemiş olma ihtimalinden korkuyordu. Ama eğer gerçekten bana yalan söylediyse ve ben ona fırsat vermiş olmama rağmen bana yalan söylemeye devam ederse... İşte o zaman bir daha ona nasıl güvenirdim bilmiyordum.

(Saatler Sonra)

"Anne, ben bir iki saatliğine dışarı çıkıyorum. En geç iki saate gelirim!" diyerek salona seslendim kapıda ayakkabılarımı giyerken. Annem birden telaşla kapıya koştu.

"Nereye gidiyorsun yine?"

"Sahilde yürüyeceğim..."

"Kızım tek başına gitme bu saatte. Ömer'i arayayım mı o da gelsin seninle?" Bir an donakaldım. Zaten Ege ile dışarı çıkacaktım ama annem Ege'yi arayıp yanıma çağırmasın diye anneme Ege'yle dışarı çıkmamak için bir yalan söylemek zorundaydım. Beynim yandı şu an.

"Eh, anne tek başıma gideceğim demedim ki... Kuzey de gelecek benimle..."

"Kuzey kim o nereden çıktı şimdi!"

"Anne yapma Allah aşkına, tanıyorsun ya Kuzey'i... Merve'nin kuzeni hani, tiyatrolarımın hepsine geldi..."

"Haa, şu soğuk çocuk... Kasıntı. Aman neyse, kötü birine benzemiyor en azından. Tamam bakalım, iki saati geçirme ama." Gülümseyerek annemin yanağına bir öpücük kondurdum.

"Tamam anne, görüşürüz!"

Evden çıkıp kulağıma kulaklıklarımızı taktım. Korumaların önünden onlara başımla selam vererek geçtikten sonra bir tanesinin yüz elli metre kadar gerimden yürümeye başladığını gördüm. Gözlerimi devirerek yürümeye devam ettim. Ege ile sahilde buluşmaya karar vermiştik. Evin yakınlarında buluşup sahile yürürsek bir şekilde annemin ya da babamın bizi görmesinden ve bir şeyleri sorgulamalarından korkuyorduk. Gerçi annemin bana Ege'yle dışarı çıkmamı teklif edeceğini bilseydim böyle bir plan yapmazdık, ama yapacak bir şey yoktu artık... Sahile ulaştığımda telefonuma gelen mesajla ekranımı açtım.

"Saat üç yönü." Başımı saat üç yönüne doğru kaldırdığımda Ege'nin deniz kenarındaki çimlerin üzerinde oturmuş bana el salladığını gördüm. Gülerek ona doğru yürümeye başladım. Ona soğuk davranmamalıydım, belki de tüm bu Instagram olayı bir yanlış anlamaydı. Ona kendini açıklaması için o anlamadan bir fırsat vermeliydim...

"Selam!" diye mırıldandım gülümseyerek.

"Hoş geldin. Senin sayende korumalar da gezmeye çıkıyor deniz kenarında, ne güzel iş..." Ufak bir kahkaha attığımda Ege beni gülerek izliyordu.

"Bence benden nefret ediyorlar..." diye söylendim.

"Neden?"

"Sürekli yağmurun altında gezdiriyorum onları. Ertesi gün hep hasta olup izin alıyorlar. Ama bana bir şey olmuyor, yağmura karşı bağışıklığım var herhalde." Ege gülerek bir bana bir ileride oturan korumaya baktı.

"Ne şartlar altında olursa olsun dünyanın en güzel işi bu. Senin koruman olmak... Bundan daha güzel bir iş olabilir mi? Ömrümün sonuna kadar yapmak isteyeceğim tek iş. Senin peşinde oradan oraya sürüklenmek için nelerimi vermezdim..." Yanaklarımın kızarmasıyla birlikte gülerek bakışlarımı denize çevirdiğimde Ege hala beni izliyordu.

"Beni izlediğini görebiliyorum," dedim utanarak.

"Sorun değil, görebilirsin. Seni sen bunu görmeden izlemekten çok yorulmuştum zaten..." Kaşlarımı çatarak ona döndüm.

"Sen iki ay boyunca buralarda beni mi izledin Ege?" diye sordum merakla. Derin bir iç çekerek başını salladı.

"Evet... Çok zorlandım. Ama zamanının gelmesi için biraz daha beklemem ve her şeyi netleştirmem gerekiyordu..."

"Peki şeyi gördün mü? Yani... ara ara buraya gelip ağladığımı... filan..." Ege acıyla yutkunarak başını salladı.

"Zaten en zorladığım anlar onlardı. Seni üç kez öyle gördüm. Her seferinde tam şu bankta oturuyordun. Akşamın zifiri karanlığında güneş gözlüğü takıyordun. Ama ağladığın çok belliydi. En azından ben anlayabiliyordum... Hep dibine kadar geldim, geri döndüm. Hep önünde diz çöküp bir anda af dilemek istedim, ama yapmadım, kendimi tuttum. Çünkü belki de öyle bir anda yanına gelsem seni sakinleştiremeyecektim, bana olan öfkeni dindirmek çok daha zor olacaktı. Biraz daha toparlanmanı beklemek zorundaydım... Şeyi hatırlıyor musun..." diyerek başıyla sahilin karşısındaki yolu gösterdi.

"Neyi?" diye sordum anlamayarak.

"Hani bir ay önce bir gün sahilden eve doğru yürüyordun, yürürken yolda art arda düşmüş birkaç tane pilli mum şeklindeki ışıklardan gördün. Sonra onları çaldın!" Ege kahkahalarla gülerken şok içinde yüzüne baktım.

"Onları çalmadım!" dedim şok içinde gülerek, "Sadece yere düşmüşlerdi, ben de aldım!"

"Yani çaldın!"

"Hayır, asla! Sadece aldım! Onları en son Fransa'daki mağazalarda görmüştüm, Türkiye'ye döndüğümde ise her yerde aradım ama buraya henüz gelmemişti. Bulamadığım için çok üzülmüştüm. Onları öyle yerde görünce... arabalar ezmesin diye alayım dedim. Sanırım Avrupa'dan gelen biri getirmişti, yazık olmasın dedim!"

"Hmm," diye mırıldandı Ege gülerek, "Demek Avrupa'dan gelen biri getirmişti... Öyle mi?" O an bana imalı gözlerle bakıyordu ve ben ne demek istediğini asla anlamıyordum. Ve tam o an jeton düştü!

"Sen düşürdün onları!" dedim şok içinde! Ege büyük bir kahkaha attı.

"Düşürdüm demeyelim, onları oraya bizzat ben koydum. Sen al diye. Ama ne oldu biliyor musun? Sen tam o yola girecekken markete uğradın. O sırada bir adam onları aldı ve tam ışıklarla birlikte giderken koşarak önüne geçip adamla kavga edip ışıkları ondan geri aldım ve tekrar yere koydum."

"Ciddi misin!" dedim kahkahalarımın arasında.

"Evet, koskoca adam gelmiş yoldan ışık çalıyor."

"Çalmak demeyelim..." diye düzelttim, "Ben de çalmadım sonuçta. Aldım."

"Evet," dedi Ege gülerek, "Aldın... Aslında bir de senin şu çok sevdiğim Fransız lazanyasından getirmiştim. Evde yapıp bir tabak sana ulaştırmak istiyordum. Ama nasıl yapacağımı bilemedim."

"Bir tabak lazanya yapıp yere koysaydın onu da alıp eve götürürdüm sanırım sokak köpeği gibi. Sonuçta o bir lazanya ve ben ona asla hayır diyemem. Eee, başka bir şeyler getirip yola koymayı düşündün mü?" Aramızda kahkahalarla gülüştüğümüz o anın büyüsünü aklımdaki soru işaretleriyle bozmak istemiyordum. Uzun süre şakalaştıktan sonra en son yorgunluktan çimlerin üzerine uzandık.

"İzmir..." diye mırıldandı Ege yorgun bir sesle.

"Efendim?"

"Beni telefonuna ne diye kaydedeceksin? Ege olarak kalmasını istemiyorum..." Gülümsedim.

"Seni telefonuma Aptal Ege diye kaydedeceğim," diye mırıldandım yüzüne bakarak, "Hani hep diyorduk ya... Aptal Ege ve Aptal İzmir'in büyük aşkı diye... Bence bize en uygun sıfatlar bunlar."

"Neden?"

"Çünkü sınırlarımız yok. Hayatlarımızın ne şekilde nasıl değişeceği umurumuzda değil. Bir anda ben kalkıp Fransa'ya taşındım, bir anda sen kalktın buraya geldin. Sonuçlarının ne olabileceğini asla düşünmedik. Salak değiliz, aptal da değiliz ama aşk aptalı olmuş olabiliriz. Bu kötü bir şey mi? Asla..." Ege gülerek telefonunu çıkardı ve rehberine girdi.

'Aptal İzmir,' diye değiştirdi ismimi. Kahkahalarla baktım ona. O an ben de telefonumu çıkardım ve 'Aptal Ege,' diye değiştirdim ismini. Gülmekten ölecektik. Sonra telefonlarımızı çimlerin üzerine bırakıp nefes nefese kahkahalarımızın dinmesini bekledik.

"Çok gülmedik mi?" diye sordum yüzümde aptal bir gülümsemeyle karnımı tutarak.

"Hayır," dedi, "Çok gülmedik. Daha fazla gülmeliyiz. Bugün, yarın, sonraki gün, gelecek hafta, gelecek ay, gelecek yıl ve tüm yıllar boyunca. Bir şey söyleyeyim mi İzmir?"

"Söyle..."

"Dünyanın bir ucuna gitsen yine peşinden gelirim. Belki geç gelirim, belki iş işten geçtikten sonra gelirim ama gelirim. Umurumda değil mantık, umurumda değil etik, umurumda değil geleceğim..."

Derin bir nefes aldım. Dakikalarca sustuk, gökyüzünü izledik. Yıldızları saydık, ayın hangi dönümünde olduğunu tartıştık. Bazen sustuk, bazen güldük, bazen ellerimiz değdi birbirine ve ilk günmüş gibi heyecanlandık.

"Geçen tüm bu zaman boyunca her gece gökyüzüne doğru başımı kaldırır gökyüzünden sana seslenirdim biliyor musun İzmir..." diye mırıldandı Ege saat gece yarısını geçerken yorgun bir sesle.

"Ne derdin?" diye sordum gözlerimi gökyüzünden ayırmadan.

"Derdim ki... göğe bak İzmir, Ege seni özledi."

Bir yıldız kaydı o an, bir dilek diledim kaşla göz arasında. Ege elini uzattı ve elimi tuttu gözlerimiz gökyüzünden ayrılmazken. Sonra bakışlarını bana çevirdi ve uzun uzun yüzüme baktı ben gökyüzünü izlerken. Dudaklarımı araladım ve sessizce konuşmaya başladım.

"Göğe bak Ege..." dedim, "İzmir seni özledi."

Şövalye ve küçük kızın babası, günlerce köyün şifacısının kapısının önünde beklemişlerdi. Küçük kızın durumu ne iyiye ne de kötüye gidiyordu. Küçük kız sadece nefes alıyor ve başka bir yaşam belirtisi vermiyordu. Günler günleri kovaladı, haftalar haftaları... Ve tam üç hafta sonra küçük kız gözlerini açtı. Şövalye ve küçük kızın babası hayatlarının en büyük mutluluğunu yaşarken küçük kızın babası şövalyeye, "O annesini arayamayacak kadar küçük, ben ise ona bakamayacak kadar güçsüzüm. Sen onu alıp buralardan götür, ben de son gücümü sırf onun mutluluğu için yollarda annesini arayarak feda edeceğim, eğer bir şansım varsa annesiyle birlikte ben de dönerim..." Küçük kızın babası şifacıyı oyalarken, şövalye küçük kızı kucakladı ve köyden kaybolup gitti. "Neyden kaçıyoruz?" diye sordu küçük kız şövalyeye, "Soğuk kış günlerinden..." diye cevap verdi şövalye gözlerinde sıcak bir sevgiyle...

**Sen
bu
dünyanın
başına
gelebilecek
en
iyi
her
şeysin.**

19. Bölüm:
Artık Uyu.

"Dünya bizimdi, onlara vermeyecektik."

O gece Ege'yle tam üç saat boyunca çimlerde aylardır hayal ettiğim gibi bir gece geçirdik. Gece o kadar güzeldi ki ona başka hiçbir konudan bahsetmemeyi tercih ettim. Gerçekler biraz daha bekleyebilirdi, değil mi? Oysa gerçekler benim sandığımdan çok daha uzun süre bekleyeceklerdi, onları ertelemek benim korkularımdan kaçış yolum olacaktı... Eve döndükten sonra yatağıma geçer geçmez telefonumun mesajına geçtim.

"Selam!" diye yazdım Ege'ye.

Çevrimiçi... Yazıyor...

"Selam!" yazdı cevap olarak.

"Hadi aynı anda bir dizi açıp izleyelim... Eski günlerdeki gibi."

Çevrimiçi... Yazıyor...

"Tamam, hadi Cennet Mahallesi izleyelim." Şok içinde bir kahkaha attım.

"Ne?"

"Çocukluğumuza geri dönüyoruz. Hadi, bir geceliğine."

"Ta-mam!" diye yazdım ve yüzümde aptal bir sırıtmayla bilgisayarımı yatağıma taşıdım. Bilgisayarım açılırken Ege'ye mesaj yazmaya başladım.

"Birinci bölümü açıyoruz, değil mi?"

"Evet!"

İşte bu yüzden onu seviyordum. İşte bu yüzden o benim bu dünyadaki diğer yarımdı. Çünkü bir başkasıyla gecenin bir vakti ayrı ayrı evlerde aynı anda oturup da *Cennet Mahallesi*'ni izleyemezdim. Bir başkasıyla Ege'yle saçmaladığım kadar saçmalayamazdım, onunla güldüğüm kadar asla gülemezdim... O benim diğer parçamdı. Diğer yarımdı. Ege'yle her bir günümüz o kadar eğlenceli geçmeye başladı ki her gün ona sormak istediğim o soruyu erteleyip duruyordum.

"Hadi!" demişti bana ertesi gün alışveriş merkezinde gezerken, "Yürüyen merdivenin inen tarafından yukarı çıkma yarışı yapıyoruz! En kısa sürede çıkan kazanır!"

"Ne?"

"Evet, hadi!"

Günlerimiz hep böyle geçmeye başladı, o bana bir şey diyordu, bense ona "Ne?" diyecek kadar şoka giriyor ve işin sonunda gülmekten ölecek noktaya geliyorduk. O gün telefonda ona saydığım bütün hayallerimi bir bir gerçekleştirmek ister gibi önüme sunuyordu her geçen gün.

"Hadi eve koşarak dönelim," demişti bir gün sahilden dönerken.

"Ne?"

"Hadi, koşarak geçelim sokaklardan!"

"Tamam, hadi!" demiştim kahkahalarla ve gülmekten ölmekle nefes nefese kalmak arasında koşarak geçmiştik tüm sokakları insanların anlam veremeyen bakışları altında.

"İzmir Hanım bir şeyden mi kaçıyorsunuz!" diye sormuştu peşimizden gelen koruma endişe içinde.

"Evet," demiştim gülerek, "Sıkıcı hayatlarımızdan kaçıyoruz!"

İnsanlar ne yaparsak yapalım bize her zaman anlamsız bakışlarla bakacaklardı. Eğer biz özgür hissediyorsak, koşuyorsak örneğin ve orası bir koşu yolu değilse insanlar bize bakacaklardı. Bu her zaman böyleydi hep de böyle olacaktı. Oysa eğer biz koşmak istiyorsak üstünde yürüdüğümüz her yol bir koşu yoluydu. Dünya bizimdi, onlara vermeyecektik. İstediğimiz yerde gülecek, istediğimiz yerde koşacaktık.

"Çimlerde el ele yürümek ister misin?" diye sormuştu bir gün. Yüzüne bakıp kıkırdamıştım.

"Bak işte bu teklif ettiğin en çılgınca şey!" demiştim. Sonra elini uzatıp elimi tutmuştu ve gün batımında dakikalarca yalın ayak yürümüştük çimlerin üzerinde.

"Ege..." diye mırıldanmıştım o gün ona.

"İzmir?" demişti gün batımının tam karşısında durmuşken. Gözlerini gözlerime dikti ve derin derin baktı gözlerime.

"Seni çok özlemişim biliyor musun?" Bu cümleyi kurarken gözlerim dolmuştu. Yavaş yavaş eskiye döndüğümü, donmuş bölgelerimin yavaş yavaş ısındığını hissediyordum. Ege'nin dolan gözlerinin de içi gülüyordu o an.

"Ben seni daha çok özlemişim..." demişti ve sonra eklemişti: "Ama şimdi bu kelimeyi senden duyunca içim gitti..." O an ona öyle bir gülümsemiştim ki sanki bana şey gibi bakmıştı, "Bu bir daha kimseden göremeyeceğim kadar güzel bir gülümseme," der gibi.

Hafta sonu ise annemden yalvar yakar Merve'yle birlikte Merve'nin kuzeninde kalacağımı söyleyerek zar zor izin almıştım Ege'nin ricasıyla. Akşama doğru yola çıkmış ve Çeşme'ye gitmiştim. Güneş batmadan hemen önce çadırımızı deniz kenarına kurmuş ve saatlerce, güneş tekrar doğuncaya dek konuşmuştuk. Sadece sohbet etmiştik, sadece sohbet... Ve size bir şey söyleyeyim mi? Bu bir insanla yaşayabileceğim en güzel şeydi. Dünyanın en güzel hediyelerinden daha güzeldi, dünyanın en güzel sürprizlerinden daha güzeldi, Ege'yle saatlerce konuşmak benim için cennetin dünyadaki yansımasıydı. Tüm saçma sorularımı ilgiyle dinlemişti, yeryüzünde merak ettiğim her saçma konuyu dikkatlice dinlemiş ve bana cevap vermişti.

"Sence kediler neden bu kadar umursamaz?" diye sormuştum mesela. Baya gülmüştü.

"Ege..." demiştim başka bir konuyu konuşurken, "Seç birini, çikolatalı kahve mi sıcak çikolata mı?" Baya bir düşünmüştü. İnanabiliyor musunuz? Bu soruyu oldukça ciddiye almış ve üzerinde baya bir düşünmüştü!

"Çikolatalı kahve," demişti en sonunda.

Sonra sahilde uzun uzun koşmuştuk ve bu sefer peşimizde bir koruma da yoktu. Çünkü koruma bizi bir süre saklanıp arka kapısından kaçtığımız başka bir binanın önünde bekliyordu. Kendimi uzun bir süre sonra ilk kez bu kadar özgür hissediyordum.

"Özgürüz!" diye bağırmıştım kahkahalarımın arasında. Hava ılıktı, ne soğuk ne de sıcaktı. Bir süre dizlerimize kadar denize girdik ve suyun içinde aynı düzlemde koşuşturduğumuzu çok net hatırlıyorum. Yorulduktan sonra çadıra geri dönmüş ve Ege'nin bilgisayarından bir film izlemeye başlamıştık. Yorgun başımı onun başına yaslamıştım.

"Sen..." demişti bana, "Sen..."

"Ben ne?"

"Sana sevgimi anlatacak bir kelime bulamıyorum..." demişti pes ederek, "Seni anlatabileceğim bir sıfat bulamıyorum..." Göz gözeydik, alın alına.

"Ben aptalın tekiyim..." demiştim dolu gözlerimle gözlerini izleyerek,

"Ben de öyleyim."

"Ama ben cidden öyleyim!" diye üstelemiştim,

"Ben de cidden öyleyim!"

"Aptal Ege ve Aptal İzmir..." diye mırıldanıp gülmeye başladığımı hatırlıyorum. O sırada dudaklarımız birbirine o kadar yakındı ki öpüşmekten başka çaremiz yoktu sanki. Evren bizi birbirimize itiyordu. Ege dudaklarımız birbirine değmeden birkaç saniye önce konuşmaya başlamıştı.

"İzmir," demişti, "Sanki bir şey arkamdan beni sana doğru itiyormuş gibi hissediyorum. Bu hisse karşı koyamayacağım sanırım..."

"Yani?" diye sormuştum nefes nefese.

"Yani eğer bu hisse karşı koyamazsam... seni öpmek zorunda kalacağım. Seni öpebilir miyim?"

"Öpebilirsin..." demiştim ve eklemiştim bir fısıltıyla, "Belki..."

Dudaklarımız iki kayıp yapboz parçasının birbirine kavuşması gibi kavuşmuştu. Ait olduğum yerdeydim, ait olduğum insanın yanındaydım... Huzur doluydum, içimde beni rahatsız eden ufak tefek dürtüleri yok saymış bir şekilde buradaydım ve onunlaydım. Tek önemli olan buydu, tek umurumda olan buydu. Sabaha karşı uykumuzdan uyanmış ve güneşin doğuşunu izlemek için çadırdan çıkmıştık. Ege gün doğarken kumsala kocaman bir Eyfel resmi çizmeye çalışıyordu. Oysa her seferinde bir deniz dalgası geliyor ve resmini bozuyordu!

"Deniz bizimle savaşıyor resmen ya!" demişti Ege denize doğru bir tekme savurarak.

"Sen denize tekme mi attın bana mı öyle geldi?" diye sordum kahkahalarla.

"O da bizim resmimizi bozuyor!" Gülmekten ölecektim.

"Tamam," demiştim, "Ben onunla konuşurum, davranışlarını düzeltmesini ve bir daha resmimizi bozmamasını söylerim. Tamam mı?" Ege onunla dalga geçtiğimi anlayınca bozularak bana öyle güzel bir bakış atmıştı ki o bakışı asla unutamayacaktım.

"Hey deniz!" diye bağırmıştım denize doğru, "Bir daha resmimizi bozarsan bedeli ağır olur!" Bu sefer gülen Ege'ydi, ben ise bağırmaya devam ediyordum,

"Bütün çöplerimizi içine filan atarız!"

"Bu mu tehdidin? Bu biraz ağır olmadı mı?" diye sormuştu Ege gülmekten ölmek üzereyken. Başımı sallayarak denize bağırmaya devam etmiştim,

"Tamam, özür dilerim. Seni seviyoruz deniz, seni kirletmek istemiyoruz! Lütfen resmimizi bozma! Arkadaş olabiliriz!"

Ve çok garip ki o gün denizin dalgaları durulmuştu sanki... Bir daha biz gidene kadar Eyfel resmi asla bozulmamıştı, orada öylece kalmıştı.

"Ben bir insanın sahip olabileceği en iyi kamp arkadaşı değilim de neyim?" demiştim Ege'ye yolculuğumuzun son dakikalarında. Arabasının sürücü koltuğunda bana uzun uzun bakmıştı.

"Sen bu dünyanın başına gelebilecek en iyi her şeysin," demişti. O gün benim hayatımın en güzel günlerinden biriydi. Ege'yle muhteşem bir hafta geçirmiştik. Özgürlüğüme geri döndüğüm, mutluluğumu geri almaya başladığım muhteşem bir hafta...

Şimdi ise odamda bir yandan müzik dinliyor bir yandan bloğuma bir şeyler karalıyordum. O sırada odamın kapısı açıldı ve annem içeriye iki tabak pastayla girdi.

"İzmir, yavrum şu tabak senin, bunu da Ömer'e götürüver..."

"Ömer'e mi?" dedim anlık bir heyecanla.

"Evet, ne bu mutluluk?"

"Eh, şey... Güzel bir haber almıştım da az önce. Anlatırım sonra..."

"Tamam kızım, anlatırsın. Şu pastayı bir götürüp gel de..."

"İşim vardı aslında ama neyse o zaman hemen götürüp geleyim ben..."

Annemin elinden bir tabak pastayı alıp saçlarımı düzelterek evden çıktım. Merdivenleri hızla geçtikten sonra heyecanla Ege'nin kapısına vurdum. Ege yaklaşık beş saniye sonra kapıyı açtı ve karşısında beni görünce heyecanla gülümsedi.

"Şey..." diye mırıldandım kaş göz hareketleriyle aşağıda annemin beni dinliyor olabileceğini anlatmaya çalışarak. "Bunu annem yolladı da..."

"Öyle mi? Çok teşekkür ettiğimi söylersin. Birkaç dakika beklersen ben de size bir şey yollayacaktım. Hemen getiriyorum," dedi Ege merdivenlere doğru sesinin duyulabileceği bir şekilde. Sonra beni kolumdan tutup hızla içeri çekti ve kapıyı kapattı. Bedenimi kendi bedeni ve kapı arasında bırakıp beni öperken gülerek kendimi ondan çekmeye çalıştım.

"Gitmem lazım!" dedim nefes nefese.

"Tamam, günlük öpme hakkımı kullandığıma göre gidebilirsin."

"Bir şey vermeyecek misin?"

"Ne bir şeyi?"

"Ben de size bir şey vereceğim dedin! Annem dinliyorsa duymuştur!"

"Haa, doğru ya... Ben o an beynimle değil kalbimle düşünüyordum... Dur bakalım, bir şey bulacağım."

Ege hızla mutfağa girdi ve elinde bir tabak muzla geri döndü.

"Muz mu? Muz mu yollayacaksın bize?" diye sordum gülmemek için kendimi zor tutarak.

"Annene ve babana şöyle diyeceksin... Ege'nin Güney Asya'dan gelen bir misafiri bu muzları oradan getirmiş. Güney Asya'nın muzları çok meşhurmuş bize de yollamak istemiş filan falan. Tamam mı? Sen güzelce süslersin bu hikâyeyi."

"Sen ciddi misin?"

"Seni öpmemin bedeli böyle bir yalan uydurmaksa evet gayet ciddiyim..."

"Ta-mam! Peki, Güney Asya'nın muzları gerçekten meşhur mu?"

"Öyle olmasını umuyorum!" Ege'nin cevabına gülmemek için kendimi zor tutarak bir tabak muzu alıp merdivenlere yöneldim. Ege'ye son bir bakış atıp hızla merdivenleri inip aralık kalan kapımızdan eve girdim. Annem mutfak kapısının önünde meraklı gözlerle beni bekliyordu. Bir an elimdeki bir tabak muzu görünce şaşkınlıkla kaşlarını çattı.

"Bunu mu yollayacakmış?" diye sordu bir anlık gaflete düşerek.

"Yollayacakmış derken?"

"Yani bu ne? Kim verdi bunu sana?" diye toparladı sanki bizi dinlememiş gibi.

"Ömer yolladı... Güney Asya'dan bir arkadaşı getirmiş. Oranın muzları çok meşhur, bilmiyorum deme sakın anne..." Annem memnun bir bakış yerleştirdi yüzüne. Gülerek muzları elimden aldı.

"Biliyorum tabii," diyerek oturma odasına girdi ve olayı babama anlatmaya başladı. Gülmemek için elimle ağzımı kapatıp koşarak odama girdim ve odama girdiğim an büyük bir kahkaha patlattım. Gülerek bilgisayarın başına geçtim ve telefonumu elime alarak Ege'ye mesaj yazmaya başladım.

"Annemin evimize Güney Asya'dan muz gelmesi çok hoşuna gitti! Bir numaralı damat adayısın şu an..."

Çevrimiçi... Yazıyor...

"Annenin kalbini nasıl kazanacağımı çok iyi biliyorum," diye yazdı ve bir mesaj daha yazmaya başladı,

"Kızının kalbini nasıl kazanacağımı çok iyi bildiğim gibi..."

"Nasıl kazanılıyormuş benim kalbim?"

Çevrimiçi... Yazıyor...

"Çok kolay... Pencereye çıksana." Gülerek cama doğru ilerleyip penceremi açtım ve bir kez daha pembe bir balonla karşılaştım. Bu sefer aşağıdan bırakılan bir uçan balon değildi bu, yukarıdan salınan içi ışıklarla dolu bir balondu! Başımı kaldırıp üst cama baktım. Ege elinde bir iple balonu aşağı doğru balonu salmış gülerek bana bakıyordu.

"Gerçekten delisin sen, biliyorsun, değil mi?" diye fısıldadım sessizce.

"Biliyorum," dedi göz kırparak. Balonu elinden alıp üzerindeki yazıyı okudum sessizce.

"Artık uyu..." yazıyordu üzerinde. Ona gülümseyerek baktım ve elimle bir öpücük gönderdim yukarıya doğru. Öpücüğümü eliyle havada yakalamış gibi yapıp yanağına değdirdi. Kıkırdayarak ona el salladım. O da bana el salladı ve penceremi kapatıp içeri girdim. Balonun içine bile rengârenk ışıklar koymuştu. Odamın içinde olabilecek her şekilde ışık vardı! Hep demiştim, Ege hayatımdayken karanlıkta kalmam imkânsızdı... Balonu komidinimin üzerine bıraktım. Odamın ışıklarını kapatıp balonun içinden gelen renkli ışıkların aydınlattığı kadarıyla loş bir aydınlıkta kalarak yatağıma geçtim.

"İyi geceler dünyanın en güzel Ege'si..." diye yazdım en içten duygularımla.

Çevrimiçi... Yazıyor...

"İyi geceler dünyanın en güzel İzmir'i..."

Mesaj sayfasından çıktıktan sonra dakikalarca gözlerim kapalı bir şekilde düşünüp durdum. Ege'ye yengesinin ve Lena'nın fotoğraflarıyla ilgili olan konuyu açmaya o kadar korkuyordum ki bunun her şeyi bozabilecek bir şeyi öğrenmemle sonuçlanabilecek olması beni çok ama çok korkutuyordu. Ama bir şekilde bu konuyu ona açmak zorundaydım ve bunu yarın yapmayı düşünüyordum. Yarın akşam deniz kenarında ona bu konuyu açacaktım. Bir şekilde bana yalan söylüyor olduğunu öğrenirsem ne yapacağımı kestiremiyordum. Tek bildiğim onu çok sevdiğimdi. Ve onun da beni çok sevdiği... Ama zaten yeni yeni tamir ettiğim bir güven duvarım vardı ona karşı ve tüm dünyaya karşı. Eğer bu güven onun sebep olduğu bir şekilde yıkılırsa onu affedebilir miydim, ne tepki verirdim, ne hissederdim bilmiyordum... Kendimi tanıyamadığım, eski İzmir'den uzaklaştığım ve duygularımı neredeyse kaybetmek üzere olduğum bir dönemden çıkmıştım ve eskiye dönmeye başlamıştım. Tek dileğim hiçbir şeyin bozulmamasıydı... Tek dileğim Aptal Ege ile Aptal İzmir'in bir arada kalmasıydı...

Şövalye ve küçük kız, karları erimiş dağlar boyunca Şövalye'nin evine giden yolları bir bir geçtiler. Eve vardıklarında küçük kız hastalığını yeni atlatmış olmanın verdiği yorgunlukla günlerce uyudu. Şövalye ise küçük kızın babası ve annesinin ne halde olabileceklerini düşünüp duruyordu. Bir gece küçük kız uyuduktan sonra evinin bahçesine çıktı Şövalye. Başını gökyüzüne çevirdi, gökyüzünde belirgin tek bir yıldız vardı. "Merhaba, eski dostum..." diye mırıldandı Şövalye. Tepesinde parlayan yıldız, onun aylarca peşinden koştuğu, dağlarca uğruna yol gittiği, yine de ulaşamadığı yıldızıydı. Gözlerini dakikalarca yıldızından ayıramadı ve sonra mucizevi bir şey oldu. Yıldızı gözlerinin önünde kayıp giderken sanki Şövalye'ye bir dilek hakkı vermişti, Şövalye yaşlarla dolu gözleriyle kayan yıldızını izledi ve bu dilek hakkını küçük kızın anne ve babasına kavuşması için kullandı. "Hoşça kal benim güzel yıldızım..." diye fısıldadı gökyüzüne doğru. Eve döndü, küçük kızın üzerini örttü ve yatağına yatıp uyudu. Günler sonra başka bir sabah, kapı sesiyle uyandığında karşısında küçük kızın annesiyle babasını gördü. Her şey bir yıldız ve Şövalye arasında başlamıştı aslında ve yine her şey bir yıldız ve Şövalye arasında sona ermişti. Tüm hikâye o yıldız gökyüzünde parladığında başlamış, söndüğünde bitmişti. Küçük kız annesi ve babasıyla sonsuza kadar mutlu yaşayacaktı. Şövalye ise hayatının en büyük mutluluğunu yıllarca âşık olduğu yıldızının da ona karşı boş olmadığını, sırf onun bir dilek hakkı olsun diye kaydığında yaşamıştı.

"Ne üzücü... Her yer kapkaranlık oldu..."

"Olsun... Bizim rengarenk ışıklarımız var..."

20. Bölüm:
Göğe Bak İzmir!

“ *Ege seni özledi...* ”

(FİNAL)

Sabah gözlerimi bir kez daha yağmurlu bir sabaha açtığımda saatin 09.36 olduğunu gördüm. Bugün normal insanlara göre yine geç kalkmış olmama rağmen kendi biyolojik saatime göre fazlasıyla erken kalkmıştım. Ege'nin yokluğunun beni soktuğu bunalım beni tam bir uyku manyağına dönüştürmüştü aslında. Şimdi Ege'nin geri dönüşüyle yavaş yavaş uyku ihtiyacımın da azaldığını, uyanık kalma ihtiyacımın arttığını hissediyordum. Onun uyanık olduğu saatlerde uyumak beni üzüyordu. Uyanır uyanmaz telefonumu elime aldım ve Ege'yle mesajlaşmamıza girdim.

“Günaydın güzelim,” diye yazmıştı tam bir saat önce. Annem ve babamla dernekte olmalıydı. Hemen cevap yazmaya başladım.

“Günaydın, acaba bir gün senden erken uyandığım olacak mı çok merak ediyorum...”

Çevrimiçi... Yazıyor...

"Umarım olur. Çünkü sensiz bir saat bile uyanık olmak çok zor, dünya katlanılır değil." Gülerek ekrana baktım ve hemen yazmaya başladım.

"Annem ve babam seni çok yoruyor olmalı..."

Çevrimiçi... Yazıyor...

"Senin yokluğun beni çok yoruyor."

"Sanırım bugün romantik günündesin. O zaman seni akşam sahile davet edebilir miyim? Senin için kurabiye ve poğaça yapacağım. Bir de patates salatası. Olur mu?"

Çevrimiçi... Yazıyor...

"Hayatımda aldığım en iyi teklif. Sence benim buna hayır deme gibi bir lüksüm var mı?" Mesajlaşırken bile ağzımı kulaklarıma götürebiliyor olması çok mucizevi bir etki değil miydi sizce de?

"O zaman anlaştık. Akşam tam 19.30'da sahilde buluşalım. Gün batımını kaçırmayalım..."

"Tamam, görüşmek üzere!"

Mesaj sayfasından çıktıktan sonra hızlıca odamı toparladım. Sonra yine hızlı bir duş alıp kendime kahvaltı hazırlamaya başladım. Üzerimde endişeyle karışık güzel bir heyecan vardı. Belki bugün Ege'yle ilgili tüm gerçekleri öğrenip onların hiç de korktuğum gibi olmadıklarını görüp rahatlarım diye umuyordum. Rahatlar ve Ege'yle olan anlarımıza huzurlu bir şekilde devam edebilirdim. Bu suyun artık bulanık olmasını istemiyordum, umarım anlamışsınızdır... Ben kahvaltımı hazırlarken telefonum çalmaya başladı. Yarısını kestiğim domatesi kesme tahtasında bırakıp odama koştum. Arayan annemdi.

"Alo, anne?"

"Heh, uyandın mı annem?"

"Sence uyanmış mıyım anne?" dedim gülerek.

"Valla bilemeyeceğim, seni pek uyanık görmüyoruz bu saatlerde genelde..."

"O zaman görmeye alışsanız iyi olur anne, artık hayatıma çekidüzen veriyorum. Sen ne için aramıştın ki?" diye sordum merakla.

"Sana şeyi haber verecektim, akşam babanla eve geç geleceğiz. Hep sen mi dışarı çıkacaksın, bu sefer de biz bir yere misafirliğe gideceğiz. Haberin olsun yavrum. Tamam mı?" Şaşkınlıkla kaşlarımı çattım. Annem ve babamın misafirliğe gitmesi son iki yıldır gördüğüm bir şey değildi. Sanırım her şey normale gerçekten de dönüyordu.

"Tamam..." dedim gülerek, "İyi eğlenceler anne. Ben başımın çaresine bakarım, merak etmeyin."

"Tamam yavrum, dolapta dünden yemekler de var zaten... Halledersin sen. Haberleşiriz yine. Hadi görüşürüz."

"Görüşürüz anne!"

Telefonu kapattıktan sonra yarım bıraktığım kahvaltı hazırlama işlemine geri döndüm. Kahvaltımı yedikten sonra uzun uzun duş aldım; sanki bugün bizim Ege'yle miladımız olacak günmüş ve o günü tertemiz geçirmem gerekiyormuş gibi. Bugün aklımdaki tüm soru işaretlerinden kurtulacaktım. Bütün günü müzik dinleyerek ve kendime bakım yaparak geçirdim. Yüz maskeleri, tırnak bakımı, peelingler, her şeyi yaptım... Bugün benim arınma günümdü. Kafamdaki ve çevremdeki tüm soru işaretlerinden arınacağım gündü bugün... Tüm bakımlarım sona erdiğinde de manikürlü ellerimle Ege için dereotlu poğaça ve çikolatalı kurabiyeler yaptım. Saat 19.00'a ulaştığında kulaklıklarımı takarak poğaçalarımı, kurabiyelerimi ve bir termos çayımı alarak evden çıktım. Dışarıda güzel bir bahar kokusu vardı. Sokakları bir bir, sanki her zaman gördüğümden çok daha güzellermiş gibi gülerek geçtim. En sonunda sahile ulaştığımda telefonumu elime aldım ve Ege'ye mesaj yazmaya başladım.

"Ben geldim... Sen neredesin?"

Çevrimiçi... Yazıyor...

"Seni gördüm. Tam karşı yoldan sana doğru yürüyorum şu an."

Gülerek başımı kaldırdığımda iki yüz metre önümdeki Ege'yi gördüm. Bana doğru yürüyor ve gülüyordu. Aramızda bu kadar yol olmasına rağmen birbirimize bakıp hiçbir şey söylemeden kıkırdamaya başlamıştık.

"Selam..." diye mırıldandım yanıma yaklaştığı an.

"Selam... Keşke yanına gelirken güneş gözlüğümü taksaydım... parlıyorsun." Utanarak güldüğümde birlikte çimlere doğru yürümeye başlamıştık.

"Yani çok güzelsin demek istedim..." diyerek iltifatını açıkladı ve ekledi, "Yani baya güzelsin..."

"Tamam Ege!" dedim gülerek, "Yüzümün kıpkırmızı olduğunu görmüyor musun!"

"Görüyorum, o yüzden söylüyorum... Çok güzelsin..." Utancımdan ölmek üzereydim, o ise bunu bildiği için gözlerini yüzümden ayırmadan bana iltifat etmeye devam ediyordu. En sonunda çareyi çimlere oturup yüzümü ellerimle kapatmakta buldum.

"Sana bakmayacağım!" dedim gülerek.

"Bu şekilde de çok güzelsin... Ellerin çok güzel..." Gülmekten ölecekti. Resmen benimle eğleniyordu.

"Lütfen yapma, hayır!"

"Ses tonun da çok güzel..."

"Ya hayır!"

"Yemin ederim dünyanın en güzel şeyi seni utandırmak!" dedi kahkahalarının arasından, "Tamam ama, hadi aç yüzünü.

Bitiriyorum şakamı. Hadi..." Tereddütle yüzümü açtım ve ona baktım.

"Çok güzelsin..." diye mırıldandı bir kez daha.

"Hayır ya, lütfen!" Ellerimle tekrar yüzümü kapattığımda bu sefer çok daha sesli gülmeye başladı. Ellerimi tutup yüzümden çekmeye çalışıyordu ve o an resmen savaş veriyorduk!

"Tamam, söz veriyorum yapmayacağım. Ege sözü!"

"Bak Ege sözü dedin, eğer bana yalan söylüyorsan ödeşiriz!"

"Tamam güzelim, söz veriyorum!" Ellerimi yüzümden çektikten sonra birkaç saniye bakıştık ve karşılıklı gülmeye başladık. O sırada bir yandan kızgınmış gibi görünmeye çalışıyor, bir yandan gülüyor, bir yandan da poğaçaları ve kurabiyeleri kaplarıyla poşetlerden çıkarıyordum.

"Bunları sen mi yaptın?" diye sordu Ege anlık bir şaşkınlıkla.

"Evet, şaşırdın mı?"

"Hayır," dedi ama hayır demiş olmasının tek sebebi ona kızmamı istememesiydi. Bunu anlayıp birkaç saniye güldükten sonra termostaki çayı yanımda getirdiğim iki kupaya doldurdum.

"Çayı da ben yaptım..." diye mırıldandım, "Belki ona da inanmazsın..."

"Sana inanıyorum, bunları annene yaptırmadığına inanıyorum." Kaşlarımı çatarak yüzüne baktım.

"Bu ne şimdi, bir tür ima mı?"

"Eyvah, öfkeli civciv dehşet saçmak üzere sanırım..." Birkaç saniye gergin bir bakışma yaşadıktan sonra Ege benden cevap alamayınca ellerini havaya kaldırdı.

"Teslim oluyorum!" dedi, "Lütfen bana zarar verme. Sadece bir şakaydı!" Bir süre sinirliymiş gibi görünmeye çalışsam da en fazla üç saniye filan dayanabildim ve bir kez daha gülmeye başladım.

"Oh, öfkeli civciv gülüyor!"

"Öfkeli civciv kurabiyeleri ve poğaçaları yiyip güzel bir yorum yapmazsan birazdan gerçekten dehşet saçabilir haberin olsun..."

"Tamam! Harika olmuşlar."

"Daha yemedin bile!" Ege büyük bir kahkaha attıktan sonra ikisinden de birer tane alıp hızla yedi. Çayından da birkaç yudum aldıktan sonra kritik bekleme anımızın sonunda yorumunu yapmaya başladı.

"Senden korktuğum için söylemiyorum, sakın yanlış anlama... Ama gerçekten güzeller. Baya güzeller. Sanırım gelecekte çok şanslı bir midem olacak..."

"Bu bir evlenme teklifi mi?" diye sordum gülerek kendi poğaçamı yerken.

"Benim sana her saniye evlenme teklifi edesim var... Ama senin bunu şu an kabul edeceğini düşünmüyorum..."

"Doğru düşünmüşsün..."

Ege'yle yaklaşık yarım saat boyunca bugün neler yaptığımızdan bahsedip durduk. Etrafımızda havanın güzelliğini fırsat bulup Kordon'a akın etmiş bir halk vardı. Herkes güzel müzikler dinliyordu ve sohbet ediyordu... Ama yarım saat önce çok güzel olan hava bir anda kararmış ve serinleşmişti. Gökyüzünü kapkara bulutlar kaplamıştı.

"Ne üzücü... Her yer kapkaranlık oldu..." diye bir cümle çıktı dudaklarımın arasından ben farkında bile olmadan.

"Olsun..." dedi Ege, "Bizim rengârenk ışıklarımız var..." Birbirimize baktık ve gülümsedik. Doğru söylüyordu, Ege buradaydı, biz buradaydık... Karanlıkta kalmamız imkânsızdı.

"Ege..." diye mırıldandım sıkıntılı bir nefes alarak, artık konuyu açmamın vakti geliyordu.

"İzmir?"

"Eee... Şey diyecektim... Lena Paris'i sevdi mi?" Ege önce birkaç saniye soruma anlam veremeyerek yüzüme baktı. Sonra başını salladı.

"Sevdi tabii..." Kısa bir cevap, normalde daha uzun cevaplar verirdi. Öyle değil mi?

"Ne güzel... Ama o kadar uzun süre Paris'te kalmak zorunda kalınca anneannesini filan özlemedi mi? Sonuçta yengenin ailesi Türkiye'deydi, değil mi?" Ege bu sefer yüzüme çok daha anlam veremeyerek baktı.

"Özledi... Ama her gün görüntülü konuşuyorlardı zaten..." O an kalbimde büyük bir hüzün hissettim. Yengesinin hesabındaki fotoğraflar eskiden çekilmiş olamazdı, onlar baya bildiğiniz yeni ve güncel fotoğraflardı. Ege yalan söylüyordu. Bir an kalbimde hissettiğim sancıyla elimi kalbime götürdüm.

"İzmir? İyi misin?" diye sordu Ege telaşla. Başımı salladım.

"İyiyim... Bir şey yok..."

"Neden elini kalbine götürdün?"

"Öyle bir an hızlandığını hissettim de... Yanlış hissetmişim..."

"Bak gerçekten iyisin değil mi? Endişelenirim diye söylemiyorsan..."

"İyiyim," dedim tekdüze bir sesle. O sırada fark ettim ki hava iyice kararmış ve yağmur yağmaya başlamıştı. Çevremizdeki insanlar toparlanıp kalkarlarken dolmuş gözlerimi denize çevirdim. Hayatımda ilk kez Ege'nin bana yalan söylediğine şahit oluyordum. Bunun şoku vücuduma resmen büyük bir darbe indirmişti. Ne yapacağımı, ne diyeceğimi bilemiyordum...

"Yağmur artacak gibi..." diye mırıldandım, "Eve gidelim mi?"

"Gidelim. Zaten sen pek iyi görünmüyorsun... Hadi güzelim, ver elini..." Ege ayağa kalkıp bir eliyle beni kaldırırken diğer eliyle poğaçaları, kurabiyeleri ve termosu poşetlerine koyup doğruldu. Birlikte yürümeye başladığımızda yağmur hızını giderek arttırıyordu. İnsanlar koşuşturarak kapalı yerlere giriyorlardı, biz ise ıslanmayı umursamadan öylece yürüyorduk. Ağzımızdan tek kelime çıkmıyordu. Ben dağılmıştım ve Ege de bir şekilde bunun farkındaydı...

"Nasıl hissediyorsun?" diye sordu Ege binanın içine girdiğimizde.

"İyiyim..." diye mırıldandım.

"Bana gelmek ister misin?" Birkaç saniye yüzüne baktıktan sonra başımı salladım.

"Olur..."

Birlikte merdivenleri çıktık. Annem ve babamın geceden önce eve dönmeyeceklerini bildiğim için birkaç saat Ege'nin evinde geçirmekte bir sorun görmüyordum. Hala umutluydum, az da olsa umudum vardı ve belki de bir şekilde o fotoğrafların eskiden çekilmiş olabilecekleri ihtimalini düşünüyordum. Ege'nin evine girdikten sonra Ege hızla banyoya girip elinde iki havluyla oturma odasına döndü. Birini bana uzattı.

"Al güzelim, saçlarını kurula." Havluyu elinden alıp saçlarımı kurulamaya başladığım sırada kıyafetlerimizden bile su damlıyordu. Egenin gözleri üzerimdeki kırmızı elbiseye kaydı.

"Benim t-shirtlerimden birini giy... Bu halde hastalanırsın..."

"Tamam..." diyerek yatak odasına girdim. Dolabını açıp rastgele bir t-shirtünü aldım ve üzerimdeki elbiseyi çıkarıp yerine Ege'nin t-shirtünü giydim. Elbisemi yatak odasındaki askılığa asarak odadan çıktım.

"Ben de üzerimi değiştirip geliyorum. Sen otur, keyfine bak..." dedikten sonra yanağımı okşayıp yatak odasına yöneldi. Ardından derin bir iç çekerek oturma odasına geçip koltuğa oturdum. Koltuğa bıraktığım çantamdan telefonumu çıkardım ve deli cesaretiyle Ege'nin yengesinin sosyal medyadaki hesabını açtım. Mesaj gönderme butonuna tıkladım ve yazmaya başladım.

"Hesabın karşıma keşfet bölümünde çıkınca çok mutlu oldum, Lena'yı çok özlemişim :) Ne kadar da büyümüş, keşke bunca zamandır görüşseydik. Türkiye'deymişsiniz anladığım kadarıyla..." yazdım ve mesajı gönderdim. Kaybedecek hiçbir şeyim yoktu. Kaybettiğim tüm zamanlarım için, acı çektiğim her bir saniye için gerçekleri öğrenmek zorundaydım. Bu benim hakkımdı.

"Pizza sipariş ediyorum, sonra da bir film açıyoruz, nasıl plan?" Ege odaya yüksek bir enerjiyle girdiği anda telaşla telefonumun ekranını kapatıp koltuğa bıraktım.

"Güzel fikir..."

"Neli pizza alalım? Bak ben geçen gün mantarlı pizza denedim, harikaydı. Seversin, değil mi?"

"Olur... severim. İçinde et ürünü olmadıktan sonra..."

"Tamam güzelim. Dur telefondan sipariş edeyim hemen..."

"Tamam..." Ege telefonundan büyük boy bir pizza sipariş ederken çaresizce oturduğum yerde kalmış öylece karşıdaki camı izliyordum. Saat 20.36'ydı. Yağmur giderek şiddetleniyor ve ara ara gök gürültüsüyle korkacak gibi oluyordum. Ege telefondaki pizza siparişiyle uğraşırken bir anda telefonum titredi. Ege başını kaldırıp yüzüme baktığında telefonuma dokunmuyordum bile.

"Sana mesaj geldi sanırım..." diye mırıldandı merakla.

"Merve'yle konuşuyordum. O yazmıştır. Şimdi cevap verirsem konuşma uzar... Yarın yazarım ben ona. Yarına kadar bekleyebilecek bir konu konuşuyorduk." Bu cevap Ege'yi ikna etmiş gibiydi. Başını sallayarak telefonuna döndüğü sırada aynı koltukta oturuyorduk ve odanın loş ışığına eşlik eden gök gürültüleri bir felaket gecesini andırıyordu. Ege fark etmeden telefonumun açma tuşuna bastım ve sadece beş saniyeliğine ekrana bakıp ekranı kapattım. O beş saniyede ekranda gördüğüm mesaj bildirimiyle hayatımın beni en üzen mesajını okuduğumu fark ettim.

"Aaa İzmir'ciğim merhaba. Evet, Türkiye'deydik ama hiç İzmir'e yolumuz düşmedi. Düşseydi sana da uğrardık. Umarım en yakın zamanda görüşürüz!"

Beynimin içi bas bas bağırıyordu, beynimin içi susmuyordu, beynimin içinde bir kaos yaşanıyordu. Bize yalan söylemişti, bana yalan söylemişti, Ege yalan söylemişti... Ege... Benim Ege'm bana yalan söylemişti. Ama neden? Neden böyle bir yalan söylemişti? Bunu benden neden gizlemişti? Bir an yüzüme ateş bastığını hissederek ayağa kalktım.

"Ben bir tuvalete gideyim..." diye mırıldandım ve elimde sıkıca tuttuğum telefonumla hızla tuvalete gittim. Yüzüme defalarca buz gibi su çarptım ve kendime gelmeye çalıştım. Ne olduğu hakkında hiçbir fikrim yoktu. Şoktaydım. Sadece şoktaydım. Yüzümü kurulayarak tuvaletten çıktığım sırada Ege hala telefonuyla uğraşıyordu.

"Hala sipariş veremedin mi?" diye sordum halsiz sesimle.

"Uygulama hata veriyor güzelim, onunla uğraşıyorum... Sen üşüdün mü? Sesin titriyor gibi..." diye sordu başını kaldırarak.

"Eh, evet... Üşüdüm."

"Yatak odasındaki dolabın ilk kapağını açıp üst raftan battaniye alsana, hem filmi de battaniyeye sarınarak izleriz..."

"Tamam, alayım..." dedim donuk bir sesle ve ağır ağır yürüyerek yatak odasına girdim. İlk dolabın kapağını açtığım sırada dolabın altındaki çekmece de kapakla birlikte açılıverdi. Çekmecede bir sürü dosya vardı. İlk başta onları önemsemesem de battaniyeyi aldıktan sonra içime düşen kurtla o çekmecedeki onlarca dosyaya hızlıca bakasım geldi. Kâğıtlar hep Fransızca'ydı. Hiçbir şey anlamıyordum. Ama bir kâğıt vardı ki kâğıdın sağında Ömer Ege Zorlu solunda ise Marion Albett yazıyordu. Kâğıdı titreyen ellerimle tuttum ve üzerindeki yazıyı okumaya çalıştım. "Regroupement Familial" yazıyordu kâğıdın en üstünde. Hızlıca bu iki kelimeyi telefonumun arama motoruna yazdım ve çevirisini yapmak için tıkladım.

"Aile birleşimi..." Okuduğum iki kelimenin şokuyla ne yapacağımı bilemez bir halde yere diz çöktüm. Nefes nefeseydim, neredeyse bayılmak üzereydim. Titreyen ellerimle hızlıca internette bu aile birleşimi denen şeyle ilgili bilgiler bulmaya çalıştım. Yabancı bir vatandaşın Fransız bir vatandaşla evlenmesine aile birleşimi deniyormuş, tüm bilgilerin özeti buydu. Gözlerim şok içinde iki ismin üzerinde bir kez daha gezdi. "Ömer Ege Zorlu & Marion Albett." Ne oluyordu? Allah kahretsin ne oluyordu? Ne yapacağımı bilemez halde kâğıdı yere fırlattım ve telefonumu sıkıca kavrayarak hızlıca yatak odasından çıktım ve evin kapısına doğru yürüdüm.

"İzmir?" Evden çıkıp kapıyı kapattım ve çantamın orada kalmasını umursamadan koşarak merdivenlerden indim.

"İzmir! Ne oldu!" Peşimden geliyordu. Hızlıca paspasın altında tuttuğumuz anahtarımızı aldım ve evin kapısını açıp içeri girdim. Ege'nin yüzüne kapıyı sertçe kapattım ve hüngür hüngür ağlayarak yere oturdum.

"İzmir, ne oldu! Bir şey mi oldu!"

"Git buradan!" dedim öfke içinde.

"Ne oldu, ne yaptım!"

"Ne yaptığını biliyorsun! Git buradan, kapımın önünden de git, bu binadan da git, eğer sen gitmezsen ben gideceğim. Seni görmek istemiyorum artık!" Sakinleşemiyordum. Tir tir titriyordum.

"Ne yaptım İzmir? Ne yaptım sana?"

"Sen bir yalancısın! Tüm hayatın bir yalan!"

"Ne? İzmir... Sanırım ne gördüğünü biliyorum, ama yemin ederim açıklayabilirim. Yemin ederim!"

"Hiçbir şey duymak istemiyorum! Git buradan!" diyerek kalkmaya çalıştım ve odama doğru koştum. Kendimi odama kapattım. Kulağıma kulaklıklarımı taktım ve son ses bir şarkı açtım. Telefonumu uçak moduna alıp gelebilecek tüm mesajları ve aramaları engelledim. Bir köşeye kıvrılıp oturdum ve hüngür hüngür ağlayarak kendimi tüm dünyadan soyutlamaya çalıştım. Durum şuydu: Ege bir yalancıydı. Benim Ege'm bir yalancıydı... Bu nasıl olmuştu bilmiyordum ama çekmecesinde lanet olasıca bir evlilik kâğıdı vardı. Fransız bir kadının adı ve onun adı yan yanaydı... Ve tek bildiğim artık onu istemediğimdi. Tek bildiğim artık yalnız kalmak istediğimdi. Saatlerce kulaklıklarımı çıkarmadan ve internetimi açmadan odamın içinde bir ileri bir geri yürüyüp durdum. Delirmiş gibiydim, darmadağındım. Gözümün önünde o kâğıt, gözümün önünde yengesinin mesajı ve gözümün önünde Fransa'daki tiyatro eğitmeninden aldığım o mail... Öfkeyle bilgisayarımı açtım ve aynı maili bir kez daha okumaya başladım.

"Merhaba sevgili İzmir. Ben Paris College of Art'ta bir öğretim görevlisiyim, ismim Kenan. Tiyatro bölümünde oyunculuk ve tiyatro yazarlığı dersleri vermekteyim. Geçtiğimiz günlerde Türkiye'deki tiyatrocu bir arkadaşımdan bir video aldım. Senin yazarlığını yaptığın bir tiyatro oyunundan bir sahne göndermiş bana... Tiyatronun metnine bayıldığımı söylemek istiyorum. Daha sonra kendisinden bana birkaç video daha göndermesini istedim ve maalesef kurallara aykırı olduğunu bilsem de benim için tiyatro oyununun tamamını gösteren bir video kaydı almış. Öncelikle bu kuralı çiğnediğimiz için üzgünüm. Senden defalarca özür diliyorum. Fakat asıl konuşmak istediğim konu şu ki olağanüstü ve hatta doğa üstü bir yazma yeteneğin olduğunu düşünüyorum.

Konuşmaların akışı, kelimelerin birbiriyle dans edişi beni mest etti. Bunca zamandır Türkiye'de de yurtdışında da birçok yerde eğitmenlik yaptım ve senin gibi bir yetenek henüz karşıma bir öğrenci olarak gelmedi. Sana iletmek istediğim konu şu ki... Eğer istersen sana burada Paris College of Art'ta kendi öğrencim olarak bir yılını geçirmen için bir burs sağlayabilirim. Bursu da bizzat ben vereceğim. Senin gibi bir öğrencim olmasından son derece mutluluk duyacağımı ve bu kararı iyice düşünüp bana dönmeni istiyorum. Parıl parıl parlıyorsun, gel bunu dünyaya gösterelim..."

Aynı maili defalarca okudum. Aynı cümleleri defalarca tekrar ettim kendime. Aklımda maildeki tek bir cümle kaldı ve sanki o cümle hayatımın tüm gerçeklerini yüzüme çarptı.

"Parıl parıl parlıyorsun, gel bunu dünyaya gösterelim..."

Yıllarımı Ege'ye ve ailemin acısına vermiştim. Yıllarca bir Ege'nin bir ailemin acılarını dindirmek için oradan oraya koşmuştum. En sevdiğimden, Ege'den yiyebileceğim en büyük darbeyi yemiştim. Tüm bunların içinde ben neredeydim? Kendim için ne yapmıştım? Parıl parıl parlayan bir yeteneğim olduğunu söylüyordu herkes ve bu yetenek benim tüm bu kaostan kaçış biletimdi... Tek bir karar verdim o an. Hiçbir şey istemiyordum, tek istediğim yapayalnız ve uzakta olmaktı.

"Sevgili Kenan Bey," yazdı öfkeli parmaklarım, "Burs teklifinizi kabul ediyorum. En kısa zamanda Paris'te olacak ve sizinle görüşmeye geleceğim. Geldiğim an haber vereceğim size. Görüşmek üzere."

Bir psikoloğun çok sevdiğim bir sözü var, "Konuşman gereken yerlerde susarsan bağırmaman gereken yerlerde bağırırsın." Bu benim bağırış şeklimdi. Bu benim bardağımın taşma şekliydi, bu benim her şeye rest çekişimdi, bu benim çektiğim tüm acıları yırtıp atışımdı. O geceden sonra bir kez bile evden çıkmadım, bir kez bile telefonumu açmadım. Ege'yle asla yalnız kalmadım, o ne kadar çabalasa da onunla yalnız kalmamıza ve konuşmasına izin vermedim. Camımın önüne bıraktığı tüm balonları patlattım. Anne ve babamı karşıma alıp Paris'e gitmek istediğimi kararlıca anlattım.

"Bu benim en büyük hayalim..." dedim, "Yeteneğimi tüm dünyaya göstermek istiyorum artık..."

Önce ağladılar, kızdılar, reddettiler. Onlara eğitmenin yazdığı maili defalarca okuttuğumda ise gurur duyduklarını hissettim. Onlara her gün okuldan görüntüler gösterdim, okulun mezunlarının nerelerde olduğunu anlattım, orada ne kadar güvende olacağımı anlattım. Ve bir gün gecenin saat 3'ünde kendimi babamın arabasında ağlayan annemle büyük bir valizle Ege'nin haberi bile olmadan havalimanına giderken buldum. Ege'nin haberi bile olmaması için bileti hangi güne ve saat kaça aldığımı annem ve babama işten döndükleri an söyledim. Önce "Bu gece mi gideceksin? Delirdin mi sen?" kavgası etsek bile her ay Türkiye'ye gelip onları ziyaret etmem şartıyla anlaştık. Elimde yeşil pasaportum, karşımda ağlayan annem ve babam, arkamda uçağıma giden kapı öylece vedalaştık havalimanında.

"Gider gitmez ara! Her gün görüntülü konuşacağız!"

"Tamam anne, ama ağlarsan beni de mutsuz edersin! Şehir dışında okumaya gidiyormuşum gibi düşün!"

Titrek sarılmalarla korkusuzca ilerledim uçağıma doğru. Uçak yerden havalandığında hayatımda hiç olmadığım kadar güçlü hissediyordum. Ege'yi tutmuş, kapının ardına koymuş ve üzerine kapıyı kapatmıştım. Onu dinlemek, duymak veya görmek istemiyordum. Hiçbir açıklamasından haberdar olmak istemiyordum çünkü o bana yalan söylemişti... Artık duygusal İzmir'e yer yoktu. Çünkü duygularım bana kaybettirmişti.

"Sayın yolcularımız..." diyordu pilot, "Sağ tarafımız İtalya, sol tarafımız Hırvatistan ve Adriyatik Denizi'nin üzerinde seyrimizi sürdürüyoruz. Hepinize iyi yolculuklar dilerim."

Tek istediğim kaybolmaktı. Tek istediğim kendimi yabancı bir ülkenin kollarına bırakmaktı. Tek istediğim o tanıdıklık duygusundan uzaklaşmaktı. Tek istediğim konfor alanımdan çıkmaktı. Sanırım benim tek istediğim kaçmaktı... Günler sonra ilk kez telefonumu açtım. Ege'nin bana gönderdiği tam yüz on iki mesajı daha okumadan sildim. Ege sayfası benim için tamamen kapanmıştı. Bu uçak yere indiği an benim için yeni bir hayat başlayacaktı...

"Bienvenue à Paris! (Paris'e hoş geldiniz!)" diyen havalimanı görevlilerine gülümseyerek yürüdüm bir elimde valizimle. Aklıma yıllar önce bu havalimanında Ege'yle olan kavuşmamız geldi. Ege'nin benim için getirdiği çiçeği bir anda yere fırlatışı... Hüzünle yürüdüm ve çıktım havalimanından. Birkaç gün önce her şeyi internet üzerinden ayarlamıştım, kiraladığım eve gidip eşyalarımı bıraktım. Hayatımda ilk kez tek başıma kalacağım bir evim olacaktı. Yanıma sadece kıyafetlerimi almıştım. Bir tane bile renkli ışık getirmemiştim, sanırım artık ışıklara da küsmüştüm... Evde yaklaşık iki saatliğine uyuyup dinlendikten sonra ilk iş olarak annemi aradım ve eve geldiğimi haber verdim.

"Bak oralar soğuk olur bu mevsimde, sıkı giyinip de çık yavrum, tamam mı?"

"Tamam anne, sen merak etme. Hem hava da gayet iyi şu an..."

"Olsun sen yine de sıkı giyin. Yemek yedin mi?"

"Yedim," diye yalan söyledim, "Merak etmeyin... Akşam yine ararım. Bu arada anne lütfen nerede olduğumu kimseye söylemeyin. Hangi okula gittiğimi sadece sen ve babam bilin. Güvenliğim için..." diye mırıldandım Ege'ye hiçbir şey söylememeleri için.

"Tamam yavrum, başka kime söyleyeceğiz ki zaten... Merak etme sen..."

"Tamam anne, hadi öpüyorum sizi! Görüşürüz!"

"Görüşürüz, bol bol fotoğraf at bize!"

Telefonu kapattıktan sonra kendimi bir kez daha yatağa bıraktım. Kurs eğitmeniyle görüşmem yarınaydı. Bütün günü yatakta geçirmeyi ve ağlamayı planlıyordum. Ağlamak güçlenmenin ilk adımıydı. Öyle de yaptım... Akşama kadar yatakta bir cenin gibi yatarak hüngür hüngür ağladım. Ama bunun beni güçlendirdiğini değil, dağıttığını hissediyordum. Buraya geldiğim an Ege'yi aklımdan çıkaracağıma dair kendime binlerce yemin etmiştim. Şimdi ise yataktan kalkmış camın önünde hüngür hüngür ağlayarak Paris'in güzel sokaklarına bakarak Ege'yle bu sokaklardan kaç kez geçtiğimizi hatırlamaya çalışıyordum.

"Seni hiç affetmeyeceğim..." diye bir fısıltı çıktı dudaklarımın arasından hüngür hüngür ağladığım sırada.

"Karanlığı sana tercih ediyorum... Ve seni asla affetmeyeceğim..."

Akşamüzeri ise üzerime kot ceketimi giyip saçlarımı salıp boynuma yeşil bir fular takarak dışarı çıktım. İlk kez tek başımaydım bu büyülü şehrin büyülü sokaklarında. Turuncu yapraklarını döken ağaçların altında yürüdüm ve bu yapraklara sihirli sözcükleri fısıldadım, yerlere ve gökyüzüne...

Artık sizinle birlikteyim ve tek başımayım.

Artık buradayım ve bir başımayım...

Sokaklar beni ardımdan iterek Eyfel'e götürdü sanki. Eyfel'in ışıklarını hayranlıkla izleyen insanları görünce yüzlerindeki heyecana hüzünle gülümsedim. Ne kadar yenilerdi, ne kadar heyecanlı ve mutlulardı. Sanırım hiç yanılmamışlardı, sanırım hiç yarı yolda bırakılmamış ve acıyı tatmamışlardı. Şimdi bir anda ışıkları sönseydi karşılarındaki koca Eyfel'in, hepsi evlerine dağılacaktı. Oysa ben Eyfel'i karanlıkta izleyen tek insan olarak orada kalabilirdim. Çünkü benim içimin ışıkları da aynı öyle sönmüştü ve ışıkları sönen her şeyde kendimi görüyordum. Kendimi artık karanlığa benzetiyor, karanlıkta kendimi buluyordum. Ege beni bir ışık olduğuma inandırmış ve giderken kapatma tuşuma basıp çıkıp gitmişti. Geri döndüğünde ise "Senin neden ışıkların yanmıyor?" diye sormuştu sanki. "Sen kapattın..." diyememiştim. Ona ayak uydurmaya çalışmıştım fakat çok sonra anlamıştım ki benim her sözüne inandığım Ege aslında baştan sona bir yalandı. Bu hikâyede birleşmesi gereken iki şey en başından beri Ege ve İzmir değildi. Bu hikâyede en başından beri birleşmesi gereken iki şey Paris ve İzmir'di. Ege benim hayatıma beni Paris'e sürüklemek için girmişti... Benim parlayacağım yer burasıydı, Ege ise sadece bir rüzgâr darbesiydi beni buraya iten. **Hayatım boyunca kimse beni onun kadar mutlu ve kimse beni onun kadar mutsuz etmemişti...**

Şimdi yaşamam gereken tek hikâye yalnızlığımın hikâyesiydi, aynaya her baktığımda yalnızlığımla göz göze gelecek ve kendimi tanıyacaktım. Beni kendi içime doğru bir yolculuk bekliyordu...

(Yedi Gün Sonra)

"İyi akşamlar hocam! Eve döner dönmez o sayfadaki metni de tamamlayıp mailinize yollayacağım..."

Kurstan hızla çıkıp elimde dosyalarla kendimi büyük bir rüzgâr fırtınasının içine attım. Boynumdan uçuşarak kurtulmak ve rüzgâra kavuşmak için çabalayan eşarbımı düzeltmekten bıkmıştım. Kurstan evime giden tek bir toplu taşıma yolu yoktu ve yürüme mesafesiyle de tam yirmi dakika yürümem gerekiyordu. Ama şu an dışarıda öyle kuvvetli bir rüzgâr vardı ki neredeyse uçacaktım. Çaresizce etrafıma bakındığım sırada karşı yoldaki "Ring The Bell PUB" yazısını gördüm. Trafik lambalarına doğru koşturup hızla karşıya geçtim ve ışıkları yanan bara girdim. Kendimi nefes nefese içerinin sıcak atmosferine attım ve hemen bir bar taburesine oturup dosyalarımı barın üzerine bıraktım. İçeride bangır bangır bir müzik çalıyordu ve eğlenen insanlar vardı. İçerisi tıklım tıklımdı ama şu an bundan rahatsız olabilecek lükse sahip değildim çünkü hava bu haldeyken eve yürüyemezdim. Barın en köşesindeki taburede oturmuş, dosyalarımı önüme açmış, dizüstü bilgisayarımı da çantamdan çıkarmış tiyatro metnime odaklanmaya çalışıyordum.

"Pardon, bir kadeh mürdüm şarabı alabilir miyim?" diye sordum barmene, burada kaldığım süreç boyunca öğrendiğim zayıf Fransızcamla. Barmen gülümseyerek bir kadeh çıkardı ve içine şarap doldurup bana uzattı.

"Teşekkürler..."

Bir süre oradaki gürültüye aldırmadan sadece metnimi yazmaya çalıştım. Gürültü veya çevremdeki insanlar aslında çok da umurumda değildi. Yazmamı engelleyen şey Ege'nin yokluğuydu. Buraya geldiğimden beri o kadar zor yazıyordum ki sanki parıl parıl parlayan ışığım sönmüştü... Onu tüm sosyal medya hesaplarından da mesajlaşma uygulamasından da engellemiştim. Bana hiçbir şekilde ulaşamayacağından emin olmuş ve hayatıma bakmaya çalışıyordum.

"Merhaba..." Yanımdan gelen Fransızca selam sesiyle birlikte başımı kaldırdım. Yanıma oturan Fransız adama gülümsedim.

"Merhaba..."

"Çalışmak için güzel bir ortam seçmişsin..." dediği cümle beni güldürürken başımla bilgisayarımı gösterdim.

"Yetiştirmem gereken bir işim var... Aslında eve gidecektim ama hava böyle olunca buraya girmek zorunda kaldım..."

"Ah, doğru ya. Hava çok kötü. Ne işi yapıyorsun?"

"Tiyatro yazıyorum..."

"Ciddi misin?" diye sordu heyecanla, "Fransızca mı?"

"Ah, hayır, Türkçe... Daha sonra Fransızca'ya çevireceğiz. Yani ben ve hocam..."

"Sen Türk müsün?" diye sordu şaşkınlıkla. Gülerek başımı salladım.

"Türkleri daha esmer olurlar sanıyordum..." dedi, "Ama tarzına bayıldım. Fuların çok yakışmış." Gülerek başımı salladım.

"Genelde esmer oluruz, ama kumral ve sarışın olanlarımız da çok fazla... Türkiye tipoloji açısından karışık bir ülke."

Yaklaşık kırk dakika boyunca ismini az önce öğrendiğim Juan'la koyu bir sohbete daldık. İkimiz de ülkelerimizden bahsettik, kıyasladık ve fark ettim ki bir haftadır biriyle böyle sohbet etmeyi deli gibi özlemiştim. Bardan işimi yetiştirmek için acelem olduğunu söyleyerek gülerek çıktığımda beni evime bırakmayı bile teklif etti. Ama tabii ki yeni tanıştığım birine hemen güvenecek kadar salak değildim. O sebeple evime sırtımda çantamla yürümeye karar verdim. Geçtiğim her sokak şiir gibiydi, gördüğüm her bina bana ilham veriyordu. Belki de yazabilmem için biraz gezmem gerekiyordu. Sokakları hafifleyen rüzgârın sesiyle gezerken her sokağın ardında görünen Eyfel ve ışıkları aklıma tam o an metne eklemelik bir cümle getirdi. Bir an o cümleyi kaybetmemek için sokağın ortasında durup çantamı açtım ve not defterimle kalemimi çıkarıp kaldırıma oturdum. Yazmaya başladım,

Eyfel'in ışıklarını gördüğü her sokak evine giden yolun sokaklarıymış. Küçük kız hayatı boyunca ışıkları takip etmiş ve ışıklar ona evinin yolunu göstermiş...

Sonra kalktım ve bir elimde not defterim bir elimde kalemim yürümeye başladım. Sokakları geçtim ama ne kadar gidersem gideyim Eyfel'den uzaklaşamadım. Sokağın birinde bir kez daha oturdum kaldırıma ve bir cümle daha yazdım.

Evine ne kadar yaklaşırsa yaklaşsın ışıklardan asla uzaklaşamazmış... Çünkü aslında onun evi ışıklarmış...

Sonra kalktım ve biraz daha yürüdüm. Evime çok az kala yolumu kırıp Eyfel'in önündeki bahçeye doğru yürümeye başladım. Başımı kaldırıp Eyfel'in büyüklüğüne baktım ve yazmaya başladım.

Eyfel sanki üzerinde taşıdığı her hatıra kadar büyüyormuş, yakında tüm dünyayı kaplayacak kadar ışık saçabilirmiş... Öyle düşünmüş küçük kız.

Eyfel'in bahçesi bugün tenhaydı. Havanın soğukluğu nedeniyle tek tük insan vardı... Çimlerin ıslaklığına aldırmadan yere oturdum ve bağdaş kurup yazmaya çalıştım.

Dönmüş dolaşmış küçük kız ve kendini yine Eyfel'in önünde bulmuş... Kafasında binlerce soru varmış ama biliyormuş ki bunların tek bir cevabı varmış. Ve sanki bu cevabı Eyfel'den duymaya gelmiş. Eyfel ona demiş ki...

Devamını getiremiyordum. Dakikalarca düşündüm, dakikalarca bir sürü cümle yazıp sildim ama oraya yazacağım bir cümle bulamıyordum.

"Ve sanki bu cevabı Eyfel'den duymaya gelmiş," diye okudum sesli bir şekilde ve devam ettim,

"Eyfel ona demiş ki..." O sırada telefonuma gelen bildirimle dalgınlıkla kalemi çimlere bırakıp telefonumu elime aldım. Karşımda gördüğüm mesaj bildirimiyle şok içinde ekrana bakakaldım.

"Gelmemeye Giden Adam Ege'den Bir Yeni Mesaj"

"Eyfel ona demiş ki... Göğe bak İzmir, Ege seni özledi..."

Birden omzuma dokunan bir el ile birlikte korkuyla kendimi geri çektim. Buradaydı, karşımda duruyordu ve ellerini kaldırmış bana, "Korkma..." diyordu.

"Ne?" dedim şok içinde. Gözlerim şok içinde ona bakıyor, ellerim titriyordu.

"İzmir... Lütfen sakin ol... Buraya gelmek zorundaydım, seninle konuşmak zorundaydım..."

"HAYIR!" dedim öfkeyle ve mahvolmuş bir şekilde ayağa kalktım. Defterimi, kalemimi ve çantamı alıp hızla yürümeye başladım.

"Gidemezsin!" dedi beni sertçe kolumdan çekip, "Beni dinlemek zorundasın!"

"Hayır!" dedim bir kez daha, "HAYIR!"

"Evet!" dedi öfkeyle, "Dinleyeceksin!"

"Kolumu bırak, gitmeme izin ver yoksa polis çağırırım!" Ege şok içinde yüzüme bakıyordu ve ben öfkeden tir tir titriyordum.

"Sonra karın gelip karakoldan çıkartmak zorunda kalır seni..." diye ekledim öfkeyle ve kolumu elinden kurtarıp arabaların kornaları arasında koşarak yolun ortasından karşıya geçtim. Bir yandan ağlıyor bir yandan koşuyordum. O da peşimdeydi... Beni bir kez daha kolumdan tutup kendine çevirdiğinde onu sertçe ittim.

"Ne istiyorsun benden!" diye bağırdım öfkeyle, "Ne istiyorsun!"

"Seni istiyorum! Sadece seni!"

"Allah kahretmesin evlenmişsin ya evlenmişsin! Söylediğin her şey yalan! Neye inanacağım ben Ege? Neye? Bir gidiyorsun, bir geliyorsun, bir arıyorsun, bir aramıyorsun, bir bakıyorum yoksun acımı çekiyorum kabulleniyorum bir bakıyorum geri gelmişsin, tam seni tekrar seviyorum bir bakıyorum evlenmişsin! Lena ve yengem bizimleydi diyorsun ama onlar tüm bu zaman boyunca Türkiye'delermiş. Her söylediğin yalan. Her cümlen yalan. Yeter artık bırak peşimi. İzin ver de kendime yeni bir hayat kurayım artık! Kendime kurmaya çalıştığım her hayatın içine ayakkabılarınla girdin, yeter artık!"

"Sakin ol, sakin ol, sakin ol güzelim, lütfen!" Ege beni kolları arasına alıp ben çırpınırken sıkıca tutarken bağıra çağıra ağlıyordum. Etraftan geçen insanların bize şok içinde baktıklarını görebiliyordum ve şu an tek istediğim tam bu noktada yok olmaktı.

"Bırak beni ne olur..." diye yalvardım, "Ne olur, acı çekiyorum, ne olursun bırak beni..."

"Hayır, bırakmayacağım..."

"Acı çekiyorum... Bırak sensizliğin acısını çekip buna alışayım, yalvarıyorum bırak beni..."

"Seni asla bırakmayacağım." Onu bir kez daha ittim ve nefes nefese karşısında durdum,

"Benden ne istiyorsun? Acıdan ölmemi mi istiyorsun? Benden ne istiyorsun?" diye sordum tükenmiş bir sesle. Ege bir anda ceketinin cebinden küçük bir kutu çıkardı ve kutuyu açtı. İçinde zümrüt bir yüzük vardı.

"Benimle evlenmeni istiyorum!" dedi yüzüğü bana doğru tutarak. Elleri titriyordu, gözlerinden damla damla yaşlar akıyordu.

"Dalga mı geçiyorsun?" diye sordum titreyen sesimle, "Bu bir şaka mı?"

"Hayır. Bu bir şaka değil. Sana evlenme teklifi ediyorum. Sen de kabul ediyorsun. Olay bu. Anladın mı?" Yüzü kıpkırmızıydı, neredeyse yere yığılmak üzereydi içine sığmayan öfkesinden.

"Bana akli dengemi yitirtmeye mi çalışıyorsun sen?" diye sordum hüngür hüngür ağlayarak, "Sen evlisin!" dedim bağırarak.

"Beni dinleyecek misin? Anlatmama izin verecek misin? Her şeyi..."

"Ne anlatacaksın ki! Ne anlatabilirsin! Bana yalan söyledin!"

"Lütfen şu cümleyi tekrar edip durmayı kes İzmir! Bak beni iyi dinle, Fransa'ya dönmem gerekiyordu ve bu sefer ailemin de benimle gelmesi gerekiyordu. Fakat abime, yengeme ve Lena'ya Fransa vizesi çıkmadı. Onlar Türkiye'de kalmak zorundalardı. Benim vize alabilmem için ise tek çarem bir kursa kayıtlı olmamdı ama artık Fransızca'yı ana dilim gibi bildiğim kayıtlarında bulunduğu için bana eğitim için bir vize vermediler. Tek bir çare vardı... Anlaşmalı olarak biriyle evlenecektim, bir süreliğine. Aynı evde bile yaşamadan. Abim paraya ihtiyacı olan birini buldu. Benden on yaş büyük bir kadın. Kadınla beş dakika sohbet etmişliğim bile yok hayatımda, sadece kâğıt üzerinde bir evlilik yaptık. Bu sayede annem ve babam da "Fransa vatandaşı oğlumuzu ziyarete gideceğiz" tarzında bir dilekçe vererek vize aldılar. Abim ve yengeme ise çok kısa süreli bir vize verdiler. Onlar sadece birkaç hafta yanımızda kalıp döndüler. Bunu kendim için değil onlar için yaptım. Mahkeme süreci sonlanınca ve ismim temizlenince de ilk işim o kadından ayrılmak oldu. Tüm hikâye bu... Anladın mı?"

Kulaklarımın uğuldadığını hissediyordum. Yer ayağımın altından kayıyor gibiydi. Bayılmamak için kaldırıma oturdum ve ayakta duran Ege'ye titreyen başımı kaldırarak baktım.

"O kadın sesi? O kadının sesi miydi? Telefondaki..."

"Beni evlendirdikleri kadın aynı zamanda bizim alt katımızda kalarak her gün bize gelip yemek yapıyor ve ev işlerini yapıyordu. Bu kadar. Dediğim gibi, kadınla bir kez sohbet etmişliğim bile yok."

"Peki ya sen beni güvenlik için arayamazken yengenin her gün sosyal medyada fotoğraflarını paylaşması?" Ege sıkıntıyla derin bir nefes aldı.

"O hesabı sadece annem ve babam Lena'yı özlüyor diye açtı. Hesabın iki yıl boyunca tek takipçisi ben, annem, babam ve abimdik. Hesap iki yıl boyunca kilitli kaldı ve başka kimse o fotoğrafları göremedi. Her şey normale dönünce de hesabının kilidini açtı."

"Bu mu yani?" dedim şok içinde. İkimiz de bitmiş bir haldeydik. Hayatımın en büyük şokunu yaşıyordum, hayatımın en sarsıcı anını yaşıyordum.

"Bu..." diye mırıldandı Ege.

"Açıklamana izin vermeliydim..." diye fısıldadım gözyaşlarımın arasında.

"Evet, izin vermeliydin..."

"Ben bir aptalım!"

"En az benim kadar..." dedi Ege ve tüm gururuna rağmen önümde diz çöktü. Yüzüğü bir kez daha bana uzattı.

"Gel beraber akıllanalım... İzmir... Benimle evlenir misin?"

Hiçbir şey diyemeyecek kadar halsizdim. Hiçbir şey diyemeyecek kadar bitmiştim. İkimiz de ağlıyorduk. Sonra bizi bu halde gören birkaç insanın etrafımıza toplandığını fark ettim.

"Evet de!" dedi yaşlı bir adam Fransızca. Gözlerim Ege'nin gözleriyle buluştu ve gözyaşlarımızın arasında kahkahalarla gülmeye başladık.

"Ben bir aptalım!" dedim kahkahalarımın arasından bir kez daha, "Seni dinlemeden Fransa'ya taşındım!" Gülmekten ölmek üzereydik! Herkes heyecanla bizi izliyordu.

"Evet!" dedim Ege'ye aynı anda hem ağlayıp hep gülerken ve Fransızca olarak ekledim, "OUI!"

Herkes bizi alkışlarken dudaklarım Ege'nin dudaklarıyla buluştu. Paris bizi içine çekmişti. Paris bizi âşık etmiş ve birbirimize muhtaç etmişti. Kollarım Ege'yi sararken araladığım gözlerim Eyfel'in ışıklarını gördü. Göz kırptım ona... Teşekkür ettim. Hiç böyle bir aşk yaşayacağımı ve bu noktaya geleceğini hayal etmemiştim. Ama olmuştu işte, buradaydık ve bir aradaydık...

Ege ve İzmir, iki aptal... Artık akıllanacaktık.

Ege ve İzmir, öfkeli civciv ve gelmemeye giden adam... Artık bir aradaydık.

Dünyanın en güzel Ege'si ve dünyanın en güzel İzmir'i... Artık daha güçlüydük.

Ve biliyordum, bizi yıkabilecek hiçbir darbe yoktu bu dünyada.

Çünkü bizim *rengârenk* ışıklarımız vardı...

BİR YIL SONRA

"Bir zamanlar küçük bir kız ve bir şövalye varmış... Dünya daha yeni var olmuş, binalar da sokaklar da yokmuş ama Eyfel dünyanın tam ortasında tam orada küçük kızın evinin çaprazındaymış. Işıklarını gördüğü her sokak evine giden yolun sokaklarıymış. Küçük kız hayatı boyunca ışıkları takip etmiş ve ışıklar ona evinin yolunu göstermiş... Evine ne kadar yaklaşırsa yaklaşsın ışıklardan asla uzaklaşamazmış... Çünkü aslında onun evi ışıklarmış... Eyfel sanki üzerinde taşıdığı her hatıra kadar büyüyormuş, yakında tüm dünyayı kaplayacak kadar ışık saçabilirmiş... Öyle düşünmüş küçük kız. Dönmüş dolaşmış küçük kız ve kendini yine Eyfel'in önünde bulmuş... Kafasında binlerce soru varmış ama biliyormuş ki bunların tek bir cevabı varmış. Ve sanki bu cevabı Eyfel'den duymaya gelmiş. Eyfel ona demiş ki... Göğe bak küçük kız, şövalyen seni özledi... Karşınızda Küçük Kız ve Şövalyesinin hikâyesi!"

Koskoca bir salon, içinde tam dört bin yüz yedi insan ve her biri beni alkışlıyor. Koskoca sahnenin ortasında küçücüğüm. Arkamda renkli ışıklar, gözlerim Ege'min gözlerinde ve hemen yanındaki annemde, babamda, Ege'nin annesinde, babasında, abisinde, yengesinde ve Lena'da. Ve tabii onlarda, Merve'de ve Koray'da... Hepsi buradalar. Hepsi bu gece beni izlemek için bu salondalar. Ve ben hayatımda ilk defa heyecanlı değilim çünkü hayatımda ilk defa parladığımı hissediyorum. Hayatım boyunca hep yazdım ve fark ettim ki ben aslında o küçücük odamda karanlıkta otururken de parıl parıl parlıyordum en az şimdiki kadar. O zamanın şu andan tek farkı dünyanın beni görmüyor oluşuydu. Şimdi binlerce insan benim satırlarımı duyuyor ve izliyordu. Satırlarımı okuduktan sonra kulise geçip heyecanla onların reaksiyonlarını izlediğim sırada Ege'nin arkamdan gelip bana belimden sarılmasıyla sessizce güldüm.

"Ege, lütfen! Biri görecek!"

"Biri görse ne olacak? Evli olduğumuzun farkındasın, değil mi?"

"Evet ama yine de bu fikre daha alışabilmiş değilim, biliyorsun!"

"Öyle mi? Mesela şimdi seni öpmek istesem... öpemez miyim?"

"Öpemezsin!" Ege dudağıma bir öpücük kondururken bir kez daha güldüm.

"Şimdi bir daha öpmek istesem mesela, öpemez miyim?"

"Öpemezsin!" Ege bir kez daha öptü beni.

"Tamam, öpersin, tamam!" diyerek kollarından kaçmayı başardım ve elim elinde koridora çektim onu.

"Hadi git, oyunumu izle, hadi!" Onu iterek salona yolladıktan sonra tam bir buçuk saat boyunca heyecanla reaksiyonları izledim ve kendimle gurur duydum. Oyun bittikten sonra tüm tebrikleri bir bir aldım ve elimde bir sürü çiçekle kendi ailem ve Ege'nin ailesiyle kapıya çıktım. Herkes iki arabaya yerleştikten sonra Ege'yle acı bir şekilde fark ettik ki arabalarda hediyelerden bize yer kalmamıştı!

"Nasıl yer yok ya!" dedi Ege'nin abisi hararetli bir sesle.

"Yer yok işte abi, hediye gelen kutular bagaja sığmayınca iki arabadan da birer koltuğu doldurduk, bize koltuk kalmadı. Siz gidin, biz İzmir'le yürüyerek geliriz."

"Tamam o zaman, siz gençsiniz. Yürüyüverin!" Onları gülüşerek arabaya bindirdikten sonra Ege'yle baş başa kaldık. Ege yüzüme hayran hayran baktı ve yanağıma bir öpücük kondurdu.

"Seninle gurur duyuyorum..." diye fısıldadı kulağıma. Gülümsedim.

"Ben de seninle gurur duyuyorum..." Önce birkaç dakika el ele yürüdük. Sonra Ege yüzüme çocukça bir bakış attı,

"Hadi," dedi, "Koşalım! Eyfel'e kadar!"

"Ne? Ama topuklu ayakkabılarım var!"

"Çıkar onları, eline al. Hadi!"

"Delisin sen!" dedim ve gülerek ayakkabılarımı çıkarıp elime aldım. Birlikte koşmaya başladık. Bir yandan kahkahalar atıyor, bir yandan koşuyorduk. El ele koşarak geçtik tüm sokakları, caddeleri, hayatım boyunca ilk kez yüzde yüz özgürdüm. Tamamen özgürdüm... Bir kuştan farksızdım... Eyfel'in önüne geldiğimizde nefes nefeseydik. Kendimizi çimlerin üzerine attık ve gökyüzüne bakarak sakinleşmeyi bekledik.

"Burası dünyanın karanlık olmayan tek şehri..." diye mırıldandım hava kararıp Eyfel'in ışıkları yanarken, "Kocaman bir gece lambası var!"

"Senin olduğun her şehir aydınlık... Sen başlı başına kocaman bir gece lambasısın İzmir..." Ege çimlerde yatarken bana doğru dönüp yüzüme hayran hayran bakmaya başladı.

"Neden bana öyle bakıyorsun?" diye sordum utanarak, "Herkes Eyfel'i izliyor..."

"Ben de Eyfel'i izliyorum işte..." Gülerek ona döndüm ve ben de onu izlemeye başladım. Dakikalarca birbirimizi izledik, etraftaki konuşmaları dinledik. Bir ara on beş dakikalığına uyuyakaldık ve sonra birbirimizi uyandırdık. Telefonlarımız çaldı, umursamadık. Hava soğudu, onu da umursamadık. Eyfel'in tam önündeydik, yerde yatıyor ve parıl parıl parlıyorduk...

"Göğe bak İzmir..." diye mırıldandığını duydum Ege'nin uykulu sesiyle, "Ege sana çok âşık..."

İşte bu benim evrene dünyanın en içten sesiyle teşekkür ettiğim andı. Âşıktım, mutluydum, ait olduğum yerdeydim, özgürdüm ve güçlüydüm... Işıklar beni nereye götürdüyse oraya gitmiştim ve artık aydınlıktaydım...

Teşekkür ederim hayatıma, teşekkür ederim ışıklara ve teşekkür ederim karanlığıma...

Çünkü karanlığım olmasaydı ışıklarım da olmazdı...

Hayatta birçok şeyden pişman oldum ama pişman olmadığım tek bir şey vardı. Ege'yle yaşadığımız şey dünyanın en şiddetli yağmuruna koşarak girmek gibiydi ve ben bundan bir anlığına bile pişman olmamıştım, çünkü yıllar önce dediğim gibi, "Yağmur böyle güzel yağar mıydı bir daha, şimdi çıkıp ıslanmazsak?"

Çıkın, ıslanın.

Yakın ışıklarınızı...

Hoşça kalın.

Ve hiç unutmayın, ışıklar size evinizin yolunu gösterecek...

Söz.

Ege sözü...

Şimdi sayfayı çevirelim ve
son bir kez daha
hep birlikte okuyalım aynı cümleyi,

göğe bakalım ve tekrar edelim...

GÖĞE BAK İZMİR,
EGE SENİ ÖZLEDİ!

Şimdi siz de bana söz verin,
Parıl parıl parlamaya devam edeceksiniz...
Söz mü?

Göğe bak

seni özledi.

tüm mesafe aşklarına ve arkadaşlıklarına.

"Veda"

Sevgili Eski Dostum,

Ben İzmir. İsmimi doğduğum şehirden aldım... Annemle babam erkek çocuk sahibi olacaklarını sandıkları için ismimi Özgür koymaya karar vermişler. Oysa doğumum onlara dünyanın en büyük sürprizi olmuş ve ben gelmişim dünyaya. O gün ismimi İzmir koymuşlar. O günden başlayıp son nefesime kadar ismim kadar özgür hissedeyim istemişler. Oysa hayat bu, öyle olmamış... Ben kendimi odama, yorganımın altına, sınıfın en arka sırasına hapsetmişim. Kendimi yalnızlığa mahkûm etmiş ve tek başına sürdürdüğüm yaşamımı duvarsız bir hapishane haline getirmişim. Sanmışım ki yalnızlık çok güzel, sanmışım ki bir başınalık harika... İnsan olmayı tek kalmaktan ibaret sanmışım. Ne var ki daima duvardaki gölgeme bakıp üzülmüşüm. Şarkılarımı dinlemiş, karanlığımı aydınlatan loş lambamın duvarda yarattığı gölgeme baka baka iç çekmişim. Gölgem çoğalmak istemiş yıllarca... Ellerim tutulmak istemiş, yanaklarım öpülmek istemiş, kalbim kendine bir arkadaş istemiş. Günler geçmiş, yalnızlığıma ağladığım geceler sabah olmuş ve bir gün o gelmiş. "İzmir'siz Ege'nin ne anlamı var?" dercesine girmiş hayatıma. O gelmiş ve ben o gün özgürleşmişim aslında... O gelmiş ve duvardaki gölgemi yapayalnızlığından kurtarmış. O gelmiş ve kapkaranlık odamı rengârenk ışıklarla doldurmuş. Elimi tutmuş, beni sarmış sarmalamış, beni sevmiş... Hem de çok sevmiş. Bana kilometrelerin önemsizliğini anlatmış, beni binlerce kilometre öteden tutup yanına çekmiş. Ege bana sevmeyi öğretmiş. Hayat bize perdeleri kapalı bir pencere sunmuş ve biz o perdeleri kapalı pencereye bakarak yıldızları izlemişiz. Çünkü biliyormuşuz ki gökyüzü bizim içimizmiş.

Ey sen, beni okuyan gözlerin sahibi....

Başını kaldırdığında seni bir duvar bekliyorsa, sevmediğin bir perde varsa karşında, hiç sevmediğin bir manzaraya bakıyorsa penceren ya da bir penceren bile yoksa bil ki biz kendi penceremizi kendimiz var edebiliriz. Kalbimiz en büyük hediyemizdir. Bazen duvarlara bakarak bile hayal kurarak rengârenk bir dünyayı izleyebiliriz o duvarların üzerinde. Gölgelerimiz en güzel manzaralardır bizim için, çünkü bir gölgen varsa sana vuran bir ışık var demektir bu... Gökyüzünü görmek de denizi görmek de bizim elimizdedir; hayal ettiğimiz kadarını görürüz. Kalbimiz kadar varız, ışıklarımız kadar varız, karanlığımız kadar varız. Kötü yanlarımız kadar ve iyi yanlarımız kadar varız. Korkularımız kadar ve cesaretimiz kadar varız. En başından beri kendimi bu dünyaya ait hissetmediğimi, varlığımı hissedemediğimi bile size anlattım. Ama ben varım ve bu dünyaya aitim. Sen de öylesin. Biz varız, buradayız, buraya aitiz ve mutlu olmak bizim en büyük hakkımız. Hayat bize hediyeler vermez, vermeyecektir de... Önümüze güzel çiçekler ve güzel manzaralar sunmaz hayat. Onları gidip biz alırız. Mutluluğu, görmek istediğimiz güzel manzaraları, koklamak istediğimiz çiçekleri, aşkı ve başarıyı da gider biz alırız. Kimse bize güzel bir yaşam hediye etmeyecek. Kimse hayatımızı kolaylaştırmayacak. Hayat bizden acımasızca her şeyimizi alsa bile mutluluğumuzu her seferinde geri alacak olan biziz. Biz seninle acı kardeşiyiz; çünkü aynı şeyleri hissettik. Var mısın şimdi de mutluluk kardeşi olalım? Olmaz mı? Geç bir aynanın karşısına ve bak yüzüne uzun uzun. Belki sivilcelerin var, belki sivilce izlerin, belki o küçücük yaşına rağmen gözlerinin kenarında oluşmuş yaşadığın üzüntülerin kalıntıları çizgiler... Belki saçlarını sevmiyorsun mesela, belki kilolarını sevmiyorsun, belki de çok zayıf oluşunu sevmiyorsun. Belki yalnızsın ve bunu sevmiyorsun... Ama sen şu an busun ve bunu kabullenmek zorundasın. Çünkü seni mutsuz eden her şeyden kurtulmanın tek yolu onları kabul etmek. "Ben buyum, ben böyleyim ve kendimi her şeye rağmen seviyorum" diyerek kendine ve zamana bırak ki zaman her şeyi düzeltmene yardım etsin. Çabala, çok çabala ve zamana güven. Çünkü hayat sana hediyeler sunmasa bile, zaman senin en büyük destekçindir. Hani hep diyoruz ya, "Her şey anını bekler" diye… Mutluluk anını bekliyor. Aşk anını bekliyor. Arkadaşlık anını bekliyor. Güzel olan her şey zamanını bekliyor. Aynı şekilde kötü olan her şey de... Hayatı kabullen, kendini kabullen, güzellikleri kabullendiğin gibi kendi felaketini de kabullen. Kendini güzel olan her şeye hazırladığın gibi kendini bir felakete de hazırla. Birinden duyduğun bir cümle bile bir felaket olabilir senin için. Ama sen buna da hazır olmalısın. Ayakta kalmalısın, yıkılmamalısın, ışıklarını yakmalı ve karanlıkta kalmamalısın. Ama kendini karanlığa da hazırlamalısın. Çünkü hayat bize her zaman ışıklar sunmaz. Hayat bazen karanlıkta kalmamızı ister ve biz bunu kabul etmeliyiz. "Tamam hayat..." demeliyiz, "Karanlığını da kabul ediyorum aydınlığını da. Güzelliklerini de kötülüklerini de... Mucizelerini de felaketlerini de... Sana dair her şeyi ve kendimi kabulleniyorum hayat. Sen busun ve ben buyum." Kabullenmek kurtuluştur. Kabullendiğimiz anda başlar hayat. Ve sana söz veriyorum, en sonunda her şey çok güzel olacak... Söz, bu sefer Ege sözü değil İzmir sözü hem de!

Sana bu satırları Paris'teki evimin çiçeklerle dolu balkonundan yazıyorum. Arka planda güzel bir müzik çalıyor. Sözleri yok... Müziğin ismi ise "Lonely Girl" yani "Yalnız Kız". Kendimi buluyorum bu notalarda. Ben hala o yalnız kızım çünkü. Odasının en karanlık köşesinde oturmuş defterine yazılar yazan o yalnız kızım ben. Etrafımda binlerce insan da olsa çok da mutlu olsam ben buyum işte. Oysa hayatın beni getirdiği nokta bana güzel bir aşk verdi, bana güzel bir sevgili verdi, güzel bir ev verdi ve bir de şu ufaklık var sizin daha tanışmadığınız. O kadar zaman geçti ki her şeyin üzerinden, o kadar çok şey oldu ki biz artık iki kişi bile değiliz...

"İzmir!"

Birkaç dakika beklersen gidip ilgilenmem gereken bir Ege var bir de, hikâyenin diğer başrolü. Eh, ilgilenmezsem ayıp olur sonuçta başrol o da... Önemli birisi.

"Geliyorum." Defterimi balkondaki masama bıraktıktan sonra telaşla içeri koştum. Ege'nin sesi öyle korku dolu geliyordu ki beni de endişelendirmişti. Kaşlarımı çatarak mutfağa girdiğimde karşımda gördüğüm manzara bu dünyada karşıma çıkabilecek en trajikomik manzaraydı. Ege karşısında duran ufaklığa çaresizce bakıyordu. Karşısındaki yaramaz da Ege'ye kıkır kıkır gülüyor ve içinde oturduğu büyük yoğurt kutusundan bir bana bir babasına bakıyordu. Evet, yoğurt kutusu doluydu. Dolu bir yoğurt kutusuna girmiş ve içine oturmuştu. Sanırım sizi tanıştırmam gereken biri var...

"Ne yaptın sen!" dedim gülmekle disiplinli olmak arasında gidip geldiğim sırada. Ona doğru yürüdüm ve tam önünde diz çöktüm.

"Canı yoğurt çekmiş annesi..." diye mırıldandı Ege bir anda gülmeye başlayarak.

"Ama biz yoğurdu böyle yemiyoruz, değil mi Yıldızcığım? Yoğurdu annemize söyleyerek yiyoruz. Tamam mı?"

"Tammm-mam!" Ellerini çırparak güldükten bir saniye sonra kutudan bir avuç yoğurt alıp babasına uzattı.

"Ye!" diye emretti. Ege büyük bir kahkahayla bana baktığı sırada gözlerimi devirdim.

"Çok yumuşaksın Ege, senin yüzünden bu kadar yaramazlık yapıyor!"

"Ama şu tipe baksana, bence hep yaramazlık yapmalı." Başımı çevirdim, Yıldız'ın bembeyaz olmuş çıplak vücuduna, yüzüne ve saçlarına baktım. Boydan boya yoğurtla kaplanmıştı. Kendimi tutamayıp gülmeye başladım. Tam o an Yıldız eliyle babasına uzattığı yoğurdu bir anda yüzüme fırlattı. Bir avuç yoğurt yüzüme çarpıp tüm yüzümü kapladığı sırada şok içinde kalakaldım. Ege büyük bir kahkaha daha atıp yüzüme baktığı sırada Yıldız bu sefer de Ege'nin suratına bir avuç yoğurt fırlattı. Ve bu sefer kahkahalarla gülen bendim. Biz güldükçe o bize yoğurt atıyordu, o bize yoğurt attıkça biz gülmemizi durduramıyorduk. Biz kendimize bir bebek değil, bir oyun arkadaşı yapmıştık sanki...

"Hadi gel, annen bizi öldürmeden seni yıkayalım!" Ege, Yıldız'ı yoğurt kovasından çıkarıp banyoya doğru götürürken ben de peşlerinden ilerledim.

"Bizim de yıkanmamız gerekecek bence!" Ege gülerek banyoya girdi.

Ege'yle tanıştığımızdan beri ışıklar hayatımın vazgeçilmez bir parçası olmuştu. Hamile olduğumu öğrendiğimde Ege de dahil olmak üzere hayatımdaki herkes bebeğin isminin "Işık" olması için ısrar etmişti. Ama benim aklımda çok farklı bir şey vardı... Işıklar elektriksiz bir hiçti, ya da pilsiz. Oysa dünyanın elektriğe ihtiyaç duymadan var olan kendi ışıkları vardı ve her gece yüz binlercesi gökyüzümüzü kaplıyordu. Yıldızlar da birer ışıktı aslında. Çok yanarlarsa kayıp yok olan ışıklar... İstedim ki dünyaya öyle bir bebek getirelim ki ne az yanıp görünmez olsun ne çok yanıp kayıp yok olsun. İstedim ki onun ismi "Yıldız" olsun. İstedim ki içimizi kapladığına inandığım gökyüzünün bir parçası, dünyaya benden bir hediye olsun. Ve o geldi... Hayallerimden de güzel, sarı saçlı, kahverengi gözlü bir melek. Ege'nin onu gördüğü ilk an saatlerce ağladığını unutamıyorum. Saatlerce...

"Hadi bakalım, üşümeden giyiniyoruz sonra da uyuyoruz Yıldız Hanım!" Yıldız'ı banyodan çıkarıp üçümüz birlikte yatak odamıza geçtiğimiz sırada Ege ıslak saçlarıyla ve yüzünü kuruluyordu. Ben Yıldız'ı hızlıca giydiririrken o odanın ışığını kapatıp duvardaki renkli ışıkları yaktı.

"Bak..." diye mırıldandı sonra hafif bir fısıltıyla. Kaşlarımı çatarak Ege'ye baktım, o ise duvarı gösteriyordu. Başımı duvara çevirdiğimde üçümüz de duvara bakıyorduk. Duvardaki gölgemize...

"Artık gölgemiz üç kişilik..." dedi Ege bana arkamdan sarılarak. Giydirdiğim Yıldız'ı kucağıma aldım ve artık bu sarılma üç kişilik bir sarılmaya döndü. Gözlerimiz duvardaki gölgemizdeydi. Ege derin bir iç çekerek saçlarımı öptü.

"Sıfır kilometre..." diye fısıldadı, "Bu da bizim mucizemiz. Sen, ben ve o... Aramızdaki mesafe sıfır kilometre..."

Başımı onun başına yasladım ve o an bir mucize daha oldu. Doğduğundan beri ilk kez kucağımda uyuyakaldı Yıldız... Onu sessizce beşiğine yatırdık ve birlikte balkona çıktık. Rengârenk ışıklarımızı yaktık ve sıradan bir Fransız evinin güzeller güzeli balkonunda karşılıklı oturduk.

"Bir şeyler mi yazıyordun güzelim?"

"Evet... Bir şeyler karalıyordum öyle..." Ege defterimi eline alıp birkaç saniye inceledikten sonra masaya bıraktı.

"Özel bir şeye benziyor. Karıştırmayayım..."

"Yani evet. Bir mektup yazıyorum aslında. Senin tanımayacağın çok eski bir dostuma..." Ege kaşlarını çattı.

"Kuzey'e filan yazmıyorsundur umarım." Kaşlarını çatıp endişeyle yüzüme baktığında gülerek gözlerimi devirdim.

"Ege!" dedim, "Kuzey yıllar öncesinde kaldı. Üzerine evlendik, üzerine bebeğimiz oldu, yıllar geçti! Hala aklın Kuzey'de!" Ege derin bir iç çekti.

"Seni benden çalacaktı..."

"Ne?"

"Öyle... Biraz daha geç kalsaydım seni benden çalacaktı."

"Öyle bir şey olmayacaktı." Ege derin derin gözlerimin içine baktı,

"Olacaktı. Eğer birkaç ay daha gecikseydim döndüğümde sizi bir arada bulacaktım. Bu bir hata değil, suçlu olmayacaktın. Ama bazı geceler ara ara bu aklıma geliyor ve kendi kendime acı çekiyorum. Ya geç kalsaydım? Ya yetişemeseydim?" Sıkıntılı bir nefes vererek Ege'nin elini tuttum.

"Geç kalmadın, buradayız ve bir aradayız. Bundan daha önemli bir şey var mı?"

"Yok... Sen benim her şeyimsin İzmir. Yanımdasın ve hep öyle kalacaksın. Bundan önemli hiçbir şey yok..." diye mırıldandı ve elimi dudaklarına götürüp öptü. Sonra arkasına yaslanıp dışarıyı izlemeye başladı. Ben de defterimi aldım ve yeniden yazmaya başladım.

Tekrar merhaba eski dostum. Sen benim en eski dostumsun, bunu biliyor muydun? Başından beri yaşadığım her şeye şahit olmuş, benimle üzülmüş ve benimle gülmüşsün. Bunu okuyan gözlerin benim başıma gelebilecek en iyi şey bu hayatta. Dilerim ki ışıkların sana da evinin yolunu gösterir, dilerim ki gölgen çoğalır, dilerim ki güzel bir yağmur ıslatır seni de kendine gelirsin. Şimdi kollarının arasına yaslanıp beraber gökyüzünü izlemem gereken bir Egem var karşımda, dilerim ki sen de bir gün Ege'ni veya İzmir'ini bulursun.

Tekrar görüşmek dileğiyle,

Sevgiler

bu kitapta size de birkaç sayfa ayırmak istedik.
sizden gelen çizimlere...

Zeynep Gülçin Uzak

Sena Kaya

Eylül Gümüşoğlu

Semanur Onaç

İrem Kurt

Meliha Nur Karaduman

Nisanur Koçak

Sude Dönmez

Melisa Çelikbaş

Ayşe Nefise Yılmaz

Berra Yiğit

Şeyma Şahin

Yaren Çevik

Derin Ucak

Hazal Tarhan

Göksu Demir

Zennube Eren

Gül Aydoğan

Berfin Kaçmaz

Sevgi Aytagil

Simge Özeker

Rümeysa Sevim

Bilge Şeza Tuna

Aysel Alkoç